Mansfield Park

简·奥斯汀全集

曼斯菲尔德庄园

[英]简·奥斯汀◎著
汪　燕◎译

华东师范大学出版社
·上海·

图书在版编目（CIP）数据

曼斯菲尔德庄园/（英）简·奥斯汀著；汪燕译．—上海：华东师范大学出版社，2024
（简·奥斯汀全集）
ISBN 978-7-5760-4821-6

Ⅰ．①曼… Ⅱ．①简…②汪… Ⅲ．①长篇小说—英国—近代 Ⅳ．①I561.44

中国国家版本馆CIP数据核字（2024）第062205号

曼斯菲尔德庄园

著　　者　［英］简·奥斯汀
译　　者　汪　燕
策划编辑　彭　伦
责任编辑　陈　斌　许　静
责任校对　庄玉玲　时东明
装帧设计　卢晓红

出版发行　华东师范大学出版社
社　　址　上海市中山北路3663号　邮编200062
网　　址　www.ecnupress.com.cn
电　　话　021-60821666　行政传真021-62572105
客服电话　021-62865537　门市（邮购）电话021-62869887
地　　址　上海市中山北路3663号华东师范大学校内先锋路口
网　　店　http://hdsdcbs.tmall.com

印 刷 者　上海颛辉印刷厂有限公司
开　　本　889毫米×1194毫米　1/32
印　　张　15.25
字　　数　336千字
版　　次　2024年6月第一版
印　　次　2024年6月第一次
书　　号　ISBN 978-7-5760-4821-6
定　　价　78.00元

出 版 人　王　焰

简·奥斯汀故居

客厅里的书架

目　录

译者序

《曼斯菲尔德庄园》出版于1814年，是简·奥斯汀继《理智与情感》（1811）和《傲慢与偏见》（1813）后发表的第三部小说。加上1803年被出版商克罗斯比接受并支付稿费的《北怒庄园》，《曼斯菲尔德庄园》其实是简·奥斯汀的第四部完整小说。这是她自1809年定居乔顿乡舍后创作的第一部小说，开启了她作为成熟型职业作家的新起点。

《理智与情感》的写作始于1795年，那一年简·奥斯汀和汤姆·勒弗罗伊在舞会上调情，因为恋人的离去而泪如泉涌。《傲慢与偏见》和《北怒庄园》分别开始于1796和1798年。这三部作品均创作于奥斯汀刚刚步入20岁的时期，作品风格浪漫热烈，其中成为达西太太的伊丽莎白最受读者和简·奥斯汀本人喜爱[①]。

《曼斯菲尔德庄园》的创作始于1811年。在1813年1月29日写给姐姐卡桑德拉的信中，简·奥斯汀说她"已经从伦敦得到我亲爱的宝贝"（指《傲慢与偏见》），同时说"现在我会尝试写点别的内容，将会完全改变主题，变成'接受圣职'"。她在2

---

① Leigh, James Edward Austen, *A Memoir of Jane Austen* (2nd edition), London: Cambridge University Press, 1871. (reprinted 2009)（第100页）。源于简·奥斯汀1813年2月的一封信，内容如下：范尼的夸赞非常令人满意。我对她有较高期待，但完全不确定。她喜欢达西和伊丽莎白就足够了。她可以讨厌其他所有人，如果她愿意。

月 4 日写给姐姐的下一封信中对《傲慢与偏见》评价道：“这部作品实在太轻松活泼灿烂：它需要阴影。”简·奥斯汀在当年 7 月 3—6 日写给哥哥弗朗西斯的信中说自己已经从前两部小说获得了 250 英镑的稿费，这只会让她想要更多。她接着写道：

> 我手上有一本书，希望能借助 P&P 的声誉而畅销，虽然那本书不及这本一半有趣。顺便说一下，你会反对我在里面提起大象号吗，还有你的另外两三艘旧船？我已经这么做了，但不会一直谈论，让你生气——它们是不久前才提到的。

大象号和另外两三个船名出现在《曼斯菲尔德庄园》的第三卷第七章，这部小说于当月完成。

在 1814 年 3 月 2—3 日写给卡桑德拉的信中，简·奥斯汀特别提及四哥亨利对小说的评价：

> 亨利至今给予的赞许简直如我所愿。他说这和另外两本书很不一样，但似乎完全不认为不及其他。他刚读完拉什沃思太太的结婚。我担心他已经读完最有趣的部分。他喜欢伯特伦夫人和诺里斯太太真是太好了，还热情夸赞了人物的刻画。
>
> ＊＊＊
>
> 亨利在继续阅读《曼斯菲尔德庄园》。他喜欢亨利·克劳福德：我说实话，这是一位聪明并且讨人喜爱的男子。我

尽可能告诉你这本书的妙处，因为我知道你会多么喜欢它。

然而《曼斯菲尔德庄园》却让读者和评论家们陷入了持久的分裂状态，被视为简·奥斯汀最伟大或最糟糕的一部作品。许多反对者认为小说过于正统无趣，认为范尼完全不具备女主角的风采，而喜爱者们则认为这是简·奥斯汀最有深度的一部杰作。

沃尔特·斯科特爵士（1771—1832）曾对《傲慢与偏见》和《爱玛》大加夸赞，认为奥斯汀开创了一种新小说风格，却对《曼斯菲尔德庄园》无动于衷，让她忍不住在写给约翰·默里的信中表达了对此的遗憾之情（1816 年 4 月 1 日）。英国杰出文学评论家与莎士比亚学者 A. C. 布拉德利（1851—1935）将《曼斯菲尔德庄园》和他更喜爱的《傲慢与偏见》相比较，认为《曼斯菲尔德庄园》是更伟大的作品，因为在深刻体现并严肃讨论行为准则的同时，小说依然很有艺术性[①]。牛津大学教授理查德·詹金斯（1782—1854）认为《曼斯菲尔德庄园》是一部杰作，深刻的小说，近乎完美[②]。英国小说家与诗人金斯利·艾米斯（1922—1995）虽大肆抨击《曼斯菲尔德庄园》为腐朽的小说，声称其男女主人公在道德上令人厌恶，他本人却又赞同这是奥斯汀的最佳小说，而他讨厌的部分原因是一部邪恶的作品竟被写得如此才华横溢[③]。

---

① Todd, Janet (ed.), *Jane Austen in Context*, London: Cambridge University Press, 2005.（第 93 页）

② Jenkyns, Richard, *A Fine Brush on Ivory*, Oxford: Oxford University Press, 2004.（第 94 页）

③ 同 2。（第 93 页）

《曼斯菲尔德庄园》的风格从汉普郡剧作家玛丽·拉塞尔·米特福德（1787—1855）的话语中也可见一斑。她曾多次提及母亲对简·奥斯汀的变化感到的直言不讳的惊讶，说她从“最漂亮、最傻气、矫揉造作寻求丈夫的花蝴蝶，变成了《曼斯菲尔德庄园》的作者①”。

虽然《曼斯菲尔德庄园》的出版时间紧随《理智与情感》和《傲慢与偏见》之后，然而创作时间相去甚远。当时简·奥斯汀已经三十五岁左右，几乎不再考虑自己的婚姻和爱情，却在享受亲情、友情与创作的过程中，在生活的各种经历与变化中，对爱情、人生与社会有了更深刻的思考和感悟。

比起前三部小说，《曼斯菲尔德庄园》的一个显著特点是女主角的成长。《北怒庄园》中 17 岁的女主角凯瑟琳，《理智与情感》中 19 岁的埃利诺和 17 岁的玛丽安，以及《傲慢与偏见》中 20 岁的伊丽莎白分别经历一年左右的爱情之旅后进入婚姻。然而范尼刚来到曼斯菲尔德庄园时只有 10 岁，她对表哥埃德蒙的感激之情逐渐转化为朦胧的爱恋，直至嫉妒与渴望，最终历经曲折走进婚姻的殿堂。范尼也是在六部小说中，简·奥斯汀唯一暗示即将成为母亲的女主角。

但与此同时，《曼斯菲尔德庄园》或许也是奥斯汀最缺乏喜剧感，最戏剧化，甚至最令人不安的作品。这部小说绝非“太轻松活泼灿烂”，也完全不缺乏她认为《傲慢与偏见》需要的阴影。小说的场景在宁静乡村中的曼斯菲尔德庄园和索瑟顿庄园、喧嚣

---

① Todd, Janet, *The Cambridge Introduction to Jane Austen*, London: Cambridge University Press, 2006.（第 10 页）

躁动的朴茨茅斯、时尚奢靡的伦敦以及从未直接呈现的埃弗灵厄姆和托马斯爵士在西印度的种植园中交替转换，将一系列紧张的家庭冲突置于即将变革的时代浪潮中。这部爱情小说恋人的数量和关系的错综复杂堪称奥斯汀作品之最，但只有范尼与埃德蒙表哥，以及茱莉娅和耶茨先生走进了婚姻，“让每个本身没犯大错的人回到尚可接受的舒适状态”。

范尼的母亲因为鲁莽的婚姻，带来众多的儿女和困窘的生活，只得向断绝来往的两位姐姐求助，并在大姐诺里斯太太的提议下，将九岁的长女范尼送到曼斯菲尔德庄园，由他们抚养长大。瘦小、胆怯又敏感的范尼被两位表姐嘲笑排斥，在曼斯菲尔德伤心又孤独，只在小表哥埃德蒙的关心与鼓励下才变得快乐起来，逐渐适应了新生活。

范尼十五岁那年，诺里斯太太的丈夫，曼斯菲尔德庄园的牧师诺里斯先生去世。范尼刚在埃德蒙的劝说下接受了要和诺里斯太太一起生活的变化，却欣喜地发现她的大姨完全没打算接受她。不到一年后，托马斯·伯特伦爵士带着挥霍散漫的长子汤姆前去处理安提瓜的事务。他无法相信懒惰怠倦的妻子，只因信任诺里斯太太的谨慎和埃德蒙的正直与原则，才能放心离开两位漂亮的成年女儿和他的家。伯特伦夫人完全不管家事，只在乎她的哈巴狗；诺里斯太太满腔热情地张罗着大外甥女的命运，很快让二十一岁的玛丽亚和拥有巨额财富却智力低下的拉什沃思先生缔结了婚约。

新任牧师格兰特博士和妻子进入牧师住宅，在范尼刚满十八岁时，格兰特太太同母异父的弟弟妹妹亨利·克劳福德和玛丽也来到此处。玛丽容貌美丽性情活泼，随时愿意进入有利的婚姻，却逐渐爱上了托马斯爵士的小儿子埃德蒙，而埃德蒙也被玛丽深深吸引。亨利相貌平平却充满魅力，赢得无数女人的爱慕，也很快让两位伯特伦小姐对他倾心不已。暗自爱慕埃德蒙的范尼伤心地抑制着自己的嫉妒，同时对克劳福德和两位表姐，尤其是玛丽亚的调情感到愤怒。

第二年九月，汤姆提前回到庄园，托马斯爵士打算在十一月返回。汤姆和众人在来访的耶茨先生的影响下，不顾埃德蒙的反对，打算在庄园排练并演出《情人的誓言》。这出戏成为亨利和玛丽亚公开调情的幌子，也让茱莉娅愤然退出，只有耶茨先生设法逗她开心。埃德蒙因为顾虑和诱惑，最终决定扮演牧师安哈尔特，在戏中和玛丽互诉衷肠。喜爱戏剧却始终反对演戏的范尼在最后时刻受到众人的压力，在她几乎要屈服时，托马斯爵士的回归终止了演戏，让生活重新回到安静、隔绝、令人压抑的状态。

玛丽亚带着对家庭与束缚的憎恶、失恋的痛苦和对所嫁之人的满心鄙夷进入婚姻，也带走了茱莉娅，让范尼成为家中唯一的少女。从巴斯返回的克劳福德因为范尼提升的容貌和冷淡的态度对她产生兴趣，决定在她的心里“戳个小洞”。不久范尼阔别多年，在海军服役的哥哥威廉在托马斯爵士的邀请下，来到曼斯菲尔德做客。克劳福德受到范尼对哥哥真情的感染爱上了范尼，设法通过宠爱他的叔叔克劳福德将军的帮助，让威廉如愿得到升职，并向范尼求婚。

托马斯爵士对范尼竟然拒绝如此有利的求婚感到震惊恼火，

在软磨硬施都无法迫使范尼答应求婚的情况下，决定让范尼随同威廉回到朴茨茅斯的家，想让她在困窘的环境中意识到丰厚财产的价值。与此同时，玛丽虽对埃德蒙的牧师职位与收入极度不满，却依然爱慕他的正直。埃德蒙在接受圣职回家后意外得到玛丽的热情欢迎并重新产生希望，在范尼去朴茨茅斯后，追随玛丽前往伦敦，打算向她求婚却受到了冷遇。

范尼在朴茨茅斯的家中忍受着贫穷、无序、无爱的生活，克劳福德不期而至的来访和真诚体贴的表现让范尼感觉克劳福德已经变好了，并几乎认为自己爱上了他，不久却传来他和拉什沃思太太私奔的消息。当埃德蒙同父亲赶到伦敦后，又发现茱莉娅和耶茨先生一起逃往了苏格兰[①]。玛丽亚因为这桩罪行受到了父亲最严厉的惩罚。茱莉娅和耶茨先生勉强得到托马斯爵士的原谅和接受。玛丽对亨利和玛丽亚私奔的反应让埃德蒙心灰意冷，得知玛丽对他的感情可能受到汤姆病重的影响，他“自然而然地”“不再爱恋克劳福德小姐，变得急于和范尼结婚，正如范尼所愿”。自私轻率的汤姆在重病痊愈后改过自新，成了应该成为的人。留在伦敦的玛丽下定决心不再找个小儿子，却因为在曼斯菲尔德庄园培养的品位，久久无法在觊觎她的美貌和两万英镑财产的继承人中间，找到能将埃德蒙抛在脑后的人。

范尼与埃德蒙这对结了婚的表兄妹一定享受着尘世间最大的快乐，就在他们结婚一段时间，开始希望收入增加，感觉他们离父母的距离很不方便时，贪吃的格兰特博士之死使他们拥有了两

① 在苏格兰可以快速得到结婚许可。

份牧师俸禄并搬到曼斯菲尔德的牧师住宅，让范尼目之所及的一切在她眼中变得完美无缺。

小说透过范尼的经历与感受，对“家”的概念进行了多维度的呈现，显示了温暖的家庭是孩子心中最大的渴望。

年幼的范尼刚刚来到曼斯菲尔德时，感到害怕惶恐又沮丧。

> 房子的富丽堂皇令她吃惊，却不能给她安慰。房间太大，让她进入时总是小心翼翼。她无论碰到什么都担心弄坏，走起路来蹑手蹑脚，一惊一乍，常常躲到自己的小屋里哭泣。

当得知要和威廉回到朴茨茅斯的家中探望时，她心情澎湃，渴望再次回家能够治愈她在离别后的每一次痛苦。然而回到家后接踵而至的失望与失落，让她很快就开始思念曼斯菲尔德的小阁楼。而经历了三个月近乎苦修的生活，只能从妹妹苏珊那儿得到一些爱意后，范尼对曼斯菲尔德的思念之情与日俱增。

> 当她就要来朴茨茅斯时，她愿意将此称为她的家，喜欢说她要回家了；这个词当时对她非常亲切；现在依然如此，但它必须用于曼斯菲尔德。那儿现在是家。朴茨茅斯是朴茨茅斯，曼斯菲尔德是家。

幼年被迫离家、寄人篱下的范尼，曾对抛在身后的那个家有着完美的幻想。即将回到朴茨茅斯时，扑面而来的所有快乐与痛苦的回忆带着全新的力量，让她渴望能够

> 处在这样一群人中间，被那么多人爱着，感受到从未有过的爱意；不用害怕，无拘无束地感受真情；觉得自己和周围的人彼此平等。

然而回到了吵闹、无序、无礼的家中，几乎得不到一丝温柔的对待，又让曼斯菲尔德在她心中不切实际地变成了完美的典范。

> 她什么都想不了，除了曼斯菲尔德，它可爱的居住者们，以及它愉快的生活方式。她现在的一切和它彻底相反。那些优雅、得体、有序、和谐——也许，更重要的是，曼斯菲尔德的安宁与平静，让她每天的每时每刻都会想念，因为这儿无处不在的相反气息。

实际上，这是两个问题重重的家庭，而孩子们制造的各种麻烦几乎都能从父母的性格及教养方式得到答案。范尼为弟弟妹妹的无礼感到担忧无奈，除了对父亲的酗酒和粗鲁非常失望，更对她期待更高的母亲感觉失望至极。

> 她的日子过得缓慢又混乱；忙忙碌碌却一事无成，总是

拖拖拉拉又为此悲哀，却不改变她的方式；想要节约，却既不想办法又不能坚持；对她的仆人不满意，却没有能力调教她们，无论帮助、斥责还是纵容她们，都完全得不到她们的尊重。

托马斯爵士在女儿们犯下错误后，意识到她们母亲的无能、自己的严厉以及诺里斯太太的放纵对女儿们性格的培养极其不利。同时他发现在教育计划中最可怕的错误，是忽略了她们的内心，其实她们从未得到过适当的教育。

在优雅和才华上表现出众——她们对年轻的既定目标——却对原则方面毫无影响，没对头脑产生任何道德效果。他想要她们好，可他只关心理解力和礼仪，而非性情；至于必要的自知之明和谦虚谨慎，他担心她们从来没从任何能帮助她们的人那儿听说过。

他为现在都觉得毫无可能的错误深感心痛。他很伤心，他急于让女儿接受昂贵的教育，花费了许多钱财和心血，却使女儿们长大后不懂得她们的首要责任，他也不了解她们的性格与脾气。

不过，经历痛苦的思考与悔悟，并意识到自己在女儿的婚姻大事上犯下的错误后，托马斯爵士却坦然让女儿独自承受最严厉的惩罚。最终诺里斯太太主动提出陪伴玛丽亚住进一个偏僻的小屋，从此与世隔绝，或许成为彼此永远的折磨。这不仅证明了始终恼人的诺里斯太太“能为自己真正在意的任何人做很多事”，也让读者不禁同情这个永远无法被任何人喜爱的人。

《曼斯菲尔德庄园》是《北怒庄园》之外的另一部互文小说。《北怒庄园》中 17 岁凯瑟琳的恐惧和幻想源于安·拉德克里夫夫人（1764—1823）创作的《尤多尔弗之谜》（1794）以及当时流行的其他言情与哥特小说，背景的缺失会让读者无法理解文中的一些情节与感受。然而《情人的誓言》是《曼斯菲尔德庄园》中穿插的一段戏剧表演，看似只是个增添的概念，不影响阅读和理解，但剧本中的人物关系与现实生活交相呼应，也影响和暗示了小说的结局。

已经订婚的玛丽亚·伯特伦设法得到了合适的弗雷德里克后，又被亨利·克劳福德巧妙地选为阿加莎，让他们有了公开调情的最佳理由，也为日后的丑闻埋下了伏笔，然而剧中的母子关系预示他们注定无法成为恋人。因为失意愤而退出演戏的茱莉娅沉默不语，任由耶茨先生向她献殷勤。剧中的维尔登海姆男爵几乎把意外相遇的托马斯男爵打翻在地，以及现实生活中耶茨先生和茱莉娅的私奔，共同挑战了男爵的尊严。愚蠢的拉什沃思先生和放荡的卡斯尔伯爵同样遭到了抛弃。埃德蒙和玛丽没能像剧中的安哈尔特牧师与艾米莉亚那样订下婚约，然而双方都曾克服性格的巨大差异和习性的缺陷，产生了真诚的欣赏与爱恋，让读者在接受最终结局的同时，不免为二人感到遗憾。汤姆扮演了多个无关紧要的小角色，也暗示着他不会像父亲那样独掌曼斯菲尔德庄园。

亨利·克劳福德无疑是最好的演员。刚听到演戏的提议，他就兴奋地表示自己“什么都能演，样样都会演”，而在两姐妹中选择阿加莎时，亨利就显露了他擅长演戏的本质。范尼因为剧本的各种不得体而担忧退缩却喜欢看戏。她厌恶克劳福德的为人，却真心喜爱他的表演。她始终坚持自己的原则，在各种逼迫诱惑与压力下依然拒绝演戏，在几乎要屈服的最后一刻，因为托马斯爵士的突然回归得以逃脱。

亨利·克劳福德在两位伯特伦小姐离开后故态复萌，打算和范尼调情，在她的心里戳个小洞，以此得到乐趣，却在范尼的吸引下坠入了情网，并向范尼求婚。范尼坚定不移地拒绝着亨利，直到他对莎士比亚《亨利八世》一段精彩绝伦的朗诵令她着迷。

> 她早就习惯了**好**的朗读，她姨父读得很好——她的表哥表姐们都很好，埃德蒙特别好——但在克劳福德先生的朗读中，有着她从未遇见过的一种出色。国王、王后、白金汉公爵、沃尔西、克伦威尔，全都轮番上场。

然而亨利八世绝非忠贞的情人。他一生有过六次婚姻和无数情妇。在这幕剧中，亨利国王不惜脱离罗马教廷，只为废黜凯瑟琳王后，迎娶情妇安·波林。

亨利·克劳福德求婚被拒后在曼斯菲尔德的得体表现，让托马斯爵士和埃德蒙都成为他坚定的支持者。托马斯爵士让范尼回到朴茨茅斯的家，只为让范尼的头脑清醒过来，答应亨利的求婚。

范尼在朴茨茅斯的家中艰难地生活了四个星期后，克劳福德一次完美的来访不仅让范尼“相信他的文雅和对别人的关心，比以前好得令人惊奇”，想到“对于这门让她痛苦的亲事，他无需坚持很久”，甚至幻想着能让苏珊妹妹在邀请下住进克劳福德先生的家。

亨利的来访当然不乏真心。不过在安东尼·曼达尔看来，这是“针对范尼，完全针对范尼”做出的一番应有的表演，其中最精彩的部分，是他把自己扮演成埃弗灵厄姆穷人和被压迫者的朋友。亨利能根据环境随时成为完美的表演者，而范尼却恪守严格的宗教原则，理解他的所有表现。[①]

因此，几乎紧随其后的亨利与玛丽亚私奔的消息虽然让范尼感到难以置信的痛苦和战栗，却也是意料之中的结果，让“情人的誓言”点燃的希望再次化为泡影，也让范尼在几乎就要答应求婚的时候躲避了很可能带来痛苦的婚姻。

亨利与玛丽·克劳福德这对兄妹活泼、开朗、礼貌、迷人，能够拥有真挚的感情，欣赏美好的品格，却同样因为错误的家庭教育失去了原则、迷失了内心，也失去了真心欣赏与爱慕的人，让奥斯汀忍不住在小说末尾对此表达了深深的遗憾。

《曼斯菲尔德庄园》和《北怒庄园》不仅是简·奥斯汀仅有的两部互文小说，也是两部以庄园命名的小说。从她的书信中可以看出《北怒庄园》最初名为《苏珊》，后更名为《凯瑟琳》。评

---

① Todd, Janet (ed.), *Jane Austen in Context*, London: Cambridge University Press, 2005. (第 31 页)

论家普遍认为《北怒庄园》的书名是在她去世后，由安排小说出版事宜的亨利做出的决定。《曼斯菲尔德庄园》显然是简·奥斯汀自己选择的书名，在名称、风格和内涵上都是她作为成熟型职业作家的一次新探索。

“庄园”一词在《新华字典》中的解释为：封建时代皇室、贵族、大官、富豪、寺院等占有并经营的大片土地。在英语中“庄园”对应的概念更加细致：比如“北怒庄园”为“Northanger Abbey”，而“曼斯菲尔德庄园”是“Mansfield Park”。

“Abbey”原指由寺院、修道院、教堂等组成的建筑群。北怒庄园是宗教改革时期一座富足的女修道院，在改革消亡时期落入蒂尔尼家族的一位祖先手里，这座古老建筑的大部分地方成为了如今的住宅。17 岁的凯瑟琳得知要去一座修道院变成的古老庄园做客时，便兴奋地想象着长长的潮湿过道、狭窄的地窖、破败的教堂，期待着古老的传说中关于受伤的可怜修女的悲惨故事。她对庄园现代奢华的陈设毫无兴趣，却为正踩在曾经的修道院回廊而兴奋不已，并幻想着重现《尤多尔弗》中可怜妻子的悲惨遭遇。

《曼斯菲尔德庄园》中也有一座“Abbey”，即拉什沃思先生的索瑟顿庄园。它建造于伊丽莎白一世女王的执政时期，即 1558 至 1603 年期间，是拥有民事法庭和领地法庭的古老家族庄园大宅，也是他最近才在村里最好的地方继承的一笔巨大的财产。“Abbey”是封建制度的代表及延续，愚蠢的拉什沃思先生很可能因为限定继承权而得到这座庄园。细心的读者也不难看出索瑟顿庄园和《爱玛》中奈特利先生的当维尔庄园（Donwell Abbey）在布局上的相似之处。

曼斯菲尔德庄园周长五英里，是一幢宽敞的现代住宅，位置优越、密林掩映，气派得足以被任何英国私宅版画集收录在册。当范尼终于从朴茨茅斯返回曼斯菲尔德庄园时，她的眼睛饱览着草坪和种植园里的新绿。托马斯爵士的财富主要来源于西印度群岛的种植园，很可能和奴隶贸易有关。他应该是从殖民地获得巨额财富，并因此加封爵位的新贵。

在《傲慢与偏见》中也有一座新式庄园，即凯瑟琳夫人的罗辛斯庄园（Rosings Park），是一座漂亮的现代建筑，柯林斯先生曾说房子正面的窗户玻璃花了刘易斯·德·布尔爵士很大一笔钱。凯瑟琳夫人告知伊丽莎白，达西先生和她女儿“在父亲那边，源于体面、荣耀、古老——尽管没有爵位的家族”。达西先生的父亲继承了古老的彭伯利，后传给儿子达西。彭伯利庄园也可称为大宅（House），即富裕乡绅的世袭宅邸。而德·布尔小姐的父亲并未继承家族产业（也许并非长子），很可能因为工业革命的兴起或从海外殖民地获得财富，新建了这座庄园，因此凯瑟琳夫人认为她有权将这座庄园和所有财产留给自己的女儿，尽管这样的做法在当时极其罕见。

以“曼斯菲尔德”命名托马斯爵士的庄园，是简·奥斯汀首次以隐晦的方式，在她的小说中提出奴隶制这样的社会问题。从十八世纪后期到十九世纪初，奴隶制是在英国社会极具争议性的话题。1772年6月22日，作为萨默塞特案的执行法官，曼斯菲尔德勋爵威廉·默里（1705—1793）虽有勉强，却最终宣布“任何主人都不允许使用暴力，将失责的奴隶售往国外[1]”，成为英国禁止奴隶贸易的一个重要里程碑。1807年，英王乔治三世签署了国会通过的《1807年奴隶贸易法案》（*Slave Trade Act 1807*），在自己当时的领土和属地范围内禁止奴隶贸易。然而在简・奥斯汀的有生之年，英属殖民地的奴隶制都完全合法[2]。

奥斯汀通过对曼斯菲尔德庄园主人托马斯爵士的刻画，暗示了奴隶制的残酷。托马斯爵士表面看来彬彬有礼、令人尊敬，是这样的家庭应有的主人。他要求埃德蒙离开舒适的家住在桑顿・莱西，和教民们共同生活，体现了他虔诚的宗教信仰。但与此同时，也不难看出托马斯爵士性格的暴戾。他的离开是对孩子们巨大的解脱，而他的回归带来了无与伦比的惊恐和压抑。起初满不在乎的耶茨先生打算和托马斯爵士好好理论一番，“但他这辈子从未见过谁像托马斯爵士那样刻板得不可理喻，专横得令人发指”。即使活泼随意的玛丽也觉得“他的性情举止让人只能顺从”。他视利益为婚姻最重要的因素，虽明确看出拉什沃思先生的愚蠢以及玛丽亚对他的厌恶，却在稍作尝试后，以自欺欺人的方式为这桩极其有利的婚事感到欣喜。他在小说末尾对长女毫不留情的放逐，彻底剥夺她此生的希望，同时心安理得地每天享受着范尼的陪伴，也让读者依稀看到作为奴隶主的托马斯爵士残暴的性格和道德的缺失。

相比于前三部年轻时代较为简单纯粹的爱情故事，简・奥斯

---

① Todd, Janet (ed.), *Jane Austen in Context*, London: Cambridge University Press, 2005.（第421页）

② 同上。

汀在《曼斯菲尔德庄园》中展现了更复杂的亲情与爱情关系，更出色的人物刻画，更宏大的社会背景，以及对伦理道德更深刻的探究，同时保留了轻松幽默的语调，以无处不在的讽刺风格逗人发笑且发人深省，是值得反复阅读的成熟杰作。

本人是华东师范大学外语学院教师，于 2017 年 9 月至 2018 年 9 月期间获国家留学基金委奖学金，在加拿大滑铁卢大学英语系作为访问学者，师从弗雷泽·伊斯顿教授（Fraser Easton）进行简·奥斯汀研究。访学期间，我遇见时任滑铁卢大学孔子学院中方院长周敏教授，在她的指引下走上了奥斯汀翻译之路。感谢群岛图书出版人彭伦老师、华东师范大学出版社许静老师和陈斌老师的帮助与认可。感谢华东师范大学出版社对我的信任，感谢我在此工作二十年，温暖如家的大学英语教学部，同时感谢给我帮助、支持与鼓励的师长、家人、同事、学生和朋友们！

译文的章节、段落划分与黑体着重标记（原版为斜体）以“牛津世界经典丛书”的“Mansfield Park”（2008）为标准，文末注释也以此书为重要参考。希望此译本能够得到读者的喜爱与认可。

最后，愿《曼斯菲尔德庄园》能让亲爱的读者们享受美好的奥斯汀世界！

汪燕

2022 年 1 月 27 日

《情人的誓言》简介

德文原著作者：Friedrich Ferdinand von Kotzebue（1761—1819）

德文原名：*Das Kind der Liebe*

出版年份：1791

英译者：Elizabeth Inchbald（1753—1821）

英译名：*Lovers' Vows*

翻译年份：1798

人物与扮演者

阿加莎	玛丽亚·伯特伦
弗雷德里克	亨利·克劳福德
管家、农夫等	汤姆·伯特伦
农夫妻子	格兰特太太
维尔登海姆男爵	耶茨先生
艾米莉亚	玛丽·克劳福德
卡斯尔伯爵	拉什沃思先生
安哈尔特	埃德蒙·伯特伦

剧情简介

穷困潦倒的阿加莎流落街头，士兵弗雷德里克前去帮助，意外母子重逢。阿加莎告知弗雷德里克他是当地维尔登海姆男爵的私生子，弗雷德里克将母亲交给好心的农夫和他的妻子，只身寻找男爵。弗雷德里克在路上与打猎的男爵一行发生激烈冲突，被关进城堡，最终父子相见。此时男爵的妻子已经去世，留下女儿艾米莉亚。在家庭牧师安哈尔特的劝说下，心怀悔恨的男爵娶回阿加莎，实现了当年的承诺。

卡斯尔伯爵正在追求男爵的女儿艾米莉亚。艾米莉亚对伯爵无动于衷，却很喜爱牧师安哈尔特。维尔登海姆男爵得知卡斯尔伯爵玩弄并抛弃了许多女人，非常震惊。想到自己的过去，他告诉女儿不必违背意愿嫁给伯爵。艾米莉亚主动向安哈尔特表达爱意并得到他的表白，两人订下婚约。

第一卷

第一章

大约三十年前，来自亨廷顿，只有七千英镑的玛丽亚·沃德小姐，幸运地迷住[①]了北安普敦郡曼斯菲尔德庄园的托马斯·伯特伦爵士，因此获得爵士夫人头衔，享受着漂亮宅邸和丰厚收入带来的舒适生活。整个亨廷顿都为这桩幸运的婚事而沸腾，就连玛丽亚身为律师的叔叔也认为她离般配的婚姻还差了三千英镑。她有两个姐妹因为她的提升而受益，那些觉得沃德小姐[②]、弗朗西斯小姐和玛丽亚小姐一样漂亮的熟人，都毫不迟疑地预言她们几乎能嫁得一样好。然而这世上有钱的男人，当然没有配得上他们的女人那么多。六年过去了，沃德小姐只是嫁给了诺里斯牧师，那是她妹夫的一个朋友，几乎没什么私人财产，而弗朗西斯小姐更是糟糕。沃德小姐的婚姻，说来也不算太差，托马斯爵士欣然给他的朋友提供了一份在曼斯菲尔德当牧师的职位，于是诺里斯夫妇靠着将近一千镑的俸禄过上了他们的幸福生活。然而弗朗西斯小姐的婚事，通俗而言，违背了对家庭的责任，她看上了一个没受教育、没有财产、也没有门第的海军中尉[③]，简直糟糕

---

① “亨廷顿”的原文为“Huntington”，Hunting有“狩猎”之意；“迷住”的原文为“capture”，也有“捕获”之意。

② 对长女的称呼。诺里斯太太是三姐妹中唯一没提到名字的人。

③ 原文为“lieutenant”，海军中的低级军衔。

透顶。她几乎不可能嫁得更差。托马斯·伯特伦爵士出于原则和骄傲，对此事很在意——他总的来说希望做事妥当，想看着与他有关的每个人都身份体面，情愿为伯特伦夫人的妹妹倾尽全力；然而以他妹夫的职业性质，他却无能为力。他还没能想出帮助他们的其他任何办法，姐妹们已经闹翻了。这是各方行为的自然结果，但凡非常轻率的婚姻几乎总会导致这样。为避免听见无益的规劝，普莱斯太太直到真正结婚后才给家人写了信。伯特伦夫人是个生性非常沉静，性情极其随和倦惰的女人，本来只需不理睬妹妹，不再想这件事便能心满意足；然而诺里斯太太却情绪激动，若不给范尼写一封怒气冲冲的长信，指出她行为的愚蠢，以可能产生的严重后果相威胁，她就不会感到满意。普莱斯太太当然受了伤害，感到愤怒；她写了回信，对每个姐姐心生怨恨，对托马斯爵士的骄傲说出了非常无礼的话语，诺里斯太太根本不可能不说出去，于是这让她们在很长一段时间没有任何来往。

她们的家距离遥远，进入的圈子截然不同，在随后的十一年里，几乎没办法听说彼此的情况；或至少，当诺里斯太太竟然能时常愤怒地告诉他们范尼又生了一个孩子，总会让托马斯爵士感到惊诧不已。然而十一年后，范尼太太再也无法继续骄傲或怨恨下去，也不能再失去或许可以帮助她的亲友。她的家庭人口众多，还不断增长，丈夫因为服役落下残疾，却依然既爱交友又好喝酒，只以一份微薄的收入供养家人，这使她急于和曾经草率放弃的亲人恢复关系。她给伯特伦夫人写了一封信，满纸悔恨、言语凄凉。她孩子太多，几乎样样缺乏，这必然会让他们全都重归于好。她正准备生第九个孩子，在哀叹了自己的处境，请求她们资助即将出生的孩子后，她又忍不住表示她们对已有的八个孩子是多么重要。她最大的男孩已经十岁，活泼可爱，一心想要出去。可是她能做什么呢？托马斯爵士在西印度群岛[1]的产业用得上他吗？他干什么都行。或者托马斯爵士认为伍尔维奇如何？能不能把哪个男孩送到东部[2]去？

这封信没有白写，他们再次和好，善意相待。托马斯爵士给了好心的建议和允诺，伯特伦夫人寄了钱和婴儿服，诺里斯太太写了信。

这是当时的结果。不到一年，又带来一个对范尼太太更重要的好处。诺里斯太太常对别人说，她始终对可怜的妹妹和她的家人念念不忘，还说虽然他们都为她做了很多，她似乎还想再做一些；最后她只得承认希望从范尼太太众多的孩子中挑选一个，完全帮她抚养。“要是由他们[3]来照顾她的大女儿怎么样？一个九岁的孩子，她可怜的母亲无法给她应有的关照。相比这个善行而言，给他们带来的麻烦和费用不值一提。”伯特伦夫人立即同意。“我想这再好不过了，”她说，“我们派人把孩子带来吧。”

托马斯爵士无法当场痛快答应。他左思右想，犹豫不决——这是一项严肃的职责——一个这样长大的女孩，必须好好养育，否则把她从家中带出来就不是善行，反而是残忍。他想到自己的四个孩子——想到他的两个儿子——想到表兄妹的相恋等等，可

---

① 西印度群岛位于南美洲北面，为大西洋及其属海加勒比海与墨西哥湾之间的一大片岛屿，部分是英国当时的殖民地。此处的产业很可能指在安提瓜的甘蔗种植业。

② 伍尔维奇有皇家造船厂，可能指从军或在兵工厂工作；东部指“东印度公司”。

③ 此处为说书人的话语，因此改变了人称代词形式。说书人在奥斯汀的每部小说中都很活跃。

他刚开始慎重地提出反对意见，诺里斯太太就打断了他，回答了他提出和没提出的全部问题。

“我亲爱的托马斯爵士，我完全明白你的意思，理解你慷慨审慎的想法，这都符合你通常的处事原则。既然领养一个孩子，就应该竭尽所能好好抚养她，在这个主要问题上我完全同意你的看法，我绝不会对此有半点异议。我自己没有孩子，要是能尽一点微薄之力，我不帮自己妹妹的孩子，还去找谁呢？我相信诺里斯先生非常通情达理，但你知道我是个寡言少语、不善言辞的女人。别让我们因为一点小事就吓得不敢帮助别人。给一个女孩教育，带她体面地进入社交圈，十有八九她能过得很好，无需任何人继续负担她的生活。托马斯爵士，也许我能说，我们的一个外甥女，或至少**你的**外甥女，在这儿长大一定大有好处。我不是说她会像她的表姐们那么漂亮。我敢说她不会，但她将在如此有利的条件下进入这儿的社交圈，这很可能让她找到个体面人家。你在考虑你的儿子，可你不知道，如果他们像兄妹一样长大，**那**是最不可能发生的事吗？从道义上来说绝无可能。我从未听说过这样的事情。实际上，这是防止这门亲事唯一稳妥的办法。假如她是个漂亮女孩，七年后和汤姆或埃德蒙第一次相遇，我敢说那才有麻烦呢。一想到她在那么遥远的地方长大，忍受了那样的贫穷与冷落，这足以让我们任何一个可亲可爱、温和善良的男孩爱上她。但从现在开始让她和他们一起长大，即使她美得像个天使，她永远只是个妹妹。”

“你的话很有道理，”托马斯爵士答道，“我绝不想以无中生有的麻烦，阻碍适合各方情况的计划。我只想说这不该轻率行事，而是能真正给普莱斯太太带来好处，也让我们自己问心无愧。假如没有达到你乐观期待的境遇，因为什么情况都可能出现，我们必须保证这个孩子过上体面女人的生活，或者认为我们从今往后都对她负有责任。”

“我完全明白你的意思，”诺里斯太太叫道，“你太慷慨、太周到了，我相信关于这一点我们绝无分歧。你很清楚，不管我能做些什么，我总是随时愿意为我喜爱的人尽力而为。虽然我对这个小女孩的感情，比起对你本人亲爱的孩子们的感情，连百分之一都不及，也无论如何都不能像那样把她当成我自己的孩子，可要是不管她，我会痛恨我自己。难道她不是一个姐妹的孩子吗？当我还能给她一些面包时，我能忍心看着她受饥挨饿吗？我亲爱的托马斯爵士，虽然我有许多缺点，但我是个热心肠；尽管我很穷，我宁愿自己省吃俭用，也不愿为人小气。因此，要是你不反对，我明天就给我可怜的妹妹写信，向她提议。一旦事情定下来，**我**会安排把孩子带到曼斯菲尔德，**你**完全不用操心。你知道，我从不在乎自己的麻烦。我会派南妮专门去一趟伦敦，她可以住在她堂兄的马具店里，就让孩子去那儿找她。他们很容易让她乘马车从朴茨茅斯去伦敦，托一个碰巧同行的体面人照顾她。我敢说总有体面的商人太太或是别人要进城去。”

除了认为南妮的堂兄并不可靠外，托马斯爵士没再提出反对。于是换了一种更加体面，却不太省钱的会面方式，一切安排妥当，大家已经为这个仁慈的计划感到心情愉快。严格说来，他们各自的喜悦感并不对等，因为托马斯爵士完全下定决心，要一直资助这个挑选出的孩子，而诺里斯太太根本没打算为她花一分钱。就跑腿、动嘴皮、出主意而言，她非常和善仁慈，谁都不如她那么会教别人慷慨大方。然而她对钱的喜爱程度不亚于喜爱指手划脚，她很清楚怎样花朋友的钱并省下自己的钱。她的婚姻没给她带来期待的收入，所以她从一开始就觉得必须厉行节约。然而这始于审慎的做法很快变成一种选择问题，因为没了孩子的保障，省钱就成为必须的目标。假如要养活一大家子人，诺里斯太太也许永远攒不了钱；可既然没有那样的担忧，她便无所顾忌地愈发节约，让她每年都有更多花不完的钱，并从中得到慰藉。她财迷心窍，对妹妹的孩子也没有真正的感情，因此除了为这项昂贵的慈善之举做些计划和安排，她绝不想做得更多。当然，她也许太没有自知之明，在结束商讨回牧师住宅的路上，会沾沾自喜地认为自己是世界上最慷慨大度的姐姐和姨妈。

等再次谈到这个话题时，她的想法就表达得更清楚了。伯特伦夫人平静地问她："姐姐，这个孩子先去哪儿呢，去你那儿，还是我这儿?"这时托马斯爵士有些吃惊地发现，诺里斯太太完全没能力照料这个孩子。他本以为牧师一家会非常欢迎她，因为没有自己的孩子，这个女孩会是姨妈理想的陪伴。然而他发现自己完全弄错了。诺里斯太太抱歉地说，至少以当时的情形，这个女孩绝不能和他们住在一起。可怜的诺里斯先生身体不好，所以无能为力。他无论如何也受不了孩子的吵闹。当然，要是他的痛风病能好起来，事情会截然不同。到那时她会欣然担起责任，丝毫不考虑带来的不便。不过现在，可怜的诺里斯先生时刻需要她的照顾，但凡提起这件事，都会让他心烦意乱。

"那她最好来我们这儿。"伯特伦夫人极其平静地说道。稍过片刻，托马斯爵士郑重地说：“是的，让她以这座房子为家。我们会努力尽到对她的责任，至少，她能得到同龄的伙伴，还有家庭教师的指导。”

“完全正确，”诺里斯太太叫道，“这都是非常重要的考虑。对李小姐[1]来说，教三个孩子和教两个都一样——没有任何不同。我只希望能多做些，但你们也看得出我已经尽我所能。我不是那种怕麻烦的人，南妮会去领她回来，虽然让我的得力助手出去三天会带来很多不便。我想，妹妹，你会让那孩子住在旧育儿室附近的白色小阁楼里吧。这对她来说再合适不过了，就在李小姐旁边，离女孩们不远，还靠近两个女仆，你知道，两人都能照料她的梳洗穿着。我想，你不会让埃利斯除了照料别人外，还得照顾她。说真的，我认为你没有别的地方来安顿她。”

伯特伦夫人没有反对。

“我希望她是个好性情的女孩，”诺里斯太太接着说，“能为拥有这样的朋友感到万分幸运。”

“如果她真的性情不好，”托马斯爵士说，“为我们自己的孩子考虑，我们绝不能让她继续待在家里，但没理由认为会那么糟糕。我们也许会发现她在很多方面需要改进，我们必须有所准备，可能会看到她愚昧无知、见解狭隘、举止粗俗，但这些并非无可救药的缺点，我也相信这对她的同伴没有危险。要是我的女儿比她小，我会觉得带来这样的同伴是件非同小可的事情，但以现在的情况，我想在这样的关系中无需为她们担心，只有期待她

① 李小姐是家庭教师。家庭教师是当时生活困窘的中产阶级女性几乎唯一的工作机会，是经济与社会地位极低的工作。

变得更好。”

“那正是我的想法，”诺里斯太太叫道，“我今天早上也是这样对我丈夫说的。我说，这个孩子和她的表姐们在一起，本身就是一种教育。就算李小姐什么都不教她，她也能从**她们**那儿学得聪明善良。”

“我希望她不会捉弄我可怜的哈巴狗，”伯特伦夫人说，“我刚刚才让茱莉娅别烦它。”

“我们会遇到一些困难，诺里斯太太，”托马斯爵士说，“当女孩们逐渐长大，该如何为她们划出适当的界限；怎样让我的**女儿**意识到她们的身份，又不至于过分贬低她们的表妹；怎样让她明白她不是**伯特伦小姐**，又不会使她过于沮丧。我希望看着她们成为很好的朋友，绝不希望我的女儿对她们的亲戚表现出丝毫的傲慢，但她们还是不可能平起平坐。她们的地位、财富、权利和前途总会有所不同。这是个极其微妙的问题，你必须帮我们努力找出合适的做法。”

诺里斯太太乐意效劳。虽然她完全赞成他的想法，认为这件事非常棘手，但还是给他鼓励，让他相信他们能够轻松解决问题。

不难料想诺里斯太太给她妹妹的信没有白写。普莱斯太太非常惊讶，她有那么多好男孩，他们竟然选中了一个女孩子。但她还是千恩万谢地接受了这番好意，向他们保证她的女儿性情极好、脾气温和，相信他们绝无理由不要她。她又说她有点柔弱瘦小，但乐观地期待换个环境会对她大有好处。可怜的女人！她也许觉得她的许多孩子换个环境都有好处吧。

第二章

小女孩平安完成了她的长途旅行，在北安普敦见到诺里斯太太。这位太太不仅有了最先欢迎她的功劳，还因为领她见了众人，请大家对她多加关照而显得尤为重要。

范尼·普莱斯此时刚满十岁，虽然对她的初次印象并不令人着迷，但至少绝不让她的亲戚们生厌。她看起来比实际年龄小，没有红润的肤色，也没有令人心动的美貌。她很胆怯羞涩，有些畏缩。不过她的神态虽然笨拙，却毫不粗俗。她嗓音甜美，说话时看起来挺漂亮。托马斯爵士和伯特伦夫人非常亲切地接待了她。托马斯爵士看出她很需要鼓励，努力表现得和颜悦色，不过这却使他必须和自己的天性作对——然而伯特伦夫人不用花费一半的努力，也用不着说出他十分之一的话语，只需温柔一笑，便马上成了两人中不那么可怕的那一位。

孩子们都在家，见面时的表现都十分得体，兴高采烈、毫不拘谨，至少两个男孩都是这样。他们一个十七岁，一个十六岁，个子比同龄人高，在他们年幼的表妹眼中俨然有着大人的威严。两个女孩有些不自在，因为年龄较小，又更害怕父亲，他此时对她们说话的语气异常和蔼。不过她们习惯有人做伴，听人表扬，绝无天生的羞怯。因为她们的表妹完全没有自信，她们反而更加自信，很快就能轻轻松松、若无其事地好好打量她的脸庞和衣裳。

他们是很漂亮的一家人，儿子们非常英俊，女儿们十分貌美，各个发育很好，比实际年龄早熟些，与他们表妹的外貌形成了鲜明的对比，和教育带来的谈吐差别一样明显。谁也想不到女孩们的年龄和表妹那么接近，其实小的那个和范尼只差两岁。茱莉娅·伯特伦只有十二岁，玛丽亚也就再年长一岁。此时小客人特别难过。她谁都害怕，感到自惭形秽，想念刚离开的家。她不敢抬头，说话声低得几乎听不见，而且一开口就会哭。诺里斯太太从北安普敦到这儿一路都在说着她的好运气，说她应该感激不尽，好好表现。她想到自己不该不开心，于是又增添了一分痛苦。很快，漫长旅途带来的疲惫也不容小觑。托马斯爵士屈尊附就地安慰她，诺里斯太太热心地保证她会做个好孩子，但无济于事；伯特伦夫人满脸笑容，让她同自己和哈巴狗一起坐在沙发上，还是没用，即使见到醋栗馅饼她也无动于衷。她没吃两口就泪如雨下，看来此时她最需要睡眠，于是她被带到床上继续伤心下去。

“这个开头可不妙，”范尼离开屋子后诺里斯太太说，“这一路上我对她说了那么多，本以为她会表现得好点呢。我告诉她一开始好好表现有多重要。但愿她没有一些坏脾气——她可怜的母亲脾气很坏，但我们必须体谅这样一个孩子——我不认为她为离开家伤心真有什么不好，因为无论如何，那**是**她的家，她现在也无法理解她的境遇改善了多少。不过一切都会变好的。”

然而让范尼适应曼斯菲尔德庄园的新环境，习惯与所有熟悉的人分开，花费的时间超出了诺里斯太太的预料。她的生性特别敏感，让人捉摸不定，因此也很难好好关照她。谁都无意亏待她，但谁也不会费尽心思保证她的舒心。

第二天伯特伦小姐们获得了假期，特意让她们有时间和小表妹熟悉起来，一同玩耍，却收效甚微。她们发现她只有两条腰带，从未学过法语，不免有些瞧不起她。看着小表妹对她们好心表演的二重奏无动于衷，她们只能慷慨地送她一些她们最不在乎的玩具，让她独自待着。两人去玩当时最时兴的假日游戏：做假花，或者说糟蹋金纸。

范尼不管在不在表姐们身边，无论在教室、客厅还是灌木林都郁郁寡欢，对每个人和每个地方都感到害怕。伯特伦夫人的沉默让她沮丧，托马斯爵士的严肃神情使她敬畏，诺里斯太太的责备令她惶恐不已。她的表姐们说她身形矮小，让她深感屈辱；觉得她性情羞涩，令她局促不安；李小姐为她的无知感到诧异，女仆们讥笑她的衣着。伤心之余，她又想到同自己的兄弟和妹妹们玩耍时，她始终是他们重要的玩伴、指导和看护，小小的心灵真是无比沮丧。

房子的富丽堂皇令她吃惊，却不能给她安慰。房间太大，让她进入时总是小心翼翼。她无论碰到什么都担心弄坏，走起路来蹑手蹑脚，一惊一乍，常常躲到自己的小屋里哭泣。每天晚上离开客厅时，人人都说这个小女孩似乎很满意自己特别的好运，谁料她总是哭着入睡，结束一天的悲伤。就这样过了一个星期，她安静顺从的态度没有引起丝毫的怀疑，直到一天早上，她的小表哥埃德蒙见她正坐在阁楼的楼梯上哭泣。

“我亲爱的小表妹，”他生性善良，便温柔可亲地说道，“出什么事了？”他坐在她的身旁，想方设法让她别为被人发现感到羞愧，劝她敞开心扉。她病了吗？还是有人对她发火了？或者她和玛丽亚或茱莉娅吵架了？不然功课有什么不懂，他可以为她讲解的？简而言之，要不要他为她取些什么，或是做些什么？就这样过了很久，他只能得到“不，不——完全没有——不，谢谢你”的回答，但他依然坚持不懈。当他刚开始询问她自己的家，她愈发伤心的啜泣让他明白了问题所在。他试着安慰她。

“你为离开妈妈而伤心，我亲爱的小范尼，”他说，“说明你是个好女孩，但你必须记住，你和亲戚朋友们在一起，他们都爱你，想让你开心。让我们去庭院散散步吧，你可以对我说说你的兄弟和妹妹们。”

经过追问，他发现虽然所有的兄弟妹妹她都喜爱，但其中一个她想得最多。她说得最多，也最想见的是威廉。威廉是最大的孩子，比她本人大一岁，是她形影不离的伙伴和朋友。每次遇到麻烦，他都在妈妈面前说她的好话（他是妈妈的宠儿）。“威廉不希望她离开——他告诉她，他一定会非常想念她。”“但威廉会给你写信的，我相信。”“是的，他答应写信，但让她先写。”“你什么时候会写呢？”她低下头，犹豫地说：“她不知道，她没有纸。”

“如果那就是你全部的困难，我会给你纸和其他所有材料，你就能随时写信了。给威廉写信会让你开心吗？”

“是的，非常开心。”

“那就现在写吧。跟我去早餐室，我们能在那儿找到所有的东西，而且肯定没有别人。”

“可是表哥，这能送到邮局吗？”

“是的，我保证一定能。它将和别的信一起送到，因为你姨父会签上名字[1]，威廉就不用付邮资了。”

“我姨父！”范尼神情惶恐地重复道。

“是的，等你写完信，我会拿给我父亲签名的。”

范尼觉得这样做有些冒失，但没再反对。他们一起走进早餐室，埃德蒙给她准备纸张，为她打上横线，简直和她哥哥一样热心，也许还更加细致。她写信时他一直陪着她，随时帮她削铅笔或是教她写字。他的关照令她非常感动，而他对她哥哥的好意最让她欣喜。他亲自写信向他的威廉表弟问好，还在信封里放了半个畿尼[2]。范尼此时激动的心情简直无以言表，然而她的神情和几句质朴的话语完全表达了她的感激和喜悦，于是她的表哥开始对她有了兴趣。他又和她说了些话，从她的言语中断定她心地善良，特别希望做事得当。他能感觉到，因为她对自己的处境极为敏感也非常胆怯，所以需要更多的关注。他从未有意让她痛苦，但他现在觉得她需要更多明确的善意对待。有了那样的想法，他首先设法减轻她对众人的惧怕，还特别给了她许多好的建议，比如怎样和玛丽亚、茱莉娅玩耍，怎样过得开心。

从这天起范尼就轻松起来。她觉得自己有了朋友，而表哥埃德蒙的善意让她同别人交往时也有了兴致。这个地方变得不那么陌生，人们也不那么可怕了。如果说有些人她还无法不害怕，她至少开始了解他们的性格，懂得最好怎样顺应他们。那些小小的

---

① 奥斯汀时代的邮资很高，而国会议员只需签名便可免费收发信件包裹。托马斯爵士是众议院议员。

② 1 畿尼 = 1.05 英镑 = 21 先令；1 先令等于 12 便士；1 克朗 = 5 先令。

无知与笨拙起初扰乱了众人的平静，也让她自己不得安宁，逐渐自然而然地消失了。她再也不真正害怕出现在姨父面前，诺里斯姨妈的声音也不再让她心惊胆战。有时她的表姐们也愿意和她一起玩。虽然她年幼体弱，还不配当她们的日常玩伴，但她们有时的乐趣和安排需要第三个人的加入，尤其当这第三个人脾气极好又百依百顺时。当她们的姨妈询问她的缺点，或是哥哥埃德蒙让她们好好照顾她时，她们也只得承认“范尼的性情好极了”。

埃德蒙始终对她很好，汤姆也待她不错，只是常以一个十七岁年轻人认为合情合理的方式，捉弄这个十岁的孩子。他正步入社会，生气勃勃，有着长子的那种潇洒大方，认为自己生来就是为了花钱享乐。他对小表妹的好意符合他的地位与权利；他会送她一些很漂亮的礼物，同时取笑她。

随着范尼面容舒展，有了精神，托马斯爵士和诺里斯太太对他们的慈善计划更觉得意。很快他们就一致认为，虽然范尼谈不上聪明，但她性情温顺，似乎不会给他们惹麻烦。觉得范尼生性愚钝的不止**他俩**。范尼能够读书、做活[①]、写字，但别的都没学过。她的表姐发现她对她们早就熟悉的许多事情一无所知，觉得她极其愚笨，在最初的两三个星期不断去客厅汇报她们的新发现。“亲爱的妈妈，想想吧，我的表妹连欧洲地图都不会拼——或我的表妹说不出俄国的主要河流——或者，她从未听说过小亚细亚——或是她分不清水彩笔和蜡笔！太奇怪了！你听说过这么愚蠢的事吗？”

---

① 指做针线活。

"我亲爱的，"她们善解人意的姨妈会说，"这太糟糕了，但绝不要指望人人都像你们这样天资聪颖，善于学习。"

"可是姨妈，她真的太无知了！你知道吗？昨晚我们问她会从哪条路去爱尔兰，她说，她会乘船去怀特岛。她只能想到怀特岛，叫它**岛屿**[①]，好像这世界上没别的海岛似的。我比她小很多的时候，懂得的知识肯定比她多得多，否则我会觉得害臊。我都记不清从什么时候开始，我就知道许多她到现在还一无所知的事情了。姨妈，我们背诵英国国王的年代顺序和他们的登基日期，还有他们在位期间的重大事件，那是多久以前的事啊！"

"是的，"另一个女孩说，"还有罗马国王，远到塞维鲁。此外还有许多异教神话故事，以及各种金属、半金属、行星和杰出哲学家的名字。"

"非常正确，我亲爱的，不过你们有极好的记忆力，也许你们可怜的表妹什么也记不住。人的记忆力差别极大，和在别的方面一样，所以你们一定要体谅你们的小表妹，同情她的不足。同时记住，即使像你们这样聪明有见识的人，也要始终保持谦虚。因为，虽然你们已经懂得很多，但还有许多东西要学。"

"是的，我知道，一直学到我十七岁[②]。但我必须告诉你关于范尼的另一件事，太奇怪太愚蠢了。你知道吗？她说她既不想学音乐，也不想学绘画。"

"当然，我亲爱的，那真是非常愚蠢，表明她特别缺乏天分

---

① 爱尔兰原文为"Ireland"。范尼因为第一次听说，误以为是岛屿的英文"Island"，便说起家乡的怀特岛"White Island"。

② 十七岁是奥斯汀时代的女孩进入社交圈以及结婚的较早年龄。

和上进心。不过总的来说，我觉得这样也好。虽然你们知道（多亏了我）你们的爸爸妈妈好心让她同你们一起长大，但她完全没必要和你们一样多才多艺——相反，有些差别倒更好。”

诺里斯太太就是这样教导她的外甥女，帮助她们形成自己的想法的。因此她们虽然天资聪颖、早受教育，但她们竟然毫无自知之明，完全不懂得慷慨大度、谦逊待人，这也不足为奇。她们在各方面都得到了上好的教育，唯独缺乏性情的培养。托马斯爵士不知道她们有哪些不足，因为他虽然是个殷切的父亲，却不善于表露情感。他的寡言少语令人压抑，让孩子们完全无法在他面前展现活泼的性情。

对于她两个女儿的教育，伯特伦夫人根本不闻不问。她没时间关心这些。她整日穿得漂漂亮亮，长时间坐在沙发上，一直做着既无用处也不美观的针线活，想她的哈巴狗比想她的孩子还要多。只要不给自己添麻烦，她就对孩子们无比溺爱。所有大事她都由托马斯爵士做主，一应小事都随她姐姐的决定。就算她有更多时间照料她的女儿，她或许也会觉得毫无必要，因为她们有一位女家庭教师的指导，还有正规男教师的教育，什么也不缺。关于范尼在学习上的愚笨，“她只能说这很不幸，但有些人**的确**愚蠢，范尼必须更加努力。她不知道还能做些什么，但她必须说，她认为除了头脑迟钝外，这个可怜的小东西没别的坏处——在送个信、取些东西方面，她一直觉得范尼灵巧又敏捷。”

无知又胆怯的范尼就这样在曼斯菲尔德庄园住了下来，学着将她对老家的眷恋与喜爱之情转移到这儿，同她的表哥表姐们一起长大，也并非不开心。玛丽亚和茱莉娅没有真正的恶意，虽然范尼常常因为她们的对待感到屈辱，但她自视过低，不觉得受了伤害。

大约从范尼来到这个家庭起，伯特伦夫人因为身体有些欠佳，人又过于懒惰，便放弃了城里[1]的房子。她以前每年春天都去住一阵子，如今完全住在乡下，任由托马斯爵士履行他在议会的职责，无所谓她的离开究竟增加还是减少了他的安适。伯特伦小姐们继续在乡下锻炼她们的记忆力，练习二重奏，长得身材高挑、婀娜多姿。父亲见她们容貌美丽、举止得体、多才多艺，一切都令他称心如意。他的大儿子漫不经心、挥霍无度，已经让他担心不已，但其他几个孩子都大有希望。他感觉女儿们在出嫁前一定能给家庭增添光彩，相信她们将来必然能结成体面的亲事。以埃德蒙的人品，他明辨是非、头脑正直，无疑会有所作为，给他自己和他所有的家人带来荣耀和幸福。他将成为一名牧师。

托马斯爵士不仅关心自己的孩子并为此得意，也没有忘记给普莱斯太太的孩子们力所能及的帮助。他慷慨地资助男孩们读书，等他们长大后又为他们安排职业。范尼虽然几乎完全脱离她的家庭，但听说任何对她家人的善行，或是他们的境遇和表现有可能得到提升，都会由衷地感到欣喜。这么多年来，她和威廉愉快地见过一次面，也只有这一次。其他人她从来没见过，似乎谁也不觉得她会重回他们身边，即便只是回家看看，家中似乎也没谁需要她。不过威廉离家后决定当个水手，出海前得到邀请，和他的妹妹在北安普敦郡共度了一个星期。他们见面时的兄妹情

[1] 原文为“town”，指伦敦。

深，共处时的欢天喜地，长久的幸福愉悦，不时的严肃交流；哥哥直到最后一刻都乐观活泼，妹妹在他离开后伤心痛苦，这都不难想象。幸运的是，他们的见面在圣诞假期，她能直接从埃德蒙表哥那儿寻求安慰。他告诉她威廉的职业要做什么，将来会怎样，使她逐渐相信分别或许也有好处。埃德蒙的友情从未让她失望：他从伊顿去牛津读书丝毫没有改变他体贴的天性，反而给他更多的机会证明他的体贴。他从不炫耀比别人更尽心，也不担忧过于尽心，却一直在乎她的想法，体谅她的感受，努力宣扬她的优点，帮她克服羞怯，从而使优点更加明显。他给她建议、安慰和鼓励。

由于受到众人的压抑，埃德蒙一个人的鼓励还不能使范尼变得大胆，然而他的关注却对她至关重要，不仅提升她的心智，也能增加她的快乐。他知道她天资聪颖，头脑敏锐，富有理智。她喜爱阅读，只要引导得当，定能自行长进。李小姐教她法语，听她每天读一段历史，而他推荐她在闲暇时阅读有趣的书籍，培养她的品位，纠正她的错误见解。他和她谈论她读过的书，使她从中受益，通过审慎的赞美增加读书的魅力。他对她尽心尽意，作为回报，她爱他胜过爱任何人，除了威廉。她的心一半属于威廉，一半属于他。

第三章

家中发生的第一件大事情是诺里斯先生的去世，当时范尼大约十五岁，也不可避免地带来了一些改变和新情况。诺里斯太太离开牧师住宅后，先是搬进庄园，后来搬到了托马斯爵士在村中的一座小屋里。她失去了丈夫，只能安慰自己没有他也能过得很好。因为减少了收入，她想着显然必须更加节约，从中得到慰藉。

这份牧师职位原先是传给埃德蒙的。要是他姨父早几年去世，本该由某位亲友代任几年，等埃德蒙长到能接受圣职的年龄。然而在那件事发生前，因为汤姆挥霍无度，只好重新安排牧师人选，让弟弟必须为哥哥的享乐付出代价。事实上还给埃德蒙留了另一个牧师职位，虽然这多少减轻了此番安排给托马斯爵士良心上的压力，他还是觉得这不公平，并郑重地想让大儿子明白这个道理，希望能比他曾经的任何言语或行为产生更好的效果。

“我为你羞愧，汤姆，”他庄重威严地说，“我为不得已的权宜之计感到羞愧，我相信我能理解你此时作为兄长的感受。你已经剥夺了埃德蒙十年、二十或三十年，甚至这辈子一半以上本该属于他的进项。也许今后我有能力，或是你有能力（我希望如此），可以为他谋得更好的职位，但我们绝不能忘记怎样的好处都不会超出他原本的权利。事实上因为急于帮你偿还债务，他如今只得放弃的好处，拿什么都无法相提并论。”

汤姆有些羞愧又有点难过地听着。但他尽早逃离，很快就怀着自私的念头高兴地想到：首先，他的债务还不及有些朋友的一半多；其次，他的父亲已经为此唠叨得他烦透了；第三，无论下一任牧师是谁，都很有可能早早死去。

在诺里斯先生死后，一位格兰特博士得以继任牧师，来到曼斯菲尔德居住。他是个四十五岁、身体壮硕的人，似乎打破了伯特伦先生的如意算盘。其实不然，“不，他是个短脖子，容易中风的那种人，又贪吃贪喝，很快就会翘辫子。”

他有个比他小十五岁的妻子，但没有孩子。他们来到这儿，大家照例听说他们是值得尊敬、和蔼可亲的人。

时至今日，托马斯爵士等着他的大姨子提出为外甥女尽些义务。如今诺里斯太太境遇不同，范尼也长大了，似乎不仅消除了诺里斯太太曾经反对和范尼一起生活的理由，甚至显得这样最合乎情理。他本人的状况也不如从前，最近在西印度的产业受了损失[①]，大儿子又挥霍奢侈，他并非不想免除为范尼的花费，将来也不再供养她。他深信本该如此，便和妻子说起这件事的可能性。伯特伦夫人再次想到这件事情时，范尼碰巧在场，她冷静地对她说：“那么范尼，你要离开我们，和我姐姐一起生活了。你觉得怎么样？”

范尼惊讶不已，只能重复她姨妈的话：“要离开你们？”

“是的，我亲爱的。你为何惊讶呢？你已经和我们生活了五

---

① 很可能与废除奴隶制有关。

年，诺里斯先生去世后，我姐姐一直想让你过去。但你必须还要过来帮我缝图案呀。”

这个消息既出乎范尼的意料，又使她极为不快。她从未得到过诺里斯姨妈的善意对待，也不可能爱她。

“离开这儿我会很难过。”她声音颤抖着说。

“是的，我敢说你会的。**那**再自然不过了。我想，你自从来到这座房子里，没遇到过什么烦心事吧。”

“我希望自己并非不懂得感恩，姨妈。”范尼庄重地说。

“不，我亲爱的，我希望你不会。我一直觉得你是个好女孩。”

“我以后再也不能住在这儿了吗？”

“不能了，我亲爱的，但你一定会有个舒适的家。无论住在这座房子还是别的房子里，对你来说不会有什么区别。”

范尼怀着极其忧伤的心情离开了屋子。她无法觉得这样的差别无足轻重，想到要和大姨生活在一起，她丝毫不觉得满意。她刚遇见埃德蒙，就把自己的伤心事告诉了他。

“表哥，”她说，“很快会发生一件我根本不喜欢的事。虽然你常常劝我接受我一开始不喜欢的事情，但你这次做不到。我要和诺里斯姨妈一起生活了。”

“真的吗？”

“是的，伯特伦姨妈刚刚对我说的。已经定下来了。我要离开曼斯菲尔德庄园，去怀特小屋了。我想，她刚搬过去我就得走。”

“哎呀，范尼，要不是你不喜欢这个计划，我倒觉得好极了。”

“哦，表哥!”

“在其他方面都对你有好处。我姨妈让你搬过去的想法很明智。她在适当的时机选择了一位朋友和伴侣，我很高兴她对钱的喜爱没有影响她的决定。你将做到理应给她的陪伴。我希望这不会让你太难过，范尼，你说呢?”

“我的确很难过。我不可能喜欢这样。我喜欢这座房子和里面的一切。我不会喜欢那儿的任何东西。你知道我和她一起有多不自在。”

“她视你为孩子的态度我无话可说，但她对我们每个人都是这样，或者几乎如此。她从不懂得怎样对孩子和颜悦色。不过以你现在的年龄，会得到更好的对待。我想她**真的**已经表现更好了，当你成了她唯一的陪伴时，你**一定**会对她很重要。”

“我永远不会对任何人很重要。”

“为何不会?”

“一切——我的处境——我的愚蠢和笨拙。”

“至于你的愚蠢和笨拙，我亲爱的范尼，相信我，你除了不恰当地使用了这两个词外，从来不曾这样。只要别人了解你，就没理由认为你会对他们不重要。你很有理智、性情甜美，我相信你有一颗感恩的心，绝不会得到善意对待却不想回报。作为朋友和伴侣，我觉得没有更好的品质了。”

“你太好了，”范尼说，此番赞扬使她红了脸，“你觉得我这么好，我该怎样感谢你呢？哦！表哥，如果我真要走，我会记得你的好意，直到我生命的最后一刻。”

“天哪，范尼，我当然希望在怀特小屋这么近的地方被你记住。你说得好像要去两百英里以外，而不是只需穿过庭院。不过你还是会几乎和从前一样属于我们。两家人在一年中的每一天都会见面。唯一的区别在于，当你和你大姨住在一起时，你必须主动些，也应该如此。**这儿**你能躲在很多人的后面，但和**她**一起时，你必须为自己说话。”

“哦！别这么说。”

“我必须这么说，而且很高兴这么说。如今诺里斯太太比我母亲更适合照管你。以她的性情，她能为自己真正在意的任何人做很多事，还会迫使你发挥你天生的能力。”

范尼叹了口气说：“我不能和你想法一致，但我应该相信你比我更正确，也很感激你努力让我接受必须接受的结果。如果我能认为我的大姨真心在乎我，能感到对任何人有些重要性，也会令人愉快——**在这儿**，我知道，我无足轻重，但我非常喜欢这个地方。”

“范尼，虽然你要离开这座房子，但不会离开这个地方。你可以像从前一样自由地享用庭院和花园。即使**你**那颗忠实的小心脏也无需为这种名义上的变化感到惊慌。你依然会走在同样的路上，在同样的图书室挑选书籍，看着同样的人，骑着同样的马。”

“的确如此。是的，我亲爱的老灰马！啊！表哥，我想起当时有多么害怕骑马，听别人说起对我的好处时总会惊慌失措——（哦！只要谈到马儿，我姨父每次开口都能把我吓得发抖），再想想你好心好意、费尽口舌地和我讲道理，劝我别害怕，让我相信很快就会喜欢。想到结果你有多么正确，我宁愿希望你的预言总是对的。”

“我完全相信你和诺里斯太太一起生活对你的心智有好处，就像骑马有益于你的健康一样，也能最终使你快乐。”

他们的谈话就此结束，不管能给范尼带来多少好处，其实本不必要，因为诺里斯太太丝毫没打算接管范尼。目前她从未想过这一点，只觉得这件事应该小心避免。为了不让别人有所期待，她在曼斯菲尔德教区挑选了最小的一座称得上优雅的屋子，怀特小屋的大小只能住进她和她的仆人，再给一位朋友留一个备用房间，她特别强调了这一点——牧师住宅从未需要过空房间，如今却必须记得要给一位朋友留一个空房间。然而不管她怎样小心翼翼，还是免不了让人把她想得更好，或者，也许她特别强调备用房间的重要性，让托马斯爵士误以为这真是打算为范尼而留。伯特伦夫人很快明确了这一点，她漫不经心地对诺里斯太太说：

“我想，姐姐，等范尼去和你一起住时，我们就不用再留下李小姐了。”

诺里斯太太几乎吓了一跳。“和我一起住，亲爱的伯特伦夫人！你是什么意思？”

“她不是要和你一起住吗？我以为你和托马斯爵士说好了呢。”

“我！从来没有。我没对托马斯爵士说起过一个字，他也没对我说过。范尼跟我住在一起！我绝对不可能想到这样的事情，任何了解我俩的人都不会这么想。天啊！我能拿范尼怎么办呢？我！一个可怜、无助、孤苦伶仃的寡妇，什么也做不了，情绪低落，我能拿这个年龄的女孩怎么办？一个十五岁的女孩！正是最需要关心和照顾的年龄，即使最乐观开朗的人都得经受考验！托马斯爵士一定不会当真期待这样的事！托马斯爵士太了解我了。我相信，任何希望我好的人，都不会提出这样的事情。托马斯爵士怎么会对你说起这个呢?”

“说真的，我不知道。我想他认为这样最好。”

“可是他说了什么？他不会说他**希望**我照管范尼吧。我相信他在心里不会想要我这么做。”

“不，他只说觉得这很有可能，我也这么想。我们两人都觉得会对你是个安慰。但如果你不喜欢，就不用多说了。她在这儿绝不是负担。”

“亲爱的妹妹，你要是想想我的悲惨状况，她怎么可能对我是个安慰呢？这就是我，一个孤独的穷寡妇，失去了世界上最好的丈夫，为了照料护理他弄垮了身体，心情更是一落千丈，我在这世上所有的安宁都被摧毁，简直难以维持一个体面女人的生活，只能勉强不辱没我死去丈夫的名声。接管范尼这样的责任怎么可能给我安慰呢？就算我为了自己想这么做，我也不会对这个可怜的女孩做出如此不公的事情。她有妥善的照料，一定能过得很好。我必须竭尽全力，在悲伤与困苦中挣扎。”

“那么你不会介意独自一人生活了?”

“亲爱的伯特伦夫人！除孤独以外，我还能怎样呢？有时我会希望小屋里来一个朋友（我会始终为朋友留一张床)，但未来的绝大多数日子我将完全与世隔绝。只要能勉强度日，我别无所求。”

“我希望，姐姐，你的情况也不至于那么糟糕——想想吧。

托马斯爵士说你一年有六百英镑呢。”

“伯特伦夫人，我没有抱怨。我知道我不能像从前那样生活，但我必须尽量节省开销，学会更好地管理收支。我**一直**是个大手大脚的当家人，可如今我不会为省吃俭用感到羞愧。我的境遇和收入都发生了变化。许多事情都源于可怜的诺里斯先生，教区的牧师，但不能指望我这么做。素不相识的人在我们的厨房进进出出，不知吃掉了多少东西。在怀特小屋，事情必须打理得更好。我**必须**量入为出，否则会吃尽苦头。我承认，要是能多些进账，到了年底能有些积蓄，会令我深感欣慰。”

“我敢说你会的。你总是这样，不是吗?”

“伯特伦夫人，我的目标是对晚辈起点作用。我希望更有钱，是为了你的孩子们好。我没别人可在乎，但如果想到能给他们留一点值得拥有的财产，还是会让我非常高兴。”

“你真好，但别为他们费心了。他们一定能衣食无忧。托马斯爵士会安排好的。”

“哎呀，你知道吗?如果安提瓜的产业收益还这么差，托马斯爵士的收入会大大缩减的。”

“哦!**那**很快会解决的。我知道托马斯爵士在为此写信。”

“好的，伯特伦夫人，”诺里斯太太说着要起身离开了，“我只能说我唯一的希望是对你的家庭有些好处。因此，如果托马斯爵士再说起让我照管范尼的事情，你可以说我的健康和心情让此事毫无可能。除此以外，我真的不能给她一张床，因为我必须给一位朋友留一个空房间。”

伯特伦夫人把这次谈话对她丈夫说了很多遍，才使他相信自己完全弄错了大姨子的想法。从那一刻起，诺里斯太太摆脱了托马斯爵士的所有期望，也绝不会听见他对此事的只言片语。托马斯爵士忍不住奇怪她曾经那么热心地想收养一个外甥女，为何又什么都不肯为她做。不过，既然诺里斯太太早早让他和伯特伦夫人明白，她所有的财产都将传给他们一家，他很快就因为这样的区别对待而心平气和，觉得这对他们既有好处又是恭维，也会让他本人能够更好地供养范尼。

范尼很快得知她对搬家的恐惧毫无必要，她为此发自内心、油然而生的快乐给了埃德蒙一些安慰，他本来认为此事对范尼很有好处，起初还觉得有些失望。诺里斯太太入住怀特小屋，格兰特一家搬进了牧师住宅，这些事情结束后，曼斯菲尔德一切如常地过了一段时间。

格兰特夫妇表现出待人友好、喜爱交际的性情，总的来说让他们新结识的朋友非常满意。他们也有缺点，诺里斯太太很快就发现了。博士特别贪吃，每天都会大吃一顿，而格兰特太太没有设法以较小的开销满足他的需求，反而给他们的厨子和曼斯菲尔德庄园一样高的工钱，也几乎看不到她在忙碌。诺里斯太太无法怒气冲冲地对此抱怨，也不能为宅子里每天消耗那么多黄油和鸡蛋大发雷霆。“没人能比她更大方更好客——谁都没有她讨厌小家子气——她相信，牧师住宅从不缺少任何舒适享受，在**她的时候**从未有过坏名声，然而如今的做法她不能理解。乡村牧师住宅根本不适合贵妇人。**她的**储藏室，她认为好得足以让格兰特太太进去看看。她到处打听了一番，从没听说格兰特太太的财产超过了五千英镑。”

伯特伦夫人无甚兴趣地听着这番指责。她不能从勤俭持家的角度谈论别人的过错，但她觉得格兰特太太有如此好的境遇却一点都不好看，简直是对漂亮人的侮辱。她常常无比惊讶地说起那一点，虽然不像诺里斯太太对另一点那么喋喋不休。

这些看法谈了还不到一年，家中又发生了另一件要事，也许会理所当然地在太太小姐们的思考谈话中占据一定的位置。托马斯爵士发觉他最好亲自去一趟安提瓜，以便更好地安排事务。他带上了大儿子，希望能把他和家中的坏朋友分开。他们离开英国，可能要出去将近一年。

这是出于金钱考虑的必要措施，也希望能对他的儿子有所帮助，这使托马斯爵士最终能够忍受离开家人，将处于妙龄的女儿们留给别人照顾。他无法相信伯特伦夫人能取代他对女儿们的重要性，甚至觉得她连自己的责任都做不到。不过，他完全信任诺里斯太太的小心谨慎和埃德蒙的明智决断，因此可以不担心她们的表现，放心离去。

伯特伦夫人一点都不想让她的丈夫离开她，但她丝毫不为他的安全担心，也不挂念他的安适。像她这种人，觉得除了自己，谁都不会有危险、困难和劳顿。

伯特伦小姐们此时很值得同情，并非因为她们的悲伤，而是因为她们毫不伤感。她们完全不爱自己的父亲，他似乎永远在破坏她们的快乐，他的离开不幸大受她们的欢迎。她们因此摆脱了一切束缚，不用想着哪件事也许不被托马斯爵士允许，而是立即感到自由自在，能够恣意放纵了。范尼的解脱和轻松感不亚于她的表姐们，但她温柔的性情让她觉得自己忘恩负义，并为自己没有难过而真心感到难过。“托马斯爵士为她和她的兄弟们做了那么多，他现在离开，也许永远都回不来了！她竟然看着他离开却没掉一滴眼泪！这是令人羞耻的冷漠。”而且就在最后一天早上，他对她说，希望让她在这个冬天再次见到威廉，还叮嘱她一旦听说他隶属的中队回到英国，就写信邀请他来曼斯菲尔德。“这是多么体贴宽厚啊！”当他说这些话时，只要能够对她微笑，叫她“我亲爱的范尼”，也许曾经所有的皱眉和冷淡都会被忘却。然而他结束话语的方式让她感到伤心又屈辱。他说：“如果威廉真的会来曼斯菲尔德，我希望你能让他相信，在你们分别多年后，你并非毫无长进——虽然我很担心，他一定会发现他十六岁的妹妹在很多方面和十岁时差不多。”她姨父离开后，范尼想着这些话伤心地哭了。表姐们见她红着眼，说她真虚伪。

第四章

汤姆·伯特伦近来很少待在家中，只能得到名义上的想念。伯特伦夫人很快就惊奇地发现，即使他们的父亲不在家，他们也能过得非常不错。埃德蒙能很好地取代父亲的位置，代他切肉，与管家谈话，向代理人写信，给仆人发工钱，在任何小事上都能同样让她免于劳顿、毫不费心，只需写她的信。

最早报告旅行者们旅途顺利，平安到达安提瓜的消息来了。此前诺里斯太太一直沉浸在可怕的担忧中，只要看见埃德蒙独自一人，都会设法让他一起分担忧愁。她相信自己会是第一个得知任何致命灾难的人，早已准备好该如何公布噩耗。此时收到托马斯爵士二人平安顺利的消息，她只得暂时将激动不安的心情和充满深情的演讲搁在一边。

冬天来了又去，家中并不需要父子二人，关于他们的消息依然很好。诺里斯太太为了让她的外甥女开心，帮她们梳妆打扮，展示她们的出众才华，四处为她们物色丈夫，整天忙忙碌碌。除此之外她还要打理自己的家，插手她妹妹的家务，监督格兰特太太的浪费行为，忙得没机会为远行的人担忧。

如今伯特伦小姐们已经成为这一带公认的美人。她们不仅容貌美丽、才华出众，而且举止落落大方，又刻意彬彬有礼、热情洋溢，因此受人喜爱也令人仰慕。她们非常自负，反而显得毫不自负，绝不做作。姨妈对她们的表现大加赞赏，又把听到的赞美说给她们听，让她们愈发相信自己的完美无缺。

伯特伦夫人不和女儿们一起出入社交场合。她过于懒惰，甚至不肯忍受一点麻烦去看看女儿们的风光和喜悦，感受作为母亲的满足，只把这事托付给姐姐。姐姐对如此体面的差使求之不得，她兴高采烈地出入社交场合，还不用自己雇马车。

社交季节的欢愉和范尼无关，不过当其他人都出去后，她就陪伴着姨妈，为实实在在地对她有用感到高兴。因为李小姐已经离开曼斯菲尔德，她自然在有舞会或晚会的夜晚成了伯特伦夫人片刻难离的伙伴。她陪她聊天，听她说话，为她读书。这样的夜晚宁静怡人，她安心地和姨妈促膝交谈，不会听见任何刻薄的声音。对于一颗难得不感到惊慌或尴尬的心灵，这样的时刻令人无比欢喜。至于她表哥表姐们的快乐，她喜欢听到和他们有关的描述，尤其是埃德蒙在舞会上和谁跳舞了。然而她觉得自己地位过低，从不奢望进入同样的社交圈，所以倾听时不觉得和自己有多少关联。总的来说，这对她而言是个愉快的冬季，因为虽然威廉没能回到英国，然而对他的到来始终如一的期盼也非常可贵。

随之而来的春天带走了她珍爱的朋友，那匹老灰马。有一段时间，她不仅承受着感情的失落，也面临着失去健康的危险。虽然大家都感觉到让她骑马的重要性，却没有任何让她再次骑马的措施。“因为，”她的姨妈们这样说道，“她随时能骑她表姐的马，只要她们不想骑就行。”然而在风和日丽的每一天，伯特伦小姐们都想骑马，从不愿牺牲任何真正的快乐去关照别人，因此也从未有过那样的日子。四五月里晴朗的上午，她们总会高高兴兴地骑马出游，范尼不是整天陪着一个姨妈待在家里，就是在另一个姨妈的怂恿下到外面走得筋疲力尽。伯特伦夫人因为自己不喜欢运动，就觉得这对所有人都毫无必要；诺里斯太太整日奔波，认为人人都该使劲散步。此时埃德蒙不在家，否则这个问题能够早点得到纠正。他回来后看出了范尼的处境，感觉到这样的坏处，对他来说似乎只有一件事要做。他斩钉截铁地宣布“范尼必须有一匹马”，不顾倦惰的母亲或精打细算的姨妈怎样反对，说此事无关紧要。诺里斯太太不禁想到也许能在庄园里的老马中挑选一匹性情温和的马儿，这样也很不错，或许能向管家借一匹，或者格兰特博士有时也能把去驿站取邮件的矮种马借给他们。她只觉得这毫无必要，甚至很不妥当，竟然让范尼像小姐们一样拥有自己的马儿，过着和表姐们一样的生活。她深信托马斯爵士从没打算这样做，而且她必须说，在他离开期间购买马匹，进一步增加养马的巨大开支，而且此时他有一大笔收入尚无着落，在她看来似乎很不合理。“范尼必须有一匹马。”这是埃德蒙唯一的回答。诺里斯太太无法同意这种看法。伯特伦夫人倒是同意，她完全认同在她儿子看来的必要性，也认为他父亲会觉得必须如此——只是觉得不用着急，她只想让他等到托马斯爵士回来，然后托马斯爵士会全部安排妥当。他九月会回家，只需等到九月，又有何妨？

虽然埃德蒙对姨妈的不满远远超出了对母亲的不满，这表明她对外甥女毫不在意，但还是难免对她的话有所顾忌。最终他确定了一个方案，既避免使父亲认为他为范尼做得太多，又能让范尼立即开始运动，他不能忍受她无法运动。他自己有三匹马，但没有一匹能给女士骑。有两匹是狩猎马，第三匹是用来拉车的。他决定用第三匹马交换一匹他表妹能骑的马儿，他知道去哪儿找那种马。他一旦下定决心，整件事很快就做成了。新母马真是无价之宝，只需一点调教就变得服服帖帖，接着几乎完全给范尼使用。她从未想过能有像老灰马那样称心如意的马儿，然而骑着埃德蒙的母马，她的喜悦远远超过了从前。除此之外，她的喜悦也源于她得到的深情厚谊，这让她幸福得无以言表。她视她表哥为善良与伟大的典范，只有她本人最能欣赏他的品质，她对他的感激之情无论怎样都表达不尽。她对他的感情包含着万般尊敬、无限感激、绝对信任和满腔柔情。

因为这匹马在名义和事实上都是埃德蒙的财产，诺里斯太太这才容忍让范尼使用。假如伯特伦夫人再次想到自己的反对，或许也能原谅他没有等到托马斯爵士九月回来，因为九月到了，托马斯爵士还在国外，而且近期完全不可能处理好他的事务。当他开始满心想着回英国时，忽然出现了不利的情况，一切都变得难以预料，于是他决定送儿子回家，自己等待最终的安排。汤姆平安到达，带回了父亲身体极好的消息，然而这对诺里斯太太几乎没起作用。在她看来，托马斯爵士打发儿子离开很像是出于父爱，因为他本人深感灾难降临，这使她不禁有了可怕的预感。漫长的秋夜，她在孤独凄凉的小屋中，被这些可怕的念头搅得胆战心惊，只能每天躲进庄园的餐厅里。然而冬季社交的开始并非不起作用，在此期间，她满心愉悦地张罗着大外甥女未来的命运①，

---

① 原文为“fortunes”，有“财富”“运气”“命运”等多重含义。

总算让她的神经得到了平静。“如果可怜的托马斯爵士注定永远回不来了，能看着他们亲爱的玛丽亚嫁得很好，也将是莫大的安慰。”她常常这样想着，当女孩们和有钱的男人一起时总会这么想，特别在有人介绍一位年轻人时更是如此，他最近才在村里最好的地方继承了一笔巨大的财产。

拉什沃思先生一开始就被伯特伦小姐的美貌吸引，因为愿意结婚，很快就想象自己爱上了她。他是个体型粗壮、智力平平的年轻人，但他的样子和谈吐一点也不令人生厌，年轻小姐很满意自己的魅力。玛丽亚·伯特伦今年二十一岁，开始将婚姻视为责任，与拉什沃思先生结婚能让她享受比父亲更多的收入，还能保证她有一座城里的房子，如今这成了首要目标。本着同样的道义，尽可能与拉什沃思先生结婚显然成了她的责任。诺里斯太太满腔热情地想促成这门亲事，她意味深长、想方设法地提高双方的满意度。除此之外，她还寻求机会和这位先生的母亲套近乎，她目前和儿子住在一起。诺里斯太太甚至强迫伯特伦夫人一早赶了十英里小路，只为在上午拜访她。很快伯特伦夫人与这位太太达成了共识。拉什沃思太太承认自己很想让儿子结婚，宣称在她见过的所有年轻小姐中，伯特伦小姐和蔼可亲又才华出众，似乎最有可能让他幸福。诺里斯太太接受了这番赞美，夸她善识人品，很会发现优点。玛丽亚的确是所有人的骄傲与快乐——完美无瑕——是个天使。当然，她有众多的仰慕者，肯定难以做出决定。不过，如果允许诺里斯太太在这么短的相识后就做出决定的话，拉什沃思先生似乎正是配得上她，也令她倾心的年轻人。

两位年轻人一起参加了适当的几场舞会，果然证明了这些看法。他们给在国外的托马斯爵士写了信，便开始谈论订婚事宜。双方的家庭非常满意，周围观望的邻居也很高兴，他们在好几个星期前就觉得拉什沃思先生和伯特伦小姐一定会结婚。

还要几个月才能得到托马斯爵士的同意，但在这段时间，因为谁也不怀疑他对这门亲事真心诚意的喜悦，两家人便无拘无束地相互来往，根本没打算保密。诺里斯太太处处都要说起此事，再告诉别人目前不便声张。

埃德蒙是家中唯一看出此事不妥的人，无论他的姨妈怎么说，他都不肯认为拉什沃思先生是理想的伴侣。他允许妹妹为自己的幸福做出最佳判断，但她竟然将大笔收入视为幸福的核心，他为此感到不悦。和拉什沃思先生在一起时，他总是情不自禁地想："这个人如果没有一万两千英镑的年收入，就会是个非常愚蠢的人。"

然而托马斯爵士却为这门无疑有利的亲事感到由衷的高兴，对此他听到的全都是悦耳动听的话。这门亲事恰到好处——在同一个村子，又门当户对——他即刻表示了衷心的赞许。他只要求在他回来前不能结婚，他还在热切期盼早日回归。这封信是四月写的，他觉得很有希望把一切安排得称心如意，在夏天结束前离开安提瓜。

这就是七月发生的事情。范尼刚满十八岁，村里的社交圈就增添了格兰特太太的弟弟和妹妹——克劳福德先生与小姐，这是她母亲在第二次婚姻生的孩子。他们是有财产的年轻人。儿子在诺福克有上好的产业，女儿有两万英镑。他们小时候，姐姐总是很喜欢她们，然而她结婚不久，他们共同的母亲就去世了，两人被交给父亲的一个兄弟照看。格兰特太太与他素不相识，从此几乎没见过他们。他们在叔叔那儿得到了一个温暖的家。克劳福德上将夫妇几乎在什么事情上都意见相悖，却一致喜欢这些孩子，或至少，只不过各有自己的最爱，并分别对那个孩子溺爱不已。上将喜欢男孩，克劳福德太太宠爱女孩。因为这位太太的去世，她的**被保护人**在叔叔家艰难地住了几个月后，不得不重新找一个家。克劳福德上将是个品性不端的人，他不愿让侄女留下，而是把情妇带到自己家里。因此格兰特太太得到妹妹的请求，想来她这儿，于是一方真心欢迎，另一方也有了安身之所。格兰特太太如今已和村里没有孩子的太太们都打过交道——在最喜爱的客厅里摆上了漂亮的家具，养了各种植物和家禽——很想让家中有些变化。她非常高兴自己疼爱的妹妹来到身边，打算让她单身时一直住在这儿。她主要担心这个年轻女子已经习惯了伦敦，也许在曼斯菲尔德会住不习惯。

克劳福德小姐并非完全没有类似的顾虑，虽然主要是因为她不确定姐姐的生活方式和社交格局。她徒劳地劝说哥哥和她一起住进他乡下的宅邸，最终只好决定冒险求助别的亲戚。不幸的是，始终住在一个地方或局限于一个社交圈这样的事，总会令亨利·克劳福德深感厌倦。他无法将妹妹放在如此重要的位置，但他还是体贴周到地把她送到北安普敦郡并且痛快答应，无论何时她对此处感到厌烦，他得知消息后半小时就会带她离开。

这次见面双方都很满意。克劳福德小姐发现她的姐姐既不刻板也不粗俗，姐姐的丈夫像个绅士，房屋宽敞，陈设齐全。格兰特太太看着这对讨人喜欢的年轻人，感觉自己对他们愈发疼爱。

玛丽·克劳福德小姐非常漂亮，亨利虽不英俊，却风度翩翩、神情活泼，两人都生气勃勃、彬彬有礼，格兰特太太顿时觉得他们样样都好。她对两个人都喜欢，但玛丽是她的最爱。她从来没能为自己的容貌而自豪，却非常高兴能为妹妹的美貌感到骄傲。她没等妹妹到来就为她物色了合适的对象，她选中了汤姆·伯特伦。一位拥有两万英镑的小姐，在格兰特太太看来，美丽优雅又多才多艺，完全配得上准男爵的大儿子。格兰特太太为人热情又心直口快，玛丽进屋还不到三个小时，她已经把自己的计划告诉了她。

克劳福德小姐很高兴得知有这样一个地位显赫的家庭就在他们附近，对于姐姐的早早张罗和对象选择，她丝毫没感到不悦。结婚是她的目标，前提是要嫁得好。她在城里见过伯特伦先生，知道他的相貌和生活境遇都不会让她反对。因此，她虽把这当成玩笑，也不忘对此认真考虑了一番。这个计划很快又对亨利说了一遍。

“现在，”格兰特太太接着说，“我想到一个十全十美的安排。我衷心希望你们两人在这个村子里安顿下来，因此亨利，你应该娶伯特伦家的二小姐，她可爱、漂亮、温柔善良、多才多艺，会使你非常幸福。”

亨利向她鞠躬致谢。

“我亲爱的姐姐，”玛丽说，“要是你能说服他做任何这样的事情，让我同如此聪颖的小姐成为姐妹，这对我将是一件从未有过的乐事，让我只能遗憾你没有五六个待嫁的女儿。如果你能说服亨利结婚，那你一定像法国女人那样能言善辩。所有的英国能耐都已经尝试过。我有三个眼光非常挑剔的朋友先后被他迷倒，她们、她们的母亲（非常聪明的女人），还有我亲爱的婶婶和我本人，大家是怎样费尽心思地劝他、哄他或诱他结婚，简直难以想象！他是最可怕的调情高手。如果你的伯特伦小姐们不想心碎，让她们躲开亨利。”

“我亲爱的弟弟，我不相信你是这样。”

“是啊，我相信你性情善良。你会比玛丽更宽容。你会原谅年轻人心怀顾虑，不够成熟。我为人谨慎，不愿匆忙拿自己的幸福冒险。谁都不如我本人这么看重婚姻。我认为得到一位妻子的幸福，在诗人审慎的诗句中有着公正的描述，‘上天**最后赐予**的最佳礼物。[①]’”

“瞧，格兰特太太，你看出他怎样咬文嚼字了吧，只要看看他的笑脸。我向你保证他非常讨厌——上将的教育把他宠坏了。”

“不管年轻人对婚姻问题说些什么，”格兰特太太说，“我都不太在意。如果他们宣称不想结婚，我只能认为他们还没遇见对的人。”

格兰特博士笑着祝贺克劳福德小姐自己没打算不结婚。

“哦，是的！我丝毫不为此感到羞愧。如果人人都能选择得当，我愿意让每个人都结婚。我不喜欢人们草率决定，可一旦出现有利的婚姻，人人都应该结婚。”

---

① 选自约翰·弥尔顿（1608—1674）的《失乐园》（*Paradise Lost*，1665），原为亚当对夏娃的称赞，而克劳福德巧妙地通过重音改变了原意。

第五章

这些年轻人从一开始就彼此喜欢。每一方都很有吸引力，他们行为得体，足以很快让相识变成亲密。克劳福德小姐的美貌丝毫没有影响伯特伦小姐们对她的喜爱。她们本身就非常漂亮，不会讨厌任何也很漂亮的女人。她们几乎像两位哥哥一样，为她活泼的黑眼睛、光洁的褐色皮肤和总体还算不错的姿色感到着迷。要是她身材高挑、体态丰腴、肤色白皙，也许会有更多的较量。但实际上，二者无法相比。她顶多只是个可爱的漂亮姑娘，而她们却是村子里最美貌的女子。

她们的哥哥并不英俊。不，她们第一眼见到他时，觉得他特别相貌平平、皮肤黝黑、毫不起眼。不过他很有教养，谈吐讨人喜欢。第二次见面时，他就不再难看了。他当然长相平常，然而他神情活泼、牙齿极好、身材挺拔，让人很快忘记他其貌不扬。第三次见面时，他们一起在牧师住宅吃了顿饭，从此谁也不允许再那样说起他。事实上，他是这对姐妹见过的最令人喜爱的年轻人，两人都对他非常满意。伯特伦小姐已有婚约，公平起见，他就属于了茱莉娅，茱莉娅对此心知肚明。他来曼斯菲尔德还不到一个星期，她已经随时准备爱上他了。

玛丽亚对这个问题的看法更加迷惑不解。她不想正视也不愿弄清。“她喜欢一个讨人喜欢的年轻人不会带来伤害——人人都知道她的处境——克劳福德先生必须好自为之。”克劳福德先生没打算陷入危险！伯特伦小姐们值得他献上殷勤，他也随时打算接受殷勤。他开始的目标只是让她们喜欢他。他不想让她们为爱心碎，然而虽然他的理智和性情应该让他更明白事理，他却在这些方面给自己留了很大的回旋余地。

“我特别喜欢这两位伯特伦小姐，姐姐，”那次晚宴结束，他送她们上了马车返回时说道，“她们是非常优雅、令人愉悦的女孩。”

“她们的确如此，我很高兴听你这么说。但你更喜欢茱莉娅。”

“哦，是的！我更喜欢茱莉娅。”

“可你真是这样吗？因为总的来说，人们都认为伯特伦小姐更漂亮。”

“我应该这么想。她的五官更精致，我也更喜欢她的神情，可我更加喜欢茱莉娅。伯特伦小姐当然更漂亮，我也发现她更讨人喜爱，但我应该始终更喜欢茱莉娅，因为这是你的吩咐。”

“我不想对你说什么，亨利，但我知道你最终**会**更喜欢她。”

“我没告诉你我**一开始**就更喜欢她吗？”

“而且，伯特伦小姐已经订婚。记住那一点，我亲爱的弟弟。她已经做了选择。”

“是的，我因此而更喜欢她。订了婚的女人总比没有婚约的女人更可爱。她对自己十分满意。她不再担忧，觉得也许可以尽其所能取悦别人而不引起怀疑。订了婚的女人绝对安全，不会带来任何伤害。”

"哎呀，说到那一点——拉什沃思先生是很不错的年轻人，对她来说是特别好的亲事。"

"可是伯特伦小姐根本不在乎他，**那**是你对你那位好朋友的看法。**我**不同意。我相信伯特伦小姐很爱拉什沃思先生。每次提到他时，我都能从她的眼里看出来。我对伯特伦小姐评价很高，相信她绝不会虚情假意。"

"玛丽，我们该拿他怎么办?"

"我想我们应该由他去。说什么也没用。他最终会上当的。"

"可我不想让他**上当**，我不愿让他受到欺骗。我想让一切都公正体面。"

"哦！天啊——由他碰碰运气，上当去吧。这样也好。人人都有上当的时候。"

"并不总在婚姻上，亲爱的玛丽。"

"尤其是在婚姻上。我非常尊重那些有机会结婚的人，我亲爱的格兰特太太，但在他们中间，结婚时没有上当的还不到百分之一。我四处打量，发现**的确**如此。想到这是在所有交易中人们对对方期待最高，自己又最不诚实的那种，我就觉得**一定**如此。"

"啊！你在希尔街受到的婚姻教育太糟糕了。"

"我可怜的婶婶当然没什么理由喜欢这种状态，然而，据我自己的观察，这是一场要弄心机的交易。我认识许多人，他们结婚时满心指望这门亲事能带来某些特别的好处，或相信对方才华出众，品行端正，却发现自己完全受骗，只得忍受彻底相反的结果。那不是上当是什么?"

"我亲爱的孩子，这一定有些想象的成分。请原谅，但我不太相信。说真的，你只看到了一半的情形。你看到坏的一面，但你没看到带来的慰藉。到处都会有小摩擦小失望，而我们都容易期待过高。可是，如果一个幸福计划失败了，人类的天性会转向另一个；如果最初的打算是错的，我们会让第二个变得更好。我们随处都能得到安慰——那些不怀好意的观察者，我亲爱的玛丽，他们小题大做，比身处其中的人更加上当。”

“说得好，姐姐！我敬佩你的**团队精神**[①]。当我成为了妻子，我想让自己也这么坚定，我希望我的朋友们都能如此。这样我就不会一次次地伤心了。”

“你和你的哥哥一样错误，玛丽，但我们会把你俩都治愈。曼斯菲尔德会将你们二人都治愈，绝不让你们上当。和我们在一起，我们会治愈你们的。”

克劳福德兄妹并不想被治愈，但很愿意留下来。玛丽很满意将牧师住宅当成现在的家，亨利也很乐意延长他的拜访。他原先过来时只打算和他们待几天，但在曼斯菲尔德很有希望，也没什么事情需要他去别的地方。格兰特太太很高兴把两人都挽留下来，格兰特博士也对此满意至极。像克劳福德小姐这样喜爱交谈、容貌美丽的年轻女子，对于一个性情懒惰、待在家中的男人总是愉快的陪伴。而有了克劳福德先生在家做客，他就有了天天喝红葡萄酒的借口。

伯特伦小姐们对克劳福德先生的迷恋，超出了克劳福德小姐的性情能使她达到的状态。不过，她承认伯特伦先生们都是不错

---

① 原文为法语“esprit du corps”。克劳福德兄妹多次使用法语词汇，显示出他们见多识广、性格轻浮的特点。

的年轻人，即使在伦敦，也不常见到两个这样的年轻人在一起。她觉得他们很有风度，哥哥更是风度翩翩。**他**在伦敦待了很久，比埃德蒙更活跃更殷勤，因此一定更受喜爱。当然，他作为长子的身份也是另一个重要理由。她早有预感，觉得自己**应该**更喜欢哥哥。她知道这是她的风格。

当然，无论如何，汤姆·伯特伦肯定会令人喜爱。他是那种人见人爱的年轻人，他讨人喜欢的程度常常超出某些地位更高的人，因为他举止大方、精力充沛、交际广泛、非常健谈。他将继承曼斯菲尔德庄园和准男爵头衔，这也无损他的魅力。克劳福德小姐很快就觉得他本人和他的境遇都不错。她认真考虑了身边的人，发现他的一切条件都很有利：拥有一座庄园，一座真正的庄园，周长五英里，一幢宽敞的现代住宅，位置优越、密林掩映，气派得足以被任何英国私宅版画集收录在册，只需彻底装饰一新。他有可爱的妹妹、安静的母亲，本人又性情愉悦。此外还有别的好处，他向父亲做过承诺，所以目前不会过多赌博，而且他将来会成为托马斯爵士。这应该很不错了，她相信她应该接受他，于是她试着让自己对他在 B—赛马会[1]上使用的那匹马产生兴趣。

他们相识不久后，汤姆就要因为这些赛马会而离开。从他惯常的表现看来，似乎家人都知道他好几个星期后才能回来，这也是提前证明他对克劳福德小姐感情的机会。汤姆说了许多诱惑她参加赛马会的话，打算带一大群人过去，小姐满心期待，结果只

---

① 当时的赛马活动中，盛行赌博、贿赂骑手等行为。

是说说而已。

还有范尼，这么长时间**她**在做什么，想什么？**她**对新来的人有什么看法呢？十八岁的小姐，很少有人像范尼这样难得被问及她的想法。她安安静静、默默无闻，欣赏并认同着克劳福德小姐的美貌，但她依然觉得克劳福德先生其貌不扬，尽管两个表姐一再说明恰恰相反，她却对**他**绝口不提。她激起了对她本人这样的关注："现在我开始了解你们所有人，除了范尼，"克劳福德小姐和伯特伦先生们一同散步时说，"请问，她进入社交圈了，还是没有[①]？我很困惑——她来牧师住宅赴宴，和别人一起，似乎已经**开始社交**了，但她那么沉默寡言，让我很难相信她**是这样**。"

这话主要是说给埃德蒙听的，他答道："我想我明白你的意思，可我不想回答这个问题。我的表妹已经成年。她有大人的年龄与思想，但我不知道她有没有开始社交。"

"可是总的来说，什么都不如这一点容易确定。差别太多了。总体而言，举止相貌会截然不同。直到现在，我都觉得自己不会弄错一个女孩是否进入了社交圈。没有进入的女孩通常有着同样的装束：比如戴一顶小软帽，神情严肃，寡言少语。你可以笑——但的确如此，我向你保证——除了时常有些过火，总的来说都得体恰当。女孩应该文静端庄。最令人讨厌的是，一旦被带进社交圈，举止的变化常常太过突然。她们有时会在极短的时间内从矜持变得恰恰相反——变成自信满满！**那**是当今体系的缺陷。人们不喜欢看到一个十八九岁的女孩忽然变得无所不能——

① 指做好了结婚的准备。当时女孩进入社交圈的年龄可以早至十五岁，十七或十八岁更为常见。

也许一年前见到她时，她几乎不会说话。伯特伦先生，我敢说你有时见到过这样的变化。”

“我相信我见过，但这不公平，我看得出你想说什么。你在拿我和安德逊小姐开玩笑。”

“绝对不是。安德逊小姐！我不知道你指谁，是什么意思。我一无所知。但你要是愿意告诉我，我会高高兴兴地拿你们开个玩笑。”

“啊！你说得真好，可我才不会这么上当呢。当你说到改变了的年轻小姐时，你一定想到了安德逊小姐。你说的简直分毫不差。正是如此。贝克街的安德逊一家。你知道，我们那天说起过他们。这位小姐的表现简直一模一样。当安德逊第一次介绍我认识他的家人时，他的妹妹还没有**社交**，我简直没法让她对我说话。一天上午我坐了一个小时等待安德逊，只有她和一两个小女孩在屋里——家庭教师可能生病或跑开了，那位母亲拿着信件进进出出，我几乎没法让这位年轻小姐说一个字或看我一眼——连句像样的回答也没有——她闭口不言，带着那副神情扭过头去！我有一整年没再见过她。接着她**进入**了社交圈。我在霍尔福德太太家遇到她，但记不起她是谁。她走上前来，说我是个熟人，盯得我尴尬不已。她又说又笑，弄得我不知该往哪儿看。我觉得我当时一定成了满屋子人的笑话——显而易见，克劳福德小姐听说过这件事。”

“真是个有趣的故事，我敢说，除了安德逊小姐，别人也一样。这是非常普遍的缺点。母亲们通常不太清楚管教女儿的正确方式。我不知道问题出在哪儿。我不想妄自纠正别人的错误，但我的确能看出她们常常犯错。”

“那些向世人展示女性举止**应该怎样**的人，”伯特伦先生殷勤地说，“正在非常努力地纠正她们。”

“问题再清楚不过，”不那么殷勤的埃德蒙说，“这些女孩缺乏教养。她们从一开始就得到了错误的想法。她们的行为总是出于虚荣心——她们进入社交圈**之前**和之后，举止上都没有真正的端庄。”

“我不知道，”克劳福德小姐犹豫着答道，“是的，在那一点上我不能同意你的看法。那当然是整件事情中最端庄的部分。女孩要是在**没有社交**时，就和进入社交后一样神态大方、毫不拘谨，我**见过**有人这样，那就糟糕多了。**那**比什么都糟糕，非常令人讨厌。”

“是的，**那**的确会带来麻烦，”伯特伦先生说，“会令人犯错，让人不知如何是好。你准确描述的小软帽和严肃神情（简直再恰当不过），让人知道该怎么办。可是去年，因为少了这些，我陷入了一场尴尬的窘境。去年九月，我和一个朋友一起去拉姆斯盖特待了一个星期——就在我从西印度群岛回来时——我的朋友斯尼德——你听我说过斯尼德，埃德蒙。他的父母姐妹全在那儿，我都不认识。我们到达阿尔比恩时他们全都出去了，我们去找，发现他们在码头。太太和两位斯尼德小姐，还有一些她们的熟人。我鞠了一躬，因为斯尼德太太被男人围住，我就挑选她的一个女儿，一路和她并肩走回了家，尽量让自己和颜悦色。这位小姐举止落落大方，喜欢说话又乐意倾听。我毫不怀疑自己可能犯了什么错。她们看起来一模一样，两人都穿着讲究，像别的女孩那样戴着面纱撑着雨伞。可是后来，我发现自己一直在向小女儿献殷勤，她还**没有**社交，也让大女儿极为恼火。奥古斯塔小姐应该在六个月后才能被男人关注，我相信斯尼德小姐始终没有原谅我。”

“那真是太糟糕了。可怜的斯尼德小姐！虽然我没有妹妹，可我同情她。这么年轻就被人冷落，一定令人非常恼火，但这完全是那位母亲的错。奥古斯塔小姐本该由家庭教师陪着。这种一视同仁的办法绝对行不通。不过现在我必须弄清范尼小姐的情况。她去参加舞会吗？她会像去我姐姐家那样，到处参加晚宴吗？”

“不，”埃德蒙答道，“我想她从未参加舞会。我母亲本人很少社交，只去格兰特太太家吃过饭，范尼陪**她**待在家里。”

“哦！那么问题就清楚了。普莱斯小姐**没有**社交。”

第六章

伯特伦先生出发去了某地[①]，克劳福德小姐想要发现他们的社交圈变得残缺不全，在几家人如今几乎每天的聚会中，肯定对他无比思念。他离开后不久，他们都来庄园赴宴，她特意又坐在靠近餐桌末端[②]的位置，决意充分感受主人的变化带来的最令人忧伤的区别。她相信这次一定索然无味。相比于他的哥哥，埃德蒙将会无话可说。汤会分得无精打采，喝酒时既不说笑也没打趣，切鹿肉时不会说起曾经哪条鹿腿的奇闻轶事，也没有“我的哪位朋友”的一段有趣经历。她得努力看着往餐桌另一端传递的食物，以及观察拉什沃思先生，从中找到乐趣。克劳福德兄妹来了以后，他是第一次出现在曼斯菲尔德。他去附近的村子看望了一位朋友，那位朋友最近专门请人修缮了他的庭园，拉什沃思先生回来后满脑子都是这件事情，急于用同样的方式修缮他自己的地方。虽然他说话不得要领，却离不开这个话题。这件事已经在客厅讨论过，到了餐厅又谈论起来。显然他主要想得到伯特伦小姐的关注和想法。虽然她的态度表明她一点也不想迎合他，但她的确得到了优越感。提起索瑟顿庭园，以及由此产生的遐想，让她感到得意洋洋，没有表现得非常无礼。

---

① 汤姆可能不止去了赛马场，暗指他挥霍放荡的生活方式。

② 指首席，通常为一家之主的位置。

“我希望你们能看看康普敦，”他说，“简直彻底变了样！我这辈子都没见过这么改头换面的地方。我告诉史密斯先生我都弄不清身在何处了。这个变化**现在**算得上村里最好的。房子让人大感惊奇。我敢说，昨天我回到索瑟顿时，它看上去像座监狱——一座阴森古老的监狱。”

“哦，真讨厌！”诺里斯太太叫道，“怎么会是监狱呢？索瑟顿庭园是世界上最尊贵的古宅。”

“它需要修缮，夫人，比哪儿都更加需要。我这辈子没见过这么需要修缮的地方，它看上去那么破败不堪，我都不知该怎么办了。”

“难怪拉什沃思先生现在会这么想，”格兰特太太笑着对诺里斯太太说，“不过请相信，索瑟顿会如他所愿，得到一切修缮。”

“我必须试着做点什么，”拉什沃思先生说，“但我不知道该做些什么。我希望能有一些好朋友帮助我。”

“这种情况下你最好的朋友，”伯特伦小姐平静地说，“我想会是雷普顿先生[①]。”

“那正是我想要的。因为他给史密斯干得那么好，我想我最好马上把他请来。他一天要五畿尼的工钱。”

“哎呀，就算**十**畿尼又怎样，”诺里斯太太叫道，“我肯定**你**不用在乎。费用根本不成问题。我要是你，就不会考虑费用。我会处处以最好的样式，做得尽善尽美。像索瑟顿庭园这样的好地方，配得上品位与金钱能做到的一切。你有足够的空间供你使

---

① 指汉弗莱·雷普顿（1752—1818），当时英国最著名的景观设计师。

用，有能够带来丰厚报酬的庭院。对我来说，要是我有索瑟顿五十分之一大小的一块地方，我会不断种植改进，因为我天生酷爱这些。要是想在我如今的地方做任何尝试就太可笑了，因为只有区区二分之一英亩[①]。想做太多简直可笑。可我要是有更大的地盘，我会兴致勃勃地改造种植。我们在牧师住宅做了不少那样的事情，我们把那儿变得和当初入住时完全不同。你们年轻人也许不大记得了，可如果亲爱的托马斯爵士在这儿，他会说出我们做了哪些改进。要不是可怜的诺里斯先生身体不好，本来还能再做很多。他几乎出不了门，可怜的人，什么也欣赏不了，**那**让我灰心丧气，没有做到托马斯爵士和我谈起过的几件事。要不是因为**那个**，我本来会修缮花园围墙，种些树木挡住教堂墓地，就像格兰特博士做的那样。实际上，我们一直在改进。就在诺里斯先生去世前一年的那个春天，我们在马厩的墙边种了一棵杏树，现在长得枝繁叶茂，完美极了，先生。”这话一半是对格兰特博士说的。

“树长得很茂盛，这点毫无疑问，太太，”格兰特博士答道，“土壤很好，可我每次经过时，都会遗憾果子太差，不值得采摘。”

“先生，那是一棵摩尔杏树，我们是当作摩尔杏买的，花了我们——也就是说，那是托马斯爵士送的礼物，可我看到了账单——我知道花了七个先令，按照摩尔杏树的价钱。”

“你上当了，太太，”格兰特博士答道，“这些土豆含的摩尔

---

① 原文为“acre”，一英亩等于 4 047 平方米。

杏味道都和那棵树上的果子差不多。那顶多算得上平淡无味的果子。可是好的杏子可以吃，而我花园里的一颗也吃不了。”

“事实上，太太，”格兰特太太假装隔着桌子对诺里斯太太窃窃私语，“格兰特博士几乎不知道我们的杏子本来是什么味道，他难得吃上一颗，因为这是非常珍贵的水果。只需稍费心思，我们的杏子就能长得又大又好，我的厨师总是早早摘下，不论馅饼还是蜜饯全都能做。”

诺里斯太太本来快要脸红了，现在平静下来。有一会儿，其他话题取代了索瑟顿的改进。格兰特博士和诺里斯太太难得关系融洽，他们的相识始于房屋修缮，而他们的习性则截然不同。

被打断一阵子后，拉什沃思先生又开始了：“史密斯先生的宅子让村里人个个赞叹，那儿在雷普顿接手前简直毫不起眼。我想我应该把雷普顿请来。”

“拉什沃思先生，”伯特伦夫人说，“我要是你，就会种上漂亮的灌木林。天气好的时候，人们喜欢去灌木林走一走。”

拉什沃思先生急于向夫人表示同意，试图说些恭维话。可他既想听从**她的**看法，又想说自己一直都这么打算。此外，他想向在座的夫人小姐们统统献上殷勤，又想暗示他只希望取悦其中的一位，因此不知该如何是好。埃德蒙高兴地邀请众人喝酒，打断了他的话题。不过拉什沃思先生虽说平时并不健谈，却对他热衷的这个话题另有想法。“史密斯的园子只有一百来英亩，已经够小了，能这样改造，真让人大吃一惊。我们的索瑟顿足有七百英亩，还没算上水甸。所以我想，要是能在康普敦大有作为，我们不用气馁。有两三棵离房子太近的茂盛老树被砍掉了，大大开阔了视野，这使我想到，雷普顿或这行的任何人一定会把索瑟顿的林荫道砍掉，就是从最西边通往山顶的那条林荫道，你知道的。”他说话时特别转向了伯特伦小姐。可是伯特伦小姐觉得最好这样回答：

“林荫道！哦！我想不起来了。我对索瑟顿的确很不了解。”

范尼坐在埃德蒙的另一边，正对着克劳福德小姐。她本来专心致志地听着，此时看着他，低声说道：

“砍掉一条林荫道！太可惜了！这难道不会让你想起库珀吗？‘你们这些倒下的林荫道啊，我再次为你们无辜的命运而悲伤。’[1]”

他含着笑意答道：“恐怕这条林荫道要遭殃了，范尼。”

“我想在林荫道被砍掉前看看索瑟顿，看看它如今的样子，它的旧貌，但我觉得我做不到了。”

“你从没去过那儿吗？是的，你从来没去过。可不幸的是那儿远得无法骑马。我希望我们能想出个办法。”

“哦！那不要紧。什么时候我真的见到了它，你可以告诉我做了哪些改变。”

“我记得，”克劳福德小姐说，“索瑟顿是个古老的地方，有些气派。是什么特别的建筑风格吗？”

“房子是在伊丽莎白时期[2]造的，是一座高大规整的砖石建筑，厚实又壮观，有很多房间。位置不太好，坐落在园中地势最低的地方，因此不利于改造。但树林茂密，有一条小溪，我敢说

---

① 源自威廉·库珀（1731—1800）的《任务》（*The Task*，1785）。

② 指伊丽莎白一世女王的执政时期（1558—1603）。

也许能够好好利用。我想，拉什沃思先生打算把它变得现代一些，这很有道理，我毫不怀疑这儿能得到极好的修缮。”

克劳福德小姐温柔地听着，心想：“他是个很有教养的人，这番话说得太好了。”

“我不希望影响拉什沃思先生，”他接着说，“不过，我要是有个想要改造的地方，我不会只把它交到改建师手里。我宁愿自己做主，一步步改进，即使得不到最好的结果。我宁愿自己犯错，也不愿承受他犯的错误。”

“当然，**你**会知道你想做什么，但那对**我**不合适。我对这些事情既无眼光也没天分，除非结果就放在我面前。要是我在乡下有个宅子，我会对愿意接手的任何一位雷普顿先生感激不尽，让他拿多少钱就增加多少美。在完工之前，我连看都不看一眼。”

“要是能看到全部进展，**我**会觉得很开心。”范尼说。

“哦，那是你以后要做的事。和我受到的教育无关。唯一的一次经历，并非由世界上最受欢迎的改建师负责，让我觉得**手头的**改建是最讨厌的事情。三年前，上将，也就是我尊敬的叔叔，在特威克南[①]买了一座乡舍，让我们一起在那儿过夏天。我和婶婶欢欢喜喜地去了，可因为那儿实在太美，我们很快觉得有必要做些改进，于是接下来的三个月尘土飞扬，乱七八糟，没有一条能走的石子路，也没有能坐的凳子。我希望乡下能一切应有尽有，有灌木林、花园和数不清的原木座椅，但全部都该准备好，用不着我操心。亨利不一样，他喜欢自己动手。”

---

① 原文为“Twickenham”，距离伦敦十英里，泰晤士河边的时髦乡村。

埃德蒙听见克劳福德小姐如此随意地说起她叔叔，感觉很难过，他原先对她很有仰慕之情。他觉得这样的做法很不得体，于是一言不发，直到她后来又笑容满面、活泼热情，他才暂时把这件事搁在一边。

“伯特伦先生，”她说，“我终于得到关于我竖琴的消息了。我确信它安全到达了北安普敦。它可能在那儿已经放了十来天，虽然他们一直郑重地告诉我们还没到。”埃德蒙显得既高兴又惊讶。“事实上，我们打听得太直接。我们派了仆人，自己也去了，但在离伦敦七十英里的地方，这样做可不行，不过今天上午我们通过正确的方式得知了情况。一个农夫看见了，他告诉了磨坊主，磨坊主告诉了屠夫，屠夫的女婿又给店铺留了口信。”

“我很高兴你已经听到了消息，无论通过什么方式，希望不会再耽搁。”

“我明天就会收到，可是你觉得会怎样送来呢？哪种马车都不行。哦不！在村里什么马车都雇不到。我不如要几个搬运工人和一架小推车。”

“我敢说，今年的干草时节晚，如今正是收割最忙的时候，你会发现很难雇到马车吧？”

“我很惊讶这件事有多难办！在乡下找辆马车似乎毫无可能，于是我让女仆直接去要一辆。因为我只要从梳妆室往外看都会见到一片农场，在灌木林散步时也总会穿过另一片，本以为说一声就行，我还遗憾不能让每人都享受这个为我效劳的好机会。结果我却好像提了个世界上最荒唐、最不可理喻的要求，惹恼了所有的农民、所有的雇工和教区里所有的干草。想想我该有多惊讶！

对格兰特博士的管家，我想我最好离**他**远一点。至于我姐夫，虽然他平常很和气，可知道了我想做什么之后，对我态度极差。”

“谁也没料到你会有这样的想法，不过当你**真的**想到这点时，你必须明白收割干草的重要性。任何时候雇辆马车都可能不如你想象的那么轻松，我们的农民不习惯把自己的车借给别人使用。而在收获季节，他们肯定也没办法腾出一匹马来。”

“我迟早会明白你们的所有方式。不过，回到真正的伦敦标准，什么都可以用钱交换，所以你们乡下习俗中固执的独立性一开始真让我有点尴尬。可我明天会把我的竖琴取回来。亨利真是心地善良，他主动提出用他的四轮大马车①去取。这下总算体面地运回来了吧？”

埃德蒙说竖琴是他最喜欢的乐器，希望很快能够听她弹奏。范尼从来没听说过竖琴，对此非常期待。

“我很乐意为你们两人弹奏，”克劳福德小姐说，“至少你们愿听多久就弹多久，也许比这时间还长得多。我自己真心喜欢音乐，遇到品位相投的人时，总会弹出最好的状态，因为能在不止一个方面得到满足。现在，伯特伦先生，你要是给你哥哥写信，请你告诉他我的竖琴到了，他听我诉过很多苦。如果愿意，你可以说，我会为他回来准备一首最悲伤的曲子，作为对他的同情，因为我知道他赛马会输。”

“要是我写信，你想说什么我都会写上，可我现在还看不出写信的必要。”

---

① 原文为“barouche”，时髦且奢华的马车。

“我相信是这样。就算他出去一年，如果没有必要，你也不会给他写信，他同样不会写信给你。永远无法预知写信的必要性。你们兄弟俩有多奇怪呀！除非发生万分紧急的事情，你们不会互相写信。要是不得不提笔说说哪匹马病了，或是某个亲戚死了，也会写得尽量简短。你们只有一种风格。我再清楚不过了。亨利虽然在其他任何方面都是个不折不扣的好哥哥，他爱我，和我商量事情，对我倾诉秘密，能和我说一整个小时的话，但他的信从来都写不满一张纸，通常只是：‘亲爱的玛丽，我刚刚到达。巴斯似乎到处是人，一切如常。祝好。’那是真正的男人的风格，那是一封完整的哥哥的来信。”

“当他们远离所有的家人时，”范尼说，想起威廉她有些脸红，“他们能写出很长的信。”

“普莱斯小姐有个哥哥在海上，”埃德蒙说，“他信写得极好，所以她认为你对我们太苛刻了。”

“在海上，是吗？一定是皇家海军吧？”

范尼宁愿让埃德蒙来讲述，但他执意不语，她只得自己说出哥哥的情况。谈到他的职业和他去过的外国港口时，她言语兴奋，可提起他已经离家几年时，她又禁不住眼泪汪汪。克劳福德小姐礼貌地祝愿他早日升职。

“你认识我表弟的舰长吗？”埃德蒙说，“马歇尔上校？我想你在海军有不少熟人吧？”

“我认识很多上将，不过，”她有些傲气地说，“职位低的不大认识。战舰舰长也许是很好的人，但他们和**我们**无关。我能告诉你不少上将的事情，关于他们和他们的旗帜，他们的薪水等级，还有他们的争吵和嫉妒。不过总的来说，我能肯定地告诉你，他们全都不受重视，都在受人欺侮。当然，我在叔叔的家里结识了一大群上将。那些**少姜中姜**[1]多不胜数。求你别怀疑我在使用双关语。”

埃德蒙又严肃起来，只答道：“这是个崇高的职业。”

“是的，这个职业在两种情况下很不错：要是能够挣钱，而且不胡乱挥霍。不过，简而言之，这不是我喜欢的职业。从来没有让**我**产生好感。”

埃德蒙回到竖琴的话题，并再次为能听她演奏感到非常高兴。

与此同时，其他人还在讨论改造庭园的话题。格兰特太太忍不住对她弟弟说话，虽然这样就打扰了他对茱莉娅·伯特伦小姐的关注。“我亲爱的亨利，**你**没话可说吗？你自己就是个改造专家，我所听说的埃弗灵厄姆，可以和英国的任何地方相媲美。我相信它的自然风光非常优美。埃弗灵厄姆和**过去**一样，在我眼中完美无缺。如此错落有致的土地，那么郁郁葱葱的树林！我无论如何也想再去看看！”

“听你这么说，真让我特别高兴，”他答道，“可我担心你会失望。你不会觉得如你想象的那么好。从面积来说，简直微不足道，你会惊讶于它的小。至于改造，简直没什么可做，能做的太少了，我倒宁愿多忙些时间。”

“你很喜欢这些事情吗？”茱莉娅说。

---

① 原文为“Rears and Vices”，指少将中将。克劳福德小姐刻意省略了后接的 Admiral（上将）一词，以双关义暗讽当时海军中常见的鸡奸行为，这样的话语极不得体。

“非常喜欢。不过那片园子有着天然的优势，即使很年轻的人也能看得出。因为能做的很少，我又下了决心，只用三个月就把埃弗灵厄姆完全变成了现在的样子。我是在威斯敏斯特制定计划的，也许在剑桥稍稍做了些改变[①]，二十一岁时就完工了。我倒羡慕拉什沃思先生还能享受那么多的乐趣。我把自己的乐趣一口吞掉了。”

“那些眼光敏锐的人，决心下得快，行动也敏捷，”茱莉娅说，“**你**绝不会无事可做。与其羡慕拉什沃思先生，你应该帮他提些意见。”

格兰特太太听到这段话后面的内容便极力表示赞成，认为谁的眼光也不及她的弟弟。伯特伦小姐也喜欢这个想法，于是全力支持，声称在她看来，先问问朋友和无关利益的人有什么意见，比立即交到专业人员的手中好得多。拉什沃思先生很希望得到克劳福德先生的帮助，而克劳福德先生先是对自己的才能适当谦虚了一番，接着表示乐意竭尽所能为他效劳。拉什沃思先生又请求克劳福德先生能够赏光去索瑟顿，在那儿住下。这时诺里斯太太似乎看出她的两个外甥女不太赞成这个要把克劳福德先生带走的计划，便以一个修正方案打断了他。“毫无疑问克劳福德先生愿意去，可我们为何不多去一些人呢？我们为何不来个小小的聚会？这儿有很多人都对你的改造计划感兴趣，我亲爱的拉什沃思先生，也想听听克劳福德先生在现场的意见，或许**他们的**想法也能对你起一些小小的作用。对我来说，我早就想再次拜访你好心

① 亨利曾在威斯敏斯特读书，毕业于剑桥大学，说明他的家庭非常富裕。

的母亲，只因为没有自己的马儿才一直没去。不过现在我能过去和拉什沃思太太坐上几个小时，你们其他人到处转转安排事情，接着我们可以一起回来晚点在这儿吃饭，或者在索瑟顿用餐，也许你的母亲会特别喜欢这样，再趁着美妙的月光愉快地回家。我敢说克劳福德先生会带我和我的两个外甥女乘坐他的四轮大马车，埃德蒙可以骑马。妹妹，你知道范尼会留在家中陪你的。”

伯特伦夫人没有反对，所有要去的人都急忙表示赞成，除了埃德蒙。他什么都听见了，却一言不发。

第七章

“那么，范尼，你**现在**觉得克劳福德小姐怎么样?”埃德蒙自己思考了一段时间后，第二天说道，“你昨天认为她如何?”

“很好，很不错。我喜欢听她说话。她让我觉得有趣，而且她那么漂亮，我看着她时觉得赏心悦目。”

“她的容貌非常迷人。她神情活泼，令人喜爱!不过范尼，她说的话，难道没有让你觉得不太合适的地方吗?”

“哦，有的!她不该那样说起她的叔叔。我非常吃惊。她和他一起生活了那么多年的叔叔，不管他有什么缺点，但他十分宠爱她的哥哥，人们说几乎把他当成了儿子。我真是不敢相信!”

“我想你应该注意到了。那样做很不对，很不得体。”

“而且很不懂感恩，我觉得。”

“不懂感恩是个很重的词。我不知道她的叔叔有什么权利要求她**感恩**。他的妻子当然有。她因为非常尊重对婶婶的回忆，这才误导她来到了这儿。她的处境颇为尴尬。她感情热烈、生性活泼，所以很难公正看待她对克劳福德太太的深情，同时不对上将加以责备。我不想假装知道在他们的分歧中最应该责怪谁，虽然上将如今的行为也许让人更偏向他的妻子。不过克劳福德小姐完全偏袒她的婶婶，这自然而言也令人愉悦。我不责备她的**想法**，但她将此公之于众显然**的确**不妥。”

“你不认为，”范尼想了一会儿说道，“这种不妥本身也是对克劳福德太太的反映吗？因为她侄女完全是由她抚养的，她不可能让她对上将形成正确的看法。”

“这话很有道理。是的，我们必须认为侄女的错误源于婶婶的错，这就让人更能意识到她的不利境遇。但我认为她如今的家一定对她有好处。格兰特太太待人处事非常得体。克劳福德小姐说起她哥哥时，流露出惹人喜爱的深情。”

“是的，除了说他给她写那么短的信。她几乎让我笑出声来，不过要是一个哥哥在和妹妹分开时，不愿费心为妹妹写封值得一读的信，我无法给这位哥哥的爱意与脾性很高的评价。我相信威廉无论如何，也永远不会这样对**我**。她有什么权利认为**你**在离开时，不会写长长的信呢？”

“因为她有活泼的性情，范尼，所以会抓住任何让她自己或别人开心的事。只要既无恶意也不粗鲁，就完全可以接受。从克劳福德小姐的神情举止中丝毫看不出这样的感觉，没有任何尖锐、激烈或粗俗。她完全是女人的气质，除了在我们说到的那件事上。**那一点**她做得不对。我很高兴你的看法和我完全一致。”

埃德蒙帮助范尼形成观点并赢得了她的喜爱，很有可能让她同他想法一致。不过这段时间，在这个问题上，开始出现了一些危险的差异，因为他有些爱慕克劳福德小姐，也许会让范尼无法接受他的想法。克劳福德小姐的魅力没有减少。竖琴到了，给她增添了几分美丽、才智与热情，因为她对弹琴有求必应，神情和品位尤其令人心动，在每支曲子结束时都会说一些聪颖的话。埃德蒙每天待在牧师住宅，尽情享受他最喜爱的乐器，每天上午必能得到第二天的邀请，因为小姐当然不会不情愿有个听众，于是一切很快走上了正轨。

一位年轻的小姐，漂亮、活泼，依偎着和她本人一样优雅的竖琴，双双临窗而坐，窗户是落地式的，面朝一小块草坪，四周环绕着夏日枝繁叶茂的灌木林，这足以打动任何男人的心。如此季节，此番景致，这种氛围，都容易使人温柔多情。格兰特太太在一旁做着刺绣也并非毫无作用：一切都温馨和谐。当事事都在爱意萌发之际推波助澜时，即使三明治托盘，以及正在尽主人之谊的格兰特博士，都值得一看。然而，没有认真思考，甚至不知道自己在做什么，埃德蒙经过一个星期这样的交往后，逐渐坠入了爱河。对小姐的赞扬也许可以加上这一点，他并非世故之人，也不是长子，既不懂阿谀奉承，也不会畅快闲聊，却开始得到她的欢心。她有了这种感觉，虽然不曾预料，也几乎无法理解。按照任何平常的标准他都不讨人喜欢：他不说废话，不会讨好；他想法固执，只会安静简单地献殷勤。也许他的魅力来自于他的真诚、他的坚定、他的正直，或许克劳福德小姐也能感觉到，虽然她还不能对此认真思考。不过她没有考虑太多，他现在能取悦她，她喜欢有他在身旁，这就够了。

埃德蒙每天上午去牧师住宅，范尼对此并不感到惊讶。要是她可以不邀而至，或是不被注意，她也会乐意去那儿听竖琴。晚上的散步结束后，两家人再次告别，他会认为应该陪格兰特太太和她妹妹回家，克劳福德先生则陪伴着庄园里的夫人小姐们，她也觉得毫不奇怪，只是感到这样的交换很糟糕。如果埃德蒙不在那儿帮她把葡萄酒兑上水，她宁愿不喝。她有些惊讶他和克劳福德小姐一起待了这么长时间，却再也没有看见他已经发现的那些缺点，而同她在一起时，她几乎每次都能想起类似的感觉，然而事情就是这样。埃德蒙喜欢和她说起克劳福德小姐，但似乎觉得她不再责怪上将已经足够。她谨慎地不向他提起自己的想法，以免显得有些恶意。克劳福德小姐给范尼带来的第一次实际伤害，是在她常来曼斯菲尔德之后。看到这儿的年轻小姐们都会骑马，她自己也想学。埃德蒙和她越来越熟悉，便鼓励她，提出用自己安静的母马帮她开始学习，因为这是两家的马厩中最适合初学者的一匹马。然而，他并未打算让他的表妹因此痛苦或受到伤害：她不会失去一天的锻炼，只需在她骑马前半小时把马带到牧师住宅。他最初提出建议时，范尼完全没觉得怠慢，反而因为他竟然征得她的同意，简直感激不尽。

克劳福德小姐第一次骑马很守信用，没给范尼造成任何不便。埃德蒙把马带去，全程指导，并按时牵回了马，范尼和总在她独自骑马时陪着她的那位忠诚的老马夫还没打算出发。第二天的情况不再无可挑剔。克劳福德小姐实在太喜欢骑马，简直欲罢不能。她活泼无畏，虽然身材矮小，却体格强壮，似乎天生就是个骑手。除了运动带来的纯粹快乐外，埃德蒙的陪伴与指导或许也增添了乐趣。加上她相信自己进步飞快，远超别的女人，这些都让她不愿意下马。范尼已经准备好并开始等待，诺里斯太太已经责备她怎么还不出去，可还是没人通报马儿回来，埃德蒙也没出现。为躲避她的姨妈，也为寻找埃德蒙，她走了出去。

两家的房子虽然相隔不到半英里，却不能彼此相望。不过，从厅门走出五十码[1]后，她可以俯瞰庭院，将比乡村道路稍高一些的牧师住宅和它所有的领地尽收眼底。在格兰特博士的草场上她一眼看到了那群人——埃德蒙和克劳福德小姐都骑在马背上，并肩而行；格兰特博士夫妇和克劳福德先生，还有两三个马夫站在一旁看着。在她眼中这些人很快乐——都对同一个目标感兴趣——无疑很开心，欢笑的声音甚至传到了她的耳中。这个声音没有使**她**高兴，她奇怪埃德蒙竟然忘记了她，感到有些心痛。她无法让视线离开草场，她忍不住望着发生的一切。最初克劳福德小姐和她的同伴徐步在草场上绕了一圈，这一圈距离不短。接着，显然在**她**的建议下，他们提速慢跑起来。范尼生性胆怯，见她坐得那么稳，真是惊讶不已。几分钟后他们完全停住。埃德蒙靠近她；他在对她说话；他显然在告诉她怎样控制缰绳；他握住了她的手；她看见了，或者她的想象力补充了眼睛看不到的情景。她不能对这一切感到奇怪，埃德蒙帮助任何人，展现他善良的性情，还有什么能比这更自然而然呢？事实上她只在想着克劳福德先生可以免去他的麻烦，由一位哥哥亲自教她，将会十分恰当得体。然而克劳福德先生虽然有着众人吹嘘的好脾气，也擅长骑马赶车，却对此一无所知，和埃德蒙相比从不主动做些好事。范尼有些觉得让母马承受双重的负担太过辛苦，如果她被人遗忘，可怜的母马应该得到牵挂。

看到草场上的人散开了，她对这位或那位的感情很快平复下来。克劳福德小姐还坐在马背上，埃德蒙走在她身旁，穿过一道

① 原文为“yard”，长度单位，1码等于3英尺或0.9144米。

门走上小路，然后进入庭院，前往她站着的地方。这时她有些担心显得无礼和不耐烦，便快步上前迎接他们，免得让人怀疑。

“我亲爱的普莱斯小姐，”克劳福德小姐刚走到能被听见的距离就说道，“我来为让你久等而道歉——但我完全无法为自己辩解——我知道已经很晚，我这样做非常不好。因此，如果你愿意，请一定要原谅我。你知道，自私总是必须被原谅，因为这根本无法治愈。”

范尼回答得非常客气，埃德蒙又说相信范尼一点也不着急。“因为我表妹即使想骑平日双倍的距离，时间也绰绰有余。”他说，“你避免了她半个小时前出发，让她更加舒适。现在有云了，她不会像刚才那么热。我希望你不会因为运动太多感到疲惫。我希望你不用从这儿走回去。”

“说实话，除下马之外，我一点都不累，”她一边说，一边由他帮忙跳下来，“我很强壮。除了做我不喜欢的事情，什么都不能使我疲惫。普莱斯小姐，我很不情愿地把马还给了你，但我真心希望你骑得开心，我希望这匹可爱、漂亮、惹人喜爱的马儿样样让你满意。”

老马夫本在牵马等待，现在走了过来。范尼被扶上她的马，他们穿过庭院的另一边出发了。她转过身，看见两人一起走下山坡往村里去，心里丝毫没感到轻松。她的随从夸奖克劳福德小姐聪明灵巧、善于骑马，他刚才同样看得专心致志，这也没能让范尼觉得好受些。

“看到一位小姐这么喜欢骑马，真让人高兴！”他说，“我从没见谁能在马背上坐得更稳。她似乎一点也不害怕。和你完全不同，小姐，你第一次骑马的时候，到复活节[1]就要六年了。上帝保佑！当托马斯爵士第一次把你放在马背上时，你抖得多厉害呀！”

克劳福德小姐在客厅也得到了夸赞。她天生的力量和勇气让伯特伦小姐们交口称赞；她骑起马来和她们自己一样开心；她和她们一样很快就技艺超群，她们夸她夸得满心欢喜。

“我就知道她会骑得很好，”茱莉娅说，“一看就是这样。她的身体和她哥哥一样灵巧。”

“是的，”玛丽亚又说，“而且精神抖擞，兴致勃勃。我不禁想到好的骑术和精神状态关系很大。”

晚上分开时，埃德蒙问范尼是否打算第二天骑马。

“不，我不知道。如果你需要马，我就不骑。”她如此回答。

“我完全不是自己想要马儿，”他说，“但下次不管你哪天想待在家里，克劳福德小姐会很乐意多骑些时候——简而言之，骑一整个上午。她特别想去曼斯菲尔德公地。格兰特太太一直和她说那儿风景很好，我也毫不怀疑她能骑过去。不过哪天上午都可以。要是影响了你她会非常抱歉。她真要这么做很不对——**她**骑马只为快乐，**你**是为了身体。”

“我明天当然不想骑马，”范尼说，“我最近经常出去，所以宁愿待在家里。你知道我现在身体很好，可以走很多路。”

埃德蒙看上去很高兴，这必然让范尼感到欣慰，于是第二天上午一行人去了曼斯菲尔德公地——包括除她本人以外的所有年

---

① 原文为“Easter”，纪念耶稣复活的宗教节日，在每年三月或四月春分月圆之后的第一个星期日。

轻人，当时玩得很开心，晚上讨论时又高兴了一回。一个这样的成功计划常常会带来另一个，去了曼斯菲尔德公地后，他们都想在第二天去别的地方。还有许多别的风景可以观赏，虽然天气炎热，但无论他们想去哪儿都有林荫小道。一群年轻人总能找到林荫小道的。就这样接连过了四个上午，向克劳福德兄妹展示乡间景致，欣赏最美丽的风景。一切都得到了回报，人人兴高采烈、心情舒畅，即使谈论炎热的天气也是一种享受——直到第四天，其中一个人的快乐受了很大的影响。正是伯特伦小姐。埃德蒙和茱莉娅应邀去牧师住宅用餐，而**她**被排除在外。这是格兰特太太的想法和安排，完全出于好意，是为了拉什沃思先生，他那天有可能去庄园。不过这却被当成恶意的伤害，她必须竭尽全力才能掩饰她的恼火和愤怒，直到回了家。因为拉什沃思先生**没有**来，又加深了伤害，她甚至不能通过控制他来得到安慰。她只能对她的母亲、姨妈和表妹闷闷不乐，尽量在晚餐和吃甜点时弄得别人心情郁闷。

十点到十一点间埃德蒙和茱莉娅走进客厅，夜晚的空气让他们神清气爽、面色红润、心情愉快，和她们面前坐着的三位女士截然相反。玛丽亚几乎没从书本上抬起眼睛，伯特伦夫人昏昏欲睡。即使诺里斯太太，因为被外甥女的坏脾气搅得心烦意乱，只问了一两个关于晚餐的问题，在没能立即得到答复后，几乎不打算再问下去。有几分钟兄妹俩急切地想要称赞夜晚评价星空，没想到别人。但在第一阵停顿后，埃德蒙环顾四周，说道："可是范尼在哪儿？她去睡觉了吗？"

"不，我想没有，"诺里斯太太答道，"她刚刚还在这儿。"

范尼本人温柔的声音从屋子的另一端传来，距离很远，说明她在沙发上。诺里斯太太开始责备起来。

“范尼，你把一整个晚上都消磨在沙发上，真是犯傻。你为何不能过来坐着，像**我们**一样干点活呢？要是你自己没活干，我可以给你救济穷人的活计。所有的新印花布都在那儿，上个星期拿来的，动都没动。我裁剪花布时差点把背都累断了。你应该学着考虑别人。说真的，一个年轻人总无所事事地躺在沙发上，真是太不像话。”

话没说到一半，范尼已经回到桌旁的座位上，又干起了活儿。茱莉娅高兴了一整天，兴致高涨，便为她主持公道，叫道：“我得说，姨妈，范尼待在沙发上的时间，根本不比屋里的其他人长。”

“范尼，”埃德蒙仔细看了看她，说道，“我肯定你在头痛。”

她无法否认，只说不太严重。

“我不能相信你，”他答道，“我太了解你的神情。头痛多久了？”

“晚餐前不久开始的。只是受了热。”

“大热天你出去了？”

“出去！她当然出去了，”诺里斯太太说，“你会让她在这种好天气一直待在里面吗？我们不是**都**出去了吗？即使你母亲今天也出去了一个多小时。”

“是的，的确如此，埃德蒙，”夫人说道，她被诺里斯太太对范尼的斥责声彻底唤醒了，“我出去了一个多小时。我在花园坐了三刻钟，当时范尼在剪玫瑰。很愉快，真的，就是太热。花园凉亭里很阴凉，但说实话我真害怕再走回家。”

“范尼一直在剪玫瑰，是吗?”

“是的，恐怕这是今年的最后一茬了。可怜的人儿！她觉得特别热，但花都盛开了，不能再等。”

“这的确没办法，”诺里斯太太柔声细语地又说道，“不过我想她的头痛也许就在那时得的，妹妹。在烈日下又是站立又是弯腰最容易让人头痛，但我敢说明天就会好。要不你给她喝点你的香醋，我总是忘记把我的灌满。”

“她已经喝了，”伯特伦夫人说，“她第二次从你家回来就喝过了。”

“什么!”埃德蒙叫道，“她又是走路又是剪玫瑰，再穿过炎热的庭院去你家，还去了两次，是吗，太太？难怪她会头痛。”

诺里斯太太正和茱莉娅说话，没有听见。

“我担心她会受不了，”伯特伦夫人说，“可是剪下玫瑰后你姨妈想要，你知道，那就必须把花送过去。”

“可是有那么多玫瑰，让她必须跑两趟吗?”

“没有，但这些花得放进空房间晾着。不巧范尼忘记把门锁上带回钥匙，所以只好又跑了一趟。”

埃德蒙站起身，在屋里来回踱步，说道：“除了范尼就没人能做这件事了吗？说实话，夫人，这事情做得太糟糕了。”

“说真的，我不知道怎么把这件事做得更好，”诺里斯太太叫道，她无法再装聋作哑了，“除非我自己去，就是这样。但我没法分身，当时我正和格林先生说着你母亲挤奶女工的事，是她的要求，我还答应约翰·格鲁姆为他儿子的事情给杰尼佛太太写信，那个可怜的家伙等了我半个小时。我想谁也没资格责备我在任何时候偷懒，但我真的没法样样都做。至于范尼不过替我去了趟家里——也就是四分之一英里多的距离——我不觉得这样的要求不合情理。我不是经常一天三趟，不分早晚地走来走去吗？嗯？而且无论天气怎样，从不抱怨吗？”

“我希望范尼能有你一半的力气，太太。”

“要是范尼能经常锻炼，就不会这么快病倒。她很久没骑马了，我相信她要是不骑马，就应该走路。要是她之前骑了马，我就不会让她做了。可我觉得她在玫瑰园弯了半天的腰，这会对她有好处，因为在那样的劳累后，散步最能帮她恢复。虽然阳光很强，但也没那么热。就我们自己说说，埃德蒙，”她意味深长地朝着他母亲点点头，“是因为剪玫瑰，在花园里待得太久，才惹了麻烦。”

“恐怕的确是这样，”伯特伦夫人更坦率些，她听见后说，“我非常担心是在那儿得的头痛，因为简直能把人热死。我自己只能勉强承受。我坐在那儿叫着哈巴狗，让他[①]别去花坛，就这样都几乎让我受不了。”

埃德蒙没再对两位女士说话，只是默默走到另一张桌子，晚餐的杯碟还放在那儿。他给范尼端了一杯马德拉白葡萄酒，强迫她喝下一大半。她希望能够拒绝，可是她百感交集，泪如雨下，使喝酒比说话容易得多。

埃德蒙虽然对母亲和姨妈非常恼火，却对自己更加生气。他

① 伯特伦夫人以“他（he）”指代哈巴狗。

本人对她的忽略比她们做的任何事更加糟糕。假如能够适当考虑她，这样的事情绝不会发生。可她已经有四天的时间完全无法选择和谁做伴或怎样运动，没有任何理由躲避姨妈们提出的一切不合理要求。想到有整整四天她无法骑马，他满心羞愧，并郑重地下定决心，无论他多么不想让克劳福德小姐扫兴，这样的事情绝不能再发生。

范尼上了床，像第一天来到庄园时那样心事重重。她的精神状态或许也导致了她的生病，因为她感到受人冷落，在过去几天一直努力对抗着心中的不满和嫉妒。她躺在沙发上时，只为躲避别人的视线，当时她心中的痛苦远远超过了她的头痛。埃德蒙的关心带来的突然变化，让她几乎不知道该怎样支撑自己。

第八章

就在第二天，范尼又开始骑马了。因为这是个清新怡人的上午，不像近来的天气那么炎热，埃德蒙相信她失去的健康与快乐很快能得到补偿。范尼出去时拉什沃思先生来了，陪着他的母亲，她来是为了表示礼貌，尤其想礼貌地催促众人实施参观索瑟顿的计划。这个计划是两个星期前想到的，因为她不在家，一直被耽搁着。诺里斯太太和她的外甥女们都很高兴重提这项计划，同意早日出发，只要克劳福德先生有空便能成行。年轻小姐们没忘记这个条件，虽然诺里斯太太很想保证他一定有空，但她们既不肯相信也不愿冒险。最后，在伯特伦小姐的提示下，拉什沃思先生发现最稳妥的办法是由他直接去牧师住宅拜访克劳福德先生，问问他星期三是否有空。

拉什沃思先生回来前，格兰特太太和克劳福德小姐进来了。她们出去了一阵子，又从另一条路过来，所以没碰见他。但她们让众人放心，他会在家里见到克劳福德先生。索瑟顿计划自然又被提起。说实话，几乎不可能谈论别的话题，因为诺里斯太太对此兴致很高，而拉什沃思太太好心好意、客客气气、喋喋不休、自命不凡，觉得除了和她与她儿子有关的事情，别的都不重要，便一直劝说伯特伦夫人和他们一起去。伯特伦夫人始终在拒绝，但她平静的态度让拉什沃思太太觉得她其实想去，最后诺里斯太太提高声音多说了几句，她才相信那是实话。

“我妹妹受不了那样的疲劳，实在太劳累了，相信我，我亲爱的拉什沃思太太。去有十英里，回来又是十英里。这次你必须原谅我妹妹，就让我自己和两个亲爱的女孩一起去。索瑟顿是唯一能让她**想要**走这么远的路去看看的地方，可这实在不行。范尼·普莱斯会陪她做伴，一切都没问题。至于埃德蒙，他本人不在这儿，但我保证他会非常乐意一起去。你知道，他可以骑马去。”

拉什沃思太太只得同意伯特伦夫人待在家里，并为此感到遗憾。“要是夫人不能去就太遗憾了，她本来会非常欢迎这位年轻小姐，普莱斯小姐的来访，她还从没去过索瑟顿呢，真可惜她不能去那儿看看。”

“你真好，你实在太好了，我亲爱的太太，”诺里斯太太叫道，“至于范尼，她将来有很多机会去看索瑟顿。她有足够的时间，而且她这次没法去。伯特伦夫人绝不能没有她。”

“哦不，我不能没有范尼。”

拉什沃思太太深信每个人都一定想去看看索瑟顿，接着想邀请克劳福德小姐加入进来。虽然格兰特太太搬到这儿后没有费心去拜访拉什沃思太太，并礼貌地为自己拒绝了邀请，她却很高兴为妹妹赢得任何快乐。玛丽在适当的催促和劝说下，很快接受了这份好意。拉什沃思先生从牧师住宅带来了好消息；埃德蒙适时出现，正好得知星期三的安排，把拉什沃思太太送上马车，并陪着两位女士走了庭院一半的路程。

回到早餐厅后，埃德蒙发现诺里斯太太正在犹豫让克劳福德小姐加入进来到底好不好，她哥哥的马车会不会没有她就已经坐满了。伯特伦小姐们笑她想多了，向她保证四轮大马车除了赶车人以外，完全坐得下四个人，还有**一个**可以坐在他身旁。

“可是为何得这样，”埃德蒙说，“要用克劳福德先生的马车，或是**只用**他的马车？为何不用母亲的轻便马车[①]呢？那天第一次提起这个安排时，我就无法理解为何一家人外出拜访，却不用自家的马车。”

“什么！”茱莉娅叫道，“本来可以乘坐四轮大马车，却在这种天气三个人挤在一辆驿马车里！不，我亲爱的埃德蒙，那可不行。”

“而且，”玛丽亚说，“我知道克劳福德先生一心想要带上我们。当初说好后，他会认为这是个承诺。”

“另外，我亲爱的埃德蒙，”诺里斯太太又说道，“明明**一辆**马车就可以，非得用上**两辆**马车，这不是白费劲吗？就我们自己说说，车夫不太喜欢从这儿到索瑟顿的路程，他总是抱怨狭窄的小道刮坏了他的马车。你知道，我们总不想让托马斯爵士回家后，发现马车的漆都被刮掉了吧。”

“那倒是用克劳福德先生马车的漂亮理由，”玛丽亚说，“但实际上，是因为威尔科克斯是个笨老头，他不懂怎样驾车。我敢保证，星期三时我们不会觉得狭窄的道路会带来任何麻烦。”

“我想，”埃德蒙说，“在四轮大马车上坐在车夫身边，不会有任何麻烦，也没有任何不愉快。”

---

① 原文为“chaise”，可供一两个人乘坐的轻便马车。

“不愉快!”玛丽亚叫道，“哦天啊！我相信人人都觉得那是最好的座位。就欣赏乡间风景而言，简直无与伦比。也许克劳福德小姐自己就想坐在那儿。”

“那么，让范尼和你们一起去就完全没问题了，毫无疑问有座位让她一起去。”

“范尼!”诺里斯太太重复道，“我亲爱的埃德蒙，没打算让她和我们一起去。她要陪她的姨妈。我和拉什沃思太太说过了。没人指望她去。”

“我想，夫人，”埃德蒙对他的母亲说，“你除了为自己，为了自己的舒适外，没理由希望范尼**不**和别人一起去。要是你能离开她，你不会希望把她留在家里吧?”

“当然不会，但我**不能**没有她。”

“你可以，只要我待在家里陪你，我打算这样做。”

这时众人惊叫起来。“是的，”他继续说道，“我没必要去，我想待在家里。范尼很想去看看索瑟顿。我知道她很想去。她不常有这样的快乐，我相信，夫人，你现在会很乐意给她这样的快乐吧。”

“哦是的！非常乐意，只要你姨妈不反对。”

诺里斯太太马上提出她仅剩的一条理由——他们已经明确告知拉什沃思太太范尼不能去，因此带她过去，让她露面一定非常奇怪，诺里斯太太似乎觉得这种做法不可接受。就这样出现太唐突了！这会显得很不礼貌，几乎是对拉什沃思太太的不敬，她的举止富有教养、注重礼仪，肯定接受不了。诺里斯太太根本不喜欢范尼，也完全不希望她在任何时候得到快乐，但她**现在**对埃德蒙的反对，更多是因为她对自己计划的偏爱，而非其他任何原因，因为这是她自己的安排。她觉得她已经把一切安排得非常完美，任何改动都会变得更差。埃德蒙在她愿意听他说话时告诉她，她不必为拉什沃思太太烦恼，因为他陪着拉什沃思太太穿过大厅时，借机说起普莱斯小姐也许会一起过去，并马上得到了对他表妹的热情邀请。可想而知，诺里斯太太恼怒得无法痛快答应，只说道："很好，很好，随你便，就按你的安排，我肯定毫不在乎。"

"多奇怪呀，"玛丽亚说，"竟然让你待在家里，而不是范尼。"

"我相信她应该对你非常感激。"茱莉娅说着快步离开了屋子，因为她知道自己应该提出待在家里。

"范尼当然会有感激之情。"埃德蒙答道，这个话题到此结束。

事实上，范尼听到这个计划时的感激之情，远远超出了她的快乐。埃德蒙没有察觉范尼对他的柔情依恋，无法意识到她是怀着怎样的深切感情体会着他的善意。可他竟然为了她而放弃任何快乐，这使她感到痛苦，没有他在身边，她本人见到索瑟顿的快乐将毫无意义。

曼斯菲尔德两户人家的下一次碰面又带来了计划的改变，这次众人都表示赞许。格兰特太太主动提出替伯特伦夫人的儿子陪伴她，格兰特博士过来和她们一起吃饭。伯特伦夫人对此非常满意，年轻小姐们再次兴高采烈。即使埃德蒙也对这个让他重新和大家出游的安排感到庆幸。诺里斯太太认为这个计划非常完美，说格兰特太太讲出来时，她已经话到嘴边，正想提出。

星期三天气晴朗，早餐后不久四轮大马车就到了。克劳福德先生带着他的姐妹，人人准备完毕，只需让格兰特太太下车，其他人就座。那个最佳座位，让众人眼红的位置，还没有分配。谁能幸运地得到它呢？当两位伯特伦小姐都在想着怎样能够既显得谦让，又最好可以得到那个位置时，格兰特太太的话解决了问题。她走下马车时说："你们有五个人，最好有一个坐在亨利旁边。茱莉娅，你最近总说希望能驾驶马车，我想这是你学习的好机会。"

开心的茱莉娅！不开心的玛丽亚！前者转眼进了驾驶座，后者沮丧又屈辱地坐在里面的位置。伴随着夫人太太的美好祝愿，以及女主人怀中哈巴狗的叫声，马车出发了。

他们的旅程要穿过一个可爱的村子。范尼从未骑马去过多少地方，很快就不知到了哪里，便开开心心地观察着新鲜事物，欣赏着所有的美景。她不常被邀请加入别人的谈话，也不想加入。她自己的想法与沉思常常是她最好的陪伴。她观察着乡村的风貌、道路的状况、土壤的差别、丰收的情景，看着乡舍、牛群和孩子们，感到心情愉快，只有和埃德蒙说话才能让她更加快乐。那是她和坐在身边的那位小姐唯一的相似之处：除了对埃德蒙的喜爱，克劳福德小姐与她完全不同。她丝毫没有范尼高雅的品位、敏锐的心性和细腻的感情。她看着自然，静态的自然，却无知无觉。她只关注男人和女人，她的天资只体现于轻松活泼的性情。不过，当他们之间隔了一段距离，她们回头寻找埃德蒙时，或是在他骑马登上一段长长的山坡赶上她们后，两人都会异口同声地叫着“他在那儿”，还不止叫了一次。

在前面的七英里中伯特伦小姐几乎没感到真正的舒心，她的期待总是以克劳福德先生和她妹妹并肩而坐，谈笑风生作为结束。只能看到他笑意盈盈地望着茱莉娅，或是见到另一个人的笑脸，这始终让她恼火不已，只得凭借内心的涵养来抚平愤怒。当茱莉娅回头时，总是带着愉悦的神情；每当她对她们说话时，必然兴高采烈：“她看到的乡间风景太迷人了，她希望她们都能看见。”诸如此类的话语。但她唯一一次主动提出更换座位，是对克劳福德小姐说的，当时她们到达了一段长坡的顶上，她只说了这番客套话：“这儿忽然出现了一大片美景。我希望你在我的座位上，但我敢说你不想坐，可我还是想劝你换一下。”克劳福德小姐还没来得及回答，他们又快速前行了。

当他们进入索瑟顿的势力范围后，伯特伦小姐的心情好些了，也许可以说她的一把弓上拉着两根弦。她有拉什沃思情思，也有克劳福德情思，在索瑟顿近旁，前一种情思占了上风。拉什沃思先生的影响力也属于她。她无法在告诉克劳福德小姐“这些树林属于索瑟顿”时无动于衷，也不能再漫不经心地说着“她相信现在道路两旁全都是拉什沃思先生的财产[①]”时，内心不感到欢欣鼓舞。随着他们不断接近那座完全保有宅第[②]，以及拥有民事法庭和领地法庭的古老家族庄园大宅时，她感到越来越快乐。

“不会再有崎岖道路了，克劳福德小姐，我们的困难已经结束。剩下的路程都会平平坦坦。拉什沃思先生继承这座庄园后就

---

① 拉什沃思先生拥有的农田森林等产业可能是索瑟顿庭院数十倍或上百倍的面积。

② 主宅地可以世世代代传给子孙。

修了路。从这儿开始进入村子。那些乡舍实在寒碜。人们觉得教堂的尖顶特别漂亮。我很高兴教堂离大宅不像旧时那么近。钟声一定吵得很恼人。那是牧师住宅，一座整洁的房子，我知道牧师和他妻子非常正派。那些是救济院，是家族的某个人建造的。右边是管家的房子，他是个十分体面的人。现在我们快到大门了，但我们还要穿过将近一英里的庭院。你瞧，这边风景不差，有些漂亮的树木，但宅子的位置太糟糕了。我们要往山下走半英里才能到，真可惜，要是有一条更好的路，这儿本来并不难看。”

克劳福德小姐立即表示赞赏，她猜透了伯特伦小姐的心思，觉得有责任帮助她高兴到极点。诺里斯太太满心欢喜，滔滔不绝，即使范尼也说了些仰慕的话，也许让听到的人感觉得意洋洋。范尼以热切的眼光望着目之所及的一切。她好不容易才看到了大宅，心想“这种房子她看着总会心生敬意”，又说道：“那么，林荫道在哪儿呢？我看这座房子朝东，因此林荫道应该在后面。拉什沃思先生说过在西边。”

“是的，就在房子后面，从不远的地方开始，向上半英里到达庭院的尽头。你也许能从这儿看到一些——一些更远处的树木。全都是橡树[①]。”

当初拉什沃思先生问伯特伦小姐的想法时她一无所知，如今却说得清清楚楚。当马车驶到正门前宽阔的石阶时，她因为自负和骄傲，已经高兴得飘飘然了。

---

① 橡树是昂贵的树种。

第九章

拉什沃思先生站在门口迎接他的漂亮小姐，对所有人都表示了热情的欢迎。进入客厅后他们又受到那位母亲同样热诚的招待，伯特伦小姐从每个人那儿得到了她所期待的特别关注。到来的寒暄结束后，首先需要吃饭，门被推开，他们穿过一两间相连的屋子进入指定的餐厅，一顿丰盛雅致的冷餐已经准备就绪。大家说了很多话，吃了许多东西，一切都很舒心快乐。接着谈起了这一天的特别任务。克劳福德先生希望怎样，以什么方式看看庭院呢？拉什沃思先生提到他的双轮轻便马车[①]。克劳福德先生建议最好乘一辆不止坐两个人的马车。“要是他俩不能知道别人的看法和意见，也许比失去现在的快乐更糟糕。”

拉什沃思太太建议带上另一辆轻便马车，但这几乎算不上补偿，年轻小姐们既没笑容也不说话。她的下一个建议是请没来过的人们参观大宅，这倒更受欢迎，因为伯特伦小姐很乐意展示大宅的气派，所有人都很高兴有事可做。

于是众人起身，在拉什沃思太太的带领下参观了不少屋子，全都很高，许多面积很大，按照五十年前的风格装饰完备，铺着闪亮的地板，放着厚重的红木家具，罩着奢华的锦缎，大理石、

① 原文为“curricle”，双轮双座，通常由两匹并排的马拉的轻便马车。

镀金、雕花，各有各的漂亮之处。墙上挂着许多画，好的不多，但大多是家族画像，只对拉什沃思太太有些重要性。她费了点心思向管家认真学习了一番，现在几乎也能好好带领大家参观屋子了。此时她主要对着克劳福德小姐和范尼说话，然而两人乐意听她说话的程度大相径庭。克劳福德小姐在伦敦见过几十间大宅，对哪个都不在乎，只是表面上礼貌地听着。可对于范尼，一切都新鲜有趣，她带着毫不掩饰的热情，倾听拉什沃思太太讲述的一切家族旧事，它的兴起与荣耀，关于皇室的来访和效忠的事迹。她高兴地把任何事件与已知的历史关联起来，或以过去的场景丰富自己的想象力。

房屋的位置使得哪个房间都不可能有多好的景致，当范尼和其他一些人跟随着拉什沃思太太时，亨利·克劳福德正在窗户旁神情严肃地摇着头。从西面的每一扇窗户都能穿过草坪看见林荫道的起点，就在高高的铁栅栏和铁门旁边。

他们又参观了很多房间，这些房间除了贡献窗户税[①]，或是给女仆找些活干之外，想不出能有什么别的用场。“现在，”拉什沃思太太说，“我们要进礼拜堂了。按说我们应该从上面进去，俯瞰下面。不过既然都是朋友，我就带你们从这儿进去，如果你们不介意的话。”

他们进去了。范尼本来想象着一个庄严宏伟的场所，结果只是一个长方形的宽敞屋子，为礼拜而做了些装饰——除了大量的红木家具，楼上家族画廊的壁架旁放着深红色的丝绒坐垫外，就

---

① 窗户需要根据重量和数量交税，是财富地位的象征。

没有别的更醒目或更庄严的地方了。“我很失望，”她低声对埃德蒙说，“这不是我想象中礼拜堂的样子。这儿没有任何令人敬畏，使人忧伤，或庄严肃穆的气息。这儿没有走廊，没有拱门，没有碑文，也没有旗帜。表哥，没有旗帜让‘天国的夜风吹动’。没有迹象表明一位‘苏格兰的君主长眠地下’”[①]。

“你忘了，范尼，所有这一切都是近代建造，和古老城堡与修道院的礼拜堂相比，它的用处非常有限。只供家族私人使用。我想，那些先人都被埋葬在教区墓地。你必须在**那儿**寻找旗帜和他们的丰功伟绩。”

“我真傻，没想到那些，可我还是很失望。”

拉什沃思太太开始了她的讲述。“你们见到的这个礼拜堂是在詹姆士二世时期[②]布置的。在那以前，据我所知，这些长凳只是壁板，很可能这些讲台和家族座位的衬里与垫子不过是紫色织布，但这不太确定。这是个漂亮的礼拜堂，以前早晚都会一直使用。家庭牧师总在里面念诵祷文，很多人都能记得，但已故的拉什沃思先生把这些做法废除了。”

“每一代人都有进步。”克劳福德小姐笑着对埃德蒙说。

拉什沃思太太去向克劳福德先生重复刚才的话语，埃德蒙、范尼和克劳福德小姐还待在一起。

“真可惜，”范尼叫道，“这个习俗竟然被取消了。这是过去的宝贵传统。在一座大宅中，有个礼拜堂和牧师该有多好，多么

---

① 选自英国著名历史小说家和诗人沃尔特·斯科特爵士（Walter Scott，1771—1832）的《最后一位吟游诗人的谣曲》（*The Lay of the Last Minstrel*，1805）。

② 詹姆士二世（James II，1633—1701），1685 年 2 月 6 日至 1688 年 12 月 11 日在位。

符合人们想象中这种家庭的气息呀！全家人经常聚在一起祷告真好！”

“的确很好，”克劳福德小姐大笑道，“这一定对家中的主人大有好处，能强迫所有可怜的男女仆人放下活计和乐事，一天两次来这儿祈祷，而他们自己却能编些借口不过来。”

“**那**可不是范尼想到的家庭聚会，”埃德蒙说，“如果男女主人自己**不**参加，这样的习俗一定弊大于利。”

“无论如何，在这样的问题上，让人们自行其是会更加稳妥。人人都喜欢自己安排——选择自己的时间和祈祷方式。强迫参加，那些礼节、限制和时间——总而言之令人生畏，谁也不会喜欢。要是曾经跪在那间礼拜堂里发呆的虔诚之人能够预见，将来会有一天，人们如果醒来时感到头痛，可以在床上再躺十分钟，不会因为错过礼拜而受到责备，他们会喜悦又嫉妒地跳起来。你想象不出拉什沃思家曾经的那些美人们，是怎样一次次不情不愿地来到这座礼拜堂的吗？年轻的埃莉诺太太和布里奇特太太们——她们一本正经地做出虔诚的样子，而满脑子尽是截然不同的念头——尤其当可怜的牧师不值一看时——而且，在那个时候，我想牧师的地位甚至比现在还要低得多。”

有一会儿没人回答她的话。范尼满脸通红地看着埃德蒙，气愤得说不出话来。而**他**需要镇定一下才能说道：“你思想活泼，甚至对严肃的话题也严肃不了。你给我们描述了一幅有趣的画面，和人类的本性并不冲突。我们一定都**时常**感到难以像我们希望的那样集中思想。但如果你认为这样的事情经常发生，也就是说，一个弱点由于疏忽而变成了习惯，那些人就算**独自**祈祷又能怎样？你认为那些放任自流的人，他们在礼拜堂里胡思乱想，到了房间就能精神集中了吗？”

“是的，很有可能。他们至少会有两个有利条件。来自外部的分散注意力的事情将会减少，而且他们的注意力不会经受太长时间的考验。”

“我相信，在一种情况下不与自己作斗争的心灵，在另一种情况下也能找到让自己分心的对象，场所和榜样的影响常常会唤醒比起初更虔诚的情感。不过，我承认太长的祈祷有时会让人难以集中精力。人人都希望不是这样，但我离开牛津还不算太久，没有忘记礼拜堂祷告究竟该是怎样。”

在此期间，其他人都在礼拜堂里分散开来，茱莉娅让克劳福德先生注意她姐姐，说道：“快看拉什沃思先生和玛丽亚，并肩站在那儿，就像即将要举行婚礼一样。难道他们看上去不正是这样吗？”

克劳福德先生笑着表示赞同，上前走到玛丽亚身旁，用只有她能听见的声音说：“我不喜欢看着伯特伦小姐离圣坛这么近。”

小姐吓了一跳，本能地挪开一两步，但很快镇定下来，假装大笑着，以更加响亮的声音问“他是否愿意把她交给新郎”？

“恐怕我会做得很尴尬。”这是他的回答，伴随着意味深长的神情。

茱莉娅这时来到他们身边，继续开着玩笑。

“说真的，不能马上举行婚礼实在遗憾，要是能得到正式许可就好了，因为我们都在这儿，什么都不如这件事温馨快乐。”她无所顾忌地大声说笑，也让拉什沃思先生和他母亲心领神会。

于是她姐姐得到了情人的柔情细语，而拉什沃思太太带着得体的微笑与自豪，说婚礼无论何时举行，对她而言都是最幸福的事情。

“要是埃德蒙当上了牧师该多好！”茱莉娅一边叫着，一边跑到他和克劳福德小姐与范尼站着的地方，“我亲爱的埃德蒙，你如果现在当上牧师，就能马上主持婚礼了。你还没接受圣职真不幸，拉什沃思先生和玛丽亚都准备好了。”

当茱莉娅说话时，克劳福德小姐的表情也许会逗乐一个置身事外的观察者。听到这个新消息，她几乎被吓得目瞪口呆。范尼对她心生同情，脑中闪过这样的念头：“听到茱莉娅刚才的话，她的心里多沮丧呀。”

“接受圣职！”克劳福德小姐说，“什么，你要当牧师吗？”

“是的，我父亲一回来我就要接受圣职了，大约就在圣诞节。”

克劳福德小姐振作起来，恢复了神态，只答道：“我要是早点知道，就会更加尊重地说起牧师了。”随后改变了话题。

礼拜堂很快恢复了寻常的肃穆与寂静，一年四季几乎无人打扰。伯特伦小姐对她妹妹感到不快，便走在前面，似乎所有人都觉得在那儿待得够久了。

现在房子的第一层全都向客人展示了，拉什沃思太太乐此不疲，本想继续走向主楼梯，带他们参观上面的所有房间。好在她儿子担心时间不够，打断了这个计划。“因为，”他说着显而易见的提议，许多头脑清醒的人有时也难免如此，“要是我们在屋里待得太久，就没时间做户外的事情了。现在已经两点多，我们五点要吃饭。”

拉什沃思太太同意了。关于参观庭院的问题，和谁去，怎么去，可能会引起更激烈的讨论。诺里斯太太已经开始安排用哪些马套什么车，这时年轻人看见开向户外的大门，门外是一段台阶，直接通往草地和灌木林，游乐场上有各种好玩的东西。他们禁不住诱惑，一时都想呼吸新鲜空气，享受自由，于是全都走了出去。

“要不我们现在就下去吧，”拉什沃思太太说，她礼貌地顺从了众人的意思，跟着他们，“这儿的植物种类最多，这是不常见到的野鸡。”

“请问，”克劳福德先生环顾四周，说道，“在我们继续走之前，能否在这儿找点事做？我看见大有可为的墙壁。拉什沃思先生，要不我们坐在这片草坪上聊一聊？”

“詹姆士，”拉什沃思太太对她儿子说，“我相信那片迷宫[①]会让所有人都觉得新鲜。我相信伯特伦小姐们还没见过迷宫。”

没人反对，但有一阵子似乎谁也不想进行任何计划，或前往任何地方。起初所有人都被植物和野鸡吸引，全都高高兴兴地各自散开。克劳福德先生第一个走上前，查看在房子的另一端能否有所作为。草坪的四周围着高墙，第一片种植区外有个滚木球草场，滚木球草场外是长长的台阶，后面是铁栅栏，越过铁栅栏可以看见相邻迷宫中的树梢。这是个找缺点的好地方。很快克劳福德先生就由伯特伦小姐和拉什沃思先生跟随着，又过了一会儿，

---

① 原文为“The Wilderness”，指在大块园林中的一小片区域中，以树木装点成迷宫的样子。“Wilderness”也有“荒野、荒地”的意思。

其他人开始分成小组。埃德蒙、克劳福德小姐和范尼似乎也自然而然地走到一起，在台阶上见到这三个人热烈讨论着，听他们说了一些不足和困难，便离开他们继续前进。剩下的三个人，拉什沃思太太、诺里斯太太和茱莉娅还落得很远。茱莉娅的幸运之星不再闪耀，她只能和拉什沃思太太并肩而行，抑制着自己急不可耐的步伐，而她的姨妈碰见了出来喂野鸡的管家，就留在后面和她闲聊。可怜的茱莉娅成了九个人中唯一对自己的处境很不满意的人，此时真是苦不堪言，可以想象，和坐在车夫身旁的茱莉娅简直是天壤之别。她从小视为责任的礼貌使她无法逃避，然而她缺乏更高的自制力，不能替人着想，也没有自知之明，她的是非观从未成为她教育的重要部分，因此让她痛苦不已。

“实在热得受不了，”克劳福德小姐说，他们在台阶上转了个弯，第二次溜达到中间那扇朝着迷宫的门，“谁会反对舒适些吗？这是一片漂亮的小树林，要是能进去就好了。要是门没锁该有多开心！不过当然是锁着的，因为在这些了不起的地方，只有园丁才能想去哪儿就去哪儿。”

然而门其实没锁，他们都高兴地同意穿过那扇门，将炎炎烈日抛在身后。走过很多台阶，他们到达了迷宫，那是大约两英亩的树林，尽管主要是砍下的落叶松、月桂树和山毛榉，虽然布局过于整齐，却非常阴凉，和滚木球场与台阶相比充满着自然之美。他们都觉得十分清新，有一会儿只是边走路边欣赏。最后，经过短暂的停顿，克劳福德小姐开口说道：“这么说你要当牧师了，伯特伦先生。这真让我惊讶。”

“为何让你惊讶呢？你一定能想到我会从事某项职业，也许能猜出我既不是律师，也不是士兵或水手。”

“的确如此。不过，简而言之，我没有想到。你知道，通常会有个叔叔或祖父给第二个儿子留些财产。”

“那是很令人赞赏的做法，”埃德蒙说，“但并不普遍。我就是个例外，**作为**例外，我必须为自己做些什么。”

“可你为何要当牧师呢？我认为**那**一直是小儿子的命运，因为他没什么可选择了。”

“那么你认为牧师从不是被选择的职业？”

“**从不**是个绝对的词。不过是的，在谈话中的**从不**，意思是**不常**，我的确这么想。因为在教堂里能做什么呢？男人喜欢出人头地，在其他职业也许可以做到，但在教堂不行。牧师只是微不足道的人。”

“我希望，人们话语中的**微不足道**和**从不**有着程度的差异。牧师不可能地位显赫，衣着时尚。他绝不能指挥众生，或引领潮流。但我不会说那是微不足道的职业，因为它负责对人类而言最重要的一切，无论个人还是整体，短暂抑或永恒——它守护着宗教与道德，也因此影响人们的言行举止。谁也不能说这个**职位**微不足道。如果从事这项职业的人是这样，那是因为他无视职责，忽略了它真正的重要性，背弃了自己的身份，没有表现出应有的样子。”

“**你**给牧师赋予了更大的重要性，超出了人们通常听说或是我能理解的状态。人们在社会中不常看到这种影响和重要性，在几乎见不到他们本人的地方，又怎能如此重要呢？一个星期两次的布道，即使值得一听，假如传道者也能清醒地认识到自己无法与布莱尔[1]相比，那又怎能做到你所说的一切呢？能在一个星期剩下的时间里影响一大群人的行为举止吗？人们难得在讲坛之外见到牧师。”

“**你**在说伦敦，**我**在说这个国家的总体状态。”

“我想，大都市是其他地方的不错样本。”

“我希望，这并不能显示整个王国善与恶的比例。我们不在最大的城市中寻找最高尚的美德。任何教派中受人尊敬的教徒都无法在那里做出最大的善事，牧师的影响当然不能在那儿得到强烈的感知。好的传道士受人追随、被人仰慕，但一个好牧师，他对教区和周围的作用不仅来自好的布道。因为教区和周围面积不大，人们可以了解他的个性，观察他的行为，而在伦敦几乎做不到。在那儿牧师被淹没于教民之中。大多数人只知道他们是布道者。至于我说他们对公众举止的影响，克劳福德小姐绝不要误会我，或认为我想称他们为良好教养的仲裁者，是优雅礼仪的规范者，精通生活中的各类礼节。我所说的**举止**也许最好称作行为，是良好道德原则的结果。简而言之，是他们有责任传授和宣扬的道义带来的结果；至于牧师有称职和不称职之分，我相信，这一点无处不在，在全国各地都一样。”

“当然。”范尼温柔又热切地说。

“瞧，”克劳福德小姐叫道，“你几乎已经说服普莱斯小姐了。”

“我希望我也能说服克劳福德小姐。”

---

① 指休·布莱尔（Hugh Blair，1718—1800），英国著名传教士，是布道稿本前五卷的作者。

“我想你永远都做不到，”她带着狡黠的笑容说，“对于你打算接受圣职这件事，我现在和当初听说时一样惊讶。你的确适合更好的职业。来吧，一定要改变主意。还不太晚。从事法律吧。”

“从事法律！说得和你让我进入这片迷宫一样轻松。”

“现在你想说法律比这片迷宫更令人困惑，但我不让你说。记住，我阻止了你。”

“如果你只想阻止我说一句妙语，你不必着急，因为我的天性毫不诙谐。我是个实事求是、话语朴素的人，也许会绞尽脑汁半个小时，却说不出一句幽默的话。”

接着是一片沉默。人人都若有所思。范尼首先打破了沉默说：“真奇怪，只是在这片美妙的林子里走走，我竟然会感到劳累。不过下次见到座位时，如果你们不介意，我很想坐一会儿。”

“我亲爱的范尼，”埃德蒙叫道，立即挽住她的胳膊，“我真是太不体贴了！我希望你没有非常劳累。也许，”他转向克劳福德小姐，“我的另一位同伴也能赏光挽住我的胳膊。”

“谢谢，可我一点也不累。”然而说话时她挽住了他的胳膊。见她这么做了，他第一次感受到这样的接触，让他高兴得有点忘记了范尼。“你几乎没碰到我，”他说，“你没让我起任何作用。女人的胳膊与男人胳膊的分量简直是天差地别！在剑桥时，一个小伙子总是靠着我走过一条街的距离，和他相比你简直轻如飞蝇。”

“我真的不累，我几乎感到很奇怪，因为我们一定在这片林子里走了至少一英里。你不觉得是这样吗？”

“还不到半英里，”这是他坚定的回答。他还没有爱得晕头转向，变得像女人一样不着边际地测量距离或估摸时间。

“哦！你没算上我们是怎样绕来绕去。我们走得弯弯曲曲，林子本身的直线距离一定有半英里长，因为我们离开第一条大路后，还没有看见尽头。”

“不过你要是记得，在我们离开那第一条大路前，我们一眼看到了尽头。我们俯瞰了全景，看到它被铁门锁住了，这肯定还不到一弗隆[1]的距离。”

“哦！我对你的弗隆一无所知，但我肯定这是一段很长的林子，而且我们进来后一直在里面转来转去。因此，当我说我们已经在里面走了一英里，我肯定没有言过其实。”

“我们在这儿刚好待了一刻钟，”埃德蒙掏出表说，“你认为我们一小时能走四英里吗？”

“哦！别拿你的表来攻击我。表永远不是太快就是太慢。我不会受一只表的控制。”

他们又往前走了几步，来到他们刚刚谈到的那条路的尽头。靠后一点的地方浓荫遮蔽，能看到园子里的一堵护墙，有一张大小舒适的长凳，他们全都坐了下来。

“恐怕你很累了，”埃德蒙仔细看着范尼说，“你为何不早点说呢？要是你累病了，今天的游玩就会变成一件坏事。克劳福德小姐，除了骑马，所有运动都会很快让她劳累。”

“那你真讨厌，让我上个星期完全占用了她的马儿！我为你和我自己感到羞愧，但这绝对不会再次发生。”

---

① 原文为“furlong”，1/8 英里，1 英里折合 1609 米。

“你的关心和在意让我更加意识到自己的疏忽。似乎你能比我更好地照顾范尼。”

“不过，她竟然现在会劳累，让我毫不吃惊，因为在人们要做的事情中，什么也不如我们今天上午做的事那么累人——参观一座大宅，从一间屋子逛到另一间——看得人两眼疲惫，心不在焉——听着听不懂的话——赞赏着毫不在意的东西——通常而言这是世界上最烦人的事情，而普莱斯小姐发现正是如此，虽然她以前并不知道。”

“我很快就能休息好，”范尼说，“在阳光明媚的天气坐在树荫下，看着葱郁的林子，这是最完美的休息。”

只坐了一小会儿，克劳福德小姐又站起来说：“我必须走走，”她说道，“休息让我疲倦。我看着护墙的外面，已经看累了。我必须走走，透过铁门看同样的风景，虽然不能看得这么清楚。”

埃德蒙也离开了座位。“现在，克劳福德小姐，如果你愿意看看这条路，你就会相信这不可能有半英里长，或是四分之一英里。”

“简直太长了，”她说，“**那点**我一眼就看出来了。”

他继续同她理论，但无济于事。她不愿计算，她不愿比较。她只是笑着断言。即使最心平气和、意见一致的状态也没有这么迷人，两人谈论得非常满意。最后，他们同意应该在这儿继续走走，试着弄清林子的大小。他们可以沿着现在的路走到一端（因为护墙的一边有一条笔直的绿色小道），也许再往别的方向走走，如果能对他们有些帮助，几分钟后回来。范尼说她已经休息好了，也想一起走，但这绝对不行。埃德蒙劝她待在原地，热切的口吻让她无法拒绝，于是她继续坐在凳子上，愉快地想着表哥的关心，但非常遗憾身体不能强壮些。她望着他们，直到他们转了个弯；听着他们的谈话，直到什么也听不见。

第十章

一刻钟、二十分钟过去了，范尼还在想着埃德蒙、克劳福德小姐和她自己，没有任何人来打扰她。她开始奇怪怎么会被留下这么长时间，便急切地听着，想再次听到他们的脚步和声音。她听着，最后听见了。她听到不断靠近的说话与脚步声。她刚确定这不是她期盼的人发出的声音，这时伯特伦小姐、拉什沃思先生和克劳福德先生从她本人走过的那条小路走出来，站在她的面前。

“普莱斯小姐独自一人”和“我亲爱的范尼，怎么会这样?”是她最先听到的问候。她解释了一番。“可怜又亲爱的范尼，”她表姐叫道，“他们对你真怠慢！你本该和我们在一起。”

接着她一边坐着一位先生，继续着之前的谈话，兴致勃勃地讨论着改进的可能性。什么都没确定下来，不过亨利·克劳福德满脑子想法和计划，而且总的来说，他不管提出什么都会立即得到赞成，先是她的同意，然后是拉什沃思先生，他的主要任务似乎就是听别人说话，几乎不敢贸然提出自己的意见，只希望他们已经见过他朋友史密斯的家。

就这样过了几分钟后，伯特伦小姐看着铁门，说她想穿过去进入园子，这样他们的视野和计划也许能够更加全面。在亨利看来，这正是众人所想，是最好的主意，是得到进展的唯一办法。

他立即看见不到半英里处的一个小山坡，能让他们将整个宅子尽收眼底，于是他们必须穿过那扇铁门走到那个山坡，然而门锁上了。拉什沃思先生希望他带了钥匙，他几乎想到了该不该带钥匙的问题，他决心以后绝不会不带钥匙，但这并不能解决眼前的问题。他们穿不过去，因为伯特伦小姐这样做的愿望丝毫没有减弱，最终拉什沃思先生直接宣布他去取钥匙。随后他出发了。

“这无疑是我们现在能做的最好的事情，因为我们已经离开宅子这么远。”他走后克劳福德先生说。

“是的，没别的事可做。不过现在，说真的，你没发现这个地方总的来说比你想象的更差吗?”

“不，其实恰恰相反。我觉得这儿更好、更气派、风格更加统一，虽然那样的风格也许并非最好。说实话，”他压低了声音，“我觉得**我**永远不会像现在这样愉快地见到索瑟顿了。在我看来，明年夏天几乎不会有什么改进。”

短暂的尴尬后，小姐答道：“你太过世故，不会不以世俗的眼光看待世界。如果别人认为索瑟顿改进了，我毫不怀疑你也会。”

“恐怕我不是那么老于世故的人，也许在某些方面对我没有好处。我的感情不会那么转瞬即逝，我对过去的回忆也不会那么容易受人影响，而老于世故的人都是那样。”

又是一阵短暂的沉默，伯特伦小姐再次开口说话：“你似乎很享受今天早上的驾车。我很高兴见你那么开心。你和茱莉娅一路都在笑着。”

“真的吗？是的，我相信是这样，但我完全想不起来笑什么了。哦！我肯定在告诉她我叔叔的那位爱尔兰老马夫的一些可笑故事。你妹妹很爱笑。”

“你认为她比我更轻松活泼？”

“更容易被逗乐，”他答道，“因此，你知道，”他笑着说，“是更好的同伴。我不能指望在十英里的路程中用爱尔兰趣事来逗你开心。”

“我想，我天生和茱莉娅一样活泼，但我现在有更多事情需要考虑。”

“你当然有，在某些情况下，兴致高涨意味着漫不经心。不过，你前程美妙，不该情绪低落。你的面前是一派明媚的景致。”

“你是指字面意思还是比喻意义？我相信是字面意思。是的，当然，阳光灿烂，庭院看上去令人愉悦。然而不幸的是，那道铁门，还有那堵护墙，给了我监禁受苦的感觉。‘我无法出去。’正如笼中鸟儿的话语。[①]”她一边动情地说着，一边走向铁门，他跟在她身后。“拉什沃思先生取钥匙用了这么久！”

“你无论如何也不会在没有钥匙，也没有拉什沃思先生许可和保护的情况下，从这儿出去，否则我认为你也许能在我的帮助下，毫不费力地从铁门的边缘翻过去。我想这也许能做到，如果你真想更自由，并且允许自己认为这不被禁止。”

“禁止！胡言乱语！我当然能那样出去，我也愿意。你知道，拉什沃思先生马上就会过来，我们不会走得看不见。”

“或者要是找不到我们，普莱斯小姐也许能好心地告诉他，

---

① 选自英国著名小说家劳伦斯·斯特恩（Laurence Sterne，1713—1768）的《从法国到意大利的感伤旅行》（*A Sentimental Journey Through France and Italy*，1768）。

他能在那个小山坡附近找到我们，在山坡上的橡树林里。”

范尼觉得这都很不对，忍不住努力加以阻止。“你会伤着自己的，伯特伦小姐，”她叫道，“你一定会被那些尖铁刺伤，你会扯坏衣服，你会滑落到护墙上。你最好别去。”

在她说话时，她表姐已经安全到达了另一边，她带着成功的喜悦笑着说：“谢谢你，我亲爱的范尼，不过我和我的衣服都完好无损，再见。”

范尼再次被孤单落下，心情一点也没变得更好。她几乎为看见和听到的一切感到难过，为伯特伦小姐觉得吃惊，对克劳福德先生感到气愤。在她看来，他们迂回曲折，几乎沿着非常不合情理的方向前往小山坡，很快走出了她的视线。又过了几分钟，她没见到任何同伴，也没听见任何声音。她似乎独自拥有了这片小树林。她几乎认为埃德蒙和克劳福德小姐已经离开，但埃德蒙不可能把她忘得如此彻底。

她再次被忽然而至的脚步声从不愉快的沉思中唤醒，有人沿着主路快步走来。她以为是拉什沃思先生，却是茱莉娅，她热得要命，气喘吁吁，满脸失望，一见到她就叫起来：“哎呀！其他人在哪儿？我以为玛丽亚和克劳福德先生和你在一起呢。”

范尼解释了一番。

“真是个好把戏，千真万确！我在哪儿也见不到他们，”她急切地看着庭院，“但他们走不了多远，而且，我想我能做到玛丽亚做的事情，即使没有帮助。”

“可是茱莉娅，拉什沃思先生很快会带着钥匙过来。求你等等拉什沃思先生。”

“我才不呢。我今天上午受够了这家人。哎呀，表妹，我刚刚才摆脱了他可怕的母亲。我忍受了那么久的苦差事，你却气定神闲、高高兴兴地坐在这里！也许最好让你取代我的位置，但你总会设法逃脱这些麻烦事。”

这是极不公正的指责，可范尼能够理解，也没有理会。茱莉娅心情气恼，脾气又急躁，但她认为这种感觉不会持久，于是毫不在意，只问她有没有见到拉什沃思先生。

“是的，是的，我们看见他了。他跑得心急火燎，只有时间告诉我们他去做什么，还有你们都在哪儿。”

“真可惜他费尽麻烦却白费气力。”

“**那**是玛丽亚小姐的事。我无需为**她的**罪过惩罚我自己。当我讨厌的姨妈和管家两人手舞足蹈的时候，我无法躲开那个母亲，可那个儿子我**能**躲得开。”

她立即翻过围墙走开了，没理会范尼问她有没有见到克劳福德小姐和埃德蒙这个最后的问题。不过此时范尼担心一定会见到拉什沃思先生，所以没有过多考虑他们怎么还没回来。她感到他很受怠慢，很不高兴必须告诉他发生的事情。茱莉娅离开五分钟后他就回来了，虽然她尽量说得委婉，他显然还是异常屈辱和不悦。起初他几乎没有说话，他的神情显出他极为惊讶和气恼。他走到门边站在那儿，似乎不知该如何是好。

“他们希望我留下——我的表姐玛丽亚让我告诉你，你会在那个小山坡或附近见到他们。”

“我肯定不想再走了，”他愠怒地说，“我根本看不见他们。等我到了小山坡，他们也许又去了别的地方。我走路已经走够了。”

他在范尼身旁坐下，脸色非常阴郁。

“我很遗憾，”她说，“实在很不幸运。”她希望能说出更多这样的话来。

沉默了一会儿后，“我想他们也许在那儿等我。”他说。

“伯特伦小姐认为你会去找她。”

“她要是待在这儿，我就不用找她了。”

这话无法否认，范尼沉默了。又停了一会儿，他又说道：“请问，普莱斯小姐，你也像别人那样，无比仰慕这位克劳福德先生吗？对我而言，我看不出他有任何优点。”

“我一点都不觉得他英俊。”

“英俊！谁也不会把这样一个身材矮小的人称为英俊。他还不到五英尺[①]九。就算他不到五英尺八我也不会奇怪。在我看来，这对克劳福德兄妹纯粹是多余的人。没有他们我们好得很。”

此时范尼轻声叹了口气，她不知该如何反驳他。

“如果我对取钥匙有丝毫勉强，那还情有可原，但她一说想要我就去了。”

“我相信你的态度特别热情，而且我敢说你是以最快的速度来回的。但你知道，从这儿去大宅还是有些距离，当人们在等待时，很难对时间有正确的判断，每半分钟都像是过了五分钟。”

他站起身，再次走到门前，说“他希望当时带了钥匙”。范尼见他站在那儿，觉得这显出他有些缓和，这让她得到鼓励，想

---

① 1英尺＝12英寸≈30.48厘米。

再试一试，于是说道："真可惜你不想过去。他们想从庭院的那一边更好地看看大宅，考虑可以怎样改进。你知道，你要是不在，什么也定不下来。"

范尼发觉自己更擅长送走同伴，而非留下他们。拉什沃思先生被她说动了。"好吧，"他说，"如果你真的认为我最好去：要是取回钥匙却不用就太傻了。"他开门出去，没再言语就离开了。

此时范尼的心思又完全被离开她这么久的两个人占据了，她等得很不耐烦，决定去找他们。她沿着他们在下面走的小路往前，刚转到另一条，就再次听见克劳福德小姐的话语和欢笑声。声音越来越近，他们又转了几个弯就来到她的面前。他们刚从庭院转进迷宫，因为他们离开她不久后，一个没上锁的边门诱使他们穿过一部分庭院，进入了范尼一整个上午都很想去的那条林荫道，并在一棵大树下坐着。这就是他们做的事情。显然他们过得非常开心，也没意识到离开了多久。范尼最大的安慰，是埃德蒙告诉她很希望她也能去，要不是她已经累了，一定回来叫她。但这不足以消除她被留下一整个小时的痛苦，他当时只说去几分钟。这也无法让她摆脱好奇心，她很想知道他们这么长时间说了些什么。结果当他们都同意回到大宅时，她只对一切感到失望和沮丧。

他们到了台阶下面，拉什沃思太太和诺里斯太太出现在上方，正准备去迷宫看看，此时他们离开屋子已经一个半小时了。诺里斯太太忙得根本走不快。不管她的外甥女们遇见了哪些不顺心的事，她却觉得这个上午过得称心如意——因为管家先是客气地为她讲述了许多关于野鸡的事情，接着又把她带到奶牛场，为她介绍了所有的奶牛，还送她一块有名的奶油干酪。她们在茱莉娅离开后碰到了园丁，诺里斯太太对两人的交往非常满意，因为她纠正了园丁对他孙子病情的判断，让他相信那是疟疾，还答应给他一个符咒。作为回报，园丁向她展示了所有的上等树苗，还果真送了她一株稀有的石楠。

他们相遇后一起回到屋里，坐在沙发上闲聊，读《季度评论》[①] 打发时间，等其他人都回来后一起吃饭。伯特伦小姐们和两位先生进来时已经不早了，他们的散步似乎很不愉快，也完全没达成这一天的目标。按他们自己的说法他们一直在找来找去，在范尼看来，他们最终见面时已经太晚，无法恢复和谐的气氛，据他们说也无法决定做出任何改动。当她看着茱莉娅和拉什沃思先生时，她觉得自己不是唯一感到不满的人，两个人的脸色都闷闷不乐。克劳福德先生和伯特伦小姐情绪更高，范尼感觉克劳福德先生在用餐时费尽心思，努力消除另外两人任何小小的不满，总的来说让大家都恢复了兴致。

晚餐后很快上了茶和咖啡，十英里的路程不允许浪费时间。从她们坐在餐桌前的那刻起，就是一连串的忙碌琐事，直到马车停在门前。诺里斯太太坐立不安，她从管家那儿得到了一些野鸡蛋和一块乳酪蛋糕，又滔滔不绝地对拉什沃思太太说了一大堆客气话，准备带着众人离开。此时克劳福德先生走近茱莉娅说："我希望我不会失去我的同伴，除非她害怕在夜晚的空气中坐在这样一个没有遮挡的座位上。"茱莉娅没料到这样的邀请，但非

① 原文为"Quarterly Review"，由伦敦著名的约翰·默里出版社创始于1809年的文学政治评论期刊。

常优雅地接受了，她这一天的结束也许会和开始时一样快乐。伯特伦小姐本来深信会有所不同，感到有些失望，但她相信自己才是真正被喜爱的那一位，这个想法让她在心里得到一些安慰，也让她能得体地接受拉什沃思太太临别时的殷勤。他当然更愿意送她进入四轮大马车，而不是帮她爬到车夫的座位旁，这样的安排似乎让他得意洋洋。

“哎哟，范尼，我敢说你今天过得不错呀，”他们穿过庭院时诺里斯太太说，“从头到尾都开心不已！我和你的伯特伦姨妈想方设法让你出来，我相信你应该对此非常感激。你可是痛快地玩了一整天了！”

玛丽亚心情不好，直接说道：“我想**你**过得不错呀，太太。你的腿上放满了好东西，我们中间有一篮什么东西，把我的胳膊肘撞得好痛。”

“我亲爱的，这只是一株漂亮的小石楠，是那个好心的老园丁硬让我带上的。不过要是妨碍你了，我会把它直接放在腿上。好了，范尼，你得帮我拿着那个包裹，仔细照看它，别让它掉了，是一块乳酪蛋糕，就和我们在餐桌上吃的一样。我要是不拿一块乳酪蛋糕，那位好心的老惠特克太太就不会满意。我尽量推辞，她都快哭了，我知道这正是我妹妹喜欢的那种。那位惠特克太太真是难得！当我问她仆人的餐桌上能否有葡萄酒时，她吓了一跳，她还辞退了两个穿白裙子的女仆①。注意奶酪，范尼。现在我能好好照看另一个包裹和篮子了。”

① 当时的仆人通常不允许穿白色衣服。

“你还揩了哪些油?”玛丽亚说，她听到对索瑟顿的这番赞美，不禁有些得意。

“揩油？我亲爱的！只不过是四个漂亮的野鸡蛋，是惠特克太太硬要塞给我的，她不听拒绝。她知道我一个人孤单生活，说要是有几个那样的小东西陪着我，会带来不少乐趣；也一定如此。我会让挤奶女工一有机会就把蛋塞进母鸡窝，如果孵得好我就把它们弄到自己家里，再借个笼子，寂寞的时候照料它们一定很开心。要是我的运气好，你母亲也能得到几只。”

这是个美丽的夜晚，温和而静谧，宁静的大自然让旅途非常愉悦。然而当诺里斯太太不再说话后，车里的所有人全都沉默着。他们都筋疲力尽——这一天过得究竟快乐还是痛苦，几乎会让每个人一路思索。

第十一章

在索瑟顿度过的一天尽管有很多不足，但比起不久后从安提瓜到达曼斯菲尔德的那些信件，给伯特伦小姐们带来的感觉还是愉快得多。想念亨利·克劳福德比想念她们的父亲开心得多，想到她们的父亲过一段时间就要回到英国，因为这些信件让她们不得不想，真是特别令人失望。

十一月是他决定返程的黑色之月。托马斯爵士写得斩钉截铁，只有经验丰富又归心似箭的人才会如此。他的事务即将结束，让他完全可以考虑乘坐九月的邮船，因此他期待着能在十一月初和亲爱的家人再次团聚。

玛丽亚比茱莉娅更可怜，对她而言父亲将会带来一个丈夫，那位对她的幸福最为关心的朋友，他的归来会把她和由她选中，相信能带给她幸福的那位情人结为夫妻。这是个令人沮丧的前景，而她能做的只是在上面撒一层迷雾，期待迷雾消散后，能够见到另一番情景。几乎不会在十一月**初**，总要有些耽搁，航船不顺利或是**某个原因**，但凡应该正视现实却闭上眼睛，应该思考却不愿领悟的人，那受人欢迎的**某个原因**总能带来安慰。也许至少在十一月中旬，十一月中旬在三个月后。三个月有十三个星期。十三个星期能发生很多事情。

托马斯爵士如果知道女儿们对他回家之事一半的想法，一定会感到屈辱不已；要是他知道这件事对另一位年轻小姐激起的兴趣，也几乎得不到安慰。那天晚上，克劳福德小姐和她哥哥一起走到曼斯菲尔德庄园，听到了这个好消息。虽然她似乎对这件事除礼貌之外并不关心，只以平静的祝贺表达了所有的感情，却聚精会神地听得兴致盎然。诺里斯太太说了信件的详细内容，这个话题就此打住。不过喝完茶后，因为克劳福德小姐和埃德蒙与范尼站在一扇打开的窗户前，看着黄昏的景致，而伯特伦小姐们、拉什沃思先生和亨利·克劳福德都在钢琴前忙着点蜡烛，她忽然又提起这个话题。只见她转身朝着这群人说："拉什沃思先生看上去多高兴呀！他在想着十一月。"

埃德蒙也转身看着拉什沃思先生，却无话可说。

"你父亲回来将是一件十分有趣的事。"

"的确如此，在他离开这么久之后。这次出门不仅时间长，还冒着许多危险。"

"这也预示着其他有趣的事情：你妹妹的婚礼，还有你接受圣职。"

"是的。"

"请别感到冒犯，"她大笑着说，"但这的确让我想起一些古老的异教英雄，他们在国外取得丰功伟绩，平安回来后付出些牺牲来祭祀上帝。"

"在这件事情上没有牺牲，"埃德蒙带着严肃的笑容回答道，又朝钢琴看了看，"这完全是她自己所为。"

"哦！是的，我知道是这样。我只是开玩笑。她做的只不过是每个年轻女子都会做的事情，我毫不怀疑她此时非常幸福。我说的另一个牺牲，你当然不明白。”

“我接受圣职这件事，请你相信，就和玛丽亚结婚一样出于自愿。”

“你的意愿和你父亲的方便如此吻合，真是幸运。我知道，你在附近有一份收入丰厚的圣职。”

“你认为这就让我想当牧师了？”

“可我觉得**那**并非如此。”范尼叫道。

“谢谢你的美言，范尼，但连我自己也不敢确定。相反，知道有这样一份俸禄，也许真的让我想当牧师。我并不觉得这样想是错误的。我无须克服天生的不情愿，也完全看不出为何一个人早早得知能有一份不错的收入，就会让他当不成好牧师。我在可靠的人手中。我希望自己没有受到错误的影响，我相信我的父亲小心谨慎，不会允许那样。我毫不怀疑我有些私心，但我觉得这无可指摘。”

“这就像是，”范尼停了一会儿说，“让上将的儿子去当海军，或是让将军的儿子加入部队，谁也看不出这有什么错。谁都不会奇怪他们想选择亲友最能给他们帮助的行业，或是怀疑他们不如看上去那么热情洋溢。”

“是的，我亲爱的普莱斯小姐，这很有道理。这种职业，无论海军还是陆军，自有其吸引力。它有种种优势：英勇、冒险、喧嚣、风尚。士兵和水手总能被社会接受。谁也不会对士兵和水手感到奇怪。”

“但如果一个人因为知道有丰厚的俸禄而接受圣职，他的动机就该受到怀疑，你是这么想吗？”埃德蒙说，“在你看来，如果他动机纯正，必须完全不清楚能否得到任何俸禄。”

“什么！接受圣职却没有俸禄！不，那真是发疯了，彻底的疯狂。”

“我能否问你，如果无论是否有俸禄，他都不能接受圣职，那么教堂里怎样才能有足够的牧师呢？不，因为你一定不会知道该说什么。但我很想从你本人的看法来谈谈牧师的好处。因为他不会受到你所看重的那些感情的影响，选择士兵和水手职业的诱惑与奖赏，那些英勇、喧嚣和风尚都与他无关。对于他的职业选择，更不该怀疑他缺乏真诚或好意。”

“哦！毫无疑问他会真心诚意地选择一份现成的收入，而非辛辛苦苦地挣得收入。他当然乐意整天无所事事，只用吃吃喝喝，长得又肥又胖。这是懒惰，伯特伦先生，的确如此。懒惰和贪图安逸——没有值得称道的追求，没有交友的品位，也不想花费心思让人喜爱，这使男人变成了牧师。牧师无所追求，只会邋遢自私——读读报纸，看看天气，和妻子拌嘴。他的副牧师会做完所有的事情，而他本人的任务就是大吃大喝。”

“会有这样的牧师，这毫无疑问，但我想并没有常见到让克劳福德小姐将此视为他们的普遍性情。我猜在这份详尽又（我必须说）陈腐的指责中，你并非自己在做判断，你的判断来自心怀偏见的人，而你习惯于听取他们的观点。你本人的观察不可能让你对牧师有太多了解。在这群人中，你自己只熟悉极少的几位让你这样强烈指责的人。你在说从你叔叔的餐桌上听到的事情。”

“我在说在我看来很普遍的观点，当一个观点具有普遍性时，它通常是正确的。虽然我没有见过很多牧师的家庭生活，但许多人见过，所以这些消息不会有错。”

“当任何一个受过教育的人，无论他属于什么教派，却不分缘由地受到指责，这样的信息一定有错，或者（微笑着）有别的原因。你叔叔，或是他的上将兄弟们，也许除了随军牧师外，对其他牧师知之甚少。而随军牧师不管是好是坏，人们总希望他们离开。”

“可怜的威廉！他在安特卫普号上得到了随军牧师的悉心关照。”这是范尼动情的话语，并非为了加入谈话，更是她本人真情的流露。

“我根本不喜欢听我叔叔的意见，”克劳福德小姐说，“我几乎想不到那一点，可既然你这样逼我，我必须说，我并非完全无法了解牧师的情况，因为我此时就在我的姐夫格兰特博士家做客。虽然格兰特博士对我和蔼可亲、关心备至，虽然他是个真正的绅士，而且我敢说，他知识渊博、非常聪明，他的布道总是很受欢迎，而且受人尊敬。但在**我**眼中，他是个懒惰自私的享乐之徒，凡事都以吃喝为重；他不肯抬手给任何人帮一点小忙，而且，如果厨师做菜出了差错，就冲他贤惠的妻子大发雷霆。说实话，就在今天晚上，我和亨利可以算是被逼出来的，因为一只嫩鹅让他失望，做得不合他心意。我可怜的姐姐只能待在家里受他的气。”

“说实话，我对你的不满并不惊奇。这是性情上的极大缺陷，又因为他错误的自我放纵习惯变得更糟。看到你姐姐因此受苦，一定会让如你这样的感情受到极大的伤害。范尼，这样很不对。我们不能尝试为格兰特博士辩护。”

“是的，”范尼答道，“但我们无需为此否定他的职业，因为格兰特博士不管选择哪一行，都会把他那——那不好的脾气带进去。无论在海军还是陆军，听他指挥的人一定比现在多得多，我想，他当水手或士兵，会比当牧师让更多的人感到不高兴。而且，不管我们多么希望格兰特博士变得不一样，我只能认为从事一项忙碌世俗的职业，他很有可能变得更差，因为他有更少的时间和责任，因此可能会逃避对自我的认识，至少，在做自我反省的**频次**上，他现在无法逃避。一个男人，像格兰特博士这样理智的男人，他每周都在教导别人他们的责任，每个星期天去两次教堂，并且和颜悦色地宣扬如此优秀的教义，这不可能不把他本人变得更好。这一定会让他思考，我毫不怀疑，身为牧师，他一定比从事其他任何职业更经常地努力进行自我约束。”

“我们当然无法证明相反的情况，但我希望你有更好的命运，普莱斯小姐，而不是给一个靠自己的布道变得和蔼可亲的人当妻子。因为他虽然每个星期天都讲道讲得和颜悦色，但从星期一早晨到星期六晚上都会因为一只嫩鹅和你争吵不休，这也够糟糕了。”

“我想任何一个能常常和范尼争吵的男人，”埃德蒙亲切地说，“一定是什么布道都无法感化的人。”

范尼转过身去，探向窗户，克劳福德小姐只有时间愉快地说：“我想普莱斯小姐更习惯做到令人赞叹，而非听人称赞。”这时伯特伦小姐们热切地邀请她加入合唱。她轻快地走向钢琴，埃德蒙忘情地注视着她，欣喜地赞赏她的种种优点，从她热情的态度到她轻盈优雅的步伐。

“我相信，那就是好的性情，”他脱口而出，“那样的性情永远不会让人痛苦！她走得多灵巧啊！她多么乐意接受别人的想法！刚一叫她就过去了。真可惜，”他沉思片刻又说道，“她竟然和那样的人一起生活！”

范尼同意他的话，很高兴见他继续和她待在窗边，尽管合唱即将开始；他的目光很快像她一样转向窗外的景色，在清澈灿烂的夜空中，在树林浓荫的映衬下，一切庄严肃穆、使人平静、令人愉悦。范尼发出了感慨。“多么和谐！”她说，“多么宁静！这让所有的绘画和所有的音乐都黯然失色，就连诗歌也难尽其妙！这样的景致能平息一切忧愁，令人心醉神迷！在这样的夜晚向外望去[①]，我觉得这世界上似乎没有邪恶或悲伤。若是人们更加在意这庄严的自然景致，在凝视这番景色时更多地忘却自我，邪恶和悲伤一定都会变少。”

“我喜欢听你热情洋溢的话语，范尼。这是个可爱的夜晚，在某种程度上，不能和你一样学会感知的人，真让人同情。至少，那些没有从小学会热爱自然的人，他们失去了很多。”

“你教会了我对这个问题的思考与感受，表哥。”

“我的学生真聪颖。那是大角星，非常明亮。”

“是的，还有大熊星。我希望能看到仙后座。”

“我们必须走到草坪上才能看见。你会害怕吗？”

“一点也不。我们已经很久没有看星星了。”

“是的，我不知道怎么会这样。”合唱开始了。“我们得待到

---

① 对莎士比亚《威尼斯商人》（*The Merchant of Venice*，约1596—1597）中情景的模仿。

唱歌结束，范尼。”他边说边从窗户转过身。歌声开始后，她难过地看着他向前移动，慢慢朝着钢琴走去。歌声停止时，他已经来到歌者身旁，在众人中最热切地想把合唱曲再听一遍。

范尼独自在窗边叹息，直到诺里斯太太过来责备她当心着凉，她才离开。

第十二章

托马斯爵士将于十一月返回，他的大儿子因为有事早早回了家。快到九月时，有了一些伯特伦先生的消息，先是猎场看守人收到他的信，接着埃德蒙又收到一封。到八月底他本人已经回到家里，可以再次根据具体情况或克劳福德小姐的要求，表现得兴高采烈、和蔼可亲、殷勤备至。他可以谈谈赛马和韦默斯[①]，他的聚会和朋友们，在六个星期前她也许能听得兴致勃勃，然而经过实际比较，她十分确信自己更喜欢他的弟弟。

这件事很令人苦恼，她为此真心感到难过。她如今根本没打算嫁给哥哥，甚至不想引起他的爱慕，不过因为知道自己姿色迷人，稍有表现而已。他离开曼斯菲尔德这么久，除了眼前的享乐什么也不顾，只考虑自己的想法，显而易见他并不在乎她。而她本人对他更是毫不在意，即使他现在就要成为曼斯菲尔德庄园的主人，真正的托马斯爵士，他迟早会有这一天的，她依然相信自己不会接受他。

伯特伦先生因为季节和责任回到了曼斯菲尔德，克劳福德先生因此而回到了诺福克。埃弗灵厄姆在九月初不能没有他。他去了两个星期，在这两个星期伯特伦小姐们百无聊赖，本该让二人

---

① 当时英国最受喜爱的海滨度假小镇之一，乔治三世曾多次到访。

都有所警觉，茱莉娅甚至出于对姐姐的嫉妒，承认他的大献殷勤完全不可轻信，希望他别回来了。在两个星期的时间里，这位先生除了打猎和睡觉有足够的闲暇，要是他更习惯于反省自己的动机，想想如此纵容自己无聊的虚荣心究竟有何目的，也许会决定再晚些回来。然而他因为优裕的生活和糟糕的榜样变得轻率自私，不会关心眼前以外的事情。两个姐妹聪明漂亮、情意绵绵，给他厌腻的心情带来了不少欢愉。他发觉诺福克没什么能比得上曼斯菲尔德的社交乐趣，便高兴地按照约定时间返回。他前来继续调情的两位小姐，给了他同样高兴的热情欢迎。

在克劳福德先生回来前，玛丽亚只有拉什沃思先生和她做伴，只能听他事无巨细、反复唠叨每天的打猎，不论是好是坏；说他嫉妒邻居，怀疑他们打猎水平，对偷猎者很有兴趣——这些话题除非一方善于言辞或是另一方情深意切，否则不可能让小姐感到心动，只让她对克劳福德先生满心想念。茱莉娅没有订婚又无事可做，觉得能理直气壮地对他更加思念。两个姐妹都相信自己最受喜爱。茱莉娅也许能从格兰特太太的暗示中得到理由，情愿相信她心中所想，而玛丽亚从克劳福德先生本人那儿得到了鼓励。一切都回到了他离开前的状态，他对两人都兴致勃勃、和颜悦色，没有失去任何一方的爱慕。他懂得把握分寸，不会始终如一、稳定交往、关怀备至，或是感情热烈得引人注目。

范尼是这群人中唯一感到有些不悦的人。自从去索瑟顿那天起，她只要见到克劳福德先生和哪个姐妹在一起时都会留心观察，很少不觉得奇怪或是心生责备。如果她对自己判断力的信心能和她在其他任何方面的信心相提并论，假如她能确信自己看得清楚、评判公正，她或许已经和她平日的知己为此认真交流一番了。然而事实上，她只贸然给了些暗示，却没被领会。“我真惊讶，”她说，“克劳福德先生竟然这么快就回来了，他在这儿已经待了这么久，整整七个星期了。我本来听说他特别喜爱变化，喜欢到处游走，所以我以为他一旦离开，肯定会发生些什么事情，让他再去别的地方。他习惯于比曼斯菲尔德热闹很多的地方。”

“他这样做很不错，”埃德蒙这样答道，“我敢说这让他的妹妹感到高兴。她不喜欢他四处游荡的习惯。”

“我的表姐们实在太喜欢他了！”

“是的，他对女人的态度必定会讨人欢心。我相信，格兰特太太认为他喜欢茱莉娅。我从未看出多少迹象，但我希望能够如此。他虽有缺点，但若是真心爱恋，一定会改正过来。”

“要是伯特伦小姐没有结婚，”范尼小心地说，“我有时几乎以为他对她的爱慕胜过了茱莉娅。”

“也许，这正说明他更喜欢茱莉娅，范尼，而不是你所担心的那样。因为我相信，男人常在下定决心爱一个女人之前，对她的姐妹或密友比对他真心在乎的女人本身还要好。克劳福德先生为人理智，要是他觉得自己有爱上玛丽亚的危险，就不会待在这儿。我一点也不担心她，因为她已经证明她的感情并不强烈。”

范尼认为自己一定错了，打算从今以后改变想法。然而虽然她有心完全认同埃德蒙的看法，虽然她注意到别人的神情话语似乎都表明茱莉娅是克劳福德先生的选择，她却常常不知该怎么想。一天晚上，她悄悄听着姨妈诺里斯太太对这件事的期望，她和拉什沃思太太对类似问题的感受，却忍不住一边听一边感到怀疑。要是能够不听她会非常高兴，因为这话是在其他所有年轻人都跳舞时说的，只有她不情不愿地坐在火炉旁的一群太太们身边，盼着她的大表哥再次进来，这是她得到舞伴的唯一希望。这是范尼第一次参加舞会，尽管少了许多小姐们第一次参加舞会[1]的华丽准备。舞会只在下午时才被想起，全靠仆人中新来的一位小提琴手，在格兰特太太和刚好来拜访的一位伯特伦先生密友的帮助下，勉强能凑出五对舞伴。然而对于范尼来说，前四支舞都跳得非常开心，她为一刻钟的等待感到很难过——她边等待边期盼，时而看着跳舞的人，时而看向门口，只能听着那两位太太的对话。

"我想，太太，"诺里斯太太说，她的目光朝向拉什沃思先生和玛丽亚，两人第二次共舞，"我们现在又能看到一些幸福的笑脸了。"

"是的，太太，的确如此，"另一位带着庄重的傻笑答道，"**现在**看着他们就心满意足了，我觉得他们竟然被迫分开实在太遗憾。处在他们这种境遇的年轻人，应该原谅他们不墨守成规，我很奇怪我的儿子竟然没去邀请。"

"我敢说他去了，太太，拉什沃思先生从不失礼。不过亲爱的玛丽亚恪守礼节，如今不常见到那样真正的谨小慎微，拉什沃思太太——那么想躲避特殊对待！亲爱的太太，只要看看她此时的脸，比起刚才的两场舞真是大不相同！"

伯特伦小姐的确看上去很高兴，她的眼中闪耀着喜悦的光

---

① 第一次舞会通常是进入社交圈的标志，会很正式隆重。

芒，说起话来兴高采烈，因为茱莉娅和她的舞伴克劳福德先生都在她身旁，他们全都挤在一起。她之前是怎样，范尼记不起来了，她当时在和埃德蒙跳舞，没有想到她。

诺里斯太太接着说："这真是令人愉悦，太太，看着年轻人这么高兴，这么般配，又如此体面！我只能想到托马斯爵士会有多欣喜。太太，你觉得另一对的可能性有多大？拉什沃思先生做了个好榜样，这些事情很容易让人效仿。"

拉什沃思太太除了她自己的儿子之外看不出别的事，感到很困惑。

"上面的那一对，太太，你没看出任何迹象吗？"

"哦天啊，茱莉娅小姐和克劳福德先生。是的，的确如此，多漂亮的一对。他有多少财产？"

"每年四千镑。"

"很好，那些没有更多财产的人必须满足于现状。一年四千英镑是不错的财产，而且他看上去是很文雅稳重的年轻人，我希望茱莉娅小姐能非常幸福。"

"不过这件事还没确定，太太，我们只是朋友之间说说。但我几乎不怀疑**将会**这样，他越发特别地大献殷勤了。"

范尼无法继续听下去。一时间所有的倾听和疑虑都停止下来，因为伯特伦先生再次走进了屋子。虽然感到受他邀请是很大的荣幸，她觉得这一定会发生。他向这一小群人走来，却没有请她跳舞，而是拉一把椅子坐在她身旁，告诉她一匹病马现在的情况和马夫的想法，他刚从那儿过来。范尼发现不会跳舞了，她生性谦卑，立即觉得自己的期待不合情理。他说完马儿后，从桌上拿起一份报纸，从报纸上方懒洋洋地看着她说："你要是想跳舞，范尼，我会陪你跳的。"他的话得到了更礼貌的婉拒，她不想跳舞。"我很高兴，"他以更轻快的声音边说边又丢下报纸，"因为我累死了。我只好奇这些好人怎能跳这么久。他们一定**全都**恋爱了，才会从这样的蠢事中找到快乐。我想他们是的。你如果看着他们，也许能看出好几对情侣，除了耶茨和格兰特太太全都是。就我们自己说说，她，那个可怜的女人，一定和其他任何人一样想要个情侣。她和博士一起生活，肯定无聊透顶。"他边说边带着狡黠的神情看看后者的椅子，结果发现他就在自己身旁，瞬间变了脸色，连忙改变了话题。范尼虽说并不如意，却勉强才没笑出声。"这真是美国[①]的怪事情，格兰特博士！你怎么想？说起对公共事务的看法，我总会向你请教。"

"我亲爱的汤姆，"他的姨妈很快叫道，"既然你不在跳舞，我敢说你不会反对和我们一起打一局牌，是吗？"她离开座位，到他身旁劝他同意，又低声说："我们想请拉什沃思太太打个牌，你知道，你母亲很想这么做，但没有时间自己过来，因为她在织一条流苏。现在，你、我，还有格兰特博士正好可以。虽然**我们**只赌半克朗，你也许能和**他**赌上半畿尼。"

"我本该非常乐意，"他大声答道，敏捷地跳起来，"这会让我特别荣幸，但我此时正要跳舞。来吧，范尼，"他握住她的手，"别再磨蹭，否则这支舞就要结束了。"

范尼心甘情愿地被他领开，虽然她不可能对大表哥有任何感

---

① 可能指引发英美战争（1812—1814）的几次零星海军战斗；或指 1812 年 6 月 17 日的宣战。

激之情，也不可能分清他本人和另一位谁更自私，但他当然很清楚。

“真是个小小的请求，”他俩走开时他愤怒地叫道，“想在接下来的两个小时把我和她，还有争吵不休的格兰特博士拴在牌桌上，加上那个爱打探的老女人，她对数字一窍不通，根本不会打惠斯特[①]。我希望我好心的姨妈能少忙乎些！还以那种方式要求我！毫不客气，在所有人面前，让我不可能拒绝。**那**让我尤其讨厌。这种事最让我恼火，似乎被人询问，可以选择，而说话的方式又让人只得接受——不管怎样的事情！要不是我幸好想起和你跳舞，我就没办法逃脱了。这太糟糕了。不过要是我姨妈起了什么念头，怎样都拦不住她。”

---

① 原文为“whist”，由两对游戏者玩的牌戏，在奥斯汀时代非常盛行。

第十三章

这位新朋友，尊贵的约翰·耶茨，是位勋爵的小儿子，有一份尚可独立的财产。他酷爱时尚、出手阔绰，除此以外别无可称道之处。托马斯爵士也许一点也不想让此人来到曼斯菲尔德。伯特伦先生在韦默斯与他相识，他们在同一个社交圈待了十天，因为耶茨先生得到随时访问曼斯菲尔德的邀请，并答应要来，他的到来就证明了二人之间完美的友谊，如果这能够称作友谊的话。他的确比预期到来的时间早了很多，因为他离开韦默斯去另一个朋友家参加大型娱乐聚会，结果忽然停止。他扫兴而来，满脑子想着演戏，那本来是个戏剧表演的聚会。他担任角色的那场戏还有两天即将上演，结果那家一位近亲的突然去世破坏了计划，所有表演者只得散场。欢乐就在眼前，距离名声咫尺之遥，康沃尔郡雷文肖勋爵大人埃克斯福德府上的一场私人戏剧演出[1]，原本将引起长篇报道，让整场聚会至少一整年都令人难忘！在即将拥有时失去一切，让人心痛不已，耶茨先生只能谈论此事。埃克斯福德和它的剧场，各种安排与服饰，排练和玩笑，是他说不够的话题，夸耀过去成了他唯一的安慰。

幸运的是，年轻人普遍热爱戏剧，渴望表演，所以他虽然说

① 虽为私人演出，观众可达上百人，甚至会邀请伦敦的专业演员前来参加。

得没完没了，听众却是百听不厌。从最初的角色挑选到最后的收场白，一切都令人心醉神迷，谁都希望能参加那样的聚会，各个都在跃跃欲试。那场戏剧是《情人的誓言》[①]，耶茨先生本来要扮演卡斯尔伯爵。“不起眼的角色，”他说，“根本不合我口味，这样的角色我当然不会再次接受，但我决定不惹麻烦。雷文肖勋爵和公爵在我到达埃克斯福德前，已经把仅有的两个值得表演的角色拿走了。虽然雷文肖勋爵提出把他的角色让给我，你知道我不可能接受。我替**他**感到难过，他竟然这么自不量力，根本不适合演男爵——他是个身材矮小、嗓音微弱的男人，总是刚开始十分钟嗓子就哑了。这肯定会大煞风景，但**我**决心不让人犯难。亨利爵士认为公爵演不好弗雷德里克，可那是因为亨利爵士自己想演；然而两人之间当然公爵更适合。我很惊讶亨利爵士的演技那么差。幸好这出戏不靠他支撑。我们的阿加莎简直妙不可言，许多人认为公爵演得特别好。总而言之，这本该是一场精彩的戏剧。”

“说实话，这真让人难过”；“我的确认为你们很可惜”，这是听众们满怀同情的善意答复。

“这事不值得抱怨，但那位可怜的老遗孀的确死得不是时候，让人不由想到要是这消息能如我们所愿，晚三天再说就好了。不过三天时间，只是一个祖母，而且一切都在两百英里以外发生，我觉得这没什么大不了。据我所知，**真**有人提出了，但我想雷文肖勋爵是全英国最恪守礼节的人，他不肯同意。”

“没了喜剧，只有场后记，”伯特伦先生说，“《情人的誓言》

---

① 原文为“Lovers' Vows”，英国女作家伊丽莎白·英奇博尔德（Elizabeth Inchbald，1753—1821）在1798年翻译的一部1791年创作的德国作品。

结束了，只留下雷文肖勋爵和夫人独自表演《我的祖母》[1]。不过，遗产或许能给**他**安慰。也许，就我们朋友之间说说，他为扮演男爵而担心他的名誉和他的肺，并不遗憾退出。为了给**你**补偿，耶茨，我想我们必须在曼斯菲尔德建个小小的剧场，由你来主管。”

这虽为一时之念，却并未了于一时，因为这已经激起了演戏的欲望，而此时的一家之主愿望比谁都强烈。他闲得无聊，几乎任何新鲜事都会受他欢迎，而且他思想活跃、热爱喜剧，正适合演戏这般新鲜事。这个想法被一再提起。“哦！要是能用埃克斯福德的剧院和布景演些什么该多好。”每个姐妹都深有同感。亨利·克劳福德虽然经历过种种乐事，却尚未品尝过这样的快乐，为此兴奋不已。“我真的相信，”他说，“此时我可能傻到愿意扮演所有剧本中的任何角色，从夏洛克或理查三世[2]到滑稽剧中穿着猩红外套戴着三角帽唱歌的男主角。我觉得似乎什么都能演，样样都会演，好像我能在英语中的任何喜剧或悲剧中大吼大叫、大发雷霆，或是唉声叹气、蹦蹦跳跳。让我们做些什么吧。就算只有半场戏——一幕剧——一个场景，什么能拦得住我们？我相信不会是因为相貌原因吧，”他看着伯特伦小姐们，“至于剧院，要剧院做什么？我们只是自娱自乐而已。这幢宅子里的任何一个房间就足够了。”

---

① 原文为“My Grandmother”，英国剧作家普林斯·霍尔（Prince Hoare，1755—1834）1794年创作的音乐滑稽剧。

② 夏洛克（Shylock）出自威廉·莎士比亚（William Shakespeare，1564—1616）的喜剧《威尼斯商人》（*The Merchant of Venice*，约1596—1597）；理查三世出自莎士比亚历史剧《理查三世》（*The Tragedy of King Richard III*，1597）。

“我们必须有幕帘，”汤姆·伯特伦说，“用几码绿毛呢做个帘子，也许那就够了。”

“哦，足够了，”耶茨先生叫道，“只需一个侧景或两个升幕，几扇房门，三四场能演戏的布景，对于这样的计划无需其他准备。只为我们自娱自乐，我们不需要别的。”

“我相信我们必须要求**更少**，”玛丽亚说，“没时间了，还会遇到其他困难。我们必须采取克劳福德先生的想法，把**演戏**而非**剧院**当成目标。我们精彩戏剧中的很多部分都无需背景。”

“不，”埃德蒙说，他听得有些担忧，“我们做任何事情都不要马虎。如果我们要演戏，就应该在戏院里，正厅、包厢、边座一应俱全，让我们从头至尾完整地演一场戏。如果是一出德国戏，无论哪一场，在各幕之间都要有出色的滑稽戏、变换的场后记，有花样舞、号笛舞和唱歌。我们要是不能超过埃克斯福德，那就别做了。”

“好了，埃德蒙，别惹人心烦，”茱莉娅说，“谁也没有你这么喜爱戏剧，或是像你一样费尽周折去看场戏。”

“是的，去看真正的演出，看技艺娴熟的真正表演。可要是看一群未经训练之人的拙劣表演，我几乎不愿从这个房间走到另一间。一群先生小姐们，不幸受过教育懂得礼仪，这是需要克服的不利因素。”

不过短暂停顿后，话题依然继续，众人带着丝毫无减的热情讨论着，每个人的意愿都随着讨论而加深，也更加了解别人的心愿。汤姆·伯特伦想演喜剧，他的妹妹和亨利·克劳福德想演悲剧，大家觉得想找一部人人喜爱的剧本难上加难。虽然除此之外什么也没定下，然而想演一部戏的决心却无比坚定，让埃德蒙感到很不安。他打定主意，只要有可能就加以阻止，但他的母亲虽然也听见了餐桌上的这番谈话，却一点也没表示不赞成。

当天晚上他有了考验自己能力的机会。玛丽亚、茱莉娅、亨利·克劳福德和耶茨先生在台球室。汤姆从他们那儿回到客厅，此时埃德蒙正站在火炉旁沉思，伯特伦夫人在不远处的沙发上，范尼坐在她身旁帮她干针线活，他一边走进来一边说："像我们这样糟糕透顶的台球室，我相信全天下也找不到第二个！我实在无法忍受，我想，也许我能说，我无论如何都不会再玩了。但我刚刚弄清了一件好事：这正是能当剧院的屋子，形状大小刚刚好。屋子那头的几扇门，只需五分钟就能相互连通，只用挪开父亲房间里的书柜就行。这正是我们需要的地方，完全如我们所愿。父亲的房间将会成为极好的演员休息室。它似乎有意和台球室相连。"

"汤姆，你不是当真打算演戏吧？"埃德蒙在他哥哥走近火炉时低声说。

"不当真？说实话我从未这么当真过。那有什么让你惊讶的吗？"

"我觉得这样做很不对。**总的**来说，私人剧院容易受人指责，然而想想**我们**的境遇，我必须认为这样做很不合适，尝试任何这样的事情极不得体。我们的父亲不在家，一直身处危险之中，这会显得我们很不在乎他。我想，考虑到玛丽亚，她的处境非常敏感，从各方面而言都极为敏感，这样做实在不够慎重。"

"你把事情看得太严重了！好像我们要一周表演三次，直到父亲回来，把所有人都请来观看似的。但这不是那种表演。我们只想自娱自乐，做些改变，尝试一些新鲜事。我们无需观众，无需宣传。我想，我们一定能选出某个最无可挑剔的完美剧本。以某位尊敬的作家优雅的文字进行交流，比起用我们自己的语言喋喋不休，我想不出会有更多坏处或危险。我毫不担忧，无所顾忌。至于父亲不在家，我认为这绝不是反对的理由，反而是种动力。母亲因为期盼他的回归，这段时间一定会焦虑不安。要是我们能借此帮她化忧为乐，让她在接下来的几个星期振作精神，我会认为我们的时间花得值得，父亲也会这么想，这对她而言是**非常**焦虑的时期。”

当他说话时，两人都朝他们的母亲望去。伯特伦夫人蜷在沙发一角，刚刚安然入睡，呈现一幅健康、富足、舒适、宁静的画面，范尼正为她做着一些复杂的针线活。

埃德蒙笑着摇了摇头。

“天哪！这可不行，”汤姆大叫道，他倒在椅子上放声大笑，“说真的，我亲爱的母亲，你的焦虑，我真不该那么想。”

“怎么了?”夫人问道，她半睡半醒，声音低沉，“我没睡着。”

“哦天啊，不，母亲，谁也没怀疑你。好了，埃德蒙，”伯特伦夫人刚又开始打盹，他就回到刚才的话题，恢复了之前的姿态和声音，“但**这一点**我**要**坚持，我们不会带来坏处。”

“我无法同意。我相信父亲会完全反对这么做。”

“我确信恰恰相反。在锻炼年轻人的能力，提升他们的才华方面，谁也没有父亲那么热心。至于登台表演、高谈阔论、背诵台词这样的事，我想他一直对此非常喜爱。我相信当我们还是小孩子时，他就鼓励我们这么做。就在这间屋子里，我们有多少次在尤利乌斯·凯撒的尸体前哀悼，说着**活**还是**不活**，让他开心呢？我肯定在某个圣诞假期，我每天晚上都要说‘**我的名字是诺弗尔**’[1]。”

“那是完全不同的事情，你自己一定能看出差别。当我们还在读书时，父亲想让我们锻炼口才，但他绝不会想让他成年的女儿们去演戏。他对礼节有严格的要求。”

“我全都知道，”汤姆不高兴地说，“我和你一样了解自己的父亲，我会负责让他的女儿们不做令他不悦的事情。管好你自己的事，埃德蒙，我来关照其余的家人。”

“你要是决心演戏，”埃德蒙固执地答道，“我必须希望是在很小的范围，安安静静地演出。我认为不该尝试布置剧场；当父亲不在家时，在他的屋子里自作主张，这样很不对。”

“我会为所有那些事负责，”汤姆语气坚决地说，“他的房子不会被损坏。我对好好照料他的房子这件事和你一样谨慎。至于我刚才说到的一些改变，比如搬一个书柜，开一扇门，或者甚至占用台球室一个星期，不在里面打台球，你也能认为他会反对我们比他离开前，在这间屋子里多待一些，或是在客厅少待一点，或是不让我们把妹妹的钢琴从屋子的一边移到另一边——完全是胡说八道！”

---

① 尤利乌斯·凯撒（103B. C.—45B. C.）是莎士比亚《凯撒大帝》（*The Tragedy of Julius Caesar*）的悲剧人物；“活还是不活”原文为“to be'd and not to be'd”，是莎士比亚悲剧《哈姆雷特》（*Hamlet*，1599—1602）中独白“to be, or not to be”（生存，还是毁灭）的错误表达；“我的名字是诺弗尔”出自约翰·休谟（1709—1785）的《道格拉斯，一个悲剧》（*Douglas, a Tragedy*，1757）。

“这样的改变，即使改变本身没错，但花钱总不对。”

“是的，这样一件事要花太多钱了！也许要花上整整二十英镑呢。毫无疑问我们必须有个剧院，但会尽量简单，一个绿色幕帘和一点木工，仅此而已，因为木匠的活计也许全都能由克里斯托弗·杰克逊在家中完成，谈论费用简直荒唐。只要让杰克逊来做，托马斯爵士完全没问题，别以为这间屋子里只有你能明智判断。你要是不喜欢就自己别演，但别想控制其他所有人。”

“不，至于自己表演，”埃德蒙说，“**那**我完全反对。”

汤姆说着离开了屋子，埃德蒙坐下来，忧心忡忡地拨弄着炉火。

范尼全都听见了，她自始至终完全站在埃德蒙这边。她急于给他一些安慰，此时大胆说道：“也许他们会找不到适合他们的剧本。你哥哥和妹妹的品位似乎完全不同。”

“我对此不抱希望，范尼。如果他们坚持这个计划，就会找到剧本。我要和我的妹妹们谈一谈，试着劝阻**她们**，我只能那样做了。”

“我认为诺里斯姨妈会支持你。”

“我敢说她会的，但她丝毫不能影响汤姆或我妹妹，所以无济于事。要是我本人无法说服他们，我会顺其自然，不去尝试通过她来改变。一家人争吵是最糟糕的事情，我们无论怎样也不能闹不和。”

第二天上午他得到机会劝说他的妹妹们，但她们对他的建议和汤姆一样感到不耐烦，一样不愿接受他的意见，一样坚持要寻求快乐。她们的母亲完全不反对这个计划，她们丝毫不担心父亲会不赞成。那么多的体面家庭，那么多的名门闺秀都做过这样的事情，不可能有什么坏处，而且只有兄弟姐妹和亲密好友，除他们自己之外谁也不会知道，要是觉得像他们这样的计划有任何令人责备之处，简直是谨慎得发了疯。茱莉娅似乎**的确**承认玛丽亚的处境可能需要特别慎重，但那不会涉及到**她**，**她**是自由的。玛丽亚显然认为她的订婚只能让她更加不受约束，因此她不像茱莉娅那样需要征得父亲或母亲的同意。埃德蒙几乎不抱希望，但在亨利·克劳福德进入屋子时还在为此劝说着。亨利刚从牧师住宅过来，大声叫道："我们的剧院不缺人了，伯特伦小姐。不缺配角，我的妹妹求大家垂爱，希望能加入这个团体，她很乐意表演你们本人不喜欢的任何角色，无论年老的保姆还是温顺的密友都可以。"

玛丽亚瞥了埃德蒙一眼，意思是："现在你能说什么？要是玛丽·克劳福德也这么想，我们会错吗？"埃德蒙无话可说，只得承认演戏的魅力很可能让最聪颖的人也为之着迷。他沉醉在爱情之中，久久思索着她助人为乐、慷慨随和的性情。

计划向前推进。反对无济于事。至于诺里斯太太，他错误地以为她会表示一些反对。她只要提出困难，五分钟内就能被她的大外甥和外甥女说服，他们对她很有影响力。因为整个安排几乎不会给任何人带来多少花费，她本人更是完全不用花钱，她愉快地预料着所有的忙碌与喧闹，以及她能起到的重要作用。她想到已经在家住了一个月，花着自己的钱，这件事最直接的好处就是她得离开自己的房子住到他们这儿来，这样每时每刻都能帮他们做事。实际上，她对这个计划感到非常高兴。

第十四章

范尼的想法似乎比埃德蒙预计得更准确。事实证明，找到一部适合每个人的剧本绝非易事。木匠已经得到任务并测量了尺寸。他提了建议，至少解决了两件难事，显然必须扩大工程，增加费用。他已经开始动工，而剧本仍在寻找中。其他准备工作也在着手进行。巨大的一卷绿绒布从北安普敦送达，由诺里斯太太裁开（她精打细算，省下了足足四分之三码），事实上正由女仆们做成幕布，可剧本还是找不到。就这样过了两三天，埃德蒙几乎开始心生希望，但愿永远找不到剧本。

的确有许多问题需要考虑，要取悦很多人，需要很多精彩的角色，更重要的是，这部剧竟然得既是悲剧又是喜剧，对于年轻气盛、热情澎湃的人来说，他们几乎不可能对这样的事情达成共识。

伯特伦小姐们、亨利·克劳福德和耶茨先生想演悲剧，汤姆·伯特伦想演喜剧，他并非**十分**孤立，因为玛丽·克劳福德显然也有此意，只是因为礼貌而没有表态。然而汤姆的决心和权利似乎让他无需盟友。除了这无法调和的巨大分歧外，他们希望这出戏总体人物非常少，但每个角色都至关重要，还有三个女主角。他们搜索了所有出色的剧本却一无所获。无论《哈姆雷特》《麦克白》《奥赛罗》《道格拉斯》还是《赌徒》，甚至连主张悲剧的人都毫不满意，而《情敌》《丑闻学校》《命运的车轮》和《法定继承人》[1] 等许多剧本，逐个遭到了更激烈的反对。每提出一个作品，都会有人加以责难，这边或那边不断重复着："哦！不，**那**绝对不行！我们可不要咆哮怒吼的悲剧。太多角色了——剧中几乎没有一个像样的女性角色——除了**那部**，什么都行，我亲爱的汤姆。不可能找到那么多人——绝不能指望任何人演那个角色——从头到尾只是插科打诨。**那**也许可以，要不是有这些低微的角色——如果我**必须**提出想法，我一直认为这是英语中最乏味的一部戏——**我**不想反对，我很乐意起到任何作用，但我觉得我们不可能选得更糟。"

范尼看着听着，见他们似乎个个都自私自利，却又或多或少地加以掩饰，不免觉得好笑，想着这件事该如何收场。若是为她自己满意，她倒希望能演些什么，因为她连半场戏都从未看过，但从任何更重要的方面考虑，她都不想如此。

"这样绝对不行，"汤姆·伯特伦最终说道，"我们在浪费时间，真是讨厌至极。必须做出决定。不管选什么，总要做出选择。我们绝不能如此挑剔。只多了几个角色不该吓倒我们。我们必须表演**两个**角色。我们必须稍稍降低标准。如果一个角色不起眼，要是能演得出彩那就更令人赞赏。从现在开始**我**绝不为难。

[1] 《哈姆雷特》《麦克白》（*Macbeth*，1606—1607）和《奥赛罗》（*Othello*，1603）均为莎士比亚悲剧；《赌徒》（*The Gamester*，1753）是爱德华·摩尔（Edward Moore，1712—1757）的悲剧小说；《情敌》（*The Rivals*，1775）和《丑闻学校》（*The School for Scandal*，1777）均为理查德·布林斯·谢里丹（Richard Brinsley Sheridan，1751—1816）的喜剧小说；《命运的车轮》（*Wheel of Fortune*，1795）是理查德·坎伯兰（Richard Cumberland，1631—1718）创作的喜剧；《法定继承人》（*Heir at Law*，1808）是乔治·科尔曼（George Colman，the Younger，1762—1836）的喜剧。

我接受你们派给我的任何角色，只要是喜剧就行。就演喜剧吧，我不提更多要求。”

接着他几乎第五次提出《法定继承人》，只在犹豫自己该选杜伯利勋爵还是潘格劳斯博士。他热情洋溢地劝说别人这部戏中还有几个很好的悲剧人物，但没有成功。

这番徒劳的努力带来的沉默被同一个说话者打破了，他在桌上的许多卷书中拿出一本，翻看一下，忽然叫道：“《情人的誓言》！既然能在雷文肖家上演，《情人的誓言》为何不能也适合**我们**呢？怎么会之前一点都没想到？在我看来这似乎刚好合适。你们都觉得怎样？这儿有两个重要悲剧角色让耶茨和克劳福德演，那个爱作打油诗的管家由我来演——如果没人想演的话——不起眼的角色，可我倒不讨厌，而且，我之前说过，我决定全力演好任何角色。至于其他角色，谁都能演。只有卡斯尔伯爵和安哈尔特。”

这个建议总的来说得到了欢迎。人人都对犹豫不决感到厌倦，每个人的第一个想法是，之前的哪个建议都不像这部戏那么适合所有人。耶茨先生尤为高兴，他在埃克斯福德时就渴望扮演男爵并为此叹息，他妒忌雷文肖勋爵的每段台词，只能在自己的房间里全部重念一遍。通过扮演维尔登海姆男爵而大获成功，是他对演戏的最大野心。他已经记下戏中的一半台词，如今的确迫不及待地愿意扮演这个角色。不过，为他说句公道话，他没打算私吞这个角色，因为他想起弗雷德里克也有一些非常出色、慷慨激昂的台词，便表示也愿意演那个角色。亨利·克劳福德哪个都肯演。耶茨先生没选中的角色，一定能让他心满意足，随后是一阵相互的谦让。伯特伦小姐对阿加莎非常感兴趣，打定主意要得到这个角色，便对耶茨先生说，这个决定应该考虑身高和体型，因为**他**个子更高，似乎特别适合演男爵。众人认为她说得很对，两个角色分配完毕，她就得到了合适的弗雷德里克。如今定下了三个角色，还有拉什沃思先生，玛丽亚一直保证他演什么角色都可以。茱莉娅和她姐姐一样有意扮演阿加莎，便为克劳福德小姐考虑起来。

“这对没来的人不公平，”她说，“没有足够的女性角色。艾米莉亚和阿加莎也许能由玛丽亚和我演，但你妹妹就没什么可演了，克劳福德先生。”

克劳福德先生认为**那**也许不用考虑，他很确信他妹妹根本不想演戏，只希望能派些用场，相信她此时不愿被考虑在内。不过这一点立即得到汤姆·伯特伦的反对，他断定艾米莉亚从各方面而言都属于克劳福德小姐，只要她愿意接受这个角色。“这自然而然，也理所当然地属于她，”他说，“就像阿加莎适合我的某个妹妹一样。对她们而言算不上舍弃，因为这是个很有喜剧性的角色。”

随后是一阵短暂的沉默。两姐妹看起来都焦虑不安，因为她们都觉得自己最适合阿加莎，希望由别人催着自己演。亨利·克劳福德此时拿起剧本，看似漫不经心地翻着第一幕，很快定下此事。“我必须请求**茱莉娅**·伯特伦小姐，”他说，“不要演阿加莎，否则这会毁了我所有的严肃感。你不能演，你真的不能演，”（转向她），“我受不了你装扮成满脸忧伤，面色苍白的样子。我肯定会想到我们在一起时开怀大笑的样子，弗雷德里克只能背着背包跑下台了。”

这话说得令人愉快又彬彬有礼，然而茱莉娅感受到的不是态度，而是实质。她看见他瞥了玛丽亚一眼，证实了对她本人的伤害。这是密谋，是个欺骗。她被人轻慢，而玛丽亚更受喜爱。玛丽亚极力掩饰那一丝胜利的笑容，显然她对此心领神会。茱莉娅还没能振作精神开口说话，她哥哥也给了她当头一棒，说道：“哦，是的！玛丽亚必须演阿加莎。玛丽亚将是最好的阿加莎。虽然茱莉娅以为自己喜欢悲剧，我才不信她呢。她身上丝毫没有悲剧气质。根本看不出。她的脸上没有悲剧的感觉，而且她走路太快，说话太快，还忍不住会笑。她最好演那位老村婆，那个村夫的老婆子。就是这样，真的，茱莉娅。村婆子是个很不错的角色，我向你保证。那个老太婆兴致勃勃地替她丈夫做了不少善事。你就演村婆子吧。”

“村婆子！”耶茨先生叫道，“你在说什么？那是最卑微、最无聊、最不起眼的角色，平庸至极，整出戏里都没一句像样的话。让你妹妹演那个！提出这个建议都是侮辱。在埃克斯福德是由家庭教师演的。我们一致同意不能派给其他任何人。总管先生，请你公正些。你要是不能更好地欣赏同伴的才华，就配不上这个职位。”

“哎呀，至于**那一点**，我的好朋友，在我和我的同伴开始表演前，这真说不定，但我绝非有意贬低茱莉娅。我们不可能有两个阿加莎，而且我们必须有一个村婆。我相信我自己乐意表演老管家，也给她树立了遇事谦让的榜样。如果这个角色很不起眼，她真能演好就更加了不起。她要是决意反对所有滑稽的内容，就让她说村夫而不是他妻子的台词，彻底改变角色。**他**够严肃也够可怜了，我相信如此。一点都不会影响这出戏。至于村夫本人，要是他得了他妻子的台词，**我**倒真心愿意演他呢。”

“不管你有多喜欢村婆，”亨利·克劳福德说，“这样的角色不可能适合你妹妹，我们绝不能因为她脾气好就强加于她。我们绝不能**允许**她接受这个角色。一定不能因为她性情和顺就这样决定。她的才华正适合表演艾米莉亚。艾米莉亚甚至比阿加莎更难演。我认为艾米莉亚是整场戏中最有难度的角色。需要极好的控制力、细致入微的刻画，才能既表现出她的活泼单纯，又不至于太过火。我见过很好的演员也没能演好这个角色。说真的，单纯几乎是所有职业演员都无法达到的气质。这需要她们并不具备的细腻情感。这需要一位淑女——一个像茱莉娅·伯特伦这样的女孩。你**会**答应的，是吗？”他带着急切恳求的神情转向她，让她稍有缓和。可正当她犹豫着该说什么时，她的哥哥再次插话，说克劳福德小姐更适合演。

“不，不，茱莉娅绝不能演艾米莉亚。这个角色根本不适合她。她不会喜欢的。她演不好。她太高太壮。艾米莉亚应该是娇小、轻盈、蹦蹦跳跳的女孩的样子。这适合克劳福德小姐，也只适合克劳福德小姐演。她的样子就合适，我相信她一定能演得极好。”

亨利·克劳福德没听这话，他在继续恳求。“你必须帮助我们，”他说，“你真的必须帮这个忙。要是你研究了这个角色，我相信你会发现这很适合你。悲剧也许是你的选择，但的确看来喜剧选择了**你**。你将挎着一篮子食物来监狱探望我；你不会拒绝来监狱看我吧？我想我看到你挎着篮子过来的样子了。”

他的声音起了效果。茱莉娅动摇了，不过他是否只想安慰她，让她忽略之前的冒犯呢？她不相信他。这番怠慢再明确不过了。也许，他只是在不怀好意地捉弄她。她疑惑地看着她姐姐，玛丽亚的神情能够决定：她是否会烦恼担忧——不过玛丽亚一副平心静气、心满意足的样子，茱莉娅很清楚在这种情况下，除非在捉弄她，否则玛丽亚不会高兴。于是她立即勃然大怒，以颤抖的声音对他说：“你似乎并不担心在我挎着一篮子食物看望你时忍不住发笑，虽然别人会以为如此，但我只在扮演阿加莎时才会有那么大的威力！”她停下来，亨利·克劳福德一副傻傻的样子，似乎不知该说什么。汤姆·伯特伦又说道：

“克劳福德小姐必须扮演艾米莉亚，她会是个出色的艾米莉亚。”

“别担心**我**想要这个角色，”茱莉娅怒气冲冲地大叫道，“我**不**会演阿加莎，我肯定也不会扮演其他任何角色。至于艾米莉亚，这是世界上所有角色中最让我反感的一个。我很讨厌她。一个令人作呕、又矮又小、冒失轻佻、矫揉造作、放肆无礼的女孩。我一直反对喜剧，而这是最糟糕的喜剧。”说罢，她快步离开屋子，让不止一个人觉得尴尬，却只激起了范尼的同情心。她安静地听完了所有谈话，想到她因为**嫉妒**而心烦意乱，不禁对她很同情。

茱莉娅走后是一阵短暂的沉默，但她哥哥很快谈起了正事和《情人的誓言》，急切地翻看着剧本，在耶茨先生的帮助下，确认需要哪些场景。此时玛丽亚和亨利·克劳福德在一起轻声低语，她一开始就宣称："我本来可以心甘情愿地把这个角色让给茱莉娅，不过虽然我可能演不好，但我相信**她**会演得更差。"这话无疑带来了她想要得到的所有恭维。

就这样过了一会儿，接着一群人分开了。汤姆·伯特伦和耶茨先生一同走出去，在如今开始被称作**剧院**的那间屋子里继续讨论，伯特伦小姐决定自己去牧师住宅，提出让克劳福德小姐扮演艾米莉亚，范尼则独自留下。

她在孤独中做的第一件事情，就是拿起留在桌上的那卷剧本，开始了解她听说了很多的那部戏是怎样的。她的好奇心被彻底唤醒，她急切地翻阅着剧本，只会因为惊讶而停顿下来，奇怪此时怎么会选择这样的剧本，竟然提议在私人剧院演出，还能被接受！在她看来，阿加莎和艾米莉亚似乎在不同方面完全不适合家庭演出——一个人的处境，另一个人的语言，非常不合适由任何端庄的女人来表演。她简直不相信她的表姐们真的知道自己在做什么，只希望等埃德蒙回到家，一定能尽快规劝她们醒悟过来。

第十五章

克劳福德小姐欣然接受了这个角色。伯特伦小姐从牧师住宅回家不久，拉什沃思先生来了，于是又定下另一个角色。他有卡斯尔伯爵和安哈尔特两个角色可挑选，起初不知该选哪个，想让伯特伦小姐为他提议。不过他一旦明白两个角色的不同风格以及谁是谁，想起曾经在伦敦看过这部戏，认为安哈尔特非常愚蠢，他很快决定扮演伯爵。伯特伦小姐赞成这个决定，因为他需要背诵的台词越少越好。他希望伯爵和阿加莎也许能同台演出，虽然她对这个想法毫无兴趣，也不能耐着性子等他慢慢翻阅剧本，期待找到这样的场景，她还是很体贴地把他的剧本拿在手中，尽量缩短每一句台词——同时指出他必须盛装出演，还要挑选服饰颜色。拉什沃思先生很喜欢让他身着华服的想法，虽然装得很不屑。他一心想着自己的样子，想不到别人，做不出任何决定，也完全没感到玛丽亚有些担心的不悦。

在埃德蒙回来前定下了这些事情，他一整个上午都在外面，对这件事毫不知情。他在晚餐[①]前进入客厅时，汤姆、玛丽亚和耶茨先生正兴奋不已地讨论着，拉什沃思先生快步上前，告诉他

① 在奥斯汀时代，英国人一般每天吃两餐饭，早餐九到十点开始，晚餐时间差异较大，可能开始于三点到六点半之间，通常穷人或沿袭旧习惯的人家晚餐较早。两餐之间的时间可以统称为上午。

这个好消息。

“我们有剧本了，”他说，“是《情人的誓言》。我将扮演卡斯尔伯爵，先穿一身蓝衣服，披粉色缎面斗篷出场，再换另一身精美的华服，是狩猎装，我不知道会不会喜欢。”

范尼的眼睛注视着埃德蒙，听这番话时为他感到心跳不已。她看出他的神情，知道他心里一定是怎样的感受。

“《情人的誓言》!”他只对拉什沃思先生这样答道，语气万分惊诧。他转向他的哥哥和妹妹们，似乎毫不怀疑能听到他们的反驳。

“是的，”耶茨先生叫道，“我们争来争去，困难重重，随后发现没有哪部剧能像《情人的誓言》这么适合我们，这么无可挑剔。奇怪的是我们竟然没能早点想起。我太蠢了，因为我在埃克斯福德见到的一切有利条件，这儿应有尽有，能有些参考太有用了！我们几乎定下了每一个角色。”

“可是女人的角色怎么办?”埃德蒙看着玛丽亚，神情严肃地说。

玛丽亚回答时不禁脸红了：“我扮演本来由雷文肖夫人扮演的角色，”（眼神大胆了些），“克劳福德小姐将扮演艾米莉亚。”

“我不敢相信这样的剧本能如此轻松地选好角色，在**我们**中间。”埃德蒙答道。他转到火炉旁，他的母亲、姨妈和范尼都坐在那儿，他也气恼不已地坐了下来。

拉什沃思先生跟在他身后说：“我上场三次，有四十二句台词。很不错，不是吗？但我不太喜欢穿得这么华丽——我穿上蓝衣服，披上粉色缎面斗篷，简直会认不出自己了。”

埃德蒙无话可说。几分钟后伯特伦先生被叫出屋子，给木匠解答一些问题。耶茨先生在一旁陪同，很快拉什沃思先生也走过去，埃德蒙几乎立即借此机会说道：“在耶茨先生面前，我只要说起对这出戏的看法，总会想到他在埃克斯福德的朋友们。不过现在，我亲爱的玛丽亚，我必须告诉**你**，我认为这极其不适合私人演出，我希望你能放弃——我只能认为你**会的**，只要你认真读过剧本——只要把第一幕人声读给母亲或姨妈听，看看你怎么能够赞成——我相信，不必让你去找**父亲**裁决。”

“我们对事情的看法很不一样，”玛丽亚叫道，“请你相信我对这部戏非常熟悉。只要做很少的删减，当然还有其他一些问题，我完全看不出为何不能演。在你能找到的年轻小姐中，**我**不是**唯一**认为这部戏非常适合家庭演出的人。”

“我为此感到难过，”他答道，“不过在这件事上，应该由**你**带头。**你**必须做好榜样。如果别人犯了错，应该由你纠正她们，告诉她们什么是真正的得体。在所有关于端庄的问题上，**你的**行为一定是别人的准则。”

这样说明她的重要性起了些效果，因为谁也不及玛丽亚喜欢领导别人。她答话时心情好多了：“我很感谢你，埃德蒙，我相信你是一片好心，但我还是认为你把事情看得太重，我真的无法对着别人为这样一个话题喋喋不休，我想**那**才叫极不得体。”

“你认为我会有那样的念头吗？不——把你的行为当成唯一的说教——你在看完内容后，说你觉得自己不能胜任；说这需要更多的投入、更大的信心，你根本做不到——说得斩钉截铁，这就够了——所有能辨是非的人都会明白你的动机——这个剧本会被放弃，你的端庄也将得到应有的尊重。”

“别表演任何有失体统的戏，我亲爱的，”伯特伦夫人说，“托马斯爵士不会喜欢的。范尼，摇铃，我必须吃饭了，茱莉娅现在一定梳妆好了。”

“我相信，夫人，”埃德蒙阻止着范尼，说道，“托马斯爵士不会喜欢的。”

“好了，我亲爱的，你听见埃德蒙的话了吗?”

“我要是不肯演，”玛丽亚说，她又激动起来，“茱莉娅一定会演。”

“什么!”埃德蒙叫道，“她知道你的理由也会吗?”

“哦！她也许会想到我们的不同——我们不同的境遇——觉得**她**无需像**我**这样顾虑重重。我肯定她会这么说。不，你必须原谅我，我不能收回我的赞同。事情已经进行到这一步，人人都会失望至极，汤姆会大发雷霆。我们要是这样谨小慎微，永远也演不成任何戏。”

“我正想这么说，”诺里斯太太说，“如果每部戏都要反对，我们什么也演不了——所有的准备变成白白扔掉大笔的钱，我相信**那**才会破坏我们所有人的名声呢。我不知道这部戏，但正如玛丽亚所说，如果有任何过火的内容（大部分戏都这样）可以轻松删去，我们绝不能过于挑剔，埃德蒙。因为拉什沃思先生也要表演，不会有任何坏处。我只希望等木匠开始干活时，汤姆知道自己的想法，因为那些边门浪费了半天的人工，但幕布会做得不错。女仆的活干得很好，我想我们能退回几十个幕环，没必要挂得那么密。我希望我**的确**起了些作用，防止了浪费，最大程度地利用了物品。总得有个稳重的人来监督这么多的年轻人。我忘了告诉汤姆今天发生的一件事。我在养鸡场四处张望，正打算出来时，刚好看见狄克·杰克逊手里拿着两块松木板，往仆人住处的大门走去，不用说肯定是拿给他爸的。他妈给他爸捎了个口信，他爸就打发他弄两块木板，否则完不成任务。我清楚这是怎么回事，恰好那时仆人的开饭铃响了。我最恨爱占便宜的人（杰克逊一家特别爱占便宜，我一直这么说，总是想方设法多占一点）。我直截了当地对他说（一个粗里粗气的十岁男孩，真该为自己感到害臊）——狄克，**我来**把板子拿给你爸，你马上给我回去——他一脸傻气，话也没说转身就走。我知道我话说得很不客气，他肯定有段时间不敢再来顺手牵羊了。我就讨厌这些贪心不足的人，你父亲对这家人够好了，一年到头雇着他！”

谁也没费心思回应她的话，其他人很快回来了。埃德蒙发现，唯一让他感到满意的，是他已经努力劝说过他们。

晚餐时间过得很沉闷。诺里斯太太又说起挫败狄克·杰克逊的事，但没怎么说起本该讨论的有关戏剧和准备的事情，因为埃德蒙的不赞成连他哥哥也感觉到了，虽然汤姆不愿承认这一点。玛丽亚得不到亨利·克劳福德的热情支持，认为最好避开这个话题。耶茨先生有心取悦茱莉娅，表示为她的离开感到遗憾，却发现这比任何话题更让她情绪低落。拉什沃思先生脑子里只装着他自己的角色和自己的服装，很快把他能说的话全都说完了。

不过演戏的事只暂停了一两个小时，还有许多事情需要解决。晚上喝下的酒又给了他们勇气，汤姆、玛丽亚和耶茨先生重新聚到客厅后不久，就一起坐在另一张桌子旁把剧本摊开，准备深入讨论这个话题。这时克劳福德先生和小姐走进来，此番打扰真让人求之不得。虽然时候不早、夜色已浓、道路泥泞，他们还是忍不住走过来，得到了满心感激、兴高采烈的欢迎。

“嗯，你们进行得怎样?”“你们解决了什么问题?”“噢！没有你们我们什么也做不了。”这是寒暄之后的话语。亨利·克劳福德很快和其他三人在桌旁坐下，他的妹妹走到伯特伦夫人那儿，愉快又殷勤地恭维着她。“我真得祝贺夫人，”她说，“选好剧本了。尽管您以堪称典范的耐心包容了这件事，我相信您一定讨厌我们的吵吵闹闹和各种麻烦。演员们也许很开心，但旁观者一定对这个决定感到万分庆幸。夫人，我真心诚意地为您、诺里斯太太和所有处于同样困境中的人感到高兴。”她半是胆怯，半是狡黠地越过范尼瞥了埃德蒙一眼。

伯特伦夫人客客气气地回答了她，但埃德蒙没说话。他没有否认自己只是个旁观者。克劳福德小姐和围着火炉的人聊了一会儿，又回到桌旁的那群人中间。她站在那儿，似乎津津有味地听着他们的安排。接着，她好像忽然想起了什么，叫道：“我亲爱的朋友们，你们正在心平气和地讨论这些乡舍和酒馆，里里外外的情况，但请你们也让我知道我的命运吧。谁来扮演安哈尔特?我将有幸和你们当中的哪位先生谈情说爱呢?”

一时无人说话，接着，众人异口同声地说出了这个令人难过的事实——没有任何人扮演安哈尔特。“拉什沃思先生将要表演卡斯尔伯爵，但还没有人打算演安哈尔特。”

“我能在两个角色中挑选，”拉什沃思先生说，“但我认为我会更喜欢伯爵，虽然我不太喜欢我要穿的华丽衣服。”

"我相信你的选择很明智，"克劳福德小姐神情愉快地说道，"安哈尔特是个难演的角色。"

"**伯爵**有四十二句台词，"拉什沃思先生答道，"这绝不简单。"

"我一点都不惊讶，"克劳福德小姐稍作停顿后说，"竟然没有安哈尔特。艾米莉亚就该如此。如此放荡的年轻小姐一定会吓跑男人的。"

"要是可能的话，我会非常乐意扮演这个角色，"汤姆叫道，"但不幸的是，管家和安哈尔特要一同上场。不过，我还没彻底放弃，我会看看能做些什么，我再看看剧本。"

"你**弟弟**应该表演这个角色，"耶茨先生低声说，"你们不觉得他会愿意吗？"

"**我**可不问他。"汤姆答道，一副冷淡坚决的样子。

克劳福德小姐说了些别的话，很快又来到火炉旁的那群人中间。"他们一点也不想要我，"她一边坐下一边说，"我只会让他们困惑，逼他们说出一些客气话。埃德蒙·伯特伦先生，既然你自己不演，你会是个公正的提议者，因此，我向**你**请教。我们该怎么处理安哈尔特的问题呢？让别人兼演这个角色是否可行？你有什么建议？"

"我的建议是，"他冷静地说，"你们换个剧本。"

"**我**不会反对，"她答道，"虽然要是能有好的配合，我并不特别讨厌表演艾米莉亚——也就是说，如果一切顺利的话——可我还是会遗憾带来了不便——但**那张桌子**上的人不会听你的意见——（扭头看看）——你的意见肯定不会被采纳。"

埃德蒙没再说话。

“如果有**任何**角色能诱惑**你**表演的话，我想那就是安哈尔特。”稍停一会儿后，小姐狡黠地说，“因为你知道，他是个牧师。”

“**那种**情况绝不会诱惑我，”他答道，“因为演技糟糕而使这个角色显得荒唐可笑，那会让我难过。让安哈尔特看起来不像个庄重严肃的布道者，这一定非常困难。也许，本身选择了这个职业的人，最不愿意在舞台上表演牧师。”

克劳福德小姐无言以对，她感到有些愤恨和屈辱，使劲把椅子挪到茶桌旁，一心一意地看着在那儿张罗的诺里斯太太。

“范尼，”汤姆·伯特伦从另一张桌子那儿叫道，他们正热切地讨论着，说个没完，“我们要你帮个忙。”

范尼立即起身，等待吩咐。虽然埃德蒙已经尽他所能，他们还是没改掉这样使唤范尼的习惯。

“哦！我们不想让你离开座位。我们不想让你**现在**做什么。我们只想让你参加我们的演出。你必须扮演村婆。”

“我！”范尼叫道，她惊恐不已地坐下，“你必须原谅我。我无论如何也不会表演任何角色。不，说真的，我不能演。”

“说实话，你必须演，我们不能放过你。你无须这么惊慌，这只是个不起眼的角色，微不足道，总共不过五六句台词，就算你说的话谁都听不见也不要紧。所以你的声音轻得像蚊子也没关系，但我们必须能看着你。”

“你要是害怕五六句台词，”拉什沃思先生叫道，“你该拿我这样的角色怎么办？我要记四十二句台词呢。”

“并非我害怕记台词，”范尼说，她惊愕地发现此时屋里只有她一个人在说话，觉得几乎每双眼睛都在看着她，“但我真的不会演。”

“会的，会的，你可以演得对**我们**来说足够好。记住你的台词，别的我们来教你。你只有两场戏，因为我是村夫，我会带你上场，把你推来推去，你会演得很好，我敢保证。”

“不，说真的，伯特伦先生，你必须原谅我。你不能这么想。这对我来说绝不可能。要是由我来演，我只会让你失望。”

“得了！得了！别这么害羞。你会演得很好。我们会对你特别宽容。我们不指望十全十美。你必须穿上褐色长袍，系上白围裙，戴上头巾帽，我们得给你画几条皱纹，在你的眼角画一点鱼尾纹，你就会很像一个真正的小老太婆了。”

“你必须原谅我，你真的必须原谅我!”范尼叫道，她因为过于激动，脸涨得越来越红。她困窘地看着埃德蒙，他也在体贴地观察着她。可他不愿因为干涉而惹恼他哥哥，只给了她一个鼓励的微笑。她的请求没对汤姆起到任何作用，他一遍遍重复着说过的话，还不止是汤姆，此时玛丽亚、克劳福德先生和耶茨先生也支持让她演。他们的催促与汤姆不同，更温柔也更礼貌，总之让范尼有些招架不住。她听完后还没能喘口气，诺里斯太太马上生气地以高声耳语结束了话题：“无关紧要的小事情费那么大的劲，我真为你羞愧，范尼，让你的表哥表姐们为这样一件小事费尽周折，他们对你多好呀！痛快地把这个角色接受下来，别让我们再听见一个字，就这样。”

“别催她了，太太，”埃德蒙说，“以这种方式催促她不公平，你看得出她不喜欢表演。让她像别人一样自己选择吧，完全可以相信她的判断力，别再催促她了。”

“我不是在催促她，”诺里斯太太厉声答道，“但她要是不做她的姨妈和表哥表姐们想让她做的事情，我会认为她是个固执己见、不懂感恩的女孩。说真的，是忘恩负义——想想她是谁，从哪儿来的吧。”

埃德蒙气愤得说不出话来。克劳福德小姐吃惊地看着诺里斯太太，又看看范尼，见她已经眼泪汪汪，便伶俐地说道：“我不喜欢这儿，这个**地方**对我来说太热了。”她把椅子搬到桌子对面，坐在范尼身旁，亲切地对她低声细语道：“别在意，我亲爱的普莱斯小姐，这个夜晚让人动气，人人都心情急躁，惹人气恼，但我们别在乎他们。”她刻意关照着她，继续和她说话，努力让她打起精神，虽然她自己有些无精打采。她给哥哥递了个眼神，让那群演戏的人别再要求。她一片好心好意，很快赢回了埃德蒙对她失去的那一点好感。

范尼并不喜欢克劳福德小姐，但为她此时的善意心怀感激。克劳福德小姐注意到她的针线活，希望**她**也能做得这么好，向她讨要花样，猜想范尼正准备**进入社交**，因为等她表姐结婚了她当然要进入的。克劳福德小姐接着问她最近是否收到了她海军哥哥的来信，说她很想见他，认为他是个非常不错的年轻人，建议范尼在他下次出海前为他画一张像。范尼不禁承认如此恭维实在令人愉快，也忍不住在听她说话和回答她时比原先打算得更有兴致。

关于表演的讨论还在继续，汤姆·伯特伦无比遗憾地对克劳福德小姐说了些话，最先把她的注意力从范尼身上移开了。他说他发现自己完全不可能在扮演管家的同时扮演安哈尔特，他已经竭尽全力想要做到，但是不行，他必须放弃。“不过填补这个角色一点也不困难，”他又说道，“我们只需开口，也许就能挑挑拣拣。此时我至少能说出方圆六英里内的六个年轻人，他们急不可耐地想进入我们的圈子，有一两个不会让我们丢脸。我不怕信任奥利弗兄弟或查尔斯·马多克斯——汤姆·奥利弗特别聪明，查尔斯·马多克斯很有绅士派头，所以我明天一早会骑马去斯托克，和其中一个人定下来。”

在他说话时，玛丽亚忧心忡忡地看着埃德蒙，满心指望他能反对这样的扩展计划，这与他们当初的声明完全背道而驰，但埃德蒙什么也没说。思考片刻后，克劳福德小姐冷静地答道：“对我来说，我毫不怀疑你们都认为可行的任何安排。我见过两位先生中的哪一位吗？是的，查尔斯·马多克斯先生有一天来我姐姐家吃过饭，不是吗，亨利？看上去安安静静的年轻人。我记得他。如果你愿意，就找**他**吧，总比找一个完全的陌生人感觉好些。”

就让查尔斯·马多克斯来扮演，汤姆又坚定地表示明天一早去找他。虽然茱莉娅之前几乎没开口，她却先瞥了一眼玛丽亚，又看看埃德蒙，面带讥讽地说“曼斯菲尔德的表演将使整个周边充满活力”。埃德蒙还是闭口不言，只以无比严肃的面孔表达他的感受。

“我对我们的表演不太乐观，”克劳福德小姐思索了一会儿，轻声对范尼说，“在我们排练前，我要告诉马多克斯先生我会缩短**他的**一些台词，还有很多**我自己的**，这会很令人不快，根本不是我期待的样子。”

第十六章

克劳福德小姐的劝慰无法让范尼真正忘掉发生的事情。晚上的聚会结束，她上床后满心想着这件事。想到表哥汤姆在众人面前固执己见，逼迫她答应要求，她依然心有余悸；回想起姨妈无情的指责和辱骂，让她心情低落。以那种方式引起别人的注意，随后听见更糟糕的事情，得知她必须参加演出，而她无论如何都做不到；接着责骂她固执己见、忘恩负义，还暗指她寄人篱下，当时真让她痛苦不堪，现在独自想起来也没感觉好多少，尤其又想到明天还可能继续这个话题时。克劳福德小姐只在那时保护了她，如果他们一起时汤姆和玛丽亚再次颐指气使地逼迫她，他们可是完全做得到，或许埃德蒙又不在家，她该怎么办呢？她还没想出答案就睡着了，第二天早上醒来还是感到困惑不解。自从她第一次进入这个家庭，这间小小的白色阁楼一直是她的卧室。她发觉在这里想不出任何答案，刚穿好衣服就去了另一间屋子。这儿更宽敞，更适合踱步与思考，一段时间以来也几乎归她所有。这本来是她们的教室，一直叫到伯特伦小姐们不允许把这儿称作教室为止，但还是沿用了一段时间。她们一起在里面读书写字，说说笑笑。李小姐曾经住在里面，直到三年前离开。接着屋子没了用途，有段时间几乎无人进入，只有范尼会去照看植物，挑选书本。她还是很喜欢待在那儿，因为她楼上的小阁楼面积太小，无处停歇。然而渐渐地，她更加喜爱屋里的舒适，便添置东西，在那儿待得越来越久。因为没人反对，她自然而然，不动声色地占据了这间屋子，如今被公认为她的屋子了。自从玛丽亚·伯特伦小姐十六岁以来，这间屋子就被叫作东屋，如今几乎和白色阁楼一样，明确属于范尼，因为一间实在太小，在伯特伦小姐们看来，使用另一间显然合情合理。她们感觉高高在上，自己的房间又舒适得多，因而完全赞成此事。诺里斯太太命令屋里绝不允许为范尼生火，这才勉强让她使用这间没人要的屋子。然而有时说起这番迁就时，她的话语似乎暗示着这是整幢房子里最好的一间屋子。

屋子的朝向特别好，对于容易满足的范尼来说，即使不生炉火，在早春和晚秋的许多上午都可以待在这儿。只要屋里能有一丝阳光，即使冬天她也可以待在里面。在她闲暇之时，这间屋子给她带来了莫大的安慰。无论在楼下遇到怎样的不愉快她都会去那儿，从做事或沉思中寻得慰藉——她的植物，她的书本——她从第一次得到一先令开始就不断添置——她的写字桌，她做的慈善活计或精巧手工都触手可及——要是没心情干活，只能沉思默想，她在屋里看到的几乎每一件物品都能带给她有趣的回忆——每一件物品都是朋友，或让她想起某个朋友。虽然她有时会承受很多痛苦——她的动机常常遭到误解，她的感情被人无视，她的理解力受到低估；虽然她饱尝了苛责、嘲弄和怠慢引起的痛苦，可是每次委屈都能带给她一些安慰：她的伯特伦姨妈为她辩解，或者李小姐给了她鼓励，更常发生也更加可贵的是——埃德蒙始终保护她并做她的朋友——他给她支持或帮她解释，他让她别哭，或以他的柔情让她的泪水充满喜悦。所有一切都因为时间的距离而和谐地交织在一起，给曾经的每一次痛苦染上了迷人的色泽。她最爱这间屋子，虽然里面的家具原先就平平常常，又受尽小孩子们的各种糟蹋，她也不愿以此交换大宅里最漂亮的家具——里面最精致的物品包括茱莉娅画的一幅已经褪色的角凳，因为太差而不能挂在客厅；有在盛行雕花玻璃的时期，装在某一扇窗户下面三个窗格中的三块雕花玻璃，中间是廷特恩庄园[1]，一边是个意大利洞穴，另一边是坎伯兰郡的湖光月色。还有一些家族画像，因为放在哪儿都不合适，就挂在了壁炉上。画像旁边的墙上挂着一张小小的轮船素描，这是威廉四年前从地中海寄来的，下面写着 H. M. S Antwep[2]，字母写得和主桅杆一样高。

范尼此时来到她的安乐窝，试试它对一个激动不安、充满困惑的心灵能起到怎样的作用——看她能否通过望着埃德蒙的画像得到他的启示，或是在给她的天竺葵透气时，自己也能呼吸一些精神力量。对于她本人的执意不从，她要消除的不仅是害怕，她已经开始对她**该做**什么感到犹豫不决，当她在屋里踱步时她感到愈加困惑。他们如此热切地要求她，满心希望她能答应，这也许对他们的计划至关重要，而她心怀感激的一些人已经打定主意，这样的拒绝**对**吗？这难道不是心地不善、自私自利、害怕自己出丑吗？埃德蒙的看法，他认为托马斯爵士不会赞成的劝说，能给她不顾一切的坚定拒绝足够的理由吗？演戏真是令人惊恐，让她

---

① 原文为“Tintern Abbey”。瓦伊河畔一座荒废的古老庄园。

② H. M. S代表 Her Majesty's Ship，指皇家海军舰艇安特卫普号。

不禁怀疑自己的顾虑究竟为何，是否存有私虑。当她环顾四周，看到自己从他们那儿得到的一件件礼物，她更觉得应该对表哥表姐们心怀感恩。窗户中间的那张桌子上放满了他们在不同时期送给她的针线盒和编织盒，主要是汤姆送的，她不知道这么多好心的礼物究竟让她欠下了多少人情。她正思索着该怎样偿还人情时，一阵轻轻的敲门声把她唤醒了，她温柔地说了声“请进”，出现在面前的是她最习惯倾诉困惑的那个人。见到埃德蒙她眼前一亮。

“我能和你说会儿话吗，范尼？”他说。

“当然能。”

“我有个问题。我想听听你的意见。”

“我的意见！”她叫道，此言让她受宠若惊。

“是的，你的意见和想法。我不知道该怎么办。你看，这个演出计划变得越来越糟糕。他们挑选的剧本差极了，现在为了完成演出，正打算找我们谁都不太认识的年轻人过来帮忙。全然不顾我们之前谈到的隐私与得体。我知道查尔斯·马多克斯不是坏人，但他以这种方式加入我们，和我们亲密接触，这绝不可以。还**不止**是亲密，是随意相处。我对此忍无可忍，我的确认为**只要有可能**，这件坏事必须被阻止。你同意我的想法吗？”

“是的，但能做什么呢？你哥哥那么坚决。”

“只能做**一件**事，范尼。我必须亲自扮演安哈尔特。我很清楚其他任何办法都不能平息汤姆。”

范尼无言以对。

“我根本不想这么做，”他又说，“谁也不喜欢被迫**显得**反复无常。人们从一开始就知道我反对这个计划，他们又在各方面超出了之前的计划，我**现在**加入他们实在荒唐，可我想不出别的办法。你想得出来吗，范尼?”

“不，”范尼缓缓说道，“我一下子想不出来，不过——”

“不过什么?我看得出你不赞成我的看法。再想想吧。也许你还没我清楚，以这种方式接受一个年轻人，**可能**会带来怎样的麻烦，也**一定**会导致怎样的不快——进入我们的家庭——随时有权过来——突然和我们建立无拘无束的关系。只要想想每次排练必然会让他怎样放肆。这真是太糟糕了！设身处地为克劳福德小姐想一想吧，范尼。想想和一个陌生人在一起表演艾米莉亚会怎样。她有权得到同情，因为她显然也在同情自己。我听见许多她昨晚对你说的话，知道她多不情愿和陌生人一起表演。她也许对这个角色有不同的期待，也许她对这个角色了解不深，不知道会怎样。让她陷入这样的困境，这很不友好，实在不对。应该尊重她的感情。你不认为是这样吗，范尼?你在犹豫。”

“我为克劳福德小姐感到难过。看着你一定要做当初坚决反对的事情，你也知道我的姨父会很不高兴，这让我更加难过。别人肯定会得意洋洋!”

“他们要是看到我演得有多差，就没多少理由得意了。不过，无论如何，他们一定会得意，可我必须承受。要是这样我就能让这件事不公布于众，不尽人皆知，只在小范围内做蠢事，我会认为很值得。以我现在的情况，我对他们毫无影响，无能为力。我已经惹恼了他们，他们不会听我的话。但我要是以这个让步使他们心情愉快，我或许有希望劝说他们不要大张旗鼓，限制演出的规模。这是实实在在的好处。我的目标是仅限于拉什沃思先生和格兰特兄妹。这难道不值得争取吗?”

“是的，这一点非常重要。”

“但你还是不赞成。你有什么能带来同样好处的办法吗?”

“没有，我想不出别的办法。”

“那就同意我吧，范尼。你不赞成我会很不舒服。”

“噢，表哥!”

“要是你反对我，我会怀疑我自己，但绝不可能让汤姆这样继续下去，骑着马跑遍村子，看能说服谁来演出——不管是谁，只要看着文雅就足够了。我想**你**应该更能体会克劳福德小姐的感情。”

“毫无疑问她会很高兴。这会让她放下心来。”范尼说，她试图显得更加热情。

“她从未像昨晚那样对你这么和蔼可亲。这大大增加了我对她的好感。”

“她**的确**非常亲切。我很高兴让她摆脱……”

她没能说完这句慷慨大度的话。她的良心使她停了下来，但埃德蒙很满意。

“我会在早餐后立即下去，”他说，“我肯定能给他们带来快乐。现在，亲爱的范尼，我不再打扰你了。你想读书。可我要是不告诉你就不能轻松，也做不出决定。不管是睡是醒，我整夜满脑子想着这件事。这很不好，但我肯定能让事情有所好转。要是汤姆起来了，我就马上过去，了结此事。等我们一起吃早餐时，我们全都会兴高采烈地想着共同做件傻事。我猜**你**在那时会去中国游玩。马戛尔尼勋爵[1]旅途顺利吗?”(他打开桌上的一卷书，又拿起别的几本。)“这是《克雷布的故事集》，还有《懒人》[2]，要是你厌倦了读大部头书，这些书能供你消遣。我真羡慕你这小小的地盘。等我一走，你会马上忘掉演出这件无聊的事情，舒舒服服地坐在桌前。但别在这儿待感冒了。”

他走了，然而范尼没有读书，没去中国，也无法平静。他对她说了最不可思议、最出乎意料、最不受欢迎的消息，让她无法想别的事。要去演出！他一再反对，理直气壮地表示反对！她听到了他说出的话，看见了他的神情，知道他是发自真心。这可能吗？埃德蒙竟然如此反复无常！他难道不是在自我欺骗？他这样做没有错吗？哎呀！这都是因为克劳福德小姐。她看出她的每句话都有影响力，感到很难过。对于她自身行为的疑惑和担心，之前还令她沮丧，她在听他说话时已将其抛在脑后，此时已经变得毫不重要。这件更让她焦虑的事情淹没了那些事。那就顺其自然吧，她不在乎将怎样结束。她的表哥表姐们也许会责怪她，但几乎无法取笑她。他们对她无能为力，如果最终只能屈服——无所谓——**现在**已经痛苦不堪了。

---

① 指乔治·马戛尔尼勋爵(George Macartney, 1737—1806)，曾于1792—1794年间来访中国。他的《出访中国日志》(*Journal of the Embassy to China*)由好友兼私人秘书约翰·巴罗(John Barrow, 1764—1848)收录于《某些公共事务记录，以及马戛尔尼伯爵未出版的作品选集》(*Some Account of the Public Life, and a Selection of the Unpublished Writings of the Earl of Macartney*, 1807)。

②《克雷布的故事集》(*Crabbe's Tales*, 1810—1813)作者为乔治·克雷布(1754—1832)；《懒人》(*The Idler*)是塞缪尔·约翰逊(Samuel Johnson, 1709—1784)在1754至1760期间出版的系列杂文集。

第十七章

对伯特伦先生和玛丽亚来说，这的确是大获全胜的一天。能击败埃德蒙的审慎，这超出了他们的期望，让他们无比高兴。再也没有任何事能干扰他们心爱的计划了，他们私下相互祝贺，将变化的原因归功于嫉妒心，感到满心欢喜。埃德蒙也许还会很严肃，说他总体而言不喜欢这个计划，尤其反对这个剧本，但他们已经达到目的。他将会表演，只是在自私心理的驱使下才这么做的。埃德蒙从他之前坚守的道德高地跌落下来，两人都因为这样的跌落而自视更高，特别快乐。

不过，他们当时**对他**表现得非常得体，完全没显出得意的样子，只是稍微扬了扬嘴角。他们似乎觉得能将查尔斯·马多克斯拒之门外真是幸事，仿佛他们是不得已才想让他加入的。“把演戏局限于家庭圈是他们特别的期望。一个陌生人的到来将会破坏他们所有的安逸。”埃德蒙顺势表明他希望也能限制观众，他们因为一时得意便满口应承。一切皆大欢喜，令人鼓舞。诺里斯太太主动提出为他设计服装；耶茨先生向他保证安哈尔特和公爵的最后一幕戏份很重，非常重要；拉什沃思先生答应帮他数数有多少句台词。

“也许，”汤姆说，“**范尼**现在更愿意帮我们的忙了。也许你可以说服**她**。”

“不，她非常坚决。她一定不会演。”

“哦！很好。”汤姆没再言语，不过范尼感觉自己再次陷入危险，她原先将危险置之度外，现在又开始担心起来。埃德蒙的改变让牧师住宅和庄园一样充满了欢笑。克劳福德小姐笑起来特别可爱，又立即兴高采烈地投入整件事中，这只能对埃德蒙产生一个影响。“他尊重这样的感情当然正确，他很高兴他决定这么做。”上午过得称心如意，即使不算酣畅，也非常甜蜜。这给范尼带来了一个好处，在克劳福德小姐的热切请求下，向来好脾气的格兰特太太答应扮演本来要范尼演的角色——这是一天中唯一让她心里感到高兴的事情。但即使这件事，在埃德蒙告诉她时，也带来了一丝痛苦，因为她得感谢克劳福德小姐，是克劳福德小姐的好心帮助令她感激，埃德蒙说起她的功劳时赞赏不已。她安全了，但平静和安全此时毫无关联。她的内心从未如此不平静过。她不认为自己做了错事，但除此之外对一切都感到忧虑。她在情感和理智上都反对埃德蒙的决定，她不能原谅他不够坚定，而他因此得到的快乐让她感到痛苦。她满心嫉妒，焦虑不安。克劳福德小姐高高兴兴地走过来，似乎是对她的侮辱。她亲切友好地对范尼说话，她却无法冷静地回答她。她身边的每个人都兴高采烈，忙忙碌碌，满心欢喜，神气十足。人人都有自己的兴趣，自己的角色，自己的服饰，他们最喜爱的场景，他们的朋友和伙伴。每个人都忙着征求意见，相互比较，或从嬉戏打闹中寻得消遣。只有她心情悲伤，无足轻重。她和一切都没有关系，她可走可留。她可以置身于他们的喧闹声中，或是躲进孤独的东屋，谁都看不见她，谁也不会想她。她几乎觉得什么都比这样好。格兰特太太成了重要人物，她的好脾气得到了赞扬——说她品位高雅，肯花时间——人人都想与她做伴——大家到处找她，同她说话，对她赞赏不已。一开始范尼几乎嫉妒她接受了那个角色。但在思考后她感觉好些了，她意识到格兰特太太值得尊重，可她永远都得不到。而且就算她得到了最大的尊重，她也无法心安理得地参加演出。只要想到她的姨父，她都会觉得这大错特错。

范尼并非众人之中唯一伤心的人，她很快就看出来了——茱莉娅也很痛苦，虽然她的痛苦不那么无辜。

亨利·克劳福德玩弄了她的感情，但她很长时间以来都允许甚至诱使他献上殷勤，还理所当然地嫉妒她的姐姐，而这本该让二人都清醒过来。既然她只能相信他爱的是玛丽亚，她接受了结果，却丝毫没有为玛丽亚的处境感到担忧，也不试着让自己理智平静下来。她或是心情沮丧、一言不发地坐着，始终面色阴沉、无动于衷、无法逗乐；或是任凭耶茨先生大献殷勤，只对他一个人强颜欢笑，嘲弄别人的表演。

这次冒犯过了几天后，亨利·克劳福德想通过平常献殷勤、说好话的方式了结此事，但他不太在意，几次被拒绝后就不再坚持。很快他便忙于演戏，没时间和不止一个人调情。他对那次的争执变得毫不在乎，甚至感到十分幸运，就这样悄悄结束了麻烦，也许不久后对他们有所期待的还不止格兰特太太——她不愿看着茱莉娅被排除在演出之外，坐在那儿无人关心。但这件事并不真正涉及她的快乐，既然亨利已经对她说过，他必须自己做主，还带着不容置疑的微笑，说他和茱莉娅都没有认真考虑过彼此，她只好再次提醒他注意和那位姐姐的关系，求他别对她过于爱慕，以免自寻烦恼。接着她高高兴兴地为年轻人做些事情，尤其是让她最亲爱的两个人更快乐的事。

“我真奇怪茱莉娅会没爱上亨利。”她对玛丽说。

“我敢说她爱的，”玛丽冷冷地答道，“我想姐妹两人都爱他。”

“两人！不，不，那绝不可以。可别暗示他。想想拉什沃思先生吧！”

“你最好告诉伯特伦小姐想想拉什沃思先生。这也许对**她**有好处。我常常想着拉什沃思先生的财产和收入，希望这些归别人所有，但我从来想不到**他**。拥有这么多财产的人也许能代表这个郡；一个人或许能无所事事，却代表一个郡。”

“我敢说他**会**很快进入国会。等托马斯爵士来了，我敢说他会当上某个市政代表，可是到现在还没人推举他。”

“托马斯爵士回家后将要做成许多大事，”玛丽停了一会儿说，“你记得霍金斯·布朗模仿波普写的《烟草颂》[1] 吗？

> 神圣的树叶啊！你芬芳四射
> 使圣殿武士谦逊，给牧师理智。

我来个戏仿：

---

① 《烟草颂》（*Address to Tobacco*）选自伊萨克·霍金斯·布朗（Issac Hawkins Browne, 1705—1760）的《烟草诗词戏仿集》（*A Pipe of Tobacco in Imitation of Several Authors*, 1736）

神圣的武士啊！你威风凛凛

使孩子们富足，给拉什沃思理智。

这难道不合适吗，格兰特太太？似乎事事都取决于托马斯爵士的归来。”

“相信我，等你看到他和家人一起时，就会发现他的威望很合情合理。我不认为没了他，我们也能一样好。他仪态威严，适合做这种大宅的主人，让众人各归其位。伯特伦夫人似乎比他在家时更无关紧要；谁也没法让诺里斯太太守规矩。不过玛丽，别以为玛丽亚·伯特伦在乎亨利。我相信**茱莉娅**不在乎他，否则她昨晚就不会和耶茨先生那样调情了。虽然他和玛丽亚是很好的朋友，我想她太喜欢索瑟顿了，不会用情不专。”

“如果亨利在签订结婚条约[①]前插手，我不认为拉什沃思先生有多少机会。”

“如果你有这样的怀疑，那就必须做些什么。一旦演戏全部结束，我们就认真和他谈一谈，让他明白自己的想法。如果他根本无意，我们也得打发他离开一段时间，虽然他是亨利。”

不过，茱莉娅**的确**很痛苦，尽管格兰特太太没有察觉，她自己的许多家人也没注意到。她陷入了爱情，现在依然爱着。她那热切荒唐的希望破灭了，感到受尽屈辱。她痛苦不堪，只因性情热烈、心高气傲才能忍受。她的内心悲伤又愤怒，只能从怒火中得到安慰。她曾经和睦相处的姐姐现在成了她最大的敌人，她们

① 指对结婚财产的细节条款达成一致。

彼此疏远了。看着两人继续调情，茱莉娅不禁期待他们也有痛苦的结局，让玛丽亚为她本人对拉什沃思先生的可耻行为受到惩罚。当两个姐妹利益一致时，她们之间没有大的性情冲突或想法差异，不至于做不成好朋友。在这种考验下，她们的亲情或原则都不足以使她们宽厚公正，也不能让她们彼此尊重、相互同情。玛丽亚得意洋洋、乘胜追击，毫不在乎茱莉娅；而茱莉娅每次看到亨利·克劳福德只对着玛丽亚献殷勤，都深信这会带来嫉妒，最终酿成轩然大波。

范尼看出了茱莉娅的大致想法，也同情她，但她们表面上没什么交情。茱莉娅从不和她说话，范尼也不敢冒昧。她们都有各自的痛苦，只在范尼的心里有些交集。

两位哥哥和姨妈对茱莉娅的烦恼不管不顾，完全不知原因何在，这只能归结为他们自己也心无余力。他们无暇顾及。汤姆只管剧场的事，对不太相关的事情视而不见。埃德蒙在剧本角色和真实身份之间徘徊，既要满足克劳福德小姐的要求，也要注意自己的举止；既满心爱恋，又要行为得体，同样没注意到她。诺里斯太太忙着安排管理这群人的一应小事，精打细算地监督各种服饰的制作，谁也不为此感谢她。她为身在海外的托马斯爵士这儿节约半克朗，那儿省下半克朗，为自己的人品沾沾自喜，所以无暇关注他女儿们的行为，或是守护她们的幸福。

第十八章

现在一切都按部就班地进行着，剧院、男女演员、服饰都进展顺利。不过虽然没有出现别的大问题，范尼没过几天就发现这些人并非一直高高兴兴。当初他们全都想法一致、兴高采烈，简直让范尼受不了，她却没见到这样的局面继续下去。每个人都开始有了自己的烦恼。埃德蒙烦恼很多。他们彻底违背了他的想法，从镇上请来一位绘景师，已经开工了，这大大增加了花销，更糟糕的是，把事情闹得沸沸扬扬。他哥哥没有真正听从他私下演出的想法，而是给有些交往的每个家庭发出了邀请。汤姆本人也开始因为绘景师进展缓慢而烦躁不安，等得很不痛快。他已经记住了自己的台词——他所有的台词——他承担了所有能和管家共同表演的小角色，开始迫不及待地想要表演。这样无所事事度过的每一天，似乎都让他觉得所有的角色加在一起也微不足道，让他更后悔没选个别的剧本。

范尼总是恭恭敬敬地听人说话，也常常是身边唯一肯听他们说话的人，所以他们大多会来找她抱怨诉苦。她知道人们大多认为耶茨先生吵闹不堪，耶茨先生对亨利·克劳福德感到失望，知道汤姆·伯特伦说话太快、听不清楚，格兰特太太总是笑场、大煞风景，也知道埃德蒙的角色没准备好，拉什沃思先生糟糕透顶，他说每句台词都要人提示。她还知道可怜的拉什沃思先生几乎找不到人陪他排练，他也像别人一样找她诉苦。她显然看出她的表姐玛丽亚躲着他，总是毫无必要地排练她和克劳福德先生的第一幕戏。范尼很快有些胆战心惊，害怕听到拉什沃思先生的其他抱怨。她发现这些人远非个个满意，人人开心，而是总想得到自己没有的东西，让别人不舒服。每个人的台词不是太长就是太短，谁都不肯好好表演，谁都记不清该从哪边出场，全都满腹牢骚，不听指挥。

范尼相信自己从演戏中得到了和别人同样多的简单快乐。亨利·克劳福德演得很好，对她而言，悄悄进入剧院观看第一幕的排练令人愉悦。虽然玛丽亚的有些台词让人尴尬，她也认为玛丽亚演得很好，太好了。最初的一两次排练后，范尼成了他们唯一的观众，有时帮他们提词，有时只是观看，总能起到作用。在她看来，克劳福德先生的表演非常出色。他比埃德蒙更自信，比汤姆更理智，比耶茨先生更有才华、品位更高。她不喜欢他这个人，但她必须承认他是最好的演员，在这一点上没几个人和她想法不同。耶茨先生的确说他演得平淡无奇，枯燥乏味。这一天终于到来了，拉什沃思先生阴沉着脸，转身对她说："你认为这些表演有什么好的？凭良心说，我没法欣赏他。就咱俩私下说说，这样一个身材矮小、相貌寒酸的人被当成好演员，我觉得荒唐可笑。"

从这一刻起，他以前的嫉妒心又回来了。玛丽亚越来越想得到克劳福德，不愿费心打消他的嫉妒。如此一来，拉什沃思先生就更不可能记住他的四十二句台词。对于他能否勉强记住台词这件事，谁也不抱任何希望，除了他的母亲——她甚至因为儿子没得到更重要的角色感到遗憾，打算等排练得差不多时再来曼斯菲尔德，看看他演的每一幕戏。不过其他人只期待他能记住开头，知道他要说的第一句话，再跟着提示把话说完。范尼同情他，又很心软，便想方设法教他记台词，尽她所能给他帮助和指导，试着帮他强记台词，结果自己把他要说的每个字都记住了，他却没多少进展。

她当然有过许多不安、焦虑和担忧的感觉，但她有这些事情要做，别人也希望她能花些时间关注他们。她完全不认为自己在他们当中无所事事或没有用处，也不会无人做伴、心神不宁。总有人想占用她的时间，得到她的安慰。她最初的担心沮丧看来毫无必要。有时她能帮到所有人，也许她和每个人一样心情平静。

另外还有许多针线活需要她帮忙。诺里斯太太觉得范尼和别人过得一样快活，从她说话的方式明显听得出来。“好了，范尼，”她叫道，“这段时间过得不错呀，可你不能总在几间屋子里走来走去，惬意地东逛西逛，我要你来帮忙，我已经累得站不动了，想着怎样只用这些缎子做好拉什沃思先生的斗篷。我想你现在能帮我把它缝好。只有三条缝，你一会儿就能干完——要是我除了管事以外什么都不用做就好了——我可以告诉你，就数**你**最快活。可要是别人不比**你**干得多，我们就不会进展这么快了。”

范尼安静地接过活，根本没打算辩解，但她好心的伯特伦姨妈帮她说道：

“姐姐，谁也不奇怪范尼**应该**感到快活，你知道一切对她来说都很新鲜。你和我以前都很喜欢看戏——我现在也喜欢——等我空闲一些，我也打算看看他们的排练。这戏是说什么的，范尼？你还没告诉过我。”

“哦！妹妹，还是别现在问她了，因为范尼不能边说话边干活——是关于情人的誓言。”

“我想，”范尼对她的伯特伦姨妈说，“明天晚上要排练三幕戏，你可以同时看到所有的演员。”

“你最好等幕布挂好，”诺里斯太太插话道，“过一两天就要挂幕布了——不挂幕布，看戏没意思——你肯定能看出幕布的褶皱特别漂亮。”

伯特伦夫人似乎很愿意等待。范尼可不像她的姨妈那么镇定，她一直想着明天。要是三场戏都要排练，埃德蒙和克劳福德小姐就会第一次同台演出。范尼对他们在第三幕戏中的表演尤其感兴趣，她既渴望又害怕看到他们如何表演。整个主题是关于爱情的——先生讲述以爱情为基础的婚姻，小姐几乎在做爱情宣言。

她满心痛苦又无比困惑地一遍遍读着这段剧本，期待着他们的表演，简直觉得趣味盎然。她相信他们还没排练过，即使私下也没有。

第二天到来了，晚上的计划继续着，范尼依然想得激动不安。她在姨妈的命令下努力干活，然而她的努力和沉默掩饰了她漫不经心、焦虑不安的感觉。大约中午时她带着针线活逃回东屋，因为亨利·克劳福德刚刚又提出排练第一幕，她觉得毫无必要，也不感兴趣，只想独自待着，同时避免见到拉什沃思先生。她穿过大厅时看见从牧师住宅过来的两位女士，这并没有影响她要离开的打算。于是她在东屋一边做活一边沉思，有一刻钟无人打扰。随后她听见轻柔的敲门声，克劳福德小姐走了进来。

“没错吧？是的，这就是东屋。我亲爱的普莱斯小姐，请原谅，但我是特意过来请你帮忙的。”

范尼很惊讶，她客气一番，努力表现出主人的样子，有些不安地望着空壁炉上闪亮的栅栏。

“谢谢。我很暖和，非常暖和。请让我在这儿待一会儿，务必好心地听我说出第三幕的台词。我把剧本带来了，要是你能陪我排练，我将感激**不尽**！我今天打算过来和埃德蒙排练——单独排练——为晚上做准备，但他不在。就算他**在**，我也觉得要是自己不能大方些，也没法和**他**演。因为的确**有**一两句话——你会好心帮我的，是吗？”

范尼很礼貌地答应了，尽管她的声音不那么坚定。

“你看过我说的那部分内容吗？”克劳福德小姐打开剧本说，“在这儿，我开始没想太多——可是，天啊——那儿，看**那**句话，还有**那**句，接着是**那**一句。我怎么可能看着他的脸说出那样的话呢？你能做到吗？不过他是你表哥，这就大不相同了。你必须陪我排练，我能把**你**想象成他，慢慢习惯起来。你有时和**他的**神情**很像**。”

“是吗？我很乐意尽力而为，但我必须**念**台词，因为我几乎**背**不出来。”

“我想是**全都**背不出吧。剧本当然给你。现在开始。我们手边得有两张椅子，你要拿到舞台上去。那儿有——上课用很好，我敢说不适合演戏。更适合小女孩上课时坐着踢踢脚。要是你的家庭教师和姨父看见它们派这样的用场会说什么呀？要是托马斯爵士此时看着我们，他会受不了，因为我们在房子里到处排练。耶茨先生正在餐厅里咆哮。我上楼时听见了他的声音，剧场当然被那些不知疲倦的排练者占用了，是阿加莎和弗雷德里克。如果**他们**演得不完美，我**会**很吃惊。顺便说一句，五分钟前我看见他们，正好是他们努力**不去**拥抱的那一幕，拉什沃思先生和我在一起。我觉得他脸色有些不对，就尽量让他消消气，轻声对他说：'我们将有个出色的阿加莎。她的举止多么**母性**啊，她的声音和神情真是**母性**十足。'我干得不错吧？他立刻高兴起来。现在我来练练独白吧。"

她开始了，范尼也加入进来。她想着自己在代表埃德蒙，表现得十分庄重，但她完全是女人的容貌和声音，不能很好地展现男人的形象。不过在这样的安哈尔特面前，克劳福德小姐勇气十足。她们练了一半时被敲门声打断了，下一刻埃德蒙走进来，一切全都停止。

这场不期而遇，让三个人都惊讶羞涩又高兴。埃德蒙过来的目的和克劳福德小姐完全相同，**他俩**的羞涩和高兴不会转瞬即逝。他也带了剧本，准备找范尼，请她帮忙排练，帮他为晚上做准备，却不知道克劳福德小姐也在屋里。此番相遇让两人无比喜悦，兴奋不已——他们比较了各自的计划——一致赞扬范尼的好意帮助。

范尼不可能像他们那样激动。他们兴高采烈，却使**她**情绪低落，她感觉自己对两人已经变得微不足道，即使他们是来找她，也不能给她安慰。他们现在必须一起排练了。埃德蒙提出建议，又是催促，又是恳求——小姐开始就并非很不情愿，后来无法再拒绝——范尼只需帮他们提词并看着他们。他们甚至让她做出评价、提出批评，两人热切地恳求她行使职责，指出他们所有的缺点，但她根本不想这么做——她不能，不愿，也不想尝试。就算她善于提意见，她的良心也会不让她贸然批评。她觉得自己实在百感交集，尤其给不出中肯稳妥的想法。给他们提词对她已经足够，有时还**超出**她所能，因为她无法一直专心看书。她看着他们会心不在焉；眼见埃德蒙兴致高涨，她感到焦虑不安，有一次埃德蒙正需要她的提示，她却合上剧本转过身去。两人认为她显然太累了，对她表示感谢和同情，但她希望他们永远也想不出她该得到多少同情。这场戏终于结束了，两人互相夸奖，范尼也强打精神夸赞了他们。当她再次独处，能够回想整个情景时，她相信他们的表演真实自然、情真意切，一定能够赢得赞赏，可对她本人却是折磨。不过无论结果如何，今天她必须再次忍受痛苦。

前三场戏的第一次正规排练当然会在晚上进行，格兰特太太和克劳福德兄妹约好吃完饭就马上过来参加，每个与之相关的人都急切地盼望着。此时似乎人人都喜气洋洋。汤姆很高兴朝着最终的表演迈出了一大步，埃德蒙因为上午的排练兴高采烈，似乎每个人的小小烦恼都一扫而光。大家准备就绪，迫不及待。女士们很快起身，先生们紧随其后，除了伯特伦夫人、诺里斯太太和茱莉娅，所有人都早早进了剧院。虽然舞台尚未竣工，却尽量点燃了所有的蜡烛，只等格兰特太太和克劳福德兄妹到场就能开始了。

没等多久克劳福德兄妹来了，格兰特太太却没有来。她来不了了。格兰特博士说身体不舒服，不让他妻子来，但他漂亮的小姨子根本不相信他的话。

“格兰特博士生病了，”她神情严肃、语带嘲讽地说，“自从今天没吃上野鸡他就感到不舒服。他觉得嚼不动，就把盘子推开，到现在还难受着呢。”

真是令人失望！格兰特太太不能来真让人难过。她和蔼可亲、愉悦随和，总是让她深受喜爱，而**现在**绝对缺不了她。要是她不来，他们就无法表演，也不能好好排练了。这将毁掉整个晚上的乐趣。怎么办呢？农夫汤姆垂头丧气。一阵疑惑后，几双眼睛看向了范尼，有一两个声音说：“不知道范尼小姐能否好心**念念**台词。”她顿时被恳求声包围了，人人都在请求她，即使埃德蒙也说道：“念吧，范尼，如果这对你来说并不**特别**讨厌。”

可是范尼还在退缩。她无法忍受这样的想法。为何不去请求克劳福德小姐呢？为何她不去自己的房间，那儿才是最安全的地方，却非要来看排练？她知道这会令她恼火又沮丧——她知道自己不该过来。她得到了应有的惩罚。

“你只需**念出**这部分台词。”亨利·克劳福德再次请求。

“我相信她所有台词都记得，”玛丽亚又说，“那天她给格兰特太太纠正了二十个错误。范尼，我肯定你能背得出台词。”

范尼无法说她背**不**出——所有人都在执意恳求——当埃德蒙再次提出愿望，甚至满脸期待她的好心帮助时，她只能屈服。她会尽力而为。大家都感到满意，别人准备开始排练了，范尼却心情激动、惶恐不安。

他们**的确**开始了。因为沉浸在自己的喧闹声中，没注意到屋子的另一边出现了不同寻常的嘈杂声。他们继续演着，忽然门被推开，茱莉娅站在外面，惊骇万分地叫道：“父亲回来了！他此时正在大厅里。”

第二卷

第一章

该怎样描述这群人的惊慌失措呢？对大多数人来说这是个惊恐至极的时刻。托马斯爵士就在屋里！所有人马上相信了。谁也不指望是讹传或错误。茱莉娅的神情显然表明这是毋庸置疑的事实，在最初的惊吓和叫喊后，一时间谁也没说话，个个变了脸色、彼此张望，几乎人人都感受到最让人讨厌、最不合时宜、最令人震惊的打击！耶茨先生也许认为这只是今天晚上恼人的中断，拉什沃思先生或许会以为是件好事，但其他每个人都有些自责和不可名状的惊恐，心都沉了下去，他们在想："我们会怎样呢？现在该怎么办？"这是个可怕的停顿，伴随着开门声和脚步声，让所有人都心惊胆战。

茱莉娅是第一个挪动脚步，开口说话的人。她忘记了嫉妒和痛苦，为了这件共同的事情不再自私；可她刚出现时，弗雷德里克正深情款款地倾听阿加莎说话，把她的手放在他的心上。她注意到这一幕，发现尽管她宣布了那么可怕的消息，他依然保持姿势，握住她姐姐的手，她受伤的心再次被伤害，刚才的面色苍白变成了满脸通红，她转身离开屋子，说道："**我**不用害怕在他面前出现。"

她的离开唤醒了别人，与此同时两位兄弟走上前，感到有必要做些什么。他们只用彼此说出几个字。这件事情不允许任何分歧，他们必须马上去客厅。玛丽亚带着同样的目的加入她们，是三人中最勇敢的一位，因为正是赶走茱莉娅的那一幕成了她最甜蜜的支撑。亨利·克劳福德在那种时刻依然握住她的手，真是非同寻常、意义重大，打消了她的怀疑和忧虑。她将此视为他爱意坚定的表现，甚至给了她面对父亲的勇气。他们走开了，完全不顾拉什沃思先生一遍遍地问着："我也该去吗？我是否最好也去？我也去合不合适？"然而他们刚走出门，亨利·克劳福德就回答了他焦急的询问，想方设法鼓励他赶紧向托马斯爵士致意，让他乐滋滋又急匆匆地跟着别人走了。

范尼只和克劳福德兄妹、耶茨先生留了下来。她的表哥表姐们不在乎她，她也自视低微，觉得自己无权像托马斯爵士的孩子那样索求他的疼爱，因此乐意留在后面，得些喘息的时间。她比所有人更焦虑不安、忧心忡忡，因为她生性敏感，即使没有犯错依然难免痛苦。她简直要晕过去了：曾经对姨父习惯性的恐惧逐渐恢复，她同情他，也为所有人在他回来前做的事而心生同情——她对埃德蒙的担忧简直无以言表。她找了个座位，浑身颤抖地坐在上面，一心想着这些可怕的念头。而其他三个人无所顾忌，尽情发泄他们的气恼，哀叹他竟然不期而至、提前回来，简直倒霉透顶。他们无情地希望可怜的托马斯爵士能在路上花两倍的时间，或者依然待在安提瓜。

克劳福德兄妹因为更了解这个家庭，更清楚随之而来的麻烦，对这件事比耶茨先生更激动。他们知道演出已经没有可能，感到他们的全部计划很快将会彻底破灭；然而耶茨先生只认为这是临时的中断，今晚的灾难，甚至觉得也许等迎接托马斯爵士的忙乱结束，大家喝完茶后还能继续排练，爵士或许还有闲暇前来观看消遣。克劳福德兄妹嘲笑他的想法。他们立即决定最好悄悄回家，留下这家人自行安排，并建议耶茨先生和他们一起去牧师住宅过夜。可是耶茨先生交往过的人从不在乎父母的权利或家庭的秘密，觉得毫无必要。他谢过他们，说“他宁愿待在这儿，他可以向老先生表示敬意，既然他**真的**回来了。而且，他觉得要是人人都溜走，会对人家有失礼仪”。

范尼镇定了些，觉得停留太久似乎不够尊重，这时问题得以解决。兄妹俩托她表达歉意，她见两人打算离开，自己也离开屋子，去履行面见姨父的可怕责任。

她很快发觉自己来到了客厅门口。她在外面的每一扇门前都未曾得到勇气，如今她停顿片刻，知道依然无法鼓起勇气。她绝望地转动门锁，客厅的灯光和济济一堂的家人都出现在她眼前。她进入时听见自己的名字。托马斯爵士那时正四处张望，说着：“可是范尼在哪儿？我怎么没看见我的小范尼呢？”刚见到她，托马斯爵士就走上前来，他的和蔼令她吃惊，让她深受感动。他叫着他亲爱的范尼，慈爱地亲吻她，满心喜悦地说她长这么大了！范尼不知该作何感想，也不知该看往何处。她心情郁闷。他从未对她如此和蔼，这辈子没对她**这么**和蔼过。他的态度似乎变了，因为喜悦和激动加快了语速；他曾经可怕的威严似乎全都变成了温柔。他带她来到灯光下再次看着她，特别询问她身体怎样，接着更正说他**不必**询问，因为她的样子足以说明问题。她刚刚苍白的脸上泛起了红晕，使他相信她不仅变得健康，也更漂亮了。他问候她的家人，特别是威廉；他如此和蔼可亲，总而言之让她责备自己爱他太少，竟然将他的回归视为不幸。当她有勇气抬眼望着他的脸时，她看出他变瘦了，热带的气候灼伤了他的皮肤，他看上去憔悴不堪、筋疲力尽，她的内心顿生柔情。想到将有多少未曾预料的烦恼会向他袭来，她深感痛苦。

托马斯爵士的确是这群人的核心，他们此时在他的建议下围着火炉坐了下来。他最有说话的权利，他心情愉悦，因为经历如此的分离后，他重新回到了自己的家，坐在家人中间，这使他异常健谈，喋喋不休。他准备详细叙述旅途中的每一件事，回答他两个儿子尚未提出的每一个问题。他在安提瓜的事务最近进展顺利，他直接从利物浦回家，因为有机会乘坐私人轮船到达那里，不用等待邮船。当他坐在伯特伦夫人身旁，心满意足地望着身边的每一张面孔时，他很快事无巨细地说出了全部过程和各种经历，他如何抵达，又怎样离开——然而他不止一次打断自己的话，说能见到他们都在家中真是太幸福了——因为他此时回家的确出乎意料——家人团聚正是他的心愿，但他不敢指望。拉什沃思先生没被忘记，他已经得到最友好的接待和最热烈的握手，此时更是特别指出他已经成了和曼斯菲尔德关系最亲密的人。拉什沃思先生的外貌丝毫不令人生厌，托马斯爵士已经喜欢上他。

在这群人中，只有他的妻子始终专心致志、真心喜悦地听他说话。她特别高兴见到他，他的不期而归令她激动不已，在过去的二十年里简直从未有过这样的感觉。有几分钟她的心脏几乎怦怦直跳，但她依然能理智地放下针线活，将哈巴狗从身边挪开，把她的全部注意力和沙发上剩下的位置都给了她的丈夫。她从未因为对任何人的担忧而影响她的快乐。在他离开的日子里，她的时间过得无可指摘，她织了很多毯子，做了许多码流苏。她本来可以坦率地担保自己的良好品行和有益追求，也能保证所有年轻人都是这样。再次见到他，听他说话，他的讲述生动有趣，她听得认认真真，这让她开始觉得自己一定对他思念不已，他离家那么久，让她多么难以忍受。

诺里斯太太的喜悦完全无法与她妹妹相比。**她**并非想着家中此时的情况要是让托马斯爵士得知，他会很不高兴，并为此担心不已。她对这一点茫然无知，只出于本能的谨慎，在她妹夫进门时匆忙收起了拉什沃思先生的粉色缎面披风，除此之外几乎毫无惊慌之色。然而她却为他回家的**方式**感到恼火。这让她无事可做。她没有被叫出屋子，最先见到他，再告知所有人这个愉快的消息。托马斯爵士或许对他妻子和孩子的承受力有着合理的信任，只向管家透露了消息，接着几乎和他同时进入客厅。诺里斯太太感觉被剥夺了她一直视为己任的职责，不管他回来还是死去，都该由她通报。此时她无所事事却非要忙忙碌碌，虽然只需安静沉默，她却竭力使自己显得至关重要。如果托马斯爵士同意吃饭，她倒能给女管家一些恼人的指示，无礼地打发男仆东奔西跑。然而他坚决不肯吃饭，他什么也不吃，只想喝点茶——他宁愿等着喝茶。诺里斯太太依然不时提出别的要求；当他说起去英国最有趣的时刻，他们紧张地遭遇了一艘法国私掠船时，她打断他的话，大声建议他喝点汤。“我亲爱的托马斯爵士，喝碗汤当然比喝茶对你更有好处。一定要喝碗汤。”

托马斯爵士无动于衷。“我亲爱的诺里斯太太，你还是那样担心每个人的安适，”他答道，“但我真的只想喝茶。”

“好吧，那么，伯特伦夫人，要不你吩咐立即上茶吧。你要不要催催巴德利，他今晚似乎拖拖沓沓。”伯特伦夫人照做了，托马斯爵士接着讲下去。

最后终于停下来了。他说完了现在能说的话，便愉快地四处张望，时而看看这个，时而看看那个亲爱的家人，似乎对他来说已经足够。然而没停多久，伯特伦夫人由于兴致高涨变得喜爱说话，孩子们听到她的这番话语，不知会作何感想。“你怎么看待这些年轻人最近的娱乐活动，托马斯爵士？他们在演戏。我们都因为演戏而热闹不已。”

“真的！你们在演什么？”

“哦！他们都会告诉你的。”

“很快会**全都**告诉你，”汤姆装作满不在乎的样子赶紧说道，“但没必要现在说，惹得父亲厌烦。你明天会听到详细情况，先生。只在上个星期，我们试着做些事情逗母亲开心，就弄了几出戏，不值一提。自从十月开始后，几乎一直在下雨，我们差不多始终困在家里。从三号开始我简直没拿过猎枪。前三天勉强能打个猎，之后什么也做不了。第一天我去了曼斯菲尔德树林，埃德蒙去了伊斯顿外面的灌木林，我们带回了六对猎物，本来我们每人都能打到六倍的东西，但我们很爱护你的野鸡，先生，我向你保证，肯定如你所愿。我觉得你无论如何也不会觉得林子里的野鸡比以前少。**我**这辈子从没见过曼斯菲尔德树林像今年这样到处是野鸡。我希望你自己很快能去那儿打一天猎，先生。”

危险暂时过去，范尼担忧的心情平息了些。可是很快就上了茶，托马斯爵士站起身来，说他不能再这样待在屋里却不去看看他自己心爱的房间，大家再次紧张起来。他什么话也没来得及听，没能对必将看到的变化有所准备就离开了，屋里的人一时吓得说不出话来。埃德蒙最先开口道：

“必须做点什么。”他说。

“该想想我们的客人了，”玛丽亚说，她依然感觉她的手压在亨利·克劳福德的心上，对别的事情毫不在意，“你走时克劳福德小姐在哪儿，范尼？”

范尼说他们离开了，并转达了他们的话。

“那么可怜的耶茨是独自一人，”汤姆叫道，“我去把他找来。等事情暴露后，他倒能帮帮忙。”

他向剧院走去，刚好及时看见他父亲和他朋友的第一次会面。托马斯爵士发现自己的房间点着蜡烛，吃惊不已。他环顾四周，又见到最近有人居住的其他迹象，屋里的家具看上去一片混乱。台球室门前的书柜被挪开了，这使他更加惊讶，但他还没来得及对这一切感到震惊，从台球室传来的声音让他越发惊诧。有人在那儿大声说话——他不知是谁的声音——**不止**是说话——几乎在叫喊。他走到门前，当时很高兴能马上穿过去。他开门后发现自己站在剧院舞台上，面对着一个咆哮的年轻人，看似要把他打翻在地。耶茨先生一见到托马斯爵士，露出了或许在整个排练中最出色的惊吓表情，汤姆·伯特伦从另一扇门走了进去，他从未觉得这么难以保持镇定。他的父亲首次登上某个舞台，神情严肃又诧异，慷慨激昂的维尔登海姆男爵逐渐变成了彬彬有礼、不慌不忙的耶茨先生，向托马斯爵士鞠躬致歉。多么精彩的一幕，如此出色的表演他无论如何也不愿错过。这将是最后一幕——很可能是那个舞台上最后的一幕，但他相信不会再有更好的表演。家庭演出将以最辉煌的一幕结束。

然而没多少时间沉浸在任何愉快的想象中。汤姆必须走上前去为他们介绍，虽然无比尴尬，却是尽力而为。托马斯爵士出于他本人的性情，看似热情友好地接待了耶茨先生，然而他丝毫不喜欢这样的相识方式，也根本不想认识他。他对耶茨先生的家人和亲戚了解甚多，汤姆称他为“特别的朋友”，这是他儿子几百个特别朋友中的又一个，让他反感至极。幸亏托马斯爵士刚回到家，这使他宽容大度，没有因为眼前所见而大发雷霆。他在自己的家中被弄得晕头转向，在一场荒唐的表演中出尽洋相，在如此意外的情形下被迫结识一位他肯定不喜欢的年轻人，这个人在最初的五分钟里满不在乎、滔滔不绝，仿佛他才是家中更重要的那个人。

汤姆理解他父亲的想法，衷心希望他能始终保持平静，只对此稍有表示。他比以前的任何时候更清楚地看出父亲有理由感到恼火——知道父亲为何瞥向屋子的天花板和粉饰灰泥；知道他略带严肃地询问台球桌的命运时，并非只出于寻常的好奇心。双方不愉快的心情持续几分钟便已足够，托马斯爵士听着耶茨先生的热切请求，关于这个安排带来的快乐，他竭力克制，冷静地说了几句赞成的话。三位先生一起回到客厅，托马斯爵士的神情越发严肃，人人都能看出。

“我从你们的剧院过来，”他坐下时镇定地说，“我非常意外地进入那儿。离我自己的房间很近——说实话在各方面都出乎我的意料，因为我完全没想到你们的演出竟会弄得如此郑重其事。

不过，活干得不错，从我在烛光下看到的情形，我认为我的朋友克里斯托弗·杰克逊很有功劳。”他本想改变话题，心平气和地喝着咖啡，聊聊更淡然的家庭话题，可是耶茨先生毫无洞察力，没听懂托马斯爵士的意思。他身处别人家中却完全不觉得鲁莽，既不胆怯，也不慎重，冒冒失失，依然继续和他说着剧院的话题，以各种问题和看法纠缠他，最后还让他听完了在埃克斯福德扫兴经历的全部过程。托马斯爵士极为礼貌地听着，觉得他的想法不成体统、令人恼火，这从头至尾更加证实了他认为耶茨先生思想不正的坏印象，听完后他只以稍稍鞠躬作为回答。

“实际上，这就是**我们**演出的原因，”汤姆思考片刻后说，“我的朋友耶茨从埃克斯福德带来了这个感染力，你知道，先生，那样的事情总会传染——也许因为你过去常常鼓励我们做这些事，就传染得更快了。像是轻车熟路的感觉。”

耶茨先生尽快从他朋友那儿接过话头，立即向托马斯爵士讲述了他们做过和正在做的事情，他们的想法怎样逐渐加强，怎样愉快地解决了最初的困难，目前的状态大有希望。他带着盲目的兴致细细道来，全然不知他的朋友们全都如坐针毡，甚至望着他们却看不出他们的脸色，也看不出托马斯爵士眉头紧锁，以急切的目光探寻着他的女儿和埃德蒙，尤其是后者，仿佛在说话、在抱怨、在斥责，**他**对此心领神会。范尼的感情同样强烈，她已经把椅子慢慢移到姨妈那头沙发的后面，使自己不被注意，并看到了发生的一切。她从未想过会见到埃德蒙的父亲以如此责备的神情看着他；想到这样的责备会有丝毫的合理性，让她更加痛苦。托马斯爵士的眼神似乎在说：“埃德蒙，我相信你的判断力，你到底怎么了?”她从心里向姨父跪下，激动不已，很想说：“哦，别对**他**这样！以这种目光打量其他所有人吧，但别对着**他**。”

耶茨先生还在说话：“说真的，托马斯爵士，你今晚到达时我们正在排练。我们正在表演前三场戏，总的来说不算太差。我们现在散开了，因为克劳福德兄妹回了家，所以今晚什么也做不了。可你要是明晚愿意赏光，我不会担心演出的效果。我们请求你的宽容，你知道，作为年轻的表演者，我们请求你的宽容。”

“我会给你们宽容，先生，”托马斯爵士严肃地答道，“但别再排练了。”他带着温和的微笑，又说道：“我回到家中就是想要快乐宽容。”他转过头，看着其他某位或是所有人，平静地说：“从曼斯菲尔德寄给我的最后几封信中提到了克劳福德先生和小姐。你们喜欢和他们交往吗?”

汤姆是唯一准备回答这个问题的人。他对两人完全没有特别的喜爱，在爱情或演戏上毫无妒意，能够慷慨地称赞他们：“克劳福德先生是个性情愉悦、风度翩翩的年轻人。他妹妹是个甜美、漂亮、优雅、活泼的女孩。”

拉什沃思先生再也无法沉默：“总的来说，我不是说他没有风度，但你应该告诉你父亲他还不到五英尺八，否则倒算得上好看的年轻人。”

托马斯爵士没太听懂，有些惊讶地看着说话的人。

“如果真要说出我的想法，”拉什沃思先生继续说道，“在我看来一直排练很不愉快。一件好事做过了头。我不像一开始那么喜欢表演了。我认为要是我们自己舒舒服服地坐在这儿什么也不做，要比演戏好得多。”

托马斯爵士又看了看他，带着赞许的微笑答道："我很高兴我们对这个问题的想法如此一致。这让我由衷感到满意。我能小心谨慎、目光敏锐，察觉我的孩子们**没有**感到的许多顾虑，这自然而然；**我**远比他们更重视家庭的平静，想把嘈杂的娱乐关在门外，这也同样自然。但以你现在的年纪能感知到这一切，对于你，以及与你相关的每个人都大有好处。我知道和这样有见识的人做伴有多么重要。"

托马斯爵士是想把拉什沃思先生的看法，用他自己想不出的更好方式表达出来。他很清楚不能指望拉什沃思先生才智出众，但他是个理智可靠的年轻人，虽然言语笨拙却很明白事理，托马斯爵士有意给他很高的评价。其他人不可能不为此发笑。拉什沃思先生几乎不知道该怎样理解如此意味深长的话。他看似对托马斯爵士的好评极为满意，也的确如此。因为他几乎没有说话，得以将那份好印象保持得稍微久一些。

第二章

埃德蒙第二天早上做的第一件事情是单独去见父亲，为他公正地讲述整个演出计划，那时他更清醒些，认为自己动机良好，便尽量为他的参与做出辩解。他十分坦率地承认，他的让步只带来了部分好处，因此他的判断不尽合理。他急于在为自己辩护时不说别人的任何坏话，但他只有在提到其中一个人的名字时无需辩护或掩饰。“我们都或多或少应受责备，”他说，“每个人都是，除了范尼。范尼是唯一自始至终想法正确的人，她一直如此。她从头至尾都在反对这件事。她从未忘记对你应有的尊重。你会发现范尼事事都如你所愿。”

托马斯爵士觉得这些人如此安排实在不成体统，当时正如他儿子料想的那样气愤不已。他气得说不出几句话来。他和埃德蒙握手时，打算清除家中每一件能勾起回忆的物品，将一切恢复原貌，尽快消除不愉快的印象，忘记自己几乎被家人遗忘。他没再责备别的孩子，他宁愿相信他们已经认识到错误而不愿冒险探个究竟。停止一切计划，清除所有的准备工作，这样的惩罚已经足够。

然而屋里有一个人，他无法任其只通过他的行为来明白他的感受。他忍不住暗示诺里斯太太自己希望她能加以干涉，阻止这件她的理智一定不会赞成的事情。年轻人做出这样的安排很欠考虑，他们自己应该能做出更好的决定，但他们还年轻，他相信除了埃德蒙，其他人的性情都不沉稳。因此，她竟然默许他们的错误行为，支持他们危险的娱乐活动，相比于年轻人提出了这样的娱乐和安排，这让他更觉惊讶。诺里斯太太有些惶恐，她这辈子从未被说得如此哑口无言，因为她羞于承认完全没察觉在托马斯爵士看来极不得体的事情，也不愿承认她没多少影响力，即使说了也无济于事。她只能尽快跳出这个话题，让托马斯爵士转而想想更愉快的事。她能说出很多事情表扬自己，暗示自己**处处**关心他家人的利益和安适，随时会离开自己的火炉为他们东奔西走，多次提醒伯特伦夫人和埃德蒙提高警惕、节省开销，因此省下了一大笔钱，发现了不止一个坏仆人。但她最大的功劳在于索瑟顿。她最大的贡献和荣耀在于和拉什沃思家结了亲。**那件事上**她功不可没。她将拉什沃思先生对玛丽亚的任何爱慕全都归功于自己。“要不是我积极主动，”她说，“坚持结识他的母亲，又催促我的妹妹先去拜访，我敢说肯定无法成功，因为拉什沃思是那种和蔼羞怯的年轻人，需要很多鼓励。要是我们什么也不做，想得到他的女孩多得很。但我竭尽全力。我想方设法劝说我妹妹，最终我说服了她。你知道去索瑟顿有多远，正是隆冬季节，道路几乎无法通行，但我还是说服了她。”

“我知道你对伯特伦夫人和孩子们有多大的影响力，这也合情合理，我更关心的是这竟然没有——”

“我亲爱的托马斯爵士，你要是看到**那**天路上的情形该多好！我以为我们永远都无法到达，虽然我们的确有四匹马。可怜的老车夫好心好意地想为我们驾车。从米迦勒节[1]开始，我就找医生治他的关节炎，可他还是糟糕得几乎没法坐在驾驶座上。我最终治好了他，但他一整个冬天都很不好。就在那一天，我忍不住在出发前去了他的屋子，让他别去了，他正戴上假发。于是我说：‘车夫，你最好别去，我和夫人都会很安全。你知道史蒂芬很忠诚，查尔斯现在常骑领头马，我相信用不着担心。’可是我很快发现这不行，他坚持要去，因为我讨厌自寻烦恼，好管闲事，就没再说话，但每次颠簸我都为他心疼，当我们进入斯托克附近的崎岖小道时，霜冻和冰雪覆盖在石子路上，你想不出有多糟糕，我真为他感到痛苦。还有那些可怜的马儿！看着它们拉得筋疲力尽！你知道我一直心疼马儿。等我们到了桑德克洛夫特山脚下时，你认为我做了什么？你会笑话我的——我下了马车走上去。我真那么做了。也许省不了它们多少力气，但总能起点作用，我无法自在地坐着，让那些宝贵的马儿使劲拉车。我得了重感冒，**那**我可不在乎。我达到了拜访的目的。”

“我希望永远能认为这家人值得费此周折去结交。拉什沃思先生的举止毫不出众，但昨晚我对他看似在**一个**问题上的想法感到高兴——他显然喜欢家人安安静静地聚在一起，讨厌演戏的喧闹混乱。似乎他的想法正合我意。”

“是的，的确如此。你越了解他，就会越喜欢他。他并不出色，但他有一千个优点，而且他那么仰慕你，让我备受取笑，因为人人都以为是我教的。‘说真的，诺里斯太太，’格兰特太太那

[1] 原文为“Michaelmas”，日期为9月29日，宗教节日，也是常规收租起始日之一。

天说，‘就算拉什沃思先生是你的亲生儿子，也不可能比现在更敬重托马斯爵士。’”

托马斯爵士没再继续，诺里斯太太的言语躲闪让他无计可施，她的花言巧语也平息了他的怒气。他只好相信当事关她心爱的孩子们眼前的欢愉时，她的仁慈的确会让她无法明辨是非。

这个上午他非常忙碌。他和任何人的谈话只占了一小部分时间。他得重新接手曼斯菲尔德的日常事务，见见管家和代理人，查看一番，趁着办事的间隙去马厩和花园，以及最近的种植园看一看。他行动麻利、有条不紊，没到坐在家主的位置上吃晚餐时，就不仅办完了所有事情，还让木匠把最近在台球室搭建的舞台全部拆除，早早打发了绘景师，此时他应该至少到了北安普敦。绘景师走了，只弄花了一个房间的地板，毁掉了马夫所有的海绵，让五个仆人变得懒惰怠倦，心生不满。托马斯爵士希望只用再过一两天，就能清除所有的外部痕迹，甚至毁掉家中每一本尚未装订的《情人的誓言》，因为他把看见的每一本都烧掉了。

耶茨先生此时开始明白托马斯爵士的意图，但还是不理解其中的缘由。他和他朋友上午的大部分时间都在打猎，汤姆借此机会加以解释，为他父亲的性情向他道歉，告诉他还会发生什么。耶茨先生理所当然地感到气愤不已。第二次以同样的方式感到失望，真是特别不幸。他无比愤怒，要不是体谅他朋友和他朋友的小妹妹，他相信自己一定会抨击男爵做事荒唐，和他理论一番，让他懂点道理。他在曼斯菲尔德树林和回家的路上都对此深信不疑，可当他们围坐在桌旁时，托马斯爵士的某种气质让耶茨先生觉得最好不要反对，让他自行其是、自识其愚。他以前见过许多讨厌的父亲，常为他们带来的麻烦气恼不已，但他这辈子从未见过谁像托马斯爵士那样刻板得不可理喻，专横得令人发指。若不是因为他的孩子们，他实在让人忍无可忍。托马斯爵士也许该感谢他漂亮的女儿茱莉娅，耶茨先生为了她才愿意在他的屋檐下多待几天。

晚上表面过得很平静，然而几乎每个人都心烦意乱。托马斯爵士让他的女儿弹琴唱歌，掩盖了事实上很不和谐的气氛。玛丽亚感到焦躁不安。对她而言至关重要的事情是克劳福德应该立即向她表白，即使看来只是一天没有进展，也让她心神不宁。她一整个上午都期待能见到他，整个晚上也依然在等他到来。拉什沃思先生一早出发，带着好消息返回索瑟顿；她天真地盼望即刻得到**表白**，让拉什沃思先生永远不必再回来。可是牧师住宅一个人也没来——谁都没出现，只收到格兰特太太写给伯特伦夫人的友好便笺，表示祝贺与问候。很多个星期以来，这是两家人第一次完全没有来往。自从八月起，他们每天都会以某种方式聚在一起。这是悲伤焦虑的一天。第二天的不幸有所不同，但同样令人忧伤。短暂的狂喜很快变成几个小时的心如刀割。亨利·克劳福德又进了屋子，他和格兰特博士一起走来，博士急于向托马斯爵士表达敬意。他们一早就被领进早餐室，家人大多都在里面。托马斯爵士很快出现，玛丽亚愉快又激动地看着她心爱的男人被介绍给父亲。她心情激动得难以名状，几分钟后听见亨利·克劳福德的话也同样如此。亨利坐在她本人和汤姆中间，低声询问汤姆在此番愉快的中断后（礼貌地瞥向托马斯爵士），有没有继续演出的计划。如果那样，任何时候需要他，他都将立即返回曼斯菲尔德。他马上就走了，一刻不停地前往巴斯[①]见他叔叔，但只要有任何可能继续表演《情人的誓言》，他都一定会参加，他会推掉别的所有事情。他一定会和叔叔约好，无论何时需要他，他都会过来参加。不能因为**他的**缺席而无法演出。

“从巴斯、诺福克、伦敦或是约克，不管我在哪儿，”他说，“只要接到通知，我一个小时就会从英国的任何地方来到你们身旁。”

好在当时只需汤姆说话，而不是他妹妹。他马上轻松自如地答道：“我很遗憾你要走了——不过至于我们的演出，**那**已经结束了——彻底结束。”（意味深长地看着他的父亲。）“绘景师昨天被打发走了，明天剧场也要几乎拆完，我一开始就知道会**那样**。去巴斯早了点，你会发现那儿空无一人。”

“我叔叔通常这时过去。”

“你想什么时候走？”

“也许，我今天就能赶到班伯里。”

“你在巴斯用谁的马厩？”汤姆又问道。他们讨论着这个问题时，玛丽亚出于骄傲，决心尽量冷静地加入谈话。

他马上转向她，重复着已经说过的许多话，只是神情更温柔，看似更遗憾。可是他的话语和神情又有什么用呢？他要走了，就算不是主动想走，也是主动打算离开。因为除了他叔叔可能起到的作用，他的安排全都由自己决定——他可以说是必须，但她知道他能够做主——把她的手按在他心上的那只手啊！那只

---

① 原文为“Bath”，是18世纪英国最时髦的疗养社交胜地，以富含矿物质的温泉水而著名。

手和那颗心此刻都无动于衷，冷漠无情！她强打精神，但内心无比痛苦。她听着他言不由衷的话，又因为众人在场只得克制自己的心乱如麻，好在无需忍受太久。很快他礼貌地转过身和别人说话，这场此时众人皆知的告别来访非常简短——他走了——他最后一次触碰她的手，向她行了临别鞠躬礼，她也许只能从孤独中寻求安慰。亨利·克劳福德离开了——从屋里离开，不到两个小时又离开了牧师住宅，他自私的虚荣心在玛丽亚和茱莉娅·伯特伦心中激起的全部希望都化成了泡影。

茱莉娅能为他的离开感到高兴，她已经开始讨厌他的出现。既然玛丽亚没有得到他，她可以冷静下来，不再考虑以其他任何方式进行报复。她不想在她遭到抛弃后再去揭露她的行为。亨利·克劳福德走了，她甚至能够可怜她的姐姐。

听到这个消息后，范尼真心诚意地感到高兴。她在晚餐时听说，觉得是件好事。其他人说起来都感到遗憾，带着不同程度的感情说起他的优点，埃德蒙出于偏爱真心赞扬他，他的母亲则漫不经心，不知所云。诺里斯太太环顾四周，奇怪他爱上茱莉娅的事情怎么就落空了，几乎担心自己没有尽力促成此事。不过她有那么多事情要操心，即便是**她**，也怎么可能一直心想事成呢？

又过了一两天，耶茨先生也走了。**他的**离开让托马斯爵士尤为满意。他想单独和家人在一起，即使比耶茨先生好很多的人住在家里，也一定会令人心烦；而他轻浮自负、懒惰奢侈，处处让人恼火。他本人已经使人厌倦，可作为汤姆的朋友和茱莉娅的仰慕者，他更让人讨厌至极。托马斯爵士并不在乎克劳福德先生是走是留，但他陪着耶茨先生走到厅门，祝他旅途愉快的话，却是说得真心满意。耶茨先生留在这里，看着在曼斯菲尔德为演戏所做的一切准备悉数被毁，与演戏相关的每件物品都被清除。他离开屋子后，里面恢复了清净的寻常状态。托马斯爵士则希望在看着他离开时，能摆脱和演戏有关的最坏联系，必然会让他想起演出这件事的最后一个家伙。

诺里斯太太设法从他眼前拿走了一件可能惹他气恼的东西。她费尽心思制作的漂亮幕帘，和她一起回到了她的小屋，碰巧那儿特别需要一块绿色绒布。

第三章

托马斯爵士的归来让家人的生活方式发生了显著的变化，不再受《情人的誓言》的影响。在他的统治下，曼斯菲尔德完全变了样。他们当中的一些人被打发走了，许多人心情忧伤，同过去相比千篇一律、沉闷不已。一家人严肃地待在一起，几乎毫无生气。和牧师住宅也少有来往。托马斯爵士总的来说不喜欢和外人的亲密关系，此时尤其不愿有任何交往，除了一家人。拉什沃思一家是他唯一愿意来往的人。

埃德蒙对他父亲的想法并不奇怪，也没对任何事情感到遗憾，除了将格兰特一家排除在外。“可是，”他对范尼说，“他们有权利和我们交往。他们似乎属于我们，他们似乎是我们自己的一部分。我真希望父亲更清楚在他离开期间，他们对我母亲和妹妹们有多关照。我担心他们会觉得自己受了冷落。但事实上，我父亲几乎不了解他们。他们来了不到一年他就离开了英国。如果他能更了解他们，就一定会更在乎与他们的交往，因为他们正是他会喜欢的那类人。我们的家中时常有些缺乏生气，我的妹妹们无精打采，汤姆当然也心神不宁。格兰特博士和太太会给我们带来生气，甚至让我父亲的夜晚也过得更愉快。”

“你这样想吗？”范尼说，“在我看来，我姨父不会喜欢**任何**增添。我想他看重你所提到的宁静，只想在自己的家庭圈里安静生活。我认为我们似乎并不比以前更严肃，我是指在姨父出国前。在我的记忆中，一直都是这样。他在场时从来没有多少笑声，如果说有任何不同，我想，也没有超出这样的离别一开始会带来的影响。一定会有些羞涩，但除非姨父去了城里，我想不起以前有过愉快的夜晚。我想，当年轻人敬重的人在家时，谁也快乐不起来。”

“我相信你是对的，范尼，”他思考片刻答道，“我相信我们的夜晚只是回到了从前的样子，而不是变得不一样。那时的不同之处在于人们充满活力——可是，短短几个星期给人的印象多么深刻！我觉得我们似乎从未这样生活过。”

“我想我比其他人更严肃，”范尼说，“对我来说晚上似乎并不漫长。我喜欢听姨父谈论西印度群岛。我能听他说上一个小时。这比其他任何事情更让**我**觉得有趣，但也许我和别人不一样。”

“你为何要**那样**说？”（微笑着），“是否想让我告诉你，你和别人的不同只在于你更加理智谨慎呢？不过范尼，你或者任何人，何时得到过我的赞扬？你要是想听赞扬，去我父亲那儿。他会让你满意。问你姨父他的想法，你就能听到足够的赞扬。虽然主要关于你的容貌，你也必须忍受，并相信他将来能看出你的内心和外表一样美丽。”

范尼从未听过这样的话，感到非常尴尬。

“你姨父觉得你很漂亮，亲爱的范尼，总而言之就是这样。除我之外，谁都会多夸两句；除你以外，谁都会因为以前没被看作漂亮而感到生气。但实际上，你的姨父从未欣赏过你的容貌，直到现在——现在他的确这么想。你的气色好多了！五官也漂亮得多！还有你的身材。不，范尼，别因此转过脸去——只是你的姨父。如果连姨父的欣赏都受不了，你以后该怎么办呢？你真该变得大方些，相信自己值得注视——你一定不要在意自己长成了一个漂亮女人。”

“哦！别这么说，别这么说。”范尼叫道，她因为他并不知晓的感情变得心情沮丧。见她沮丧起来，他结束了话题，只是更严肃地说道：“你姨父对你的各个方面都很喜欢。我只希望你能和他多说些话——晚上家里过于沉默的人当中，你是其中一个。”

“但我的确比以前和他说话更多。我肯定是这样。你昨晚没听见我问他奴隶贸易的事吗？”

“我听见了，但希望别人也能提出问题。要是多提些问题，你姨父会高兴的。”

“我希望这么做，可是那样一片死寂！当我的表哥表姐们坐在身旁一言不发，似乎对此毫无兴趣时，我不喜欢。要是我对他的话表现出好奇或喜欢，我觉得会看似我在无视他们标榜自己，他一定希望自己的女儿们对此感兴趣。”

“克劳福德小姐那天对你的评价非常正确，说你好像唯恐得到关注和赞扬，就像别的女人害怕冷落一样。我们在牧师住宅说起你，那是她的原话。她很有洞察力。我不知道还有谁能更善识人品，对这么年轻的小姐来说真是了不起！她对**你**的了解一定超过了大多数和你相识已久的人。至于其他人，从她偶尔活泼的暗示，一时无心的话语中，我可以察觉，若不是有所顾忌，她也能准确地评价**许多人**。我想知道她会怎么评价我父亲！她一定因为他仪表堂堂、风度翩翩、神情威严、言行一致而仰慕他。不过也许，因为太少见到他，他的寡言会有些令人不快。要是他们能多多交往，我肯定他们会彼此喜欢。他会喜欢她的活泼——她天资聪颖，会使她敬重他的能力。我希望他们能多多见面！我希望她不会认为他不喜欢她。"

"她了解自己，一定相信你们所有人都喜欢她，"范尼半是叹息地说，"不会有任何这样的顾虑。至于托马斯爵士一开始只想和家人在一起，这非常自然，她对此不会有怨言。再过一阵子，我敢说，我们会再以同样的方式见面，只是时节不同而已。"

"这是她自幼以来第一次在乡下过十月。我不把滕布里奇或切尔滕纳姆叫作乡下。十一月会更加萧瑟，我能看出随着冬天的到来，格兰特太太非常担忧，希望她不觉得曼斯菲尔德沉闷无趣。"

范尼本来有很多话可以说，但一言不发更加稳妥，她不谈克劳福德小姐所有的天资、她的才华、她的活泼、她的重要和她的朋友们，以免不慎说出任何看似不够大度的话。克劳福德小姐对她的善意评价至少值得她怀着感恩之心加以忍耐，于是她说起了别的话题。

"我想，明天我姨父去索瑟顿赴宴，你和伯特伦先生也去。家里只有几个人了。我希望姨父能继续喜欢拉什沃思先生。"

"那是不可能的，范尼。明天拜访后他一定不那么喜欢他，因为我们要和他待上五个小时。我担心这一天会过得无聊透顶，就算不会带来更大的麻烦——一定不会给托马斯爵士留下好印象。他无法长久地欺骗自己。我为他们所有人感到难过，真希望拉什沃思和玛丽亚从未遇见过。”

在这方面，托马斯爵士的确将要感到失望。无论他对拉什沃思先生多有好意，虽然拉什沃思先生对他无比敬畏，也无法阻止他很快看出几分真情——拉什沃思先生是个智力低下的年轻人，他既不读书，也不明事理，总的来说没有主见，似乎也没有自知之明。

他本来期待有个截然不同的女婿，并开始为玛丽亚感到心情沉重，试着理解她的感情。只需稍作观察，他就知道冷淡已经是两人之间最好的状态。她对拉什沃思先生漫不经心，言语冷漠。她对他无法喜爱，也毫无喜爱之情。托马斯爵士决定和她认真谈一谈。虽然这门亲事很有利，两人订婚已久而且尽人皆知，但绝不能为此牺牲她的幸福。也许，她和拉什沃思先生相识太短就接受了他，对他了解更多后，她已经感到后悔。

托马斯爵士严肃又和蔼地和女儿谈了话，告诉她自己的担忧，询问她的心意，恳求她能开诚布公，向她保证如果她觉得这桩婚事无法带给她幸福，他将不顾一切困难，彻底解除婚约。他会为她做主，把她解脱出来。玛丽亚听着，内心稍稍斗争了一下，只是稍作斗争：等她父亲说完后，她马上坚定地回答了他，没有一丝不安。她谢过他的关心、他的父爱，但他完全错了，竟然认为她会有丝毫打破婚约的念头，她很清楚订婚之后自己在想法和意愿上的任何变化。她非常敬重拉什沃思先生的人品和性情，毫不怀疑和他生活会很幸福。

托马斯爵士满意了，也许听到这样的回答太过高兴，没能理智地像对待其他事情那样追根究底。放弃这样的婚约他不可能不感到痛苦，他这样劝说自己。拉什沃思先生还年轻，可以改进——拉什沃思先生有了好的同伴，他可以也一定能够进步。如果玛丽亚现在能如此坚定地说和他生活将会幸福，她当然不带偏见，也不是因为爱情的盲目，应该相信她的话。也许她的感情并不强烈，他也从不认为他们感情热烈，不过她的安适或许不会因此减少，如果她能不指望丈夫是个出色耀眼的人物，在其他各个方面当然都对她有利。一个心存好感的年轻女子，并非为爱结婚，总的来说只会对自己的家人更加眷恋。索瑟顿和曼斯菲尔德距离这么近，当然是她最大的诱惑，很有可能会继续带来愉悦纯真的快乐。如此这般便是托马斯爵士的理由——他很高兴逃脱了打破婚约引发的惊奇、反思和随之而来的指责，所有的麻烦与不幸；很高兴保全了一桩能大大提高他声望和影响力的婚姻，并高兴地想着女儿最适合这桩婚事的任何性情。

这次谈话让她和父亲一样满意。她在心里为决定了自己的命运，无法再反悔而感到高兴，也为重新打算进入索瑟顿而高兴。她再也不可能给克劳福德胜利的机会，让他控制她的行为，摧毁她的希望。她离开时骄傲地下定决心，只决定将来对待拉什沃思先生更加谨慎，以免父亲对她又生怀疑。

倘若托马斯爵士在亨利·克劳福德离开曼斯菲尔德的前三四天和她谈话，当时她的情绪尚未完全平复，还没放弃对他的所有希望，或是彻底决定同他作对，她的答复也许会有所不同。可是又过了三四天后，他既没回来，又没写信，也得不到任何消息——没有任何迹象表明他已经心软，看不到离别带来的任何希望——她的心情冷静下来，决心从骄傲和自我报复中求得所有的安慰。

亨利·克劳福德摧毁了她的幸福，但他不该知道已经得逞；他也不能摧毁她的名誉，她的容貌和她的财富。不能让他想着她为**他**而躲在曼斯菲尔德伤心憔悴，拒绝了索瑟顿和伦敦、独立自主和显赫地位，只是为了**他**。她比任何时候更需要独立自主，她在曼斯菲尔德越发感到不能独立。她越来越无法忍受父亲带来的束缚。他的离开带来的自由如今变得绝对必要。她必须尽快逃离他和曼斯菲尔德，从财富与地位、喧嚣和交际中让受伤的心灵得到安慰。她已经下定决心，不再改变。

在这种情绪下，任何拖延，甚至为筹备而导致的拖延也令人无法忍受，拉什沃思先生并不像她本人那么迫不及待。她已经完成所有重要的心理准备，怀着对家庭、束缚和寂静的憎恶，为失望的恋情感到的痛苦，和对她所嫁之人的满心鄙夷进入婚姻。其他一切都能等待。新马车和新家具的准备可以等到春天去伦敦置办，她会根据自己的品位好好安排。

就这样决定了所有的重要事情，似乎短短几周就足以完成婚礼前的一切安排。

拉什沃思太太很乐意隐退，为她亲爱的儿子挑选的幸运女人让出位置。刚到十一月她就搬走了，带着女仆和男仆，乘着双轮马车，完全按照寡妇的礼节搬到了巴斯——每天在晚会上炫耀了不起的索瑟顿——她在牌桌上兴致勃勃地享受着索瑟顿，简直和在家时一样幸福。当月中旬不到婚礼举行，索瑟顿有了新的女主人。

这是一场十分体面的婚礼。新娘衣着优雅，两位伴娘略有逊色，她的父亲将她交给新郎，母亲手握嗅盐站着，期待能感到激动不安，姨妈试着挤出眼泪，格兰特博士将誓词读得令人赞叹。周围的邻居谈论起来都觉得无可挑剔，除了将新郎新娘和茱莉娅从教堂门口送到索瑟顿的那辆马车，拉什沃思先生已经用了一整年。在其他任何方面，那天的仪式都经得起最严格的检验。

婚礼结束，他们走了。托马斯爵士感觉到一位焦虑的父亲必然会有的心情，也的确觉得激动不安。他的妻子本以为自己会激动，却幸免了。诺里斯太太非常乐意为这个日子尽些责任，便留在庄园安慰妹妹，在给拉什沃思先生和太太敬酒时多喝了一两杯，高兴得飘飘然了。因为她促成了这桩婚事，是她一手操办的。从她自信满满、得意洋洋的样子看来，谁也不觉得她这辈子听说过不幸福的婚姻，也看不出她对在自己眼前长大的外甥女的性情有丝毫了解。

年轻夫妇打算几天后动身去布赖顿[1]，租一幢房子住几个星期。所有的公共场所对玛丽亚都很新鲜，布赖顿的冬天几乎像夏天一样欢乐。等那儿的娱乐不再新奇后，就该前往更广阔的伦敦了。

茱莉娅将和他们一起去布赖顿。自从两姐妹不再作对后，她们逐渐恢复了曾经的好感，或至少又成了朋友，都很乐意在这样一段时期彼此相伴。对拉什沃思太太来说，能得到丈夫之外的陪伴至关重要，而茱莉娅和玛丽亚一样渴求新奇与快乐。因为无需努力挣扎便能得到这些，这使她能更好地忍受从属地位。

---

① 原文为“Brighton”，奥斯汀时期最时髦的海滨度假胜地。

她们的离开给曼斯菲尔德带来了另一个重大变化，一个需要些时间来填补的空缺。家庭圈大大缩小，虽然伯特伦小姐们最近几乎没给家人带来快乐，大家还是想念她们。甚至连她们的母亲都想念她们——至于她们心地善良的表妹是怎样在家中游荡，想念她们、同情她们，她们的所作所为从来都配不上这样的深情遗憾！

第四章

表姐们离开后，范尼的重要性增加了。此时她成了客厅里唯一的少女，她在家中那块有趣的地方一直卑微地排在第三位，如今却成了唯一的占有者，这不可能不让她比从前任何时候更受关注，更被牵挂，更得关心。“范尼在哪儿?”成了常常听到的问题，甚至无需她为谁干活时也能听见。

她的地位不仅在家中有了提高，在牧师住宅也一样。自从诺里斯先生去世后，她一年去那座房子还不到两次，现在却成了受欢迎的人，被邀请的客人，在阴沉泥泞的十一月里，最受玛丽·克劳福德喜爱。她去那儿拜访始于偶然，又在邀请下得以继续。格兰特太太其实很想让她妹妹的生活有些变化，却以轻松的自我欺骗，宁愿相信她对范尼做了件大善事，因为催促她常来拜访，给了她增长见识的重要机会。

范尼被诺里斯姨妈派到村子里办点事，却在牧师住宅附近赶上一场大雨。里面的人看见她努力在屋外一棵枝叶凋零的橡树下躲雨，便叫她进来，但她客气地推脱了一番。她谢绝了一位礼貌的仆人，可当格兰特博士本人拿着伞出来时，她只觉得无比羞愧，赶紧进了屋。可怜的克劳福德小姐正心情郁闷地想着这阴沉的雨天，为上午的运动计划泡汤而唉声叹气，期待在接下来的二十四小时能见到一个新鲜面孔，这时听见前门的一点动静，看见普莱斯小姐湿漉漉地进入门厅，真是心情愉快。在乡村的雨天能发生些事情，对她而言极其宝贵。她立刻兴致勃勃、积极主动地照顾着范尼，见她衣服太湿了，就把干衣服拿给她。范尼只得接受所有好意，被女主人和女仆们照顾着。她从楼下回来后，因为还在下雨，只好又在客厅里待了一个小时。就这样，克劳福德小姐也得以看见并思考一些新鲜事，也许能让她在更衣用餐前保持兴致。

姐妹俩对她体贴入微，令人愉悦。范尼觉得自己增添了麻烦，要是她能预料天气一个小时后就会放晴，不必满心羞愧地按照他们的提议，麻烦格兰特博士用马车送她回家，她本来可以好好享受这次拜访。至于她在这种天气离开是否会给家中造成任何恐慌，那一点她毫不担心。因为她的出门只有两位姨妈知道，她很清楚谁也不会在意。诺里斯姨妈会认为她可以随便找个农舍躲雨，而伯特伦姨妈会毫不怀疑她能找到那样的农舍。

天开始明亮起来，这时范尼发现屋里有架竖琴，问了几个相关的问题，很快就承认她很想听听。她还坦白了一件难以置信的事，说琴到达曼斯菲尔德后，她还从未听过。在范尼本人看来，这是简简单单又自然而然的情况。自从竖琴送到后，她几乎没来过牧师住宅，没理由会听过。不过克劳福德小姐想起早先对此的一个心愿，为自己的疏忽感到不安。“我现在为你弹好吗?”“你想听什么?”她马上欣然提出这两个问题。

于是克劳福德小姐演奏起来，很高兴有了一个新听众。这个听众似乎感激不尽，对演奏赞叹不已，显示她本人不缺乏品位。克劳福德小姐一直弹到范尼的目光飘向窗户，发现天气明显好转，说她必须得走了。

“再等一刻钟，”克劳福德小姐说，“我们才知道会怎样。不要雨刚停下就离开。那些云看起来有点吓人。”

“但它们飘走了，”范尼说，“我在观察，云都是从南边过来的。”

“不管是南是北，我总认得出乌云。看着这么吓人，你一定不能走。而且，我想再为你弹一首曲子——很好听的一曲——你表哥埃德蒙的最爱。你必须留下来听听你表哥的最爱。”

范尼感觉她必须留下，虽然她不用听了这句话才想到埃德蒙，但此番提醒使她特别想起了他。她想象他一次次坐在那间屋子里，也许就在她此时坐着的位置，始终高兴地听着他最爱的曲子，在她看来弹奏得极其美妙动听。虽然她自己也很爱听，也乐于喜爱他喜欢的一切，然而乐曲结束后，她比之前更迫不及待地想要离开。见她执意要走，他们极其友好地请她再来，尽量叫上她们一起散步，多来听听竖琴；让她觉得必须这么做，只要家中没人反对。

这就是伯特伦小姐们离开不到两个星期，在她们之间亲密关系的缘由。这种亲密主要是因为克劳福德小姐想要一些新鲜事，而范尼没太意识到。范尼几乎每两三天就去看她，似乎成了一种迷恋，她要是不去就不能安心。但她并不爱她，总是和她想法不同，也绝不认为克劳福德小姐在没有别人时找她做伴，自己需要为此感谢她。同她谈话，除了偶尔的乐趣，范尼得不到更高的快乐，即使**那**也常常以她的理智为代价，她本来希望对闲聊的人和事更尊重些。但她还是会去，她们一起在格兰特太太的灌木林里逛上好几个半小时[1]。就时节而言，天气异常温和，她们有时甚至会坐在某个几乎没有遮挡的长凳上。也许范尼会为漫长的秋季发出温柔的感慨，而一阵冷风忽然将最后的黄叶扫落到她们身旁，她们只得跳起来，走动着暖和身体。

“这很美，非常美，”一天她们这样坐着时，范尼环顾四周说，“我每次进入这个灌木林，都越发感到它的生长与美丽。三年前，这只是田野较高处一道参差不齐的树篱，我从未在意过它，也不认为它能变得怎样。如今这儿却变成了一条步行道，很难说它究竟在实用性还是装饰性上更有价值。也许，再过三年，我们会遗忘，几乎忘记它从前的样子。多么神奇，时间的流逝，人们想法的变化真是太神奇了！”沿着后来的思路，她很快又说道：“如果我们的天性中有哪种能力可以称作比别的**更加**神奇，我的确认为是记忆力。似乎记忆的能力、错误和不对等，比其他任何智慧更难以捉摸。记忆有时那么清晰明了，信手拈来，忠于事实；另一些时候，却如此混乱模糊；还有些时候，那么蛮横无礼，不受控制！说实话，我们在各个方面都是奇迹，但我们记忆和遗忘的能力似乎真的不可理喻。”

克劳福德小姐无动于衷也心不在焉，她无话可说。范尼注意到这一点，把自己的思绪拉回到她一定感兴趣的方面。

“由**我**来称赞似乎有些无礼，但我的确欣赏格兰特太太从这一切中展现的品位。这条人行道的布局宁静简约！没有过于繁杂。”

---

① 半小时是年轻小姐们户外运动通常而言较为适当的时间。

“是的，”克劳福德小姐漫不经心地答道，“对于这样的地方很不错。在**这儿**人们不在乎格局。就我们自己说说，在我来到曼斯菲尔德之前，我从未想过一个乡村牧师竟会想要灌木林之类的东西。”

“我真高兴看到这些常绿树木生长茂盛！”范尼答道，“我姨父的园丁总说这儿的土壤比他家乡的好，从月桂树和常绿树的长势看来的确如此——那些常绿树！如此美丽，让人喜爱，令人赞叹的常绿树啊！当我们想到这一点，会觉得大自然的丰富多彩令人惊诧！我们知道在一些国家有各种落叶树，但那并不能减少我们的惊奇，因为同样的土壤和同样的阳光竟然能孕育出基本生存法则各不相同的植物。你会认为我在狂想，但当我走到户外，尤其是坐在外面时，我很容易变得这样浮想联翩。人只要望着一件大自然最寻常的产物，总会引来一阵奇思妙想。”

“说实话，”克劳福德小姐答道，“我和路易十四宫廷中那位著名的总督[①]有些相似，也许会宣称我在这片灌木林中发现的最大奇迹，是看到我自己身处其中。如果有人在一年前告诉我，这儿将成为我的家，我会在这儿月复一月地生活，就像现在这样，我当时一定不会相信！我已经来这儿将近五个月了，而且，是我至今度过最安静的五个月。”

“对你来说**太**安静了，我相信。”

“**理论上说**，我自己应该这么想，可是，”说话间她的眼睛明

---

① 指法国启蒙哲学家伏尔泰（Voltaire，1694—1778）在《路易十四时代》（*Le Siècle de Louis XIV*，1751）中的一位总督。当被问及凡尔赛宫殿中的神奇之处时，他说是发现自己身处其中。

亮起来，“总的来说，我从未有过这么愉快的夏天。然而，”她若有所思，声音低沉，“谁也说不清会带来什么。”

范尼心跳加快，感到无力推测或探究什么。不过克劳福德小姐又兴致勃勃地说：

“我知道自己对乡村生活适应得很好，远超我当初的预料。我甚至认为在某种情况下，在乡下生活**半**年也会令人愉快，非常愉快。一座陈设优雅、大小合适的房子，周围是亲友——不断相互往来——与这一带最显赫的家庭交际——也许，比那些财产更多的人更有领导力也更受人仰慕。从轻松的娱乐活动，到和自己心中世界上最可爱的人促膝谈心。这样的画面丝毫不可怕，是吗，普莱斯小姐？谁也不必羡慕新任的拉什沃思太太拥有**那样**的家。”“羡慕拉什沃思太太！”范尼只能说出这些。“好了，好了，我们要是对拉什沃思太太言语苛刻会很无礼，我还期待我们能和她一起度过许多快乐、闪耀和幸福的时光呢。我期待我们明年能经常去索瑟顿。伯特伦小姐的这场婚姻是大家的幸事，因为作为拉什沃思先生的妻子，她最大的快乐将是让家中宾客盈门，举办乡下最盛大的舞会。”

范尼沉默了。克劳福德小姐也陷入沉思，几分钟后她忽然抬头叫道：“啊！他在这儿。”然而，这不是拉什沃思先生，而是埃德蒙，他看似和格兰特太太一起向她们走来。“我姐姐和伯特伦先生——我真高兴你的大表哥走了，这样他**也许**能再次成为伯特伦先生。**埃德蒙·**伯特伦先生听上去总感觉很正式、很可怜、很像个弟弟，让我讨厌。”

“我们的感觉太不相同了！”范尼叫道，“对我来说，伯特伦

先生听起来既冷冰冰又毫无意义——完全没有热情或个性！这只代表一位绅士，仅此而已。可是埃德蒙的名字很高贵。这个名字代表英勇和名誉——是国王、王子和骑士之名，似乎散发着骑士精神和热烈的感情。”

“我承认这个名字本身很好，埃德蒙**勋爵**或埃德蒙**爵士**都很动听。但得消灭先生的称呼，把它打入冷宫——埃德蒙先生并不比约翰先生或托马斯先生更好。行了，我们要不要去他们那儿，在他们开口前站起身，免得他们因为我们这个时节坐在外面而唠叨。”

埃德蒙特别高兴见到她们。他听说两人的关系变得密切，感到非常高兴，现在还是第一次看见她们在一起。他如此亲爱的两个人成了朋友，这正是他梦寐以求的事情。这位情人的理智值得称赞，因为他完全不认为范尼是这段友谊唯一的获益者，甚至并非获益更多。

“好了，”克劳福德小姐说，“你不责备我们不够慎重吗？你觉得我们坐在那儿。不就是想听听数落，在好言相劝下答应永远不这么做吗?”

“也许我会责备，”埃德蒙说，“如果你们只有一个人坐在那儿。可要是你们一起做错事，我会非常宽容。”

“她们不会坐了很久，”格兰特太太叫道，“因为我上楼取披肩时，我从楼梯窗户看见了她们，那时她们在散步。”

“的确，”埃德蒙又说，“天气这么温和，你们坐上几分钟几乎算不上不慎重。我们绝不能只根据日历判断天气。有时我们在十一月或许会比五月更自由。”

“说实话，”克劳福德小姐叫道，“你俩是我见过最令人失望，最没有感情的好朋友！这丝毫没让你们不安。你们不知道我们刚才有多难受，感觉多么冰冷刺骨！不过我一直觉得伯特伦先生是最无可救药的人，但凡有任何违反常识的小伎俩，他总会让女人气恼。我从一开始就对**他**不抱希望。可是你，格兰特太太，我的姐姐，我的亲姐姐，我想我有权利让你受点惊吓。”

“别自以为是了，我最亲爱的玛丽。你根本吓不着我。我有我的担心，但那是截然不同的事情。要是我能改变天气，你们会一直吹着凛冽的东风，因为我有一些植物，罗伯特**非要**不去修剪，因为夜晚这么温和，但我知道最终会怎样。天气会突然变化，霜冻一并袭来，让每个人（至少罗伯特）都猝不及防，而我会失去一切。更糟糕的是，厨师刚告诉我，我特别想留到星期天再做的那只火鸡，因为我知道格兰特博士星期天累得筋疲力尽后会特别想吃，最多只能留到明天。这都是些烦心事，让我觉得天气实在太反常了。”

“在乡村操持家务的快乐！”克劳福德小姐傲慢地说，“让我交给花圃工和家禽贩吧。”

“我亲爱的孩子，让格兰特博士掌管威斯敏斯特或圣保罗教堂吧，我也乐意和你一样交给花圃工和家禽贩。可是我们在曼斯菲尔德没有这样的人。你能让我怎么做？”

“哦！你只能做你一直在做的事，总是受折磨，却永远不发脾气。”

“谢谢，但我们不管住在哪儿，玛丽，都无法逃脱这些小烦恼。当你在城里定居，我来看你时，我敢说我会发现你也有烦恼，虽然你有花圃工和家禽贩，也许正是因为他们而烦恼。他们居住遥远，很不守时，或是要价过高，撒谎欺骗，让人无比心烦。”

“我想让自己非常富有，不会为这样的事情伤心烦恼。据我所知，丰厚的收入是获得幸福的最佳保障。这一定能解决所有香桃木和火鸡之类的事情。”

“你想要非常富有?”埃德蒙说，他的神情在范尼的眼中非常严肃。

“当然，你不想吗？难道我们不都想吗?”

“我不会计划自己无能为力的任何事情。克劳福德小姐也许能选择她想要多富有。她只需决定一年想要几千英镑，就无疑能够得到。我只希望不要贫穷。”

“通过克制欲望和勤俭节约，根据收入而降低需求，诸如此类。我理解你——对于你这个年纪的人，收入有限，没有亲戚提拔，这是非常合适的计划——除了维持体面的生活，你还能要什么？你的时间不多了，你的亲戚根本帮不了你，也不会用他们自己的财富地位和你相比，让你感到羞愧。正直而贫穷，你当然能做到，但我不羡慕你，我甚至不认为我会尊重你。我对那些正直而富有的人要尊重得多。”

“你对正直的尊重程度，无论富有还是贫穷，都恰好与我无关。我不打算贫穷。贫穷正是我坚决反对的状态。介于两者之间的正直，在尘世间处于中间状态者的正直，我只希望你不要轻视。”

“如果本来可以提升，我的确会轻视。任何能够变得显赫却甘于卑微的人，我一定会轻视。”

“可是该怎么提升？或至少让我的正直变得有些显赫呢？”

这不是个很容易回答的问题，让这位漂亮小姐发出一声长长的叹息，接着说道：“你应该进入国会，或是在十年前参军。”

“**那**如今已为时过晚。至于我进入国会的事，我想我必须等到一场特别会议，能为缺乏生计的小儿子争取权利。不，克劳福德小姐，”他又以更加严肃的语气说道，“的确**有些**显赫地位让我痛苦，如果我想到自己毫无机会——完全没有得到的机会或可能——但那是另一回事。”

他说话时表现出的神情，以及克劳福德小姐笑着回答时显露的态度，让范尼看得非常难过。她发觉自己无法好好和格兰特太太说话，站在她的身旁却关注着别人。范尼几乎决定立即回家，只在等待开口的勇气，这时曼斯菲尔德庄园的大钟敲了三下，让她意识到自己离开的时间的确比平时长了很多。她想起刚刚在心里纠结的该走该留的问题，此时立刻有了答案。她毫不犹豫地直接告别，与此同时埃德蒙想起母亲在找她，他来牧师住宅就是为了带她回家。

范尼加快了脚步，她根本不希望埃德蒙陪她，本想独自快步走回去。可人人都加快了步伐，他们一起陪她进了屋，必须从这儿穿过去。格兰特博士在门厅里，当他们停下和他说话时，范尼从埃德蒙的态度看出，他**的确**打算和她一起走——他也在告别——她只能表示感谢——在告别时，埃德蒙得到格兰特博士让他明天来吃羊肉的邀请。范尼还来不及为此感到不悦，这时格兰特太太忽然想起什么，她转向范尼并欢迎她明天一起过来。这是她第一次得到这样的关注，是范尼的人生中一件全新的事情，让她非常吃惊、尴尬不已。她结结巴巴地说自己感激不尽，说她“认为自己无权决定”，便看着埃德蒙，等待他的想法和帮助。可是埃德蒙很高兴她得到如此愉快的邀请，从她的神情和话语中断定她完全不会反对，只担心姨妈的想法。他认为他母亲一定会让她离开，于是明确表示应该接受邀请。范尼即使得到他的鼓励，也不敢贸然做出这么大胆的主张，大家很快决定，如果没听到不来的消息，格兰特太太就能指望她过来做客。

“你们知道会吃什么，”格兰特太太笑着说，“那只火鸡——我向你们保证非常鲜美，因为，我亲爱的，”她转向丈夫，“厨师坚持要明天做火鸡。”

“很好，很好，”格兰特博士叫道，“这样更好，我很高兴听说家里有这么好吃的东西。不过我敢说，普莱斯小姐和埃德蒙·伯特伦先生还得碰碰运气。我们谁也不想听菜单的内容。我们只想着友好的聚会，而非一顿大餐。一只火鸡，或一只鹅，或是一条羊腿，你和你的厨师让我们吃什么都行。”

表兄妹一起走回家，两人立即谈起这场约会。埃德蒙兴致勃勃地说他非常高兴看见她们的亲密关系，这令他特别满意。除此之外他们都默默地走着——结束那个话题后他陷入沉思，没再说话。

第五章

“可是格兰特太太为何要邀请范尼呢?”伯特伦夫人说,“她怎么会想到范尼?你知道,范尼从不在那儿吃饭,不会以这种方式。我不能离开她,我也相信她不想去。范尼,你不想去,是吗?”

“你要是这么问她,”埃德蒙叫道,他不让表妹说话,“范尼会马上说不想,但我相信,我亲爱的母亲,她是想去的,我觉得她没理由不想去。”

“我不明白格兰特太太怎么会想到邀请她?她以前从不这么做,她有时会邀请你妹妹们,但她从不邀请范尼。”

“你要是离不开我,夫人。”范尼以自我放弃的口吻说。

“但我母亲整个晚上都有我父亲陪她。”

“当然,是这样。”

“要不你听听我父亲的意见吧,夫人。”

“那倒是好主意。我会的,埃德蒙。托马斯爵士一进来我就问他,问我能不能没有范尼。”

“那个问题由你决定,夫人。我的意思是问我父亲接受邀请是否**合适**。我想他会认为对格兰特太太和范尼来说都该这么做,因为**第一次**邀请应当被接受。”

“我不知道。我们会问他。可是格兰特太太竟然邀请范尼,他会非常惊讶的。”

在托马斯爵士回来之前没什么可说了，说什么也没用。不过，那个涉及伯特伦夫人明晚能否过得舒适的问题，一直萦绕在她心头。半小时后，托马斯爵士从种植园回更衣室时过来看了一眼，他几乎关上门时，伯特伦夫人叫住他说："托马斯爵士，等等，我有话对你说。"

她的声音平静慵懒，因为她从不费力提高嗓音，却总能被听见并得到照顾。托马斯爵士回来了。她开始讲述，范尼立即溜出屋子，因为让她本人听见姨父对这个问题的任何讨论，都让她的神经无法承受。她知道她很焦虑，也许超出了应有的焦虑程度，毕竟她是去是留又算得了什么呢？可要是她的姨父再三考虑、神情严肃，眼睛看着她，最后决定不让她去，她也许无法得体地表示顺从和不在乎。与此同时，她的事情进展顺利。伯特伦夫人先开口说道："我要告诉你一件让你惊讶的事。格兰特太太请范尼去吃饭了！"

"哦。"托马斯爵士说，似乎等待更多消息来感到惊讶。

"埃德蒙想让她去。但我怎么能没有她呢？"

"她要迟到了，"托马斯爵士说着掏出了表，"可你有什么困难？"

埃德蒙发现必须由他本人开口，把母亲的话说清楚。他说了整件事，她只加了一句："真奇怪！因为格兰特太太从来没邀请过她。"

"可是格兰特太太想为她妹妹找一位这么讨人喜欢的客人，"埃德蒙说，"这不是很自然而然吗？"

"这再自然不过，"托马斯爵士稍加考虑后说，"在我看来，就算没有那个妹妹，也没什么比这更自然。格兰特太太对普莱斯小姐，伯特伦夫人的外甥女表示礼貌，这无需解释。我唯一惊讶的是，这竟然是**第一次**表示这样的礼貌。范尼只给了有条件的答复非常正确。她似乎懂得分寸。但我相信她一定想去，因为所有年轻人都喜欢聚在一起，我觉得没理由不让她去玩个痛快。”

“可是我没有她行吗，托马斯爵士？”

“我认为你当然行。”

“你知道，我姐姐不在这儿的时候，她总要沏茶。”

“也许可以劝你姐姐和我们一起过一天，而且我肯定在家。”

“很好，那么，范尼可以去，埃德蒙。”

好消息很快传到她那儿。埃德蒙回自己房间时敲了敲她的门。

“好了，范尼，全都愉快地解决了，你姨父没有丝毫犹豫。他只有一个想法。你应该去。”

“谢谢，我**太**高兴了。”范尼本能地答道。可当她转过身关上门后，她忍不住想：“但我为何要高兴呢？难道我还不相信看见和听见的事情会让我痛苦吗？”

然而，虽然她相信这一点，她还是很高兴。虽然这样的约定在别人眼中很简单，在她眼中却新奇又重要，因为除了去索瑟顿的那一天，她以前几乎没在外面吃过饭。虽然这次只有半英里路，只有三个人，但还是外出赴宴，所有小小的乐趣和准备本身就令人愉悦。她从本该理解她的心情，指导她品位的那些人中得不到任何关心或帮助。伯特伦夫人从未想过要帮助谁。托马斯爵士第二天一早去见诺里斯太太，她过来后心情恶劣，似乎决意要尽她所能，减少外甥女现在和未来的快乐。

“说实话，范尼，你能得到这样的关心和迁就真是太幸运了！你应该非常感谢格兰特太太能想到你，感谢你姨妈放你走，并且认为这是件非同小可的事。我希望你能明白你并非真正有权以这种方式参加聚会，外出用餐。你绝不能指望这样的事情再次发生。你也绝不该幻想这次邀请是为了向**你**表示特别敬意。这是在向你姨父、姨妈和我致敬。格兰特太太认为对你稍加关注是在向**我们**表达应有的礼貌，否则她永远想不到这一点。你尽管相信，要是你的茱莉娅表姐在家，你根本得不到邀请。”

至此诺里斯太太巧妙地将格兰特太太的好意一笔勾销，范尼发现在等她回话，只能说她很感谢伯特伦姨妈让她走，而且她已经尽力安排好姨妈晚上的活计，免得姨妈惦记她。

“哦！放心，你姨妈没有你也能过得很好，否则你去不了。**我**会在这儿，这样你就能放心你姨妈了。我希望你这一天过得非常愉快，感觉一切特别**开心**。但我必须说五个人坐在餐桌上，这是最令人尴尬的数字。我真奇怪像格兰特太太那么**优雅**的女人竟然不能安排得好一些！还得坐在他们巨大的餐桌旁，简直把屋子都塞满了！要是博士愿意在我走后用我的餐桌，任何理智的人都会这么做，而不是换上他们自己那张荒唐的新桌子，那张桌子简直比这儿的餐桌还要大，那样就好多了！他会更受尊敬！因为人只要越了界，就永远得不到尊重。记住**那一点**，范尼。五个人，只有五个人围坐在那张餐桌旁。可是，我敢说你们会有足够十个人吃的东西。”

诺里斯太太喘了口气，继续说道：

“人如果擅自越界、自以为是，就会荒唐愚蠢，这让我觉得必须给**你**个提醒，范尼，因为你要离开我们去参加聚会。我得请求你不要事事抢先，别说起话来像你表姐那样，好像你是亲爱的拉什沃思太太或茱莉娅。**那**绝对不行，相信我。记住，不管你在哪儿，你肯定是最卑微最末尾的一个。虽然克劳福德小姐在牧师住宅就像在家里，你可别想学她。至于晚上回来，你要一直等到埃德蒙想回来的时候。让他决定**那件事**。”

“好的，太太，我绝不自作主张。”

“要是下雨了，我觉得很有可能，因为我这辈子都没见过这么像要下雨的天气——你必须自己安排，别指望派马车来接你。我今晚肯定不回家，不会为我派马车，所以你必须考虑会发生什么，把该带的东西带上。”

她的外甥女觉得这样合情合理。她甚至比诺里斯太太更认为自己无权要求舒适。托马斯爵士很快开门说道：“范尼，你想让马车什么时候过来？”她一时惊讶得说不出话来。

“我亲爱的托马斯爵士！”诺里斯太太叫道，她气红了脸，“范尼可以走路。”

“走路！”托马斯爵士走进屋子，以毋庸置疑的威严语气重复道：“我的外甥女在一年中的这个时节走路赴宴！四点二十分行不行？”

“行，先生。”范尼谦卑地答道，她几乎感觉对诺里斯太太犯了罪。她受不了几乎带着胜利的感觉和她姨妈待在一起，便跟着姨父走出屋子，和他隔了一段距离，刚好听见她气愤难平地说：

“太没必要了！好得过分！可是埃德蒙要去——是的——这

是为了埃德蒙。我发现他星期四晚上嗓子哑了。”

但这影响不了范尼。她觉得马车是为她而派，只是为了她才派的。她姨父对她这样的关心，紧接在姨妈对她的那番训斥之后，这让她在独自一人时流下了感激的眼泪。

马车夫提前一分钟到达，下一分钟那位先生也来了。小姐小心翼翼，唯恐迟到，已经在客厅坐了好几分钟。托马斯爵士看着他们准时出发，符合了他恪守时间的习惯。

“现在我必须看着你，范尼，”埃德蒙说，带着挚爱的兄长和蔼的微笑，“告诉你我有多么喜欢你，仅凭这点光线，我也能看出你非常漂亮。你穿的是什么？”

“我姨父在我表姐结婚时好心送我的新衣服。我希望不会太华丽，但我想我应该尽快穿上，否则整个冬天就不再有机会了。我希望你没觉得我太过华丽。”

“女人穿纯白色衣服永远不会过于华丽。不，我看不出你太过华丽，而是非常得体。你的裙子看起来很漂亮。我喜欢这些小亮片。克劳福德小姐也有件相似的长裙吧？”

快到牧师住宅时，他们从马厩和马车房旁边经过。

“太好了！”埃德蒙说，“有客人，是一辆马车！还有谁和我们一起呢？”他降下窗玻璃仔细辨认，“是克劳福德，克劳福德的四轮大马车，我敢肯定！他的两个男仆正把车子推回老地方。他在这儿，一定是这样。这真是个惊喜，范尼。我很高兴见到他。”

范尼没机会，也没时间说她的感觉大不相同。可是想到还有这样一个人会看着她，让她在完成走进客厅的可怕礼仪时，感到更加胆战心惊。

克劳福德先生当然在客厅里，他刚到不久，正好赶上吃晚餐。站在他身旁的三个人脸上的笑容和喜悦，表明他一离开巴斯就过来陪他们住几天，这个忽然的决定有多么受欢迎。他和埃德蒙亲切友好地见了面，除了范尼，大家都很高兴。即使对**她**来说，他的到来或许也有些好处，因为每增加一个人，就越有可能让她按自己喜欢的样子，独自安静地坐着，不受打扰。她自己很快就意识到这一点。不管她的诺里斯姨妈怎么说，她按照自己的礼节观念，必须承认，作为这群人中的主要女宾，她会因此得到各种小小的关注。可当大家都围坐在桌旁，兴高采烈地谈话时，她却发现自己无需参与。兄妹俩没完没了地说着巴斯，两位年轻男士聊着打猎，克劳福德先生和格兰特博士滔滔不绝地谈论政治，克劳福德先生和格兰特太太更是无话不谈，这让她完全可以安静地听着，度过非常愉快的一天。可是她无法赞赏这位刚来的先生，对于他打算在曼斯菲尔德多住些日子，把他的猎犬从诺福克送来的想法似乎毫无兴趣。这个想法由格兰特博士提出，得到埃德蒙的支持，两姐妹竭力主张，很快便占据了他的头脑，他甚至似乎要得到她的鼓励才能下定决心。他问她天气是否会持续晴好，她的回答简短冷淡，只求合乎礼仪。她不可能希望他留下，宁愿他不对她说话。

她一看到他就想起两位离开的表姐，尤其是玛丽亚，但这些尴尬的回忆完全没有影响**他的**兴致。他再次回到发生那么多事情的地方，显然在没有伯特伦小姐们的情况下，也乐意留下来开心地生活，仿佛他从未见过其他任何状态下的曼斯菲尔德。她听见他只对她们泛泛而谈，当时他们都重新进了客厅，埃德蒙和格兰特博士专心讨论一些事情，格兰特太太在茶桌旁忙碌着，他这才更详细地和妹妹聊起了她们。他露出意味深长的微笑，让范尼对他心生厌恶。他说："那么！拉什沃思和他漂亮的新娘在布赖顿，我知道——幸福的人！"

"是的，他们在那儿，大约两个星期了，普莱斯小姐，不是吗？茱莉娅和他们在一起。"

"还有耶茨先生，我想，他离得不远吧。"

"耶茨先生！哦！我们完全没有耶茨先生的消息。我想他不会过多出现在写给曼斯菲尔德庄园的信中；你觉得呢，普莱斯小姐？我认为我的朋友茱莉娅很明白事理，不会以耶茨先生取悦她的父亲。"

"可怜的拉什沃思和他的四十二句台词！"克劳福德又说道，"谁也忘不了这件事。可怜的家伙！他就在我眼前，苦不堪言，灰心丧气。哎呀，要是他可爱的玛丽亚会想让他把四十二句台词说给她听，那我就大错特错了。"接着他暂时严肃起来，"她对他而言太好了，实在太好了。"他又回到温柔殷勤的语气，对范尼说："你是拉什沃思先生最好的朋友。你的好意和耐心永远不会被忘记，还有你孜孜不倦地想让他记住自己台词的努力——想给他大自然没有赋予他的头脑——以你过人的智慧弥补他所缺乏的理解力！他也许没有足够的理智，不理解你的好心，但我敢说这一切有幸被其他所有人都看见了。"

范尼脸红了，没有说话。

"这是一场梦，一场愉快的梦！"他沉思几分钟后，又脱口而出，"我将永远怀着无比愉悦的心情回忆我们的戏剧表演。那么趣味盎然，生机勃勃，活力四射。人人都感觉到了。我们全都激动兴奋。每一天的每个小时都有事可做，充满希望，彼此关心，忙忙碌碌。总要克服一些小小的反对、一些小小的困惑和一些小小的焦虑。我从未这么开心过。”

范尼在心里愤怒地对自己说：“从未这么开心！做着你明知错误的事情却从未如此开心！做着有失体面又冷酷无情的事还从未如此开心！噢！多么堕落的心灵！”

“我们很不幸，普莱斯小姐，”他压低声音继续说道，以免被埃德蒙听见，却完全不知道她的感受，“我们当然非常不幸。再过一个星期，只需一个星期，对我们来说就够了。我想要是我们能决定事情的发展——如果曼斯菲尔德庄园能够掌管风雨，决定节气一两个星期，情况就会不同。倒不是我们想以任何恶劣天气威胁他的安全，只需一阵持续的逆风，或者没风。我想，普莱斯小姐，只要大西洋在那个季节能够风平浪静一个星期，我们就能纵情享受了。”

他似乎决意得到回答。范尼扭过头，以从未有过的坚定语气说道：“对**我**来说，先生，我不愿让他晚一天回来。我姨父到家后非常坚决地反对此事，在我看来一切已经错得离谱。”

她至今从未一次对他说过这么多话，也从未对谁这么生气。当她说完后，她为自己的大胆而浑身战栗，满脸通红。他很惊讶，但他略微沉默地想了想她，以更加冷静严肃的语气回答了她的话，仿佛坦然相信应该如此：“我认为你是对的。虽然愉快却不够慎重。我们过于吵闹了。”他换了话题，本想和她说些别的事，可她回答得十分腼腆又不情不愿，让他无法继续。

克劳福德小姐一直在看着格兰特博士和埃德蒙，此时说道：“两位先生一定在讨论非常有趣的话题。”

“世界上最有趣的话题，”她的哥哥答道，“怎样挣钱，怎样把不错的收入变得更好。格兰特博士正在告诉伯特伦他即将步入的生活。我听说他再过几个星期就要任职了。他们在餐厅里就谈论着这件事。我很高兴地听说伯特伦能有这么高的收入。他的收入足以让他游手好闲，还能轻松挣得。我想他一年的收入不低于七百镑。七百英镑对于小儿子来说已经很不错了。他当然会继续住在家里，这些钱全都能供他**娱乐消遣**。我想，在圣诞节和复活节讲个道，是他要付出的全部牺牲。”

他妹妹试着把她的心思一笑而过：“人人都能轻松地把比他们收入少很多的人说得非常富有，对我而言什么都不如这件事好笑。要是你一年只有七百英镑娱乐消遣，恐怕你会一片茫然。”

“也许我会，但你知道**那**完全是相对而言。必须由继承权和习惯来解决此事。伯特伦即使作为准男爵家的小儿子，他的收入也已经很不错了。他在二十四五岁一年就有七百英镑，而且无需为此做什么。”

克劳福德小姐**也许**能说他需要为此做些事情或忍受痛苦，她无法对这件事毫不在意。但她克制了自己，未置一词。当两位先生随后加入他们时，她尽量显得平静冷漠。

“伯特伦，”亨利·克劳福德说，“我一定要来曼斯菲尔德听你的第一次布道。我会特意过来鼓励一个新手。在什么时候？普莱斯小姐，你不想和我一起鼓励你的表哥吗？你没打算从头到尾目不转睛地看着他吗——我要这么做——不会漏掉一个字，只在要记下某个特别美妙的句子时才会望着别处。我们会带上本子和铅笔。是什么时候？你知道你必须在曼斯菲尔德布道，这样托马斯爵士和伯特伦夫人都能听见。”

“我会躲开你，克劳福德，只要我能做到，”埃德蒙说，“因为你最有可能让我尴尬，我最不希望看着你努力听我布道。”

“他感觉不到吗？”范尼想，“不，他体会不到应有的感觉。”

此时大家都聚在一起，人们彼此说着话，她依然沉默着。喝完茶后摆了惠斯特牌桌——是格兰特博士贤惠的妻子为让他消遣而摆的，其实没有必要——克劳福德小姐拿出了竖琴，范尼无事可做，只能听着。晚上剩下的时候，她的平静没受打扰，除了克劳福德先生不时提出个问题或说上一句话，让她只得回答。克劳福德小姐因为刚才的事情心烦意乱，只能弹弹琴。她以此抚慰自己，也让她的朋友开心。

埃德蒙这么快就要接受圣职的消息，对她而言是个打击。事情悬而未决时，她依然希望这并不确定且距离遥远，如今却感到愤怒屈辱。她对他非常生气。她原以为自己有更大的影响力。她**已经**开始考虑他——她感觉的确如此——她很看重他，几乎下了决心，可是她现在只能带着和他一样的冷漠与他相见。显然他并不认真，没有真正的爱恋，才会让自己接受这份他一定知道她无法忍受的职位。她会学得和他一样冷漠。从今以后，她只会以逢场作戏的态度接受他的殷勤。如果**他**能这样克制自己的感情，**她的**感情绝不能带给她伤害。

第六章

第二天上午，亨利·克劳福德已经完全做出决定，要在曼斯菲尔德再住两个星期。他派人送来猎犬，给上将写了几行字加以解释，他把信封好，丢在一边时扭头看着他的妹妹，见屋里没有别人，便微笑着说："你觉得我准备在不打猎的日子怎么消遣呢，玛丽？我太老了，一个星期最多出去三次，但我对剩下的日子有个计划，你认为是什么？"

"当然是和我一起散步骑马。"

"不完全，虽然这两件事我都乐意做，但**那**只是锻炼我的身体，我必须关照我的心灵。而且，**那**全都是娱乐放纵，缺乏有益的活动与之结合，我可不想闲得无聊。不，我的计划是让范尼·普莱斯爱上我。"

"范尼·普莱斯！胡言乱语！不，不。你和她的两个表姐调情，应该知足了。"

"可要是得不到范尼，不能在范尼·普莱斯的心里戳个小洞我就不会满意。你似乎没有意识到她值得关注。当我们昨晚说起她时，你们似乎谁都没有注意，在过去的六个星期里她的外表发生了多少美妙的变化。你每天见到她，所以不在意，但我向你保证她和秋天时完全判若两人。当时她只是个安静、谦卑、不算难看的女孩，但她现在非常漂亮。我曾觉得她气色不好，五官平淡，但昨天她柔软的皮肤不时泛上一层红晕，真是漂亮极了。我观察了她的眼睛和嘴巴，很高兴地发现这足以传递她想表达的任何感情。还有，她的气质、她的举止、她的总体相貌，发生了无以言表的改善！她从十月开始，一定至少长高了两英寸。”

“呸！呸！那只是因为没有高挑的女人和她相比，因为她穿了一件新裙子，你以前从没见她穿得这么漂亮。相信我，她和十月时一模一样。实际上，因为她是这群人中唯一能让你关注的女孩，而你总得关注谁。我一直觉得她很好看——不是大美人——但‘挺好看’，正如人们所说，那种越变越好看的类型。她的眼睛应该更黑一些，但她笑容甜美。至于这惊人的变化，我相信是因为她穿了更漂亮的衣服，而你没别人可看。因此，如果你真想和她调情，你永远无法让我相信这是因为她的美貌，只不过因为你闲散愚蠢而已。”

她的哥哥只对这番指责笑了笑，很快说道：“我不太清楚范尼是怎样的人。我不了解她。我说不出她昨天想怎样。她性格如何？她严肃吗？她古怪吗？她拘谨吗？她为何退缩，那么严肃地看着我？我几乎无法让她说话。我这辈子从没和一个女孩待这么久——试着让她开心——却一无所获！从未见过对我这么严肃的女孩！我必须做出改变。她的神情在说：‘我不喜欢你，我打定主意不喜欢你。’我说她会喜欢的。”

“愚蠢的家伙！原来这就是她的魅力所在！是这样——她不在乎你——这使她皮肤柔软，高挑许多，让她变得如此迷人优雅！我的确希望你别让她变得很不开心；也许，一点爱意，能把她变得活泼起来，对她有好处，但我不希望你让她陷得太深，因为她是个非常可爱的小东西，而且感情特别丰富。”

“只不过两个星期，”亨利说，“如果两个星期能要她的命，她的体质一定无可救药。不，我不会给她任何伤害，亲爱的小东西！我只想让她友好地看着我，对我微笑也为我脸红，不管我们在哪儿，都在身旁为我留一把椅子，当我坐在那儿对她说话时，她会兴致勃勃，和我想法一样，对我拥有的一切和所有的娱乐感兴趣，想留我在曼斯菲尔德多住些日子，等我走后觉得她永远无法再高兴起来。我别无所求。”

“还算合理！”玛丽说，“现在我没有顾虑了。好吧，你将有足够的机会努力讨她欢心，因为我们现在经常在一起。”

她没有试着再做规劝，就将范尼丢给了命运。对于这番命运，若不是范尼的心以克劳福德小姐未曾察觉的方式受到了保护，也许会让她面临不该承受的痛苦。因为这世上虽然无疑有着不可征服的十八岁女孩（否则书上也见不到这样的人物），任凭对方怎样才华横溢、风度翩翩、殷勤讨好、花言巧语，都无法让她们违背理智爱上他们，但我绝不相信范尼是其中之一，也不认为像她这样多愁善感、品位高雅的女孩，能够面对克劳福德这种男人的追求（虽然只是两个星期的追求）却完全不为情所动。尽管需要克服一些曾经对他的坏印象，可她若不是已经心有所属，也难以逃脱。虽然对另一个人的爱慕和对他的厌恶给了她保护，让她能心平气和地面对他的不断进攻和大献殷勤——这种殷勤持续却不冒犯，而且越来越适合她温柔敏感的性情——她却很快就不像以前那么讨厌他。她绝没有忘记过去，还像从前那样轻视他，但她感受到他的影响力。他轻松愉悦，言谈举止大有改善，很有教养，文雅得体得无可指摘，让人无法不同样对他以礼相待。

短短几天足以做到这些。那几天结束后发生了一些事情，能帮助他更好地取悦她，因为这些事让她幸福不已，会对每个人都感到满意。她的哥哥威廉，她很久不见却心心念念的哥哥，又回到了英国。她本人收到他的来信，几行匆忙写下的幸福话语，写在军舰驶入海峡[①]之时，在安特卫普号军舰驶入斯皮特黑德港口后，由第一艘小船送到了朴茨茅斯。当克劳福德手拿报纸走来，希望能最早带给她消息时，发现她手里拿着信，高兴得浑身颤抖。她神采奕奕、满心感激，听着镇定自若的姨父为此提出的善意邀请。

克劳福德只在一天前才完全了解此事，或真正知道她有这样的哥哥，就在这样一艘战舰上，但这件事当时只引起了一定的兴趣，他决定返回城里后再打听安特卫普号何时从地中海回国之类的消息。第二天上午他幸运地一早得知了战舰的消息，似乎在奖励他能费尽心思找到这样一个取悦她的办法，也奖励他因为始终关心上将，许多年来都订阅报纸了解海军的最新消息。可是他太晚了。他希望最先由他激发的美妙感情都已经被激起。然而他的关注，他的好意关注得到了感激——热情洋溢的真心感激，因为她对威廉的满心爱恋使她超越了平常的羞怯。

这个亲爱的威廉很快会来到他们中间。毫无疑问他将立即得到假期，因为他还是个海军实习生；他的父母就住在那儿，一定

---

① 指英吉利海峡。

已经见过他，也许每天都见到他，所以他把正式假期都给妹妹也合情合理。妹妹在七年里和他写信最多，姨父也尽力给他帮助，帮他提升。范尼的回信很快得到回复，定下了他尽早到达的日期。令范尼激动不安的第一次赴宴没过十天，她又要更加激动不安地迎接另一件事情——她在大厅、在门廊、在楼梯上等候着，期待听见载着她哥哥的马车传来的第一个声音。

她这样等待时马车欢快地到来了。没有任何客套或胆怯耽搁他们的相见，他刚进屋她就来到他身边，最初几分钟的强烈感情无人打扰也没人看见，除非算上专心开门的仆人。这正是托马斯爵士和埃德蒙不约而同的计划，两人一同欣然告知诺里斯太太待在原处，不要刚听见马车到来的声音就立刻冲进大厅。

威廉和范尼很快出现在众人面前，托马斯爵士高兴地迎接他的被保护人。他当然和七年前被资助时大不相同，变成了一个面容开朗、神情愉悦的年轻人，坦率自然、情真意切、礼貌谦恭，让托马斯爵士认定可以和他做朋友。

范尼经历了半个小时的期待和最初的如愿以偿后，过了很久才从这种激动幸福的心情中恢复过来，甚至一段时间后才能说她的幸福让她感到喜悦。他的变化必然引起的失落感消除后，她才从他身上看见了同一个威廉并和他说话，这是她过去多年一直的渴望。然而，那个时刻的确逐渐到来了，因为威廉的感情和她一样热烈，也更少受到文雅和不自信的影响。她是他最爱的人，又因为他意气风发、勇敢无畏，便能自然而然地感受爱意并向她表达。第二天他们就真心喜悦地并肩而行，接下来的每一天都一起谈心。托马斯爵士没等埃德蒙告诉他，就已经看得满心欢喜。

除了过去几个月中埃德蒙有意无意的关心给她带来的特别喜悦，范尼此生从未感受过和哥哥与朋友无拘无束、平等以待、毫不畏惧的交流带来的强烈幸福。他向她敞开心扉，为她讲述他渴望已久、来之不易、无比珍贵的升职，以及与之相关的希望、恐惧、安排和牵挂——为她详细介绍父亲、母亲和弟弟妹妹的情况，她难得听到这样的消息——对她在曼斯菲尔德家中所有的安适和小小的困难都充满兴趣——完全赞成她对家中每个成员的看法，唯一不同的是指责诺里斯姨妈时更无所顾忌，声音洪亮——和她一起（也许是一切中的最爱）回顾童年所有的快乐与烦恼，满怀深情地忆起往昔共同经历的痛苦与欢笑。这种独特的交流会加深爱意，甚至让手足之爱超越夫妻之情。来自同一个家庭的孩子，流淌着同样的血液，拥有最初的亲人与习惯，他们独有的快乐方式让未来的任何关系都无法代替；只有出现长久而反常的疏离，随后的任何交往都无法弥补的裂痕，才会彻底忘却如此珍贵的儿时情意。哎呀！这样的情形却时常发生——手足之情有时胜过一切，有时却不值一提。但对威廉和范尼·普莱斯来说这种感情依然热烈清新，没因兴趣的差别受到伤害，没因情感的距离变得冷却，时间与分离反而加深了他们的感情。

如此的相亲相爱让每一个内心珍惜美好事物的人都对他们更加看重。亨利·克劳福德和别人一样深受感动。他尊重这个热情洋溢、感情率真的年轻水手，他竟然会伸手摸着范尼的头说："你知道吗？我已经开始喜欢这个古怪的式样了，虽然我第一次听说英国也有这种发型时，感到难以置信。当直布罗陀长官家中的布朗太太和其他女人都剪了同样的发式时，我觉得她们都疯了，可是范尼能让我接受任何事物。”当范尼的哥哥描述着当时在大海上必然面临的任何危险，或是能够目睹的壮观景致时，克劳福德会满心爱慕地望范尼绯红的脸颊和明亮的双眸，她意趣盎然、专心致志的样子。

这是亨利·克劳福德能从道德上加以珍惜的画面。范尼的吸引力增加了——增加了两倍——因为使她容光焕发，神情活泼的感情本身就是吸引。他再也不怀疑她会情深意切。她有感情，真正的感情。能得到这样一个女孩的爱，在她年轻单纯的心中激起第一次爱恋该多好！他对她的兴趣超出了他的预料。两个星期不够。他的逗留变得没有期限。

姨父总叫威廉过来说话。他的讲述本身就让托马斯爵士感到有趣，但他听这些话的主要目的是了解说话的人，从他的经历中认识这个年轻人。他十分满意地听着他简单明了、兴致勃勃的详细叙述——从中看出他坚持原则、熟悉事务、活泼、勇敢、性情乐观——这都说明他前程远大，也理应如此。威廉虽然年轻，却阅历丰富。他已经去过地中海——到达西印度群岛——然后又去了地中海——常被喜爱他的船长带到岸上，在七年中了解了大海与战争能带来的各种危险。这样的经历使他有权被人倾听。虽然当她外甥在讲述某次海难或海战的情形时，诺里斯太太总在屋里坐立不安，打扰着每一个人，寻找两根针线或是一个旧衬衣纽扣，但别人都听得专心致志。即使伯特伦夫人听着这些可怕的叙述时也不能无动于衷，她时常会放下针线活，抬眼说道：“天啊！太讨厌了！我真奇怪竟然有人想当水手。”

这些故事给亨利·克劳福德带来了不同的感受。他渴望去过大海，能有所作为并承受苦难。他热血沸腾、浮想联翩，对这个不到二十岁就历经艰险、变得刚毅果敢的年轻人无比敬佩。他英勇无畏、为国效力、全心全意、忍辱负重，相比之下，他本人自私放纵的习性简直令人羞愧。他希望自己就是威廉·普莱斯，自信满满、愉悦热情，凭借自己的出类拔萃赢得财富与地位，而不是像他那样！

这个愿望很迫切却并不持久。他在回忆和遗憾中陷入沉思，被埃德蒙有关第二天打猎计划的几个问题唤醒了。随后他发现能够拥有财产，随意支配马儿和车夫也不错。从某方面来说这样更好，因为这让他能按照自己的意愿施恩于人。威廉精力充沛、勇气过人，对什么都好奇，表示很想打猎。克劳福德能毫不费力地为他提供坐骑，只需打消托马斯爵士的一些顾虑，他比外甥更清楚欠下人情的代价，还要说服范尼不必惊恐。范尼担心威廉，尽管他说自己在许多国家都骑过马，和众人一同骑马登山，遇到过许多脾气暴烈的骡子和马儿，无数次险些从马背上重重摔下，所以认为自己完全能够驾驭精心饲养的马儿在英国猎狐，她却不肯相信。只有等他平安归来并安然无恙，她才能接受这样的冒险，并感谢克劳福德先生借马给他哥哥，他原先就打算得到这样的感谢。然而，事实证明威廉毫发无损，范尼这才相信克劳福德是出于好意。克劳福德紧接着又把马儿借给威廉，以极其热情、不容推辞的态度把马儿完全交给他，当他留在北安普敦郡时都归他使用，这时范尼甚至向马的主人报以微笑。

第七章

这段时间两家人的来往几乎回到了秋天时的状态，曾经亲密交往的任何人都不曾想到还会这样。亨利·克劳福德的返回和威廉·普莱斯的到来是重要原因，不过托马斯爵士对牧师一家在邻里交往上的努力包容有加，这也关系很大。此时他心里摆脱了最初的烦恼，能渐渐发现格兰特夫妇和他们年轻的伙伴的确值得拜访。他绝不想为心爱的人安排或策划任何有利可图的婚姻——显然这很有可能，对于在这些问题上的先见之明都不以为然。但他还是难免在不经意间发现，克劳福德先生似乎对他的外甥女情有独钟，或许正因为如此，（虽是无心）也不免更能欣然同意对方的邀请。

牧师一家终于冒险提出了邀请，他们争论许久，再三考虑，不知请他们用餐是否值得，“因为托马斯爵士似乎不情不愿，而伯特伦夫人又懒惰怠倦!”然而托马斯爵士欣然答应前来赴宴，却完全是出于教养和好意，与克劳福德先生毫无关系，他只是个讨人喜欢的家庭成员而已：因为正是在那次拜访中托马斯爵士才第一次发现，任何闲来无事喜欢观察的人，都**可能认为**克劳福德先生爱上了范尼·普莱斯。

这次见面大家总体感觉很愉快，爱说话和爱倾听的人比例恰当。晚餐按照格兰特一家的常规风格安排得雅致丰盛，非常符合所有人的习惯，没有引起任何惊讶，除了诺里斯太太。她无法心平气和地看着巨大的餐桌和桌上的菜肴，总是设法想让仆人从她身后上菜时出点意外，始终惦记着上了这么多菜，肯定有些会凉掉。

晚上在格兰特太太和她妹妹的安排下，大家发现除了摆一张惠斯特牌桌外，剩下的人足以凑满一桌。在这种情况下，人人总是乐意参与也别无选择，于是除惠斯特牌之外，又立即决定玩猜牌游戏[1]。伯特伦夫人马上发现她陷入了困境，需要自己决定打哪种牌，到底要不要打惠斯特。她犹豫着。幸好托马斯爵士就在身旁。

“我该怎么办呢，托马斯爵士？惠斯特或猜牌游戏，哪一种我会更喜欢？”

托马斯爵士稍作考虑后，推荐了猜牌游戏。他自己要打惠斯特，也许觉得和她搭档会很没意思。

“很好，”夫人满意地答道，“那就玩猜牌吧，如果你愿意，格兰特太太。我完全不懂，但范尼一定能教我。”

可是范尼打断了她，着急地说自己也一无所知。她这辈子从没玩过或看别人玩过。伯特伦夫人再次感到犹豫不决。不过大家都向她保证这非常简单，是最简单的打牌游戏，亨利·克劳福德又走上前去，以最热切的口吻请求让他坐在夫人和普莱斯小姐中间，同时教她们两个人，就这样解决了问题。托马斯爵士、诺里斯太太、格兰特博士和太太围在桌旁正襟危坐，其余六个人在克

① 原文为“speculation”，奥斯汀时代很受欢迎的牌戏。

劳福德小姐的安排下坐在另一张桌子。这个安排正合亨利·克劳福德的心意，他坐在范尼身旁忙得不可开交，除了自己打牌，还要安排另外两人出牌，因为虽然范尼没过三分钟就弄清了出牌规则，他还得让她更有勇气、更加贪心、冷酷无情，而在和威廉较量时，她尤其难以做到。至于伯特伦夫人，他整晚都在全权负责帮她赢牌。他总是快得让她来不及看牌，从头至尾教她打出每一张牌。

他兴致勃勃、随意自如，总能扭转局面、机智敏捷，还会故意耍赖，给打牌增添了不少乐趣。这边的牌桌总体轻松愉快，和另一张桌旁沉稳肃穆的氛围形成了鲜明的对比。

托马斯爵士两次想问他夫人是否好玩，有没有赢牌，却没能做到，没有足够的停顿时间让他一本正经地提出问题。直到第一局结束，格兰特太太才能走到夫人身旁问候她，了解她的情况。

“我希望夫人玩得开心。”

“哦天啊，是的！的确很开心。很古怪的游戏。我不明白怎么回事。我从没看过我的牌，都是克劳福德先生出的牌。”

“伯特伦，”过了一会儿，克劳福德在牌打得有些倦怠时说，“我还没告诉你我昨晚骑马回家时发生了什么。”他们当时在离曼斯菲尔德有些距离的地方一同打猎，骑得正欢时，亨利·克劳福德发现他的马儿丢了个铁掌，只好停下，抄近路回家。“我说了我经过种着紫杉树的那个旧农舍时迷了路，因为我从不愿问路；但我还没告诉你我向来的好运气——我每次做了错事都会得到好运——我很快发觉我到的正是我很想见的地方。我在一片陡峭起伏的田地边转了个弯，忽然进入山坡环绕的一个偏僻小村庄。前面是一条需要涉水而过的小溪，右手边的小土丘上坐落着教堂。教堂对那个地方来说真是又大又漂亮，只能看到一座绅士或半绅士住的房子。我想那是牧师住宅，和那个土坡与教堂只有几步之遥。简而言之，我发现自己到了桑顿·莱西。”

“听起来很像，”埃德蒙说，“可你经过休厄尔的农场后往哪儿转的？”

“我绝不回答这种毫无关联、用心险恶的问题。即使我会回答你在一个小时里提出的所有问题，你也永远无法证明那**不是**桑顿·莱西，因为它当然是。”

“那么，你问过了？”

“不，我从不询问。但我**告诉**一个修篱笆的人这是桑顿·莱西，他同意了。”

“你记性很好。我都不记得何时告诉了你关于这个地方一半的消息。”

桑顿·莱西是他即将就任的教区，克劳福德小姐对此很清楚，她对得到威廉·普莱斯手中的J更有兴趣了。

“那么，”埃德蒙接着说，“你喜欢你见到的那个地方吗？”

“的确非常喜欢。你是个幸运的家伙。得弄上至少五个夏天那个地方才能住人。”

“不，不，没那么糟糕。那个农家小院肯定得搬走，我同意，但我没看出别的任何问题。房子一点都不差，等小院搬走后，也许能修一条像样的路。”

“那个农家小院必须彻底清除，种些树木挡住铁匠铺。房子必须朝向东面而不是北边——我的意思是正门和主要房间必须在那一面，风景真的非常漂亮，我相信可以做到。你的路必须在**那儿**——穿过现在的花园。你必须在如今的房子后面弄一个新花园，那将是世界上最漂亮的花园——向下延伸到东南。地势似乎正适合如此。我沿小路往上骑了五十码，就在教堂和房子中央，为了四处看看；看看都该怎样安排。再简单不过了。外面的草场**将要成为**花园，包括**现在**的花园，从我站着的小道一路延伸到东南面，也就是说，一直到达穿过村子的大路，这儿当然得连成一片。那是非常漂亮的草场，点缀着好看的树木。我想，应该属于牧师产业；如果不是，你必须买下。还有小溪——一定要对小溪做点什么，但我还没想好。我有两三个想法。”

“我也有两三个想法，”埃德蒙说，“其中一个是，你对桑顿·莱西的计划几乎都不会实施。我必须满足于朴实无华。我想房子和庭院可以弄得舒适些，像个绅士的住宅，无需多大花费，那对我就足够了。我也希望，能让所有关心我的人感到满足。”

埃德蒙最后说出希望时的某种语气和有意无意的目光，让克劳福德小姐有些怀疑和气愤，她匆匆结束和威廉·普莱斯的斗牌，以极大的代价赢得了他的J并叫道：“看，我要像个勇气十足的女人那样押上全部赌注。绝不谨小慎微。我天生不愿坐以待毙。如果我输掉这局，也不会因为我毫不争取。”

她赢了这局，只是得到的还不及她押上的赌注。又开始了下一局，克劳福德再次说起桑顿·莱西。

“我的计划也许不是最好，我没多少时间考虑，但你必须多花功夫。这个地方值得花功夫，你要是花太少的心思，自己也不会满意——（抱歉，请夫人不要看牌。就这样，把它们放在你面前）这个地方值得你这么做，伯特伦。你说要让它看上去像个绅士的住宅。**那**只要搬走农家小院就能做到，因为，只要不考虑那个讨厌的地方，我从没见过一座那样的房屋能比这更像绅士的住所，看上去远不像一座不起眼的牧师住宅，不像一年只有几百英镑的人家。不是几间低矮的屋子胡乱拼凑在一起，房顶的数量和窗户一样多，没有挤成一个俗气的四方形农舍，而是一座气派、宽敞、大宅般的房屋，让人以为由受人尊重的古老家族世代传下，至少有两百年历史，如今的主人每年有两三千英镑的进账。”克劳福德小姐听着，埃德蒙表示同意。“所以要像个绅士的住宅，你稍加改动便能做到。但还能做得更多。（让我看看，玛丽，伯特伦夫人用十来张牌赌一个Q。不，不，一个Q不值这么多牌。伯特伦夫人**不会**押上这么多牌。她不会说什么。继续，继续吧。）按我说的这些改进（但我并非真的要求你按照我的计划，也许有人能想出更好的办法）——你能提升房屋的品质。你能把它提升为**宅第**。它不仅是个绅士住宅，而是通过审慎的改进，变成一个有学识、有品位、现代优雅、家世显赫的上层宅第。所有这些都能融为一体，房子会特别气派，让所有路过的人们都把主人视为教区的大地主，尤其当附近没有真正的乡绅住宅与之相比时。就我们自己说说，这样对在这种处境下提升权益，独立自主大有好处。我希望**你**赞成我的想法，”（扭头柔声对范尼说），“你见过这个地方吗？”

范尼赶紧否认，努力以对哥哥的热切关注掩盖她对这个话题的兴趣。她哥哥正全力和她斗牌，尽量给她施加压力，但克劳福德紧接着说：“不，不，你不能出Q。你得来的代价太高，你哥哥还没出到一半的价值。不，不，先生，手拿开，手拿开。你妹妹不出 Q。她已经打定主意。你会赢的，”他再次转向她，“你当然能赢。”

“范尼宁愿让威廉赢，”埃德蒙边说边笑着看她，“可怜的范尼！连故意输牌都不行！”

“伯特伦先生，”几分钟后克劳福德小姐说，“你知道亨利是出色的改造专家，你在桑顿·莱西的任何改造都少不了他的帮助。只用想想他在索瑟顿帮了多大的忙！只要想想那儿发生了多少了不起的变化，因为我们同他在炎热的八月去了那儿一趟，看着他施展才华。我们去了那儿，又从那儿回了家，在那儿发生的事情真是一言难尽。”

范尼的目光转向克劳福德，带着无比严肃的神情，甚至满脸责备，但一触及他的眼神就立刻退缩了。他意识到什么，便摇头笑着对他妹妹说：“我不能说在索瑟顿做了很多，但天气炎热，我们一直在找来找去，弄得晕头转向。”等众人的窃窃私语给了他掩护，他又低声只对范尼说道：“如果以索瑟顿的那天评判我的**规划**能力，我会很遗憾。我现在的想法大不相同。别把我和那时相提并论。”

索瑟顿这个字眼最能吸引诺里斯太太，她刚凭借托马斯爵士和她本人出其不意的绝佳牌技，赢了格兰特博士和太太的一手好牌，此时心情愉悦，便兴致勃勃地叫道：“索瑟顿！是的，我们的确在那儿度过了美好的一天。威廉，你真不幸运，但你下次过来时，我希望亲爱的拉什沃思先生和太太都在家，我能保证两人都会热情地接待你。你的表姐们不是会忘记亲戚的那种人，拉什沃思先生也特别和气。他们此时在布赖顿，你知道，住在那儿最好的房子里，因为拉什沃思先生财产丰厚，有权住在那儿。我不清楚具体有多远，但你回到朴茨茅斯后，要是不太远，你应该去那儿拜访他们。我会让你带一个小包裹，帮我送给你的表姐们。”

“我很乐意，姨妈，可是布赖顿几乎靠着比奇角，就算我能去那么远的地方，我也不指望在那么时髦的地方受到欢迎——我只是个可怜又寒酸的海军候补少尉。”

诺里斯太太开始急切地保证他们一定会和蔼可亲，这时托马斯爵士打断了她，威严地说：“我不建议你去布赖顿，威廉，因为我相信不久会有更方便的见面机会，但我的女儿们会乐意在任何地方见到她们的表亲，你会发现拉什沃思先生能真心诚意地把我们家的亲戚当作他自己的亲戚。”

“我最希望发现他是海军大臣的私人秘书。”威廉只低声答道，没打算让人听见，这个话题便搁置下来。

至此托马斯爵士尚未看出克劳福德先生的举止有任何值得关注之处，但打完第二局后惠斯特牌桌散场，留下格兰特博士和诺里斯太太为最后一牌争吵不休。这时托马斯爵士四处张望，发现他的外甥女成了别人刻意献殷勤的对象，甚至在甜言蜜语地讨好她。

亨利·克劳福德正神采飞扬地说着桑顿·莱西的另一个改造计划，因为埃德蒙不想听，便满腔热情地向他身边的美人儿娓娓道来。他计划在冬天时租下这座房子，这样就能在那儿有个自己的家。这不仅为在狩猎季节使用（他之前对她这样说过），虽然**那个**考虑当然有些重要性，他还是觉得虽然格兰特博士宽厚大度，但他和马儿总是住在他家，难免会带来实实在在的麻烦。他对那一带的喜爱不仅源于一个爱好或一个季节：他已经决定在那儿有个住所，能随时过来，有个供他使用的小屋，或许能在那儿度过一年中所有的假期，他和曼斯菲尔德庄园一家人的友情和亲密关系可能得以保持和增进，并日臻完美，他已经越来越看重这份感情。托马斯爵士听见了，也并不恼火。年轻人的话语不乏尊重，而范尼的答复得体谦逊、冷静克制，托马斯爵士认为无可挑剔。她话语不多，不时表示赞同，看似既未将赞美之辞据为己有，也没有强化他对北安普敦郡的好感。亨利·克劳福德发现有人在关注他，就把同样的话题对托马斯爵士又说了一遍，语气更平淡，但依然充满热情。

“我想做你的邻居，托马斯爵士，也许，你已经听我对普莱斯小姐说过了。我希望得到你的同意，能否请你别让你的儿子拒绝这样的租客?”

托马斯爵士礼貌地鞠了一躬，答道：“先生，这是我唯一不希望你成为永久邻居的方式。但我希望，也相信埃德蒙会住在桑顿·莱西他自己的家里。埃德蒙，我这样说是否过分?”

埃德蒙听到叫他，先得弄清在说什么；但刚听明白问题，便毫不犹豫地做出回答。

“当然，先生，我只想住在那儿。不过，克劳福德，虽然我会拒绝你做房客，以朋友的身份来我这儿吧。每个冬天都想着这个房子有一半属于你，我们会按照你自己的改造计划增添马厩，还有你春天时可能想到的更多改进计划。”

“我们将受到损失，”托马斯爵士接着说，“他要走了，虽然只有八英里，却会让我们的家庭圈再次缩小。可要是我的任何一个儿子想做得更少，我会深感屈辱。你当然不会对这个问题考虑过多，克劳福德先生。但一个牧师只有常住在教区，才能了解那儿的需求和主张，任何代理人都无法提供同样多的信息。埃德蒙也许能按常规的做法行使在桑顿的职责，也就是说，他也许能祈祷讲道，却不放弃曼斯菲尔德庄园。他可以每个星期天骑马过去，到他名义上居住的房子里，为人们讲道。他也许可以每个星期天前往桑顿·莱西，做三四个小时的牧师，如果他愿意这样。但是不会。他知道人类的天性需要的不止是每周一次的讲道；如果埃德蒙不能和他的教民们住在一起，以不断的关心证明自己祝福他们，也是他们的朋友，那么他对别人或自己都起不到什么好处。”

克劳福德鞠躬表示赞同。

“我再说一遍，”托马斯爵士又说道，“桑顿·莱西是在这一带中，我唯一**不**想让克劳福德先生租用的房子。”

克劳福德先生鞠躬致谢。

“毫无疑问，”埃德蒙说，“托马斯爵士理解教区牧师的职责——我们必须期待他的儿子能够证明**他**也知道。”

无论托马斯爵士的简短演讲或许给克劳福德先生带来了怎样的影响，这引起了另外两人不安的感觉，两个专心致志听他说话的人，克劳福德小姐和范尼——其中一个从未想过桑顿会这么快完全成为他的家，正双眼低垂，想着**不能**每天见到埃德蒙会怎样；另一个之前还沉浸在哥哥的描述引起的美妙幻想中，却顿时被惊醒，再也不能从她设想的未来桑顿的画面中屏蔽教堂、忘记牧师，只看见一个有独立财产的男人拥有的体面、优雅、现代，并且偶尔居住的大宅——她满怀敌意地将托马斯爵士视为这一切的摧毁者，又因为他的性情举止让人只能顺从感到更加痛苦，这使她丝毫不敢对他的话语反唇相讥。

那一刻**她**所有的愉悦期盼都烟消云散。该停止打牌了，如果人人都在想着那番大道理。她高兴地发现必须要结束了，让她换个地方，坐在别人身旁，能够打起精神。

此时众人三三两两地围坐在火炉旁，等待最终的散场。威廉和范尼离其他人最远。他们一起待在此时别无他人的牌桌旁，舒适地谈着话，没想到别人，直到别人开始想起他们。亨利·克劳福德最先把椅子转向他们，默默地看着他们好几分钟。他本人正被托马斯爵士观察着，他站在那儿和格兰特博士聊天。

“今晚有舞会，”威廉说，“如果我在朴茨茅斯，也许会参加。”

“但你不希望在朴茨茅斯吧，威廉？”

“不，范尼，那我并不希望。如果没有你，我会烦透了朴茨茅斯和跳舞。我看不出参加舞会能有任何好处，因为我可能连舞伴也找不到。朴茨茅斯的女孩对任何没有军衔的人都嗤之以鼻。海军候补少尉或许也无足轻重。真**是**无足轻重。你记得格雷戈里斯姐妹吧，她们都长成了非常漂亮的女孩，但她们几乎不和**我**说话，因为一个少尉正在追求露西。”

“哦！讨厌，讨厌！但别介意，威廉，”（她说话时气得满脸通红），“不值得在意。这绝非对**你**的轻视，那些了不起的上将在你的年龄也或多或少都经历过。你必须那样想，你必须相信这是每个水兵都要经历的一些苦难，就像坏天气和苦日子，但有这个好处，这些都会结束，有一天你将无须忍受。当你成了少尉！只要想想吧，威廉，等你当上少尉，你会对这种无聊的事情毫不在乎。”

“我开始觉得我永远也当不成少尉了，范尼。除了我，谁都得到了提升。”

“哦！我亲爱的威廉，别这么说，别这么闷闷不乐。我姨父没说什么，但我相信他会竭尽全力帮你升职。他和你一样，都知道地位的重要性。”

她发现姨父的位置比她料想的近了很多，她原先对此浑然不知，便赶紧住口。两人都觉得必须谈些别的话题。

“你喜欢跳舞吗，范尼？”

“是的，很喜欢，只是我很快会累。”

“我希望能和你一起参加舞会，看你跳舞。你在北安普敦从未参加过舞会吗？我想看你跳舞，和你一起跳舞，只要你**愿意**，因为谁也不会知道我是谁[1]，我想再做一次你的舞伴。我们以前常常一起跳来跳去，不是吗？当有人在街上拉手风琴时。我跳舞还算不错，但我敢说你跳得更好。”他转向就在身旁的姨父，“范尼舞跳得很好吧，先生？”

范尼为这个前所未有的问题感到惊愕，不知该往哪儿看，或对听到的回答作何反应。一定会有严厉的斥责，或至少是冷淡的神情，让她的哥哥困窘不已，也令她无地自容。然而，结果却只

① 通常亲兄妹不能在舞会上一起跳舞。

是：“很抱歉我无法回答你的问题。从范尼是小女孩开始我就从未见过她跳舞，但我相信当我们真能见到时，都会认为她是个优雅的女人。也许，不久后我们就有机会这样做了。”

“我有幸见过你妹妹跳舞，普莱斯先生，”亨利·克劳福德探身说道，“愿意回答你对此提出的每一个问题，让你完全满意。可我相信，”（见范尼有些苦恼），“还是下次吧。这儿有一个人不想谈论普莱斯小姐。”

的确如此，他曾见过范尼跳舞。他也的确愿意保证她舞姿轻盈，步伐优美，令人赏心悦目。但事实上，他根本记不起她舞跳得怎样，只是想当然地认为她会在场，却毫无印象。

然而，他却自称很欣赏她跳舞。托马斯爵士没有丝毫不悦，又延长了关于跳舞的话题。他兴致勃勃地说起安提瓜的舞会，听他外甥谈论他所见过的各种跳舞方式，连马车到来的报告都没听见，直到诺里斯太太高声叫喊，才得知此事。

“好啦，范尼，范尼，你在做什么？我们要走了。你没看见你大姨要走了吗？快点，快点！我受不了让好心的老威尔科克斯等着。你应该始终记着车夫和马儿。我亲爱的托马斯爵士，我们安排好了，马车会回来接你、埃德蒙和威廉。”

托马斯爵士无法反对，因为这是他本人的安排，之前对他的妻子和姐姐说过。但那似乎被诺里斯太太忘记了，她一定以为全都是自己的安排。

范尼对这次拜访的最后感觉是失望，因为当埃德蒙安静地从仆人手中接过围巾，准备披在范尼的肩上时，却被克劳福德先生敏捷地抢走了，她只得感谢他更加露骨的殷勤。

第八章

威廉想看范尼跳舞的愿望没有只给他姨父留下一时的印象。托马斯爵士许诺给他们机会，并非只是说说而已。他还是决定满足这份美好的感情，满足任何想看范尼跳舞的人，让年轻人都得到快乐。他对这件事思索了一番，暗自做出决定，第二天早餐时就有了结果。他回忆和赞赏了外甥说过的话，又说道："威廉，我不想让你没满足心愿就离开北安普敦郡。能看到你们两人跳舞，我会高兴的。你谈到北安普敦的舞会，你的表哥表姐们偶尔参加过，但现在完全不适合我们。对你姨妈来说会过于劳累。我想我们无法考虑北安普敦的舞会。家中的舞会将更加可行，如果——"

"啊，我亲爱的托马斯爵士！"诺里斯太太插嘴道，"我知道是怎么回事。我知道你想说什么。如果亲爱的茱莉娅在家，或者最亲爱的拉什沃思太太在索瑟顿，就有理由和机会做这样的事情，让人想在曼斯菲尔德给年轻人办一场舞会。我知道你会的。要是**她们**在家给舞会增光添彩，这个圣诞节就能举办舞会。谢谢你姨父，威廉，谢谢你姨父！"

"我的女儿们，"托马斯爵士严肃地打断她的话说，"在布赖顿有她们自己的娱乐，我希望她们很开心，但我想在曼斯菲尔德开的舞会是为了她们的表弟表妹。要是我们都能聚在一起，毫无疑问会更令人满意，但一些人的缺席不该妨碍另一些人的快乐。"

诺里斯太太无言以对。她从他的眼神中看出了决心，她既吃惊又恼火，得沉默几分钟才能平静下来。在这个时候开舞会！他的女儿们不在家，也没有征求她本人的意见！不过，很快就有了安慰。**她**必须操持每一件事。伯特伦夫人当然不会操心费力，都会落在**她**的身上。必须由她来主持舞会，这个想法很快让她大为高兴，别人开心和感激的话还没说话，她已经和他们站在了一起。

埃德蒙、威廉和范尼的确用不同的方式，以神情话语为即将举行的舞会向托马斯爵士表达了感激快乐之情，完全如他所愿。埃德蒙为其他两人感到高兴。他父亲对别人的帮助或善行从未让他如此满意。

伯特伦夫人不动声色、心满意足，没有任何反对。托马斯爵士保证这不会给她带来什么麻烦，她让他放心“她一点也不害怕麻烦。说真的，她想不出会有任何麻烦”。

诺里斯太太打算提出他会认为最适合使用的房间，却发现都安排好了。当她打算说个日期时，似乎日子也定好了。托马斯爵士无事消遣，便制定了一份非常详尽的计划，等到她能安静地听着时，就读出了他估计能邀请到的家庭名单，虽然通知得很晚，但还能凑出十二对或十四对年轻人，并详细说明了为何要将 22 日定为最合适的时间。威廉必须在 24 日回到朴茨茅斯，因此 22 日将是他做客的最后一天，可因为时间太紧也不好定个更早的日子。诺里斯太太只能为她想法一致感到满意，说她本来就想提出 22 日，认为这比任何一天更合适。

舞会至此已经决定下来，还没到晚上，与此相关的人都已全部知晓。邀请信已经送出，许多年轻小姐睡觉时心里满是幸福的担忧，和范尼一样——对她而言，担忧有时几乎超过了幸福。她年纪轻轻又未经世事，只有很少的服饰选择，对自己的品位毫无信心——“她该穿什么”的问题成了她痛苦的牵挂。她拥有的几乎唯一的饰品，一个非常漂亮的琥珀十字架，是威廉从西西里带给她的，这使她最为苦恼，因为她只有一条丝带能系上它。虽然她曾那样戴过一次，但想到其他所有年轻小姐都会戴上贵重的饰品，在那样的时刻，身处她们中间，这样戴还合适吗？可要是不戴呢！威廉也想给她买条金项链，可他没有钱，所以不戴项链会让他感到屈辱。这些是令她焦虑的念头，足以使她冷静下来，即使想到举办这场舞会主要是为了让她高兴。

与此同时准备还在进行，伯特伦夫人依然坐在沙发上，没因此感到任何麻烦。管家多来了几趟，女仆在匆忙为她赶制一件新衣裳。托马斯爵士发号施令，诺里斯太太四处奔忙，但所有这一切都没给**她**带来任何麻烦，正如她预料的那样：“实际上，这件事没有任何麻烦。”

埃德蒙此时心事重重。他满心想着目前的两件重要事情，这将决定他此生的命运——接受圣职和结婚——这两件事无比重要，其中一件将紧接在舞会之后，这让舞会在他眼中显得不如对屋里的其他任何人那么重要。23 日他将去彼得伯勒附近的一个朋友那儿，和他本人境遇相同，他们会在圣诞节那个星期接受圣职。他一半的命运将被决定——然而另一半可能不会如此顺利完成[①]。他的职责已经明确，但那位和他同甘共苦，给他生机与活

① 原文为“Half his destiny would then be determined — but the other half might not be so very smoothly wooed”，后半句的双关义是“也许他的另一半不会轻易答应求婚”。

力的妻子也许依然不可企及。他知道自己的想法，但他总是不太确定克劳福德小姐的想法。他们在有些方面想法不完全一致，有时她似乎并不合适。虽然他总的来说相信她的感情，因此决定（几乎决定）在短时间内做出抉择，只等把眼前的各种事情安排好。他知道自己能够给她什么——他对结果焦虑不安，充满困惑。有时他深信她很看重他；他能回忆出她长久以来的鼓励，她对爱情和对其他事情一样，并不看重利益。但在别的时候怀疑惊恐与希望交织着，想到她承认不想过清净隐退的日子，显然更喜欢伦敦的生活——除了坚定的拒绝他还想得到什么呢？除非是比拒绝更糟糕的接受，要求他这边牺牲职责与工作，而他的良心不可能允许这样做。

这件事只取决于一个问题。她对他的爱是否足以让她放弃曾经的重要问题——她对他的爱能否让这些不再重要？他在心里反复掂量着这个问题，虽然答案大多为“是”，有时也会为“否”。

克劳福德小姐很快就要离开曼斯菲尔德，在这种情况下“否”与“是”的念头近来常常交替出现。他见过她眼里闪烁的光芒，当她谈起她亲爱的朋友的来信，邀请她去伦敦多住些日子，还说到亨利的好心，他决定在这儿住到一月，为了送她去那儿；他曾听她兴致勃勃地说起这场愉快的旅行，每一个语调都表明了“否”。但那是在事情决定的第一天发生的，是在第一个小时里喷涌而出的喜悦，当时她除了即将拜访的朋友，什么也想不到。后来他听出她话语的改变——有了其他的感情——更加克制的感情。他听见她告诉格兰特太太她会带着遗憾离开；说她开始相信想见的朋友和即将得到的快乐都比不上留在身后的一切；说她虽然觉得自己必须走，知道她离开后会很开心，但她已经期待着回到曼斯菲尔德。所有这一切难道不表明“是”吗?

有了这些问题要思考、安排和重新安排，对埃德蒙来说，他不可能像其他家人那么在乎这个晚会，或是带着同样强烈的兴趣期盼舞会的开始。除了表弟表妹从中得到的快乐，晚会对他来说并不比两个家庭的任何一次见面更了不起。每次见面他都希望得到克劳福德小姐感情的进一步证明，但舞厅中的旋转恍惚，也许并不特别有利于激发或表达严肃的感情。早早和她约好跳前两场舞，是他觉得自己能够掌控的全部幸福，也是他能为这场舞会做出的唯一准备。他对身边从早到晚的忙碌毫不在乎。

星期四是舞会的日子。星期三上午范尼还是弄不清该穿什么，决定去向更有见识的人请教。她要去找格兰特太太和她妹妹，她们的品位尽人皆知，一定能让她不出差错。因为埃德蒙和威廉去了北安普敦，她有理由认为克劳福德先生也出去了，便朝牧师住宅走去，不太担心得不到单独聊天的机会。能单独讨论对范尼而言至关重要，她对自己牵挂的事情感到满心羞愧。

她在离牧师住宅几码远的地方遇见了克劳福德小姐，她正想出发去看她。范尼觉得她的朋友虽然只能执意返回，却不愿失去散步的机会，就立即说明来意，还说如果她能好心给出建议，也许在外面说和在里面说都一样。克劳福德小姐看似对这个请求很满意，她思考片刻，便更加热情地催促范尼和她回家，提出去她的房间，可以在那儿舒服地聊天而不打扰格兰特博士和太太，他们都在客厅里。这个安排正合范尼心意。她对如此痛快的好意帮助感激不尽，两人进了门，上了楼梯，很快就沉浸在这个有趣的话题中。克劳福德小姐对这番请求感到高兴，便尽力给她富有品位的指点，她的建议把一切都变得容易起来，她还试着以鼓励将一切变得令人愉快。穿衣这个重要问题得到了解决。“可是你戴什么项链呢?”克劳福德小姐说，“你不戴你哥哥的十字架吗?”她边说边打开了一个小包裹，范尼和她见面时就看到她拿在手上。范尼承认了在这个问题上的心愿和困惑，她不知道该怎么戴项链或是不戴项链。答复是一个放在她面前的小首饰盒，请她从众多金链子和金项链中挑选一条。这就是克劳福德小姐拿着的包裹，这就是她去看范尼的目的。此时她温柔可亲地催促范尼为十字架挑选一条，留作纪念，想方设法好言劝说她打消顾虑。刚听到这个建议时，范尼吓了一跳，满脸惶恐。

“你看我有多少项链，”她说，“我用过或想得起来的连一半都不到。我没有送给你新礼物。我只想给你一条旧项链。你必须原谅我的冒昧，答应我的请求。”

范尼还在拒绝，是发自内心的拒绝。这个礼物太贵重了。然而克劳福德小姐坚持不懈，她情真意切地劝说她，提到威廉和那个十字架，还有舞会和她本人，最后成功地说服了她。范尼发现自己只能屈服，以免被视为骄傲或冷漠，或是其他缺点。她勉强答应，便继续挑选。她看了又看，想找到最不值钱的那一条。她最后做出了选择，因为感觉其中一条项链比别的更多出现在她眼前。这是条金项链，做工精美。虽然范尼本想挑选一条更长更朴素的链子用作她的目的，她还是选择了这条项链，以为这是克劳福德小姐最不想保留的一条。克劳福德小姐十分赞许地笑了笑，连忙把项链戴在她的脖子上，完成了赠送，并让她看看有多漂亮。

范尼对项链的漂亮毫无异议，除了尚且心存顾虑，得到如此合适的礼物她感到特别高兴。也许，她宁愿向别的某个人表达感激。但这不重要。克劳福德小姐想到了她的需要，证明她是个真正的朋友。“当我戴上这条项链时我会永远想着你，”她说，“感到你对我有多好。”

“当你戴上那条项链时，必须也想着另一个人，”克劳福德小姐答道，“你必须想到亨利，因为这首先是他挑选的。他送给了我，我把项链转送给你，也有必要让你记住最早的赠送者。这是家人之间的回忆。当你想起妹妹时，也一定会想到哥哥。”

范尼大吃一惊，十分困惑，本想立即还回礼物。拿走别人送的礼物，还是哥哥的礼物，这不可能！绝对不行！她急急忙忙、尴尬不已地把项链放回棉垫上，似乎决定换上一条或是一条也不要，让她的朋友感到趣味盎然。克劳福德小姐觉得她害羞的样子特别动人。“我亲爱的宝贝，”她笑着说，“你害怕什么呢？你觉得亨利会说这是我的项链，以为你用不诚实的手段得到的吗？或者你会以为他看到三年前购买的项链戴在如此美丽的脖子上，会太过得意洋洋，因为他当时还不知道世界上有这样一个脖子吗？或者也许——”她一脸狡黠，“你怀疑这是我们的密谋，我是按照他的想法和意愿这么做的？”

范尼满脸通红，说她没有这么想。

“那么，”克劳福德小姐更加严肃地说，虽然根本不相信她，“为了向我证明你毫不怀疑这是个骗局，像往常一样相信我的好意，那就拿上项链，别再多说。这是我哥哥的礼物这一点，对于你接受它不该产生丝毫影响，而且我向你保证我把它送给你，没有任何不情愿。他总是给我各种礼物。我从他那儿得到的礼物数不胜数，不可能样样珍惜，而他连一半也记不住。至于这条项链，我想顶多戴过六次，它很漂亮，但我从不在乎。虽然你会真心诚意地喜欢我首饰盒中别的任何一条，你却正好挑选了如果让我选择，我最愿意放弃并看着你拥有的那一条。别再反对了，我求求你。这样一件小事不值得费一半的口舌。”

范尼不敢再做任何反对。她再次收下项链，但感谢之辞说得没那么开心，因为克劳福德小姐的某种眼神她不可能喜欢。

她不可能没有察觉克劳福德先生态度上的变化。她早已看出。他显然想取悦她，他很殷勤，他很体贴，他有点像曾经对她表姐们的样子：她猜想，他打算像欺骗她们那样骗走她的安宁；他会和这条项链毫无关联吗？她无法相信与他无关，因为克劳福德小姐虽然是个随和的妹妹，却是个漫不经心的女人和朋友。

她左思右想、满心疑惑，感觉她如此渴望的物品并未让她有多满意，此时她又走回家了——和刚才走这段路相比，她的忧虑没有减少，只是变得不同。

第九章

范尼刚回家就立即上楼存放这出乎意料的收获，这串令人生疑的漂亮项链，把它放进东屋她最喜爱的盒子里，那儿收藏着她所有的小玩意。可是一推开门，她就吃惊地看到她的埃德蒙表哥在桌旁写字！她从未见过这种情景，真是又惊又喜。

“范尼，”他马上说道，一边离开座位放下笔，手里拿着东西迎上来，“请原谅我在这儿。我来找你，我等了你一会儿，然后借你的笔墨说明我的来意。你能看到纸条的开头，但我现在可以说明为何而来，只为请你接受这个小礼物——为威廉的十字架买的链子。你本来一个星期前就能得到它，但我哥哥去城里的时间比我预计的晚了几天，我刚刚才从北安普敦收到它。我希望你能喜欢这条链子，范尼。我试着按照你朴素的风格挑选的，不过，无论如何，我知道你会体谅我的用心，认为这是你最早的老朋友对你爱的象征，也的确如此。”

说完他匆忙离开，范尼又悲又喜，激动万分，连话都说不出。但在一个强烈愿望的驱使下，她叫了起来：“哦！表哥，等一等，请你别走！”

他转过身。

“我无法感谢你，”她激动不已地接着说道，“我没有办法感谢你。我对你的感激之情无以言表。你能这样想着我，你的好意超过了——”

“如果你只想说那些话，范尼。”他笑着再次转身。

“不，不，不是这样。我想问你一个问题。”

她此时几乎已经下意识地打开了他放在她手中的包裹，看到她面前包装精美的珠宝盒里放着一条朴素的金链子，非常简洁，她忍不住脱口而出：“哦，这真漂亮！这正是我想要的东西！这是我唯一渴望拥有的饰品。这正适合我的十字架。它们必须一起戴，也一定会同时戴上。还在这么需要的时刻到来。哦，表哥，你不知道我有多满意。”

“我亲爱的范尼，你对这些事的反应过于强烈。我非常高兴你喜欢这条项链，也很高兴能赶上明天使用，但这样的感谢大可不必。相信我，让你开心是最令我高兴的事情。不，我能肯定地说，我从来没有过如此彻底、如此纯粹的快乐。没有丝毫欠缺。”

听着这样充满爱意的话，范尼本来可以一言不发地待上一个小时。然而埃德蒙停顿片刻，就把她的心思从美妙的飞翔中拉回来，说道：“可是你想问我什么问题？”

这个问题与项链有关，她现在正急切地希望能还回去，想要得到他对此事的赞成。她讲述了不久前的拜访，此时的心情也许不再狂喜，因为埃德蒙为这件事深感震撼，对克劳福德小姐的做法特别高兴，为两人如此一致的行为感到得意洋洋，范尼只得承认在他心中有**一种**快乐更重要，虽然可能会有欠缺。她过了一会儿才能让他关心她的打算，或是回答她的问题。他正沉浸在深情的遐想中，只会不时发出几声不成句的赞叹，但等他清醒过来，明白怎么回事后，他非常坚决地反对她的想法。

“还回项链！不，我亲爱的范尼，绝对不行。这会使她备感屈辱。当我们送给朋友礼物，理所当然地认为会让他们开心，却被还回手中，没什么能比这更让人不高兴。为何要让她失去她应该得到的快乐呢？”

“如果这是最先送给我的，”范尼说，“我不会想到还回去，但这是她哥哥的礼物，我已经不需要了，难道认为她宁愿不失去它，这不对吗？”

“至少她一定想不到这不被需要或不被接受，而且这本来是她哥哥的礼物并没有影响。既然她能给你，你也接受了，没理由不能留下来。毫无疑问这比我的更漂亮，也更适合舞会。”

“不，这没有更漂亮，完全不是我想要的漂亮，也不适合我的用途。这根链子和威廉的十字架非常般配，那条项链无法与之相比。”

“就戴一个晚上，范尼，只用一个晚上，如果这**是**个牺牲——我相信你经过思考后，会做出那样的牺牲，而不是给那么努力爱护你的人带来痛苦。克劳福德小姐对你的关心——并未超出你应得的限度——我绝不认为**有此可能**——但这些关心始终如一。以必然有忘恩负义**感觉**的方式回报这些关心，虽然我知道绝不可能有那样的**意思**，但我相信这不符合你的天性。就按你之前的打算，在明晚戴上项链，这条链子并非为舞会准备，把它留作寻常使用吧。这是我的建议。我满心欢喜地看着你们二人关系亲密，我不愿有任何不快冷却这段感情。你们的性格非常相似，慷慨大方，天生敏感，虽然主要因为境遇的不同出现了一些细微的差别，这并不妨碍你们完美的友谊。我不愿让任何不快冷却这段关系，”他声音低沉地重复道，“你们是我在这世上最心爱的两个人。”

他说着便离开了，留下范尼尽力让自己平静下来。她是他最心爱的两个人之一——那一定能给她安慰。可是另一个！排在第一位！她以前从未听他如此言语坦率，虽然只说明了她早已察觉的情况，但还是刺痛了她的心，因为这表明了他本人的信念和想法。这毫无疑问。他想和克劳福德小姐结婚。这让她心痛，尽管早已在她预料之中。她只能一遍遍地重复着她是他最心爱的两个人之一，直到这些话有了意义。她能相信克劳福德小姐配得上他吗？也许能——哦！那会大不相同——让人容易接受得多！可是他看错了她，他给了她并不具备的优点。她的缺点和从前一样，但他再也看不见。范尼为这样的欺骗流了许多眼泪，这才平复了激动的心情。随之而来的沮丧，只能通过热切祈祷他的幸福得到排解。

这是她的打算，她也认为是她的责任，要试着在她对埃德蒙的感情中，克服所有过了分，所有近乎自私的感情。将其称作或想象为失去或失望，这是自以为是，她用怎么强烈的语言都道不尽她自己的卑微。克劳福德小姐也许有权想着他，但对她而言简直是疯狂。对她来说任何时候都不该保有非分之想，他顶多只是个朋友。她怎么会如此想入非非，让她必须自我责备和自我劝阻呢？她本不该对此心生幻想。她将努力变得清醒，让她有权评判克劳福德小姐的性情，凭借理智的头脑和忠诚的心灵，给他真正的关心。

她有坚持原则的英雄气概，并决心履行责任。但她因为年轻和天性而感情充沛，因此如果她凭借自制力下定了所有决心，却又抓住埃德蒙开始写给她的那张纸条，把它当成无与伦比的宝贝，并满怀深情读着这些文字："我最亲爱的范尼，你必须赏光接受。"再把纸条和链子一同锁起来，当成最宝贵的礼物时，不要对她的行为太过惊奇。这是她从他那儿得到的唯一类似书信的物件，她不可能再得到从情境到风格都令她无比满意的另一封信。最杰出的作家也写不出比这两行字更宝贵的语言，最多情的传记作者也拿不出更完美的爱情证明。女人对爱情的狂热甚至超出了传记作家所能。对她而言，这字迹本身，无论它想表达怎样的意思，都是一种祝福。任凭谁写下这寥寥数语，也比不上埃德蒙再平常不过的字迹带来的喜悦！这匆忙写下的几个字没有一丝缺点，在"我最亲爱的范尼"中，开头的四个字令人倍感幸福，她可以永远看下去。

在理智与软弱如此幸福的交织下，她调整了思想也安抚了情绪，终于能够走下楼，在伯特伦姨妈身旁做着平常的活计，能遵守日常礼节而不显得无精打采。

注定充满希望和喜悦的星期四到来了。对范尼来说，这一天与常常无可奈何的倒霉日子相比，有着更好的开始。刚吃完早餐，克劳福德先生写给威廉的一封十分客气的便笺被送了过来，说他必须第二天去伦敦待些日子，很想要个旅伴；因此他想威廉如果能决定提前半天离开曼斯菲尔德，可以乘坐他的马车。克劳福德先生打算按照叔叔惯常的晚餐时间到达伦敦，邀请威廉和他一起在上将家用餐。这个提议对威廉本人来说非常愉快，想到乘坐四匹马拉的驿车，还有这样性情愉悦、令人喜爱的朋友，简直像是乘车巡游，他幻想着一场快乐尊贵的旅行，立即满口答应。范尼出于不同的动机，也感到非常高兴。原先打算让威廉第二天晚上乘坐邮车去北安普敦，他得一刻不停地赶上去朴茨茅斯的马车。虽然克劳福德先生的邀请会让她和威廉少待好几个小时，但她非常乐意能免除威廉的长途劳顿，别的都不再考虑。托马斯爵士因为另一个原因赞成此事。把他的外甥介绍给克劳福德上将也许会有些帮助。他相信，上将总有些权力。总的来说，这张便笺令人高兴。范尼半个上午都靠它打起精神，想到写便笺的人自己也要走，她就更加高兴。

至于这场即将到来的舞会，她太过激动担忧，没得到理应期待的一半的快乐，或者一定在许多期待同样情形的女孩看来更加轻松，而此种情形对范尼而言本该更新奇有趣、令人喜悦。只有一半受到邀请的人知道普莱斯小姐的名字，如今她将第一次露面，必然被当成今晚的皇后。谁能比普莱斯小姐更开心呢？然而普莱斯小姐从来不为**进入社交圈**而长大。如果她知道这是怎样的舞会，大家都认为是为她而开，这会大大增加她对做错事情或受人瞩目的担忧，让她更不安心。跳舞时不要太受关注也别太疲惫，能有力气也有舞伴跳半个晚上，和埃德蒙跳一阵，别和克劳福德先生跳得太多，看到威廉过得开心，能够躲开诺里斯姨妈，是她最大的期望，似乎也是最有可能让她快乐的事情。所有这些都是她最大的期待，却不能始终占据她的头脑。漫长的上午她主要在陪伴两位姨妈，时常被很不愉快的念头影响。威廉决定彻底享受这最后一天，出去猎鸟了。范尼完全有理由认为埃德蒙在牧师住宅，这使她只能独自忍受诺里斯太太的担忧，她因为管家要按自己的想法准备晚餐而脾气暴躁。虽然管家也许能逃避，她却无处可逃。最后范尼被折磨得筋疲力尽，觉得和舞会相关的一切都令人讨厌。她被打发去换衣服时忧心忡忡、无精打采地往自己屋里走去，感觉自己一点都不快乐，仿佛快乐与她无关。

当她慢慢走上楼时她想起了昨天。她几乎在同一时刻从牧师住宅回来，发现埃德蒙在东屋。“要是今天也能在那儿见到他该多好！”她满心欢喜地默想着。

“范尼。”就在那时身边传来一个声音。她吃惊地抬起头，看见她刚刚到达的门厅对面，埃德蒙本人正站在另一个楼梯顶端。他向她走来：“你看上去非常疲惫。你一定走了太远的路。”

“不，我根本没出去。”

“那么你是在家里待得筋疲力尽，这更糟糕。你要是出去了倒更好。”

范尼不爱抱怨，觉得最好不作回答。虽然他带着平常的关切看着她，她感觉他很快就不再想着她的面容。他似乎心情低落，也许某件与她无关的事情出了差错。他们一起上楼，他们的房间在上面同一层楼上。

“我从格兰特博士家来，”埃德蒙很快说道，“你也许能猜出我为何过去，范尼。”他看上去特别羞涩，让范尼只能想到一件事，难过得说不出话来。“我想邀请克劳福德小姐跳前两支舞。”他解释道，这使范尼又有了生气，她发觉他在等她说话，便问了些有关结果的话。

“是的，”他说，“她答应我了，可是，”（带着不安的微笑），“她说这是她最后一次和我跳舞。她没有当真。我想，我希望，我肯定她并不当真，但我宁愿没有听见。她从未和牧师跳过舞，她说，她永远不**愿**再跳。对我本人来说，我希望舞会不要就在——我的意思是不在这个星期，不在今天——明天我要离开家了。”

范尼挣扎着开口说道：“我很遗憾有任何事让你难过。这本该是高兴的一天。我姨父本意如此。”

“哦是的，是的！这会是愉快的一天。一切都将如愿。我不过暂时有些烦恼。实际上，我不认为舞会不合时宜。这又有何关系？可是，范尼——”他握住她的手不让她说话，低声严肃地说道，“你知道这一切意味着什么。你看得出来，可以告诉我，也许比我能说出的更好，我为何如此烦恼。让我和你说会儿话吧。你是个心地善良的听众。我被她今天上午的态度伤了心，无法克服这种感觉。我知道她的性情和你一样温柔完美，但她曾经同伴的影响似乎使她——让她的话语和表明的态度时常有些欠妥。她并非**想法**错误，但她会说出来——以戏谑的口吻说出——虽然我知道她在戏谑，这依然让我深感心痛。”

“教育的结果。”范尼温柔地说。

埃德蒙只得同意。“是的，那个叔叔和婶婶！他们伤害了最美好的心灵。因为有时，范尼，我向你承认，的确看来不只态度：似乎那颗心灵本身受了玷污。”

范尼猜想这是在请她评判，于是她思考片刻，说道：“如果你想让我做个听众，表哥，我将尽力而为，但我给不了建议。不要问**我的**意见。我无能为力。”

“你是对的，范尼，反对做这样的事情，但你无需害怕。我永远不会就这个话题询问意见，这是那种最好永不询问的话题，我想，很少有人真的会问，除非他们希望被影响着违背自己的良心。我只想对你说说。”

“还有一件事。请原谅我的冒昧，也要留心你**怎么**对我说。现在什么也别告诉我，也许你将来会感到后悔。那个时候也许会到来——”

说话时她涨红了脸。

“最亲爱的范尼!”埃德蒙叫道，他激动不已地把她的手压在他的嘴唇上，仿佛那是克劳福德小姐的手，“你真善解人意！但这没有必要。那个时候永远不会到来。我开始觉得这毫无可能：可能性越来越小，即使会到来——你我也不必害怕记起什么，因为我绝不会为自己的顾虑感到羞愧。如果这些顾虑被打消，必然是因为她性情的提升引起的变化，而多想想她曾经的错误更有助于她的提升。你是这世上我唯一愿意说出刚才那些话的人，但你始终知道我对她的看法，你能为我作证，范尼，我从不盲目。我们谈论她那些小缺点有多少次了！你不用担心我，我几乎已经放弃对她的认真考虑，但不管将来会发生些什么，我要是想到你的善良与同情却不为此真心感激，那我一定是个傻瓜。”

他说的话足以撼动一个十八岁女孩的感受。他说出的话足以给范尼最近从未有过的快乐。她的神情开朗起来，答道：“是的，表哥，我相信**你**一定不会那样，也许有人做不到。我不害怕听见你想说的任何事。不用克制自己。你想说什么就说给我听吧。”

此时他们在三楼，一个女仆的出现让他们没能继续谈下去。以范尼的快慰而言，也许谈话结束得恰到好处。要是他能再说上五分钟，他难免不把克劳福德小姐说得毫无缺点，也觉得自己不再沮丧。但此情此景下，他分开时心存感激、满腔柔情，她也怀着一些非常珍贵的感情。几个小时以来，她完全没有这样的感觉。自从克劳福德先生写给威廉的便笺最初带来的欣喜消失后，她的情绪变得截然相反。她没感到任何安适与希望。如今一切都在微笑。她又想起了威廉的好运气，似乎比当初更宝贵。还有舞会——眼前是如此愉快的夜晚！现在真的让她充满活力，她开始带着参加舞会的愉悦兴奋打扮起来。一切都很顺利，她没有不喜欢自己的样子。等她再次考虑项链时，她的好运似乎达到了完美，因为她尝试后发现，克劳福德小姐给她的项链无论如何也穿不进十字架的小环里。她原先为了埃德蒙，已经决定戴这一条，但它穿不进去。于是必须戴上他的那条，她心情愉悦地把链子穿过十字架[①]，这是她最爱的两个人给她的礼物，从实质到内涵上共同构成了如此珍贵的信物——戴在她的脖子上，让她满眼满心都是威廉和埃德蒙，这使她也毫无困难地决定戴上克劳福德小姐的项链。她承认这样做是对的。克劳福德小姐有这份权力，当这份权力不再伤害或妨碍那份更大的权力，另一个人更真诚的好意时，她甚至能满怀喜悦地公正对待她。这根项链的确很漂亮，当范尼最终离开她的房间时，她对自己和身边的一切深感满意。

此时，她异常清醒的伯特伦姨妈已经想起了她。她的确未经提醒就想到，范尼正在为舞会做准备，也许乐意得到比上等女佣

① 简·奥斯汀在1801年5月26—27日的书信中提到弟弟查尔斯出海时用奖金给她和卡桑德拉购买了琥珀十字架和金链子。这是她难得写进小说的真实经历。

更好的帮助。她梳妆打扮好后，的确打发自己的女仆去帮助范尼，也自然因为去得太晚而毫无作用。当普莱斯小姐梳妆完毕走出房间时，查普曼太太刚走上阁楼，只需寒暄几句。然而范尼对她姨妈的关照满心感激，几乎和伯特伦夫人与查普曼太太为她们自己的付出感到同样满意。

第十章

范尼下楼时她的姨父和两个姨妈都在客厅里。前者对她很感兴趣，他高兴地看着她体态优雅、容貌出众的样子。当她在场时，他只能夸赞她衣着整洁得体，但她很快又出去后，他便直言不讳地夸赞起她的美貌。

“是的，”伯特伦夫人说，“她看上去很漂亮。我让查普曼去她那儿了。”

“漂亮！哦，是的！”诺里斯太太叫道，“她有这么多有利条件，当然很有漂亮的理由：在这样的家庭长大，能够效仿表姐们的仪态。只要想想吧，我亲爱的托马斯爵士，你我给她带来了多少特别的好处。你注意到的那件长裙，正是亲爱的拉什沃思太太结婚时你本人慷慨赠送给她的礼物。要是我们没把她养大，她会成什么样子呀。”

托马斯爵士没再多说，然而他们又在桌旁坐下时，两个年轻人的眼神使他相信等女士们离开后，他们或许能更轻松顺畅地谈论这个话题。范尼知道自己受人赞许，她意识到自己很漂亮，这使她更加漂亮。她有许多快乐的理由，很快又变得更加快乐。当她随姨妈们离开屋子时，正拉着门的埃德蒙在她走过时说道：“你必须和我跳舞，范尼，你必须为我留两支舞。除了开始的两曲，你想跳哪两支都行。”她别无所求。她此生几乎从未如此接近兴高采烈的状态。她对表姐们以前参加舞会时的兴奋再也不感到惊奇，她觉得这的确令人着迷，一旦确信没被诺里斯姨妈注意时，她真的在客厅里练起舞步来。她姨妈一开始在专心拨弄着管家准备好的火炉，反而破坏了熊熊的火焰。

就这样半个小时过去了，这在其他任何情况下都至少会让人无精打采，可范尼还是很开心。她只想着和埃德蒙说的话，诺里斯太太的焦躁不安算得了什么呢？就算伯特伦夫人哈欠连连又怎样？

先生们来到她们身旁，似乎处处洋溢着轻松愉快的氛围，大家很快就甜蜜地期待着马车的到来，都站在那儿谈笑风生，每时每刻都令人愉悦，充满希望。范尼觉得埃德蒙的笑容一定有些勉强，但他能如此轻松做到，这也令人高兴。

等果然听到马车声，客人们真的开始聚集时，她本人雀跃的心情平静了许多。见到这么多陌生人，使她变回了原来的样子。除了作为主人一家的严肃礼节，而托马斯爵士和伯特伦夫人都无法打消这种郑重其事的感觉，她发现自己偶尔必须忍受更糟糕的事情。她被姨父四处介绍，只能听人说话，屈膝行礼，还得自己开口。这真是件苦差事，她每次被召唤都要看着威廉，见他在旁边轻松地闲逛，渴望能和他在一起。

格兰特夫妇和克劳福德兄妹的进入带来了可喜的变化。他们大大方方、亲亲热热的样子很快驱散了众人的拘谨——人们三两成群，大家都轻松起来。范尼也得到好处，她摆脱了繁琐的礼节，本来可以再次感到无比快乐，只要她能忍住不看埃德蒙和玛丽·克劳福德。她看上去可爱极了，结果还能想不到吗？看见克劳福德先生出现在她面前，她停止了沉思。他几乎立即邀请她跳前两支舞，让她的心思想到了别处。她此时的快乐自然而然，喜忧参半。一开始就得到舞伴是最大的好事，因为舞会即将开始。她对自己的处境一无所知，以为要是克劳福德先生不邀请她，她一定是最后被邀请的那一个，只能在一连串的询问、忙乱和打扰后才能得到舞伴，那太可怕了。但与此同时，他邀请她时某种刻意的态度让她不喜欢，她看到他的眼睛瞥向她的项链——还微笑着——她觉得他笑了——这使她满脸通红，难受不已。虽然他没再看第二眼来困扰她，虽然他当时似乎只想默默取悦她，她却无法克制自己的尴尬，想到他会察觉使她愈发尴尬。在他离开去找别人跳舞前，她没得到片刻安宁。随后她才能渐渐为在舞会开始前得到舞伴，一个主动邀约的舞伴感到真心快乐。

当众人进入舞厅时，她发觉自己第一次离克劳福德小姐很近。她像她哥哥那样立刻含着笑意，更加明确地望着项链，开始说起这个话题。范尼急于结束这件事，连忙对第二条项链加以说明——那条真正的链子。克劳福德小姐听着，忘了她原先打算对范尼的所有赞美影射之辞。她只感觉到一件事，她的眼睛之前就很亮，此时证明还能更加明亮，她连忙高兴地叫道："是吗？埃德蒙真是这样？像他做的事情。别的男人谁也想不到。我对他无比敬佩。"她环顾四周，仿佛想告诉他。他不在附近，他陪一群女士们出去了。格兰特太太来到两个女孩身旁，分别挽住一只胳膊，她们随众人往前走去。

范尼的心沉了下去，甚至没有时间对克劳福德小姐的感受多加考虑。她们进了舞厅，小提琴正在演奏，她心慌意乱，无法专心。她必须关注总体安排，留意一切怎样进展。

几分钟后托马斯爵士来到她身旁，问她是否有了舞伴。“有的，先生，是克劳福德先生。”正是他想听到的答复。克劳福德先生就在不远处。托马斯爵士把他带到她面前，说了一些话，让范尼明白**她**将站在最前列，引领舞会的开始，在此之前她完全没想过。她每次想到晚会的一些细节时，都理所当然地认为是由埃德蒙与克劳福德小姐开始舞会。她对此印象深刻，所以虽然**她姨父**的说法与此相反，她却忍不住惊讶地叫出声来，说她并不合适，甚至恳求放过她。能不停反对托马斯爵士的想法，说明此事多么出乎意料。可她刚听见时惊恐万分，所以的确望着他的脸，说她希望能另作安排。但她没有成功——托马斯爵士笑了，试着鼓励她，然后神情严肃，斩钉截铁地说道：“必须如此，我亲爱的。”让她不敢再提一个字。下一刻她被克劳福德先生领到屋子前面，站在那儿，其他跳舞的人结成舞伴，跟在他们身后。

她简直不敢相信。站在这么多优雅的年轻小姐前面！简直荣耀至极。这是对她和表姐们一视同仁！她的思绪飞到离开家的表姐们那儿，并真心实意、满怀柔情地遗憾她们不在家中，不能在舞厅里占据应有的位置，享受她们一定会喜爱的快乐时光。她常常听她们渴望在家中举办舞会，那会让她们幸福至极！舞会开始了，她们却不在家中——由**她**来引领舞会——而且是和克劳福德先生一起！她希望她们不会嫉妒她**现在**的殊荣。然而当她回顾秋天的情形，想起曾经在这间屋子里跳舞时他们彼此之间的关系，此时的安排几乎让她本人都觉得不可理喻。

舞会开始了。范尼与其说幸福，更是感到荣耀，至少在第一场舞中感觉如此。她的舞伴兴高采烈，试着感染她的情绪；可是她惊恐得毫无喜悦之情，直到认为不再受人关注才放松下来。然而她年轻漂亮又温柔，虽有些笨拙却举止优雅，在场的宾客几乎无人不愿对她发出赞叹。她很迷人，她很端庄，她是托马斯爵士的外甥女，很快人们又说克劳福德先生仰慕她。这足以让众人喜爱她。托马斯爵士本人心满意足地看着她翩翩起舞，他为自己的外甥女感到骄傲。他没有像诺里斯太太那样，认为她的美貌完全是因为来到了曼斯菲尔德，但他为带给她其他一切感到满意——她的教养和礼仪全都归功于他。

克劳福德小姐看出站在那儿的托马斯爵士许多的想法，虽然他曾对她有过不公，她还是很想赢得他的好感，便找了个机会走到他身旁，说起对范尼的赞赏。她的夸赞热情洋溢，而他如她所愿地接受了赞扬，并在谨慎、礼貌和缓慢语速允许的范围内加入了她的谈话，当然比他夫人不久后对此话题的表现好得多。玛丽在开始跳舞前见她坐在近旁的沙发上，便转身为范尼的美貌而恭维她。

“是的，她的确很漂亮，”伯特伦夫人平静地答道，“查普曼帮她打扮的。我派查普曼去了她那儿。”她并不为范尼受人称赞感到真心喜悦，而是更在乎自己让查普曼去了她那儿，对此念念不忘。

克劳福德小姐实在太了解诺里斯太太，不会想到以夸赞范尼来取悦**她**。在那种情况下对她说出的话是：“啊！太太，我们多希望亲爱的拉什沃思太太和茱莉娅今晚也在呀！”诺里斯太太尽量在百忙之中以许多微笑和客气的话语回答了她。她忙着安排牌桌，提醒托马斯爵士，试着让所有的年长女士挪到屋子里更合适的地方。

克劳福德小姐在有意取悦时，却对范尼本人犯了最大的错误。她有意让她在心里欢呼雀跃，也让她为自己的重要性而无比欣喜。她误解了范尼的脸红，在前两支舞结束后依然认为该这么做，便走上前去，带着意味深长的神情说："也许你能告诉我为何我哥哥明天去城里？他说要去那儿办事，却不肯告诉我什么事。这是他第一次不肯向我吐露实情！但我们最终都会这样。谁都会迟早被人取代。现在，我必须向你询问。告诉我，亨利要去做什么？"

范尼尴尬不已，却尽量坚定地声称她毫不知情。

"好吧，那么，"克劳福德小姐笑着答道，"我必须认为这只是为了愉快地送你哥哥，在一路上谈论你。"

范尼很困惑，但这是不满的困惑。克劳福德小姐好奇她为何不笑，以为她过于焦虑，或觉得她有些古怪，却怎么也想不到她根本不为亨利的殷勤感到高兴。范尼这个晚上过得非常愉快，但亨利的殷勤几乎与此无关。她宁愿不这么快就被他再次邀请，她希望不必怀疑他之前询问诺里斯太太晚餐时间，只为到时能坐在她身旁。但这无可避免，他让她感到她是所有的目标。虽然她不能说这些做法令人不快，或是他举止粗俗、卖弄炫耀——有时当他说起威廉时，他的确并不令人讨厌，而是显得热情洋溢、值得赞赏。但他的殷勤依然与她的快乐无关。她每次看着威廉都感到愉快，在每隔五分钟走到他身旁，听他谈论他的舞伴时，都能看出他非常快乐。她高兴地得知自己受人赞赏，她很高兴还能期待和埃德蒙跳两支舞。晚上的大部分时间人们都热切地请求和她跳舞，所以她和**他**不确定的邀约只能不断推延。甚至当他们的确一起跳舞时她也心情愉快，但并非因为他有任何兴致，或是他像上午那样说了任何温柔殷勤的话语。他筋疲力尽，而她的快乐源于能成为让他的心灵得到平静的朋友。“这些礼节把我累坏了，”他说，“我整晚都在不停地说话，又无话可说。但和**你**在一起，范尼，也许能让人安心。你不会想听人说话。让我们尽情沉默一会儿吧。”范尼几乎连同意的话都说不出来。也许他的疲惫主要源于他上午承认的同一种感情，这尤其应该尊重，他们平静无语地跳完了两场舞。或许任何旁观者都能确信，托马斯爵士绝没有为他的小儿子培养妻子。

这个晚上没给埃德蒙带来什么快乐。他们开始跳舞时，克劳福德小姐兴高采烈，但她的兴致没给他带来好处，反而减少而非增加了他的安适。后来，他发觉自己还想去找她，她说起他如今即将就任的职位，态度让他深感痛苦。他们说了话——他们沉默着——他试着争辩——她语带嘲讽——最后两人都恼火地分开了。范尼无法完全不观察他们，看到的一切令她很满意。在埃德蒙痛苦时感到快乐简直残忍。然而有些快乐必然会源于相信他的确在痛苦中。

在跳完和他的两支舞后，她既不想也没有力气再跳下去。托马斯爵士见她不是跳完而是走完舞步，气喘吁吁，双手低垂，便命令她彻底坐下。从那时起克劳福德先生也坐了下来。

“可怜的范尼！”威廉叫道，他过来看了她一会儿，使劲帮她扇着扇子，“她这么快就累倒了！哎呀，舞会刚刚开始呢。我希望我们这两个小时能一直跳下去。你怎会这么快就累了?”

“这么快！我的好朋友,”托马斯爵士一边说，一边十分谨慎地掏出表来,“三点钟了，你妹妹不习惯这样的时间。”

“哦，那么范尼，明天我走之前你别起来了。想睡多久就睡多久，不用管我。”

“哦！威廉。”

“什么！她想在你离开前起床吗?”

“哦！是的，先生,”范尼叫道，她着急地从座位上起身，靠近她的姨父,“我必须起来和他一起吃早餐。你知道这是最后一次了，最后一个早晨。”

“你最好别这样，他不到九点半就得吃完早餐离开，克劳福德先生，我想你会在九点半来叫他吧。”

然而范尼心急如焚，她眼泪汪汪地恳求他同意，最后得到两声和蔼的“好吧，好吧!”作为许可。

“是的，九点半,”克劳福德在威廉即将离开时对他说,“我会准时的，因为我没有好心的妹妹叫**我**起床。”又低声对范尼说:“我只用匆忙从空荡荡的家里出来。你哥哥会发现明天我和他的时间概念完全不同。”

托马斯爵士思考片刻，邀请克劳福德来这儿和他们一同吃早餐，不必独自吃饭，他本人也会在场，这个邀请被欣然接受。他的怀疑在很大程度上带来了这场舞会，而这使他相信，他的怀疑理由充分。克劳福德先生爱上了范尼。他愉快地期待着未来的情景。与此同时，他的外甥女没有因为他刚才的做法感谢他。她本来希望在最后一个早晨单独和威廉在一起。那原本是她无法言语的心愿。然而虽然她的愿望落了空，她的心里毫无怨言。相反，她太习惯于人们不考虑她的快乐，太习惯事与愿违，所以能为已经实现了这么多心愿感到诧异和快乐，而不是为后来的扫兴安排感到难过。

不久后，托马斯爵士再次有些违背她的意愿，建议她立即上床休息。“建议”是他的原话，但说得无比威严，她只能起身，在克劳福德先生热切的告别声中静静离开了。她在大门前停下来，像布兰克斯霍尔姆府邸的夫人那样，“最后驻足片刻”[①]，回顾这愉快的场景，最后看一眼还在认真跳舞的五六对年轻人。接着她慢慢爬上主楼梯，听着连绵不断的乡村舞曲，因为希望与担忧，喝下的汤和酒而兴奋不已。她腿脚酸痛、精疲力竭、心情激动、焦虑不安，但依然感觉无论如何，舞会的确令人愉悦。

托马斯爵士以这种方式让她离开，也许不仅仅想着她的健康。他也许想到克劳福德先生已经在她身旁坐了太久，或者有意显示她温柔顺从，适合当个妻子。

---

① 选自沃尔特·斯科特爵士的《最后一位吟游诗人的谣曲》。

第十一章

舞会结束，早餐也很快结束了。最后的亲吻之后，威廉走了。克劳福德先生如他预先说的那样非常准时，早餐短暂又愉快。

在目送威廉至最后一刻后，范尼心情悲哀地走回早餐室，为这伤感的变化觉得难过。她姨父好心让她静静地哭泣，也许认为每个年轻人留下的椅子都会唤起她温柔的热情，威廉盘中剩下的冷猪骨和芥末或许正和克劳福德先生的碎鸡蛋壳共同分担她的伤心。如她姨父所愿，她坐在那儿**柔情**地哭泣着，但那只是兄妹间的柔情，别无其他。威廉走了，她此时觉得似乎把他来访的一半时间都浪费在无聊的担忧，以及与他无关的自私牵挂上了。

范尼的性情就是这样，她甚至每次想到诺里斯姨妈在她的小屋里过着贫寒凄凉的生活时，都会忍不住责备自己上次同她在一起时对她不够关心。想到威廉在这儿整整两个星期应得的关照，以及她的所做所说和所想，她就更加无法原谅自己。

这是沉重忧伤的一天。第二天早餐后，埃德蒙向他们告别一周，骑马前往彼得伯勒，于是大家都走了。昨晚的情景只留下回忆，她无人可以分享。她跟伯特伦姨妈说话——她必须和谁谈谈舞会，但她的姨妈几乎什么都没看见，一点都不好奇，所以说得很困难。伯特伦夫人弄不清晚餐时任何人的衣着或座位，只记得她自己。“她记不起她听说的关于某个马多克斯小姐的事，也不记得普雷斯科特夫人说了范尼什么。她不确定哈里森上校说的屋子里最棒的年轻人究竟是指克劳福德先生还是威廉。有人悄悄对她说了些什么，她忘了问托马斯爵士那是什么事情。”这些是她最长的话语和最清晰的交流，其余只是懒洋洋的“是的——是的——很好——你是这样吗？他是这样吗？——我没看见**那个**——我肯定分不清这两个人。”这很糟糕。这只会比诺里斯太太的厉声回答好一些，但她带着所有剩下的果酱回家照顾一个生病的女仆了，所以她们的小圈子宁静和谐，虽然除此之外别无可称道之处。

晚上和白天一样沉重。“我不明白我是怎么了，”茶具挪开后，伯特伦夫人说，“我感觉很迟钝。一定是昨晚待得太迟了。范尼，你必须做点什么让我保持清醒。我没法做针线活。把牌拿来，我觉得稀里糊涂。”

牌拿来了，范尼和她姨妈睡觉前一直在玩克里巴奇牌戏。因为托马斯爵士在独自看书，所以接下来的两个小时屋里没有声响，除了算牌的声音。“**那**就三十一分了——手里四分，赢了八分——该你出牌了，夫人，要我帮你出吗？”范尼一再想着二十四小时给那间屋子，宅子里那一整块地方带来的巨大变化。昨天晚上充满希望与笑脸，熙熙攘攘、热热闹闹、声音沸腾、灯火辉煌，客厅内外处处这样。此时却死气沉沉，一片寂静。

一夜安睡使她精神好转。她第二天能更高兴地想着威廉了，因为上午她得到机会和格兰特太太与克劳福德小姐谈论星期四晚上的情形，聊得很愉快，个个想象力丰富，欢笑声不断。这对于消除散场的舞会留下的阴霾至关重要，让她之后没费多少努力就进入了日常的生活状态，轻松适应了这一周的宁静生活。

这一整天的确是她所经历过人数最少的一天。**他**走了，而每次家庭聚会和每一餐的舒适欢愉主要因为有他。但她必须学会忍受这一点。他很快会一直不在家。范尼庆幸自己如今能和姨父待在同一间屋子里，听着他的声音，得到他的提问，甚至回答这些问题，不再像从前那样感到痛苦不堪。

“我们想念两位年轻人。”第一天和第二天晚餐后，托马斯爵士在他们缩小很多的圈子里说道。考虑到眼泪汪汪的范尼，第一天除了为他们的健康干杯，别的什么也没说，但第二天多说了一些话。他亲切地夸赞了威廉，希望他能得到提升。“我们有理由相信，”托马斯爵士又说，“也许他今后能常来看望我们。至于埃德蒙，我们必须慢慢接受他不在家中。这将是他属于我们的最后一个冬天，因为他的职业使然。”“是的，”伯特伦夫人说，“但我希望他不要离开。他们都会走的，我想。我希望他们能待在家里。”

这个心愿主要和茱莉娅有关，她刚刚请求允许她和玛丽亚一同去城里。托马斯爵士认为允许她去对两个女儿都有好处，而伯特伦夫人虽然性情和善，不会阻止，却为这将改变茱莉娅回家的日期而难过，她原本这时该回来了。托马斯爵士对她好言劝慰，想让他的妻子接受这个安排。他把一个体贴的父母**应该**感受到的一切都说给她听，一个慈爱的母亲**必须**感觉要尽其所能让孩子更开心，这被说成了她的天性。伯特伦夫人全都同意，平静地说了声“是的”。她默默考虑了一刻钟后情不自禁地说道：“托马斯爵士，我在想——我很高兴我们带来了范尼，因为此时别人都不在，我们就感觉到这样的好处了。”

托马斯爵士立即提升了这番赞美，说道：“完全正确。我们当面称赞范尼，告诉她我们认为她是多好的女孩——她现在是个很宝贵的同伴。如果说我们一直对**她**很好，她现在对**我们**也非常重要。”

“是的，”伯特伦夫人马上说，“想到我们永远都有**她**在身边，真是个安慰。”

托马斯爵士停顿一下，微微一笑，瞥向他的外甥女，然后严肃地答道：“我希望她永远不会离开我们，直到应邀进入某个别的家庭，很有可能让她比在这儿更加幸福。”

“**那**不大可能，托马斯爵士。谁会邀请她呢？玛丽亚也许很高兴偶尔在索瑟顿见到她，但她不会想请她住在那儿——我肯定她在这儿更好——而且，我也离不开她。”

曼斯菲尔德大宅里平静安宁的一周，在牧师住宅的感受却大不相同。至少让两位年轻小姐的感觉截然不同。范尼感到的宁静与舒适，却让玛丽觉得无聊又恼火。这部分源于性情和习惯的不同——一个很容易满足，另一个很不习惯忍受，但更多是因为境遇的不同。在某些兴趣点上两人也恰恰相反。在范尼的心里，埃德蒙的离开，的确从原因到发展都让她欣慰。对玛丽来说，这在各个方面都令她痛苦。她每天都想得到他的陪伴，几乎时时刻刻希望如此，因为太想和他在一起，所以想到他离开的目的，这只会让她恼怒不已。他怎么也想不出比离开一个星期更能提高他重要性的做法，正好在她哥哥离开的时候，威廉·普莱斯也走了，把曾经生气勃勃的一群人彻底解散。她深感如此。他们如今是难受的三人组，被持续的雨雪困在家里，无事可做，没有任何变化可期待。虽然她对埃德蒙坚持己见，无视于她的做法感到愤怒（她愤怒至极，两人在舞会上几乎不欢而散），但她忍不住在他离开后总是想着他，不断回忆他的优点和深情，再次渴望像近来那样几乎每天见到他。他出去的时间长得毫无必要。他不该计划此时出去，他不该在她即将离开曼斯菲尔德时，却要离家一个星期。接着她开始责备自己。她希望在他们最后一次的谈话中，她没有说得那么激动。她担心自己措辞强烈，说起牧师时用了一些轻蔑的话语，**那**很不应该。这很没教养，是个错误。她真心希望没有说过那些话。

一个星期过去了，她的烦恼没有结束。一切都很糟糕，但她有更多的理由感到恼火。星期五到了，埃德蒙没有出现。星期六到了，埃德蒙还是没来。星期天她和那家人稍微聊了几句，得知他竟然写信说要推迟回家，因为答应陪他的朋友多待几天！

如果她之前感到焦躁与后悔，如果她为说过的话而难过，担心对他影响太深，她此时的感受与担忧增加了十倍。而且，她要和一种全新的不愉快情绪作斗争——嫉妒。他的朋友欧文先生有姐妹，他也许发觉她们很有魅力。不过，无论如何，他在这样的时候待在外面，而根据之前的计划她将去往伦敦，其中的含义让她无法忍受。要是亨利像他之前说的那样，三四天后就回来，她现在应该已经离开了曼斯菲尔德。对她而言，去找范尼了解更多消息变得非常必要。她无法再这样独自痛苦生活。她朝庄园走去，一个星期前她曾觉得道路泥泞，无法行走，如今她艰难前行，只为能多听到一点消息，为了至少能再听见他的名字。

最初的半个小时一无所获，因为范尼和伯特伦夫人在一起。除非能单独和范尼一起，她什么都不指望。不过最后伯特伦夫人离开了屋子。随后克劳福德小姐几乎立即开口，她尽量以平常的声音说：“**你**怎么看待你埃德蒙表哥待在外面这么久？作为家中唯一的年轻人，我认为**你**最受苦——你一定想念他。他推迟回来让你惊讶吗？”

“我不知道，”范尼迟疑地说，“是的，我没有料到。”

“也许他总会比他说的日子待得更久。所有年轻人都是这样。”

“他以前只去过欧文先生家一次，没有这样。”

“他**现在**发觉那家人更讨人喜欢了。他本人是很——很令人喜爱的年轻人，我忍不住担心去伦敦前无法再见到他，目前看来无疑会这样——我每天都在等待亨利，等他一来就没什么能让我继续留在曼斯菲尔德了。我承认，我想再见他一面。但你必须转达我的问候。是的，我想一定是问候。普莱斯小姐，在我们的话语中，难道没有少了某种——某种介于问候和——和爱意之间的表达——能适合我们之间的友好交往吗？好几个月的交往！不过也许问候就够了，他的信长吗？他有没有告诉你他做的许多事情？他是留下来欢度圣诞节吗？”

“我只听说了信的一部分，是写给我姨父的，但我相信写得很短，我很肯定只有几行字。我只听说他的朋友劝他待久一些，他也同意了。多待**几**天，或是**一些**日子，我不太清楚是怎样。”

“哦！要是他写给他父亲——但我以为会写给伯特伦夫人或是你呢。可他要是写给他父亲，毫无疑问会很简短。谁能给托马斯爵士写信闲聊呢？假如他写给了你，就会有更多细节。你也许能听说舞会和晚会，他会向你描述每件事和每个人。那儿有几位欧文小姐?”

“三位成年的。”

“她们喜爱音乐吗?”

“我完全不知道。我从未听说过。”

“那是第一个问题，你知道，”克劳福德小姐说着，尽量显得兴高采烈、满不在乎，“每个弹奏乐器的女人都必然会这样问起别人。但提出与任何年轻小姐相关的问题很愚蠢——有关任何刚刚成年的三个姐妹，因为即使没人告诉，我们也知道她们一定怎样——全都多才多艺惹人喜爱，有**一位**非常漂亮。每个家庭都有个美人，这是常规状态。两人弹钢琴，一人弹竖琴——个个都唱歌——要是有人教过就愿意唱歌——或者没人教也一样能唱——或是类似的情况。”

“我对欧文小姐们一无所知。”范尼冷静地说。

“你一无所知，也更不在意，正如人们所说。我从未听过比这更不在乎的语气。的确，人们怎会关心从未见过的人呢？好了，等你表哥回来时，他会发现曼斯菲尔德特别安静。所有吵闹的人都离开了，你哥哥和我哥哥，还有我自己。时间越来越近了，我不愿离开格兰特太太。她不想让我走。”

范尼感觉只得说话。“你不必怀疑许多人会想念你，”她说，“你会被深深想念。”

克劳福德小姐转眼看着她，仿佛想听见或看见更多，然后笑着说：“哦是的！就像每个吵闹不休的人被带走后得到的想念。

也就是说，感觉到很大的区别。但我并非讨人恭维，不用夸赞我。如果我**真**被想念，我会知道的。我也许能被想见我的人找到。我不会住在任何神秘遥远或无法到达的地方。”

此时范尼说不出话来，让克劳福德小姐很失望。她本想听到关于她魅力的愉快保证，以为范尼肯定知道，她的情绪再次蒙上阴影。

“欧文小姐们，”她很快又说，“假如有一个欧文小姐在桑顿·莱西定居下来，你觉得怎样？更奇怪的事情也发生过。我敢说她们正在尝试这么做。她们这样做很对，因为对她们而言将是很不错的产业。我毫不惊奇，也绝不责怪她们——人人都有责任尽量为自己争取。托马斯爵士的儿子很有身份，现在又从事着他们自己的职业。她们的父亲是牧师，哥哥也是牧师，他们全都是牧师。他是她们的合法财产，他简直属于她们。你不说话，范尼——普莱斯小姐——你不说话——但现在实话实说，你难道不觉得这很有可能吗?”

“不，”范尼坚定地说，“我完全不这么认为。”

“完全不!”克劳福德小姐立即叫道，“这真让我诧异。但我敢说你很清楚——我一直认为你知道——也许你认为他根本不会结婚——或者现在不会。”

“不，我不知道。”范尼柔声说，希望她相信或承认这一点没有犯错。

她的同伴热切地看着她，从她目光引起的脸红中得到了更多鼓励，只说道“他这样最好”，便转移了话题。

第十二章

克劳福德小姐的不安因为这次谈话而大大减轻，她又兴高采烈地走回家，几乎能让她忍受在同样糟糕的天气里和同样寥寥几人再过一个星期，只要有机会来证明这一点。然而当天晚上她的哥哥又高高兴兴，甚至比平常更高兴地从伦敦回来，就再没有别的事情来考验她的兴致了。他还是不肯告诉她此行的目的，这只会让她更加高兴，要是前一天或许会使她恼火，但现在只是个愉快的玩笑——这样的隐瞒只被当成为她准备的意外惊喜。第二天**的确**给她带来了惊喜。亨利本来说他只去问候伯特伦一家，十分钟就回来——但他出去了一个多小时。他的妹妹等他陪着去花园散步，最后很不耐烦地在通路[①]遇到他。她叫道："我亲爱的亨利，你这么长时间会去哪儿了呢?"他只说他在陪伯特伦夫人和范尼坐着。

"和她们坐了一个半小时!"玛丽惊叫道。

但这只是她惊讶的开始。

"是的，玛丽，"他说着挽住她的胳膊，沿着通路往前走，仿佛不知身在何处，"我无法更早离开，范尼看上去那么可爱！我已下定决心，玛丽。我已经完全打定主意。这会让你吃惊吗?

① 通往门前的一段路，可供马车行走与停靠。

不，你一定看得出我已经决定和范尼·普莱斯结婚了。”

玛丽惊讶至极，因为不管他能怎么想，他的妹妹却从未想过他会有这样的念头。她看上去无比诧异，他只好重复了刚才的话，说得更加完整，也更郑重其事。一旦相信了他的决定，这也并非不受欢迎。她的惊讶甚至带了一份喜悦。玛丽在心里为和伯特伦一家结亲感到高兴，对她哥哥要娶身份稍低的人没觉得不快。

“是的，玛丽，”亨利最后保证道，“我坠入了情网。你知道我开始那些无聊的打算，但这已经结束。我已经（我自认为）赢得了她不少的爱慕之情，而我本人心意已决。”

“真幸运，幸运的女孩！”玛丽刚能开口便叫道，“对她是多好的亲事啊！我亲爱的亨利，这必然是我的**第一点**感受，但我的**第二点**，你一定也能真心感觉到，那就是我从心底赞成你的选择，衷心祝愿、希望、也预见你会幸福快乐。你将拥有一个温柔可爱的妻子，她将对你感激不尽，情深意切。正是你应得的回报。对她而言是多好的亲事呀！诺里斯太太总说她运气好，现在该说什么了？全家人都会高兴不已，真的！她在那儿有一些**真正的**朋友！**他们**该有多欢喜！可是把一切都告诉我吧！对我不停地说下去。你什么时候开始认真考虑她的？”

这样的问题最难以回答，虽然得到这样的提问也最让人高兴。“那令人愉悦的折磨怎样袭上他的心头？[①]”他无法言述，他把同样的感情以略有不同的话语说了三遍后，他的妹妹急切地打

---

① 选自威廉·怀特黑德（William Whitehead，1715—1785）的《无可言喻：一首歌》（*The Je ne scai Quoi*. *A Song*）。

断了他，说道：“啊，我亲爱的亨利，就是这件事让你去了伦敦！这就是你做的事情！你选择在下定决心前询问上将的想法。”

但他坚决否认了这一点。他太了解叔叔了，不会和他商量任何有关婚姻的计划。上将痛恨婚姻，认为一个有独立财产的年轻人想要结婚，绝对不可原谅。

“等他认识范尼后，”亨利接着说，“他会喜欢她的。对于上将这样的男人，她正是那种能消除他们所有偏见的那个女人，因为她正是他认为世界上绝不可能存在的那种女人。她正是他无法描述的人，就算他真有足够细致的语言来表达他自己的想法。但不到事情完全决定——在事成定局、无法干涉前，他将对此一无所知。不，玛丽，你错了。你还没发觉我做了什么。”

“好吧，好吧，我很满意。我现在知道这件事必定和谁有关，根本不急于知道别的事情。范尼·普莱斯——太棒了——棒极了！曼斯菲尔德竟然做了这么多，为了——**你**竟然会在曼斯菲尔德决定你的命运！但你说得很对，你不可能选得更好。世界上没有更好的女孩，你也不缺财产。至于她的亲戚，那实在太好了。伯特伦一家毫无疑问是这个国家的上等人。她是托马斯·伯特伦爵士的外甥女，那对世人来说就足够了。不过继续，继续说下去。告诉我更多的事情。你有哪些计划？她知道自己的幸福吗？”

“不。”

“你在等什么？”

“等，只是在等机会。玛丽，她和她的表姐们不一样，但我认为我不会徒劳无获。”

“哦不！你不会的。就算你没这么讨人喜欢，假如她还没有爱上你（但对于这一点我毫不怀疑），你也很有把握。她温柔感恩的性情会立即让她完全属于你。我真心认为她不会**毫无**爱意地和你结婚，也就是说，如果世上有一个女孩能完全不求名利，我会认为就是她。但如果请求她爱你，她绝对不会狠心拒绝。”

她急切的心情刚刚平静下来，他就高兴地对她讲述，而她也乐意倾听；随后的谈话几乎对她和他本人都一样趣味盎然，虽然他实际上除了自己的感情之外无话可说，只能重复着范尼的魅力——范尼漂亮的脸蛋和迷人的身材，范尼优雅的仪态和善良的心肠，这是说不尽的话题。她温柔、端庄、甜美的性情被他热情洋溢地夸个不停。这种甜美在男人对每个女人的评判中有着至关重要的价值，虽然他有时爱的人并不甜美，他却永远不相信这会缺失。他有足够的理由信任并赞赏她的性情。他常常看到她的性情承受考验。除了埃德蒙，这个家里还有谁没以各种方式不断考验她的耐心与忍受力呢？她显然感情热烈。只要看看她和她哥哥在一起的样子！还有什么能更愉快地证明她的感情既温柔又热烈吗？对于一个即将赢得她爱情的男人，能有什么会更加令人鼓舞呢？而且，她的理解力毋庸置疑，敏锐清晰；她的举止反映了她谦逊优雅的心灵。这还不够。亨利·克劳福德太明白一位妻子的原则性有多重要，虽然他很不习惯认真反思，不知道有哪些适当的名称，可是当他说起她的行为非常稳定专一，特别看重名誉，极其礼貌得体，能让每个男人完全信任她的忠诚与正直，他是因为知道她坚定虔诚才能说出这些话的。

“我能全心全意地信赖她，”他说，“**那**是我想要的。”

他妹妹的确相信他对范尼·普莱斯的夸赞没有言过其实，对他的未来感到欣喜。

“我越想这件事，”她叫道，“就越相信你做得很对。虽然我绝不会把范尼选为你最有可能爱上的女孩，但我现在相信她正是能让你幸福的女孩。你想打破她平静的邪恶计划真的变成了一个聪明的想法。你们两人都会因此得到好处。”

“我想伤害这样的人很不对，实在糟糕，但我那时不了解她，她将没理由为我当初的想法而悔恨。我会使她非常幸福，玛丽，比她本人在任何时候更加幸福，也比其他所有人都幸福。我不会带她离开北安普敦郡。我会把埃弗灵厄姆租出去，在附近租个地方，也许是斯坦尼克斯宅第。我会把埃弗灵厄姆出租七年。我只要开口就能找到极好的房客。我现在就能说出三个人，不仅按照我的条件，还会感谢我。”

“哈！”玛丽叫道，“在北安普敦郡定居！那太好了！那样我们都能在一起。”

她说完这句话冷静了一下，希望没有说出口，但完全不必尴尬。她的哥哥不过以为她打算一直住在曼斯菲尔德牧师住宅，只是热情邀请她住到自己家中，以此作为回答，还说她最有权利这样做。

“你必须一大半时间都和我们在一起，”他说，“我不认为格兰特太太有着和范尼与我本人同样的权利，因为我们两人都对你拥有一份权利。范尼会成为你真正的姐妹！”

玛丽只能表示感谢并给出泛泛承诺，但她此时的想法很明确，在哥哥或姐姐家居住的日子不会超过几个月。

“你每年会轮流住在伦敦和北安普敦郡？”

“是的。”

“那就对了。你当然要在伦敦有自己的房子，无需和上将住在一起。我最亲爱的亨利，早点离开他对你有好处，趁你的行为没受到上将的影响和伤害，还没染上他的愚蠢念头，也没有学着把大吃大喝当成人生的最大乐事！你不知道这对你的好处，因为你对他的尊重蒙骗了你，但在我看来，你早点结婚也许是对你的拯救。要是看着你言行举止或神情姿态和上将越来越相似，会让我心碎的。”

“好了，好了，我们对这一点的看法不太一致。上将有他的缺点，但他是个很好的人，对我比父亲更重要。没几个父亲能给我一半的自由。你可别让范尼对他有偏见。我一定要让他们彼此相爱。”

玛丽没有说出她的感受，她忍住没说她觉得世界上找不到在性情举止上更不和谐的两个人。时间会让他明白一切，但她忍不住说出了对上将的这番看法。“亨利，我非常看重范尼·普莱斯，所以要是我认为下一个克劳福德太太会像我可怜的受尽虐待的婶婶那样，能有厌恶这个称呼的一半理由，我会尽我所能阻止这桩婚事。但我了解你，我知道你爱过的妻子将是最幸福的女人。即使你不再爱她，她也会发现你有绅士的慷慨与教养。”

他不可能不竭尽全力使范尼幸福，也不可能不爱范尼·普莱斯，他自然会在此基础上滔滔不绝地说出他的答复。

“你要是今天早上见到了她，玛丽，”他继续说道，“看她怎样以无法言喻的温柔和耐心照料她的姨妈，满足她所有的愚蠢要求，陪她做针线活或是替她做，当她俯身做活时，她的脸色更加红润，漂亮极了，接着她又回到座位上，为那个蠢女人写完之前帮她写的便笺。她毫不做作，温柔可亲地做着这一切，仿佛她理所当然没有一刻能由自己支配。她的头发和平时一样梳得很整洁，在她写字时一小缕头发垂了下来，她不时甩回去，在这所有的事情当中，依然间隔着对**我**说话，或是听我说话，仿佛她喜欢听我说话似的。你要是见到她那个样子，玛丽，你就不会以为她对我内心的吸引力有可能消失。”

“我最亲爱的亨利，”玛丽叫道，她稍停片刻，面带微笑地望着他的脸，“看到你爱得这么深我多开心呀！这真让我高兴。可是拉什沃思太太和茱莉娅会说什么呢？”

“我既不在乎她们说什么，也不在意她们的感受。她们现在会看出怎样的女人能让我动心，能让一个理智的男人动心。我希望这个发现也许能对她们有好处。她们现在能看着她们的表妹得到应有的对待，我希望她们能为自己讨厌的无视与刻薄感到真心羞愧。她们会生气，”他沉默一会儿又说道，语气更加冷淡，“拉什沃思太太会非常生气。这对她将是一剂苦药，也就是说，像其他苦药那样，会有暂时的苦味，然后被吞下并忘记。我并非那种花花公子，会以为她的感情比其他女人更持久，虽然**我**是那些感情的目标。是的，玛丽，我的范尼会感到真正的不同，每天每时，每个靠近她的人举止都会不同。想到这是我做的，是我给了她理应得到的尊重，我会感到无比幸福。现在她寄人篱下，无依无靠，没人关心，受人冷落，被人遗忘。”

“不，亨利，不全是这样。没有被所有人遗忘，并非没人关心或被人遗忘。她的埃德蒙表哥从不忘记她。”

“埃德蒙——对，我相信他（总的来说）对她很好；托马斯爵士也以他的方式对她不错，但那是个有钱有势、高高在上、夸夸其谈、独断专横的姨父的方式。托马斯爵士和埃德蒙一起又能做些什么呢？他们**真**能为她的幸福、安适、体面和尊严做的事，比起我**要**做的事情算得了什么？”

第十三章

亨利·克劳福德第二天早上又来到曼斯菲尔德庄园，比通常的拜访时间来得更早。两位女士都在早餐室，他幸运地发现伯特伦夫人在他进来时正要离开。她几乎走到了门口，因为绝不肯白费那么多力气，只是礼貌地打了个招呼，简单说句有人等她，让仆人“通报托马斯爵士”，就走了出去。

亨利对她的离开欣喜若狂，他鞠躬目视她走后，便迫不及待地立即转向范尼，拿出几封信，神采奕奕地说道：“我得承认我对给我机会单独和你在一起的任何人都感激不尽：你绝对想不到我有多么期待。我知道你作为妹妹的感情，几乎无法忍受让屋子里的任何人和你分享我现在带来的新消息。他升职了。你哥哥成了少尉。我为你哥哥的升职祝贺你，对此满意至极。这些是宣布消息的信件，我刚拿到手。也许，你想看看吧。”

范尼说不出话来，而他也不需要她说话。看着她的眼神，她脸色的变化，情绪的发展，那些怀疑、困惑和快乐，就足够了。她接过他递给她的信。第一封是上将写给他侄子的，寥寥数语，说他完成了任务，帮年轻的普莱斯升职了。里面还有两封信，一封是海军大臣的秘书写给一位朋友的，上将委托他关照此事。另一封是那位朋友写给上将本人的，信里看来海军大臣非常高兴地批准了查尔斯爵士的推荐。查尔斯爵士很乐意有这样的机会向克劳福德上将致敬，威廉·普莱斯先生被任命为皇家轻巡洋舰画眉号少尉的消息传开后，让许多大人物都感到非常高兴。

范尼的手在这些信的下面颤抖着，她的眼睛从一封扫向另一封，心里激动不已，这时克劳福德带着由衷的热切之情继续说着，表明他对这件事的兴趣。

“我不想说我自己有多高兴，”他说，“虽然我特别高兴，因为我只想着你的开心。和你相比，谁有开心的权利呢？我几乎对我自己先得知消息感到不满，因为你才是应该最先知道的人。但我一刻也没浪费。早上信来得晚了，但接着没有一刻的耽搁。我对这件事迫不及待、焦虑不安、急得发狂，我不想尝试用言语来表达。当我在伦敦，这件事还没办成时，我简直羞愧难当、失望至极！我待在那儿一天天地盼望着，而除此之外什么也不能让我离开曼斯菲尔德一半的时间。可是虽然我叔叔满腔热情地答应了我的心愿，立即为此全力以赴，却因为一个朋友不在，另一个朋友有事而困难重重，让我实在无法忍受去等待最终结果。我知道事情交在非常可靠的人手中，于是在星期一离开，相信过不了多久就能收到这些信。我叔叔是世界上最好的人，他已经尽了全力，因为我知道他见了你哥哥后一定会这么做。他很喜欢威廉。我昨天不让自己说出我有**多么**高兴，或是重复上将夸赞他的一半话语。我推迟了一切，直到能证明这些夸赞出自朋友之口，而今天**的确**证明如此。**现在**我可以说即使**我**也无法让威廉·普莱斯引起更大的兴趣，得到更好的祝福和更高的赞赏。他们一起度过那个晚上后，我叔叔自然而然对他产生了特别强烈的好感。”

“那么这些都是**你**做的吗？”范尼叫道，“天啊！你真好，太好了！你真的——真是**你的**想法——对不起，但我很困惑。是克劳福德上将帮了忙吗？这是怎么回事？我真的糊涂了。”

亨利非常乐意把事情说得更明白，他从早些时候说起，特别解释了他起的作用。他上次去伦敦没别的目的，只为把她哥哥引荐到希尔街，再劝说上将尽最大努力帮他升职。这就是他的使命。他没有对任何人说起过，他没对玛丽透露过一个字。当事情悬而未决时，他不能怀有任何特殊的感情，但这就是他的使命。他无比激动地谈起他当时的牵挂，用了非常强烈的字眼，说了许多**最深切的关心**，有**双重的目的**，**无以言表的想法和心愿**，要是范尼能认真听着，就不会对他的偏离毫无察觉。可是她心情激动，依然吃惊不已，所以连他告诉她的有关威廉的事情都没听清楚，只在他停顿时说着：“你真好！你太好了！哦，克劳福德先生，我们对你感激不尽！亲爱的，最亲爱的威廉啊！”她跳起来快步朝门口走去，大声叫道：“我要去我姨父那儿。我姨父应该尽快知道。”但这绝对不行。这个机会太难得，他的感情也太迫不及待了。他立即追上她。“她不能走，她必须再给他五分钟。”于是他拉着她的手，领她回到座位上，在她还没弄清为何被留下时，继续为她解释。然而，当她的确听懂后，她发觉那是想让她相信，**她**已经在他的心里唤起了从未有过的感情，他为威廉所做的一切，全都出于他对她极其热烈、无与伦比的爱恋，她感到格外沮丧，一时无言以对。她认为这一切实在荒唐，不过是轻佻和献殷勤，只为在此时欺骗她。她只能觉得这样对她既不得体也不尊重，不该如此对待她。但他就是这样，和她对他之前的了解如出一辙。她不能让自己表现出一半的不悦心情，因为他有恩于她，所以无论他的行为多不恰当她都不该在意。虽然她在心里依然为威廉感到高兴和感激，她却只能为最终伤害了自己感到极其怨恨。在两次缩回她的手，两次徒劳地转过身后，她站起来，心烦意乱地说道："别这样，克劳福德先生，请不要这样！我请求你不要这样做。这种谈话让我感到很不愉快。我必须离开。我无法忍受。"但他还在说着，表达他的深情，请求得到回报，最后，用非常直白，即使在**她**看来也只能有一个意思的话语向她求婚，请求她接受他本人、他的手、他的财产和一切。是这样，他说出了这番话语。她愈发感到吃惊和困惑，虽然还是很难相信他的认真，她几乎无法忍受。他催促她回答。

"不，不，不！"她捂住脸叫道，"这都是胡言乱语。别让我难过。我实在受不了了。你对威廉这么好，我的感激之情无以言表。但我不想，我无法忍受，我绝对不要听见这些——不，不，别想着我。可你并**没有**想着我。我知道这全都无关紧要。"

她从他身边跑开，就在那时传来了托马斯爵士走向他们所在的屋子时对仆人说话的声音。此时无法继续承诺或请求，虽然在他乐观自信的心里，感觉阻碍他得到幸福的似乎只有她谦逊的心灵，但在这时与她分开虽是必然却未免残酷。她从姨父进来对面的那扇门冲出去，心烦意乱、困惑不已地在东屋走来走去。这时托马斯爵士还在和客人寒暄问候，尚未听他的客人愉快地说起来访的目的。

她为每件事心情激动，思前想后，浑身颤抖。她焦虑，快乐，痛苦，无比感激，愤怒至极。一切都难以置信！他无法原谅，不可理喻！然而这就是他的习性，做什么事都要掺杂邪念。

他先是让她成了世界上最幸福的人，现在又侮辱了她——她不知该说什么——如何理解，或怎样看待。她不愿相信他是认真的，但如果只是轻佻之辞，又怎么解释那样的言语和求爱呢？

不过威廉成了少尉——**那**是毫无疑问，不折不扣的事实。她愿意一直想着它，忘掉其他的一切。克劳福德先生当然永远不会再那样向她求婚了：他一定看出这多么不受她的欢迎。在那种情况下，她将为他给威廉的友谊对他敬重又感激！

她不想离东屋太远，最多只去了主楼梯口，直到愉快地得知克劳福德先生已经离开了屋子。一旦确信他已经走了，她迫不及待地下楼去姨父那儿，同他分享自己的快乐，听他讲述和猜测威廉现在正去往何处。托马斯爵士如她希望的那样兴高采烈，和气又健谈。她和他一起轻松愉快地谈论着威廉，几乎使她觉得从未发生过令她烦恼的事，直到快结束时，她发现已经邀请了克劳福德先生当天回来用餐。这是她最不想听到的消息，因为虽然**他**也许对过去的事情毫不在意，她却为这么快就要再次见到他而苦恼不已。

她努力克制自己的情绪。她竭尽全力，在即将用餐时显得心情平静，若无其事。可当他们的客人走进屋子时，她又情不自禁地表现得羞涩不已、局促不安。她无论如何也想象不出在听到威廉升职的第一天，会有这么多痛苦的感受。

克劳福德先生不仅进了屋，他很快来到她的身边。他递给她一封妹妹写来的便笺。范尼无法看着他，但他的声音听不出为过去的傻事感到羞愧。她立即打开便笺，很高兴能有事可做，读信时愉快地感到也来吃饭的诺里斯姨妈正坐立不安，这能稍稍把她挡在视线之外。

> 我亲爱的范尼，因为我也许会永远这样叫你，让至少在过去六个星期一直笨拙地称你为**“普莱斯小姐”**的舌头感到无比轻松——我无法让哥哥过来，却不带给你几行祝贺之辞，表达我充满喜悦的同意和赞许——来吧，我亲爱的范尼，无需畏惧，任何困难都不值一提。我自认为向你保证**我的**赞许会有些作用，这样你今天下午也许就能对他露出你最甜美的微笑，让他回来后比离开时更加幸福。
>
> 爱你的
>
> 玛·克

这样的话语完全没给范尼带来任何好处。虽然她读得很快，满心困惑，无法清楚地判断克劳福德小姐的意思，但显而易见她有意为她哥哥的爱恋祝贺她，甚至**显得**信以为真。她不知该怎么做或怎么想。想到他是认真的令她痛苦，一切都让她困惑不安。每当克劳福德先生对她说话时她都苦恼不已，而他一直在对她说着话。她担心他对她说话时的声音态度和对别人说话时很不相同。她那顿饭的安适感被破坏殆尽，她几乎什么也吃不下。当托马斯爵士高兴地说愉快的心情带走了她的胃口时，她因为担心克劳福德先生的解释而羞得无地自容。因为虽然她绝不肯把目光转向他坐着的右边，她能感到**他的**眼睛立即朝她看来。

她比任何时候更加沉默。即使在谈论威廉时她也几乎没有加入，因为他的升职也完全因为右边的这个人，这样的关系使她痛苦。

她觉得伯特伦夫人比任何时候待得更久，开始为能否离开感到心灰意冷。不过最后他们进了客厅，她总算能想着自己的事情，而两位姨妈以自己的方式说完威廉的升职。

诺里斯太太似乎为能给托马斯爵士省钱而特别高兴。“**现在**威廉能自食其力了，这将对他的姨父大有不同，真不知道他已经花了他姨父多少钱。说实话，**她**送的礼物也能减少一些。她很高兴在告别时给了威廉那些礼物，真的非常高兴，她还能在不带来真正麻烦的情况下，当时给了他很好的东西。也就是说，对**她**而言，以**她**有限的收入来说，因为这些对他布置船舱会很有用处。她知道他肯定得花一些钱，知道他要买很多东西，虽然他的父母肯定会让他样样都买得很便宜——但她还是很高兴能起点作用。”

“我很高兴你给了他很好的东西，”伯特伦夫人毫不怀疑，平静地说道，“因为**我**只给了他十英镑。”

“真的！”诺里斯太太叫道，她脸红了[1]，“说实话，他离开时口袋里一定装满了钱，也不用支付去伦敦的路费。”

“托马斯爵士告诉我十英镑就够了。”

诺里斯太太根本不想问够不够，又换了个角度谈这个问题。

“真是不可思议，”她说，“把这些年轻人养大成人，送入社会，他们的朋友得花去多少钱呀！他们才想不到他们的父母，或是他们的姨父姨妈一年要为他们花费多少呢！喏，看看我普莱斯妹妹的孩子们——全都算在一起，我敢说谁也不相信他们每年要

---

① 简·奥斯汀告诉家人诺里斯太太只给了威廉一英镑。

花掉托马斯爵士多少钱，还没算上我为他们做的呢。”

“非常正确，姐姐，正如你所说。不过，可怜的小东西们！他们也没办法，而且你知道这对托马斯爵士没什么影响。范尼，威廉到东印度群岛后千万别忘了我的披肩，我也会托他买别的任何好东西。我希望他会去东印度群岛，这样我就能有披肩了。我觉得我想要两条披肩，范尼。”

与此同时，范尼只在必须说话时才会开口，她急于弄清克劳福德先生和小姐想做什么。一切的一切都表明他们的言语行为并不认真。这既不自然，也不可能，更不合理。他们所有的习惯和生活方式，她本人的所有不足都与此背道而驰。她怎么可能激起这个男人如此认真的爱恋呢？他见过无数女人，被她们仰慕，与她们调情，她们可比她好得多。他似乎对谁都不在意，即使她们想方设法取悦他。他对所有这些都满不在乎，毫不在意，冷漠无情。他受众人宠爱，却似乎对谁都无所谓。而且，他妹妹在婚姻上那么看重世俗的想法，怎么可能支持这种状态下的严肃关系呢？这再奇怪不过了。范尼为自己的困惑感到羞愧。绝不可能对她有真正的爱恋，或是真正的赞许。在托马斯爵士和克劳福德先生过来前，她已经对此深信不疑。难的是在克劳福德先生进屋后继续坚信这个想法，因为有一两次她不得已感受到的目光让她不知从常规意义上该如何理解。至少，若是来自其他任何男人，她会说这表达了十分真诚、十分专注的感情。但她依然努力相信，这不过是他对她的两位表姐和五十个其他女人经常表达的意思。

她觉得他想和她悄声说话。她认为他整个晚上只要有空都想这么做，无论在托马斯爵士走出屋子，还是在不和诺里斯太太说话时，但她每次都小心翼翼地拒绝了他。

最后——范尼紧张的神经终于等到最后，虽然时间并不很晚——他说起要走了。然而听到这句话的愉悦感又被他下一刻转向她说出的话破坏了：“你没什么要带给玛丽的吗？不回复她的便笺？要是从你这儿什么也得不到她会失望的。请你给她写点什么，就算一行字也行。”

“哦是的！当然！”范尼叫道，她急忙起身，满脸尴尬地匆匆离开，“我马上就写。”

接着她来到经常为姨妈写信的桌旁，准备好纸笔，却不知该写什么。她只把克劳福德小姐的便笺读了一遍，该怎样答复这么难以理解的信件，这使她非常苦恼。她没写过这种信，要是有时间顾虑担忧，她会非常忧虑。可是她必须马上写完，她心里只有一种明确的感觉，绝不想显得有其他想法，于是她激动不安、双手颤抖着这样写道：

> 我亲爱的克劳福德小姐，我**真的**非常感谢你的好意祝贺，只要是和我最亲爱的威廉有关的消息。我知道其他内容毫无意义，我绝对配不上这样的感情，因此原谅我，请求你不要再提。我太熟悉克劳福德先生了，不会不了解他的举止。若是他能同样了解我，我敢说他的行为会有所不同。我不知道我写了什么，但如果你能永远不提此事我将感激不尽。
>
> 承蒙来信，谢谢！
>
> 我依然是你的朋友，亲爱的克劳福德小姐

……

她越来越惊恐，结尾写得几乎看不清，因为她发现克劳福德先生假装要拿便笺，正朝她走来。

“别以为我想催促你，”他见她惶恐不安地写着便笺，就低声说道，“你不会以为我有那样的想法。请不要着急。”

“哦！谢谢你，我快写完了，刚写完，马上就好。我会非常感谢你，要是你能好心把**那个**交给克劳福德小姐。”

纸条递出，必须收下。她立即转过脸走到壁炉旁，那儿还坐着别人。他无事可做，只能满腔热情地走了。

范尼觉得从来没有哪一天过得如此激动不安，既痛苦又快乐。幸好这种快乐不会一天就消失——她每天都会想起威廉的升职，但她希望痛苦能一去不复返。她毫不怀疑她的便笺看起来一定写得很糟糕，里面的语言连孩子都会感到羞愧，因为她心情沮丧，根本无法构思。但这至少能让两人都明白，她既不相信克劳福德先生的殷勤，也没有为此而高兴。

第三卷

第一章

范尼第二天早上醒来后根本没忘记克劳福德先生，但她记得她便笺的大意，对它产生的效果和昨天晚上一样乐观。要是克劳福德先生离开就好了！那是她最热切渴望的事情——带他妹妹一起走，他本来就要这么做，他回到曼斯菲尔德就是特意要做这件事的。为何到现在还没做，她想不明白，因为克劳福德小姐当然不愿耽搁。他昨天来拜访时，范尼本来希望听到离开的日期，但他提到行程时只说不久后要走。

她对她的便笺能传达的意思满怀信心，所以当她不经意看见克劳福德先生又来到大宅，而且和昨天一样早时，她只能吃惊不已。他来也许与她无关，但她必须尽量避免和他见面。她当时正要上楼，便决定在他拜访的整个过程都待在上面，除非有人找她。因为诺里斯太太还在这儿，似乎没什么要找她的危险。

她焦虑不安地站了一会儿，倾听着、颤抖着，随时担心被叫下去。然而没有走近东屋的脚步声，她渐渐平静下来，能够坐下来干点活计。她也期待不管克劳福德先生来了还是离开，她都不必了解此事。

近半个小时过去了，她正感觉很舒心时，忽然听见上楼的均匀脚步声——沉重的步伐，在大宅的这个地方不常听见，是她姨父的脚步声。她对此和对他的声音一样熟悉，她常常为此颤抖，现在又开始颤抖起来，因为想到他要来对她说话，无论是怎样的话题。的确是托马斯爵士打开了门，问她是否在那儿，他可否进来。他以前偶尔进屋的恐惧感似乎全都回来了，她觉得他好像又要检查她的法语和英文。

但她恭恭敬敬地为他端来椅子，努力显得很荣幸。她心烦意乱，几乎忘了她小屋的不足，直到他进来后停顿片刻，惊讶不已地说道："你今天为何没生火？"

外面满地积雪，她披上围巾坐在那儿。她犹豫着。

"我不冷，先生。这种时候我从不在这儿待很久。"

"可是，你平常生火吗？"

"不，先生。"

"这是怎么回事？一定出了什么差错。我知道你在使用这间屋子，只为让你能过得舒适。我知道你的卧室**不能**生火。这是很大的错误，必须纠正。你这样坐着很不合适——要是不生火，即使一天待半个小时也不行。你身体不好。你很怕冷。你姨妈不会不知道这件事。"

范尼宁可沉默，但她必须开口。为了给她最喜爱的姨妈辩解，她忍不住说了几句话，听得出"我的诺里斯姨妈"几个字。

"我知道了，"她的姨父叫道，他镇定下来，不想再听，"我知道了。你的诺里斯姨妈总是自作主张，她小心翼翼，不让年轻人在毫无必要的纵容下长大，但凡事都要适度。她自己也很能吃苦，这当然也会影响她对别人需求的看法。还有另一个方面，我也完全理解——我知道她一直以来的想法。这个原则本身是好的，但有可能，我也相信**已经**对你做得太过——我知道有时候，在某些方面，有一些不恰当的区分，但我非常信任你，范尼，相信你绝不会为此心生怨恨——你明白事理，不会片面看待问题，或是因此心怀偏见——你会全面看待过去，你会考虑到时间、人物和可能性，你会感到教育你，让你能过平常生活的**那些人**是你真正的朋友，因为那**似乎**就是你的命运——虽然他们的谨慎也许最终看来毫无必要，这也是好意为之。在这一点上你尽管放心，这些强加于你的小贫乏和小限制，都会让你的未来加倍富足。我相信你不会辜负我对你的看法，任何时候都会给你诺里斯姨妈应有的尊重和关心，但这不用多说了。坐下来，我亲爱的。我必须和你说会儿话，但我不会耽搁你太久。”

范尼听从了，她双眼低垂，脸颊绯红。稍停片刻，托马斯爵士努力克制着笑意，继续说道：

“也许你还不知道，我今天早上有了位客人。我早餐后在自己的房间没待多久，克劳福德先生就被领进来了，也许你能猜出他来做什么。”

范尼的脸色越来越红。她姨父发觉她尴尬得无法说话或抬头，便移开视线，没再停顿，接着说起克劳福德先生的拜访。

克劳福德先生是来宣布他爱上了范尼，决心向她求婚，恳请她的姨父答应，因为他就如同她的父母。他做得非常好，开诚布公、落落大方、礼貌得体，托马斯爵士也认为他本人的答复和想法非常中肯，因此极其高兴地详细叙述了他们的谈话，完全不知道他外甥女此时的想法，以为他说的这些详情会让她比自己更加满意。于是他接连说了好几分钟，范尼也不敢打断他，她几乎没想过这么做。她感到无比困惑。她改变了姿势，眼睛盯着一扇窗户，满心惶恐、焦虑不安。他停了一下，但她几乎没意识到。这时，他从椅子上起身说："现在，范尼，我已经完成了部分任务，让你知道一切都基于明确可靠、令人满意的基础上，我也许能完成剩下的任务了，劝你和我一起下楼，在那儿——虽然我认为自己并非不受欢迎的同伴，但我必须承认你会发现一个更值得倾听的人——也许你能猜到，克劳福德先生还在屋里。他在我的房间，希望在那儿见到你。"

听完这些话，她的神情、惊恐和尖叫让托马斯爵士吃了一惊，但听到她的叫喊声令他更加吃惊。"哦！不，先生，我不能，我真的不能下楼去他那儿。克劳福德先生应该知道——他一定知道——我昨天告诉他的话足以使他相信——他昨天对我说了这件事——我毫不掩饰地告诉他这令我很不愉快，我绝不可能回报他的好意。"

"我不明白你的意思，"托马斯爵士说，他又坐下来，"你绝不可能回报他的好意？这是怎么回事？我知道他昨天对你说了，而且（据我所知）得到了一位通情达理的年轻小姐能够给予的足够鼓励，可以继续下去。我得知你在这件事情上的表现非常高兴，这显示出值得赞赏的慎重。不过现在，他已经如此恰当得体地提出求婚，你**现在**还有什么顾虑呢？"

"你错了，先生，"范尼叫道，她一时太过焦虑，只好对姨父说他错了，"你完全错了。克劳福德先生怎会这么说？我昨天根本没鼓励他——相反，我告诉他——我记不起具体的话——但我肯定我告诉他我不想听他说话，这在各个方面都令我很不愉快，我请求他再也不要那样对我说话——我相信我说的还不止那些，我应该再多说一些——要是我相信他有任何严肃的打算。但是我不想——我无法忍受——过度理解他的意思。我以为**他**会很快觉得这件事不值一提。”

她不能再说什么，她几乎无法呼吸。

“我是否应该认为，”托马斯爵士沉默片刻后说道，“你打算**拒绝**克劳福德先生？”

“是的，先生。”

“拒绝他？”

“是，先生。”

“拒绝克劳福德先生！为何原因？有什么理由？”

“我——我不可能很爱他，先生，无法和他结婚。”

“这真奇怪！”托马斯爵士以冷静不悦的语气说道，“这件事我有些难以理解。这儿有个年轻人想向你求婚，他样样都好，不仅是他的境遇、财产和人品，而且他特别讨人喜欢，他的言语谈吐谁都喜爱。你并非今天才认识他，你已经对他有所了解。而且，他妹妹是你的好朋友，他又为你哥哥做了**那些**，我会认为就算没有别的方面，那也几乎足以让你动心。我都很没把握能为威廉做些什么。他却已经做到了。”

“是的。”范尼以微弱的声音说道，她再次羞愧地低下头。当她姨父描述了这样一幅画面后，她的确几乎为自己不爱克劳福德先生感到羞愧。

“你一定知道，”托马斯先生接着说，“你一定明白克劳福德先生对你的喜爱有一段时间了。这不会让你感到惊讶。你一定注意到他的殷勤，虽然你总是非常得体地接受殷勤（我对那一点无话可说），我从未注意到那使你不高兴。我有些认为，范尼，你不太了解自己的感情。”

“哦不，先生！我真的了解。他的殷勤总是——让我不喜欢。”

托马斯爵士愈发惊讶地看着她。“我无法理解，”他说，“这需要解释。虽然你很年轻，也没见过什么人，你的感情几乎不可能——”

他停下片刻，注视着她。他看出她的嘴唇撅成一个“**不**”字，虽然没发出声音，她的脸却涨得通红。不过，那在一个非常羞怯的女孩身上，也许正符合她的单纯。他决定至少显出满意的样子，很快说道：“不，不，我知道**那**是绝不可能的——绝无可能。好了，没什么可说了。”

有几分钟他的确没有说话。他在沉思。他的外甥女也在沉思，试着坚强起来，准备应对更多的质问。她宁愿死也不肯说出事实。她希望能继续想想，让自己不要透露真相。

“除了克劳福德先生的**选择**似乎能带来的好处，”托马斯爵士非常冷静地再次说道，“他想这么早结婚很让我欣赏。我很赞成早点结婚，只要境遇相当，我愿意让每个财产充足的年轻人尽量在二十四岁安顿下来。这就是我的想法，所以我很遗憾地想到我自己的大儿子，伯特伦先生，几乎不可能早早结婚。此时，在我看来，婚姻完全不在他的计划或想法中。我希望他更有可能安顿下来。”他瞥向范尼，“我想，以埃德蒙的性情和习惯，很可能比他哥哥更早结婚。说真的，我近来想着，**他**已经遇见他能爱上的女人，我相信我的大儿子还没有。我说得对吗？你是否同意我的话，我亲爱的？”

“是的，先生。”

话说得温柔平静，托马斯爵士轻松认为这是因为表兄妹的关系。但他消除顾虑对他的外甥女没有任何好处，他确信她很不可理喻，变得更不高兴。他站起身，皱着眉头在屋里来回踱步，范尼虽然不敢抬眼，却能想象得出。不久后，他以威严的声音说道：“孩子，你有任何理由觉得克劳福德先生脾气不好吗？”

“没有，先生。”

她很想加一句：“但我有理由反对他的原则。”可是想到随后可怕的讨论、解释，或许是全然不信，她的心沉了下去。她对他的负面评价主要源于观察，为了她的表姐们，她根本不敢告诉她们的父亲。玛丽亚和茱莉娅——尤其是玛丽亚，她和克劳福德先生的错误行为关系太深，她相信要是不说出她们，她无法说清他的性格。她原本以为，像她姨父这样眼光敏锐、令人尊敬、善良正直的人，只要她简单承认确实**不喜欢**就足够了。让她无比伤心的是，情况并非如此。

她坐在桌旁痛苦地颤抖着，托马斯爵士走上前，冷峻地说道：“我发觉对你说什么也没有用。我们最好结束这场无比尴尬的会面。不能让克劳福德先生等下去了。我只想再说一点，因为我觉得有责任说出对你行为的看法——你辜负了我对你的所有期待，证明你的性格和我的看法完全背道而驰。范尼，我想我的行为一定能够说明，自从回到英国后，我**已经**对你形成了很好的看法。我以为你完全不任性倔强、狂妄自大，在现代社会处处充满那种自由精神，即使年轻小姐也会那样，但这在年轻小姐中比什么都惹人讨厌、令人厌恶。可你现在向我表明你也会任性固执，你也要自作主张，全然无视，也毫不尊重肯定有些权利指导你的人，甚至不问他们的意见。你已经表明你和我想象的样子完全不同。你家庭的优劣之处——你的父母——你的兄弟姐妹——在这件事情上似乎一点都不在你的考虑之中。也许对**他们**有何好处，**他们**一定会为你的这门亲事多么高兴，对**你**而言无关紧要。你只想到你自己，因为你对克劳福德先生没感到头脑发热的年轻人认为幸福生活不可或缺的激情，你就立刻决定拒绝他，甚至不想要一点考虑的时间——一点点冷静思考的时间，来真正审视你自己的意愿——却由着一时的愚蠢，抛弃了这样一个结婚的机会，这么恰当、体面、尊贵的亲事也许你永远都碰不到了。这个年轻人头脑理智、性情愉悦、脾气温和、举止得体、财产丰厚，他非常爱你，以特别慷慨无私的方式寻求你的同意。让我告诉你，范尼，你可能在这个世界上再生活十八年，也得不到只有克劳福德先生一半财产，或是只有他十分之一优点的人向你求婚。我都乐意把自己的任何一个女儿嫁给他。玛丽亚有了体面的亲事，可要是克劳福德先生向茱莉娅求婚，我会比同意玛丽亚嫁给拉什沃思先生时更感觉心满意足。”他稍顿片刻，“假如我的任何一个女儿，在任何时候得到只有**这门**亲事**一半**中意的求婚，却丝毫不征求我的想法或意见，立即不容分说地加以拒绝，我会非常惊讶。我会为这样的做法惊讶至极，深受伤害。我会认为这是全然无视责任与尊重。**你**不会以同样的标准得到评判。你对我没有子女的责任。可是范尼，如果你能在心里不感到**忘恩负义**——”

他停了下来。范尼此时正痛哭不已，虽然他很生气，也不愿再给她压力。她在他心里竟成了这样，这几乎让她心碎。得到这样的指责，如此严厉，罪名繁多，步步升级到可怕的地步！自以为是，固执己见，自私自利，忘恩负义。他是这样看待她的。她让他大失所望，她已经失去了他的好感。她会落得什么结果呢？

“我很抱歉，”她泣不成声地说，“我真的非常抱歉。”

“抱歉！是的，我希望你会抱歉，你也许有理由为今天的事情感到长久的抱歉。”

“如果我有可能不这么做，”她再次努力尝试，“但我确信我永远不可能让他幸福，我自己也会感到痛苦。”

她再次泪如雨下。可是虽然她痛哭流涕，虽然“**痛苦**”那个可怕字眼说明了原因，但托马斯爵士开始觉得也许是因为她有些心软，有些改变主意，这对于年轻人本身的心愿是个好兆头。他知道她非常胆怯，特别紧张，觉得只需用一点点时间、一点点压力、一点点耐心和一点点不耐烦，让那位情人审慎地将这些混合起来，并非不可能对她的头脑产生应有的影响。如果那位先生能坚持不懈，如果他的爱足以让他坚持下去——托马斯爵士开始有了希望，这些想法进入他的头脑，让他高兴起来。“好了，”他说，语气依然严肃，但不再那么生气，“好了，孩子，擦干你的眼泪。这些眼泪毫无用处，它们起不到任何作用。你现在必须和我下楼。已经让克劳福德先生等了太久。你必须亲自答复他，如果不这样就不可能让他满意。你只需向他解释你为何对他有那些误解，不幸的是他一定已经有所感知。我实在无法做到。”

可是范尼想到要和他一起下楼，显得特别不情不愿、痛苦不堪，托马斯爵士稍加考虑后，觉得最好迁就她。他对先生小姐的期待因此受到了一些小小的挫折。可当他看着她的外甥女，见她的这场痛哭把她的容貌变成了什么样子，他觉得立即见面也许利弊难料。于是他说了几句无甚意义的话便独自离开，留下他可怜的外甥女坐在那儿，伤心不已地为发生的事情哭泣。

她心乱如麻。过去、现在、未来，一切都很可怕。但她姨父的愤怒让她最觉得心痛。自私自利和忘恩负义！竟然在他眼中成了这样！她痛苦不堪。没有人能理解她，给她建议或为她说话。她唯一的朋友也不在家。他也许能让他父亲心软；可是所有人，也许所有的人，都会认为她自私自利、忘恩负义。她或许只能一再忍受指责；她也许能从周围的每个人那儿听见，看见，或知道这些想法永远存在。她忍不住对克劳福德先生感到愤恨，可他要是真的爱她，也在为此难过呢！一切都令人痛苦。

大约一刻钟后她的姨父回来了，见到他几乎让她晕了过去。不过，他话语平静，并不严厉，没有责备，她稍有恢复。他的言语态度也让她安心，因为他开口说道："克劳福德先生走了，他刚刚离开我。我无需重复发生了什么。我不想讲述他的感受，以任何话语让你更加激动。他的行为特别慷慨大度，证实了我对他的理智、内心和脾气的好印象，这就够了。我刚说起你的痛苦，他立即善解人意地不再要求现在见你。"

范尼本来抬起了头，现在又低下头去。"当然，"她的姨父接着说，"可以料想他请求和你单独说话，哪怕只有五分钟。这个请求自然而然、合情合理，让人无法拒绝。但没有说定时间，也许是明天，或是任何你感到心绪宁静的时候。现在你只需让自己平静下来。抑制住这些眼泪吧，它们只会让你筋疲力尽。我宁愿认为，要是你能听我的话，也不会这样心情激动，但尽量使自己变得坚强一些。我建议你出去走走，外面的空气会对你有好处。去石子路上走一个小时，你可以独自在灌木林散步，那儿空气新鲜，适合运动。还有，范尼，”（他又转过身），“我不会在下面提起发生的事情，我甚至不会告诉你伯特伦姨妈。没必要让众人失望，你自己也什么都别说。”

这是她十分乐意服从的命令，这是范尼真心感到的善意之举。能免受诺里斯姨妈无休无止的责骂！他走了，留下满心感激的她。那样的责骂比什么都难以忍受。即使见克劳福德先生也没那么令人畏惧。

她按照姨父的建议立即走出去，尽量听从他的意见。她的确忍住眼泪，热切地想要平复心情，变得坚强些。她想向他证明她的确希望他感到安慰，想要再次赢得他的喜爱。他给了她另一个全力以赴的动机，因为他不让她的姨妈们知道整件事。不让她的神情举止引起怀疑现在成了值得追求的目标，她觉得能让她免受诺里斯姨妈责备的事情，她几乎都能做到。

令她非常吃惊的是，当她散步回来，再次进入东屋时，首先看到了熊熊燃烧的火炉。一个火炉！简直太好了。在那种时候给她这样的享受，让她无比感激，几乎感到痛苦。她疑惑托马斯爵士怎么会有闲暇再次想到那样的小事，但很快从过来生火的女仆主动说出的话中，知道以后每天都会这样。是托马斯爵士的吩咐。

“要是我真能忘恩负义，我一定太没良心了！”她自言自语道，“上天保佑我不要忘恩负义！”

她没再见到姨父或诺里斯姨妈，直到一起吃饭时。她姨父对她的态度几乎和从前一样。她相信他不希望有任何变化，只会是她在良心上生出的一些幻想。但她大姨很快和她吵了起来。只因她没告诉大姨就出门散步，就引起了许多令人不快的唠叨。这个发现让她有充分的理由心怀感激，因为这使她在一个更重要的问题上，免受一番言辞激烈的责备。

“我如果知道你要出去，我就会让你走一样的路，到我的房子里给南妮捎些口信，”她说，“我后来只好费尽周折自己去说。我很难腾出时间，你本来可以省掉我的麻烦，只要你能好心告诉我们你要去哪儿。我想，不管你在灌木林散步还是去我的房子里，对你来说没有不同。”

“是我让范尼去灌木林的，那儿最干燥。”托马斯爵士说。

“哦！”诺里斯姨妈说，她稍有克制，“你真是太好了，托马斯爵士，但你不知道去我房子的路有多干燥。请你相信，范尼往那儿走也很好，还能为她的姨妈做点事，这都是她的错。她只需告诉我们她要出去就行了，但范尼就是这样，我以前就经常注意到——她喜欢自行其是；她不喜欢听人指挥；她只要能够就会自己散步；她的性格肯定有点神神秘秘、特立独行、莫名其妙，我建议她能改掉一些。”

作为对范尼的总体评价，托马斯爵士认为这极不公正，虽然他自己最近也表达过同样的想法。他试着改变话题，试了很多次才成功，因为诺里斯太太没有洞察力，无论现在还是在任何时候都看不出他有多喜欢他的外甥女，也看不出他多么不想通过贬低她来突出自己孩子的优点。诺里斯太太冲着范尼说话，为这次独自散步抱怨了半顿饭的时间。

不过，最后还是结束了。在经历了疾风暴雨般的上午之后，晚上给范尼带来的平静和愉悦心情超出了她的想象。但她首先相信她做得很对，相信她的理智没有误导她。她能保证她纯洁的动机，她也希望姨父的不悦正在减轻，减轻到能让他更加公正地看待此事，能感受到一个正直的人必然能感受到的心情，知道没有爱情的婚姻是多么痛苦，多么不可原谅，多么绝望，多么可怕。

她担心的明日会面没被提起，她不禁得意洋洋，觉得这件事会最终结束。一旦克劳福德先生离开曼斯菲尔德，一切都会看似这件事情从来没有发生过。她不愿，也无法相信克劳福德先生对她的感情会让他难过很久，他没有那样的心思。伦敦会很快治愈他。在伦敦，他很快会好奇自己的迷恋，感谢她的理智使他免于承担恶果。

当范尼正沉浸于这些希望时，她的姨父喝完茶不久后就被叫出屋子。这件太过平常的事情没有引起她的重视，她毫不在意，直到管家十分钟后再次出现，直接朝她走去，说道："托马斯爵士想和你说话，小姐[1]，在他自己的房间。"她那时想起了可能有什么事情。她心生疑惑，顿时满脸通红。但她立即起身打算过去，这时诺里斯太太叫道："等等，等等，范尼！你要做什么？你要去哪儿？别那么着急。相信我，不是要找你，请相信，是找我。"（她看着管家），"可是你急着过去干什么？托马斯爵士为何要找你呢？巴德利，你是指我吧，我马上就来。巴德利，我肯定你指的是我。托马斯爵士要找我，不是普莱斯小姐。"

---

① 原文为"Ma'am"，可指夫人、太太或小姐。

然而巴德利态度坚定。“不，太太，是普莱斯小姐，我肯定是普莱斯小姐。”说话时他似笑非笑，意思是：“我认为**你**根本起不了作用。”

诺里斯太太很不满意，只得镇定下来继续做针线活。范尼忐忑不安地走出去。正如她所料，下一刻她就发现自己单独和克劳福德先生在一起。

第二章

这次会面与小姐设想的不同，既不太短也没有结果。这位先生没那么容易说服。他有着托马斯爵士想要的不屈不挠的性情。他很自负，这首先让他强烈认为她的确爱他，虽然她本人也许还不知道。其次，当她最终只得承认不知道自己现在的感情时，他深信总有一天能将那些感情变得如他所愿。

他坠入了情网，深深坠入了情网。这种爱基于一种积极乐观的精神，热情似火却审慎不足，因为受到阻碍，使她的感情显得更加宝贵，让他下定决心荣耀又幸福地强迫她爱上他。

他不愿气馁，他不肯停下。他有充分的理由真心爱她，他知道她值得拥有，一定能带来他热切期待的长久幸福。她此时的表现，说明她不恋财富、心思细腻（他相信是难能可贵的品质），反而提升了他的意愿，让他更加坚定不移。他不知道他想征服的那颗心已经另有所属。他对**那一点**毫不怀疑。他认为她从未认真考虑过这个问题，没有这样的危险。她太年轻，有着和她本人一样可爱的年轻头脑，因而小心翼翼。她性情谦逊，所以无法理解他的殷勤，还在因为这突如其来、出乎意料的求婚而不知所措，她从未想过这种新奇的境遇。

当他得到理解，就能成功，这难道不是理所当然的吗？他对此深信不疑。像他这样的人，有了这样的爱，一定能坚持不懈地获得回报，而且并不遥远。想到很快能使她爱上他，他特别高兴，所以几乎不为她现在不爱他感到难过。克服一点小困难对亨利·克劳福德并非坏事。他反而因此更有兴致。他总是太容易获得芳心。这全新的境遇令他兴奋不已。

但对范尼来说，她此生有过太多不顺心的事，没发现这有任何魅力，只觉得一切不可理喻。她发现他的确打算坚持下去，可是在她不得已说出那样的话之后，他怎么还能这样，让她无法理解。她告诉他她不爱他，不可能爱他，相信她永远都不会爱他。这种改变绝无可能，这个话题令她非常痛苦，她必须请求他永远别再提起，允许她马上离开他，将此视为永久结束。见他继续坚持，又说在她看来他们的性情截然不同，所以绝无可能彼此相爱；说他们两人从天性、教育和习惯上都不合适。她说出了这些话，说得真心诚意。然而这不够，因为他立即否认他们的性格有任何不相投之处，他们的境遇不存在任何不利因素，并明确宣布他还会爱她，依然怀有希望！

范尼知道自己的想法，却弄不清自己的态度。她的举止温和得无可救药，她不知道这在多大程度上隐藏了她坚定的想法。她的羞怯、感激和温柔让所有的冷漠几乎像是在努力自我克制。至少，好像让她本人简直和他一样痛苦。克劳福德先生不再是玛丽亚·伯特伦偷偷摸摸、阴险狡诈、背信弃义的仰慕者，曾经让她极其厌恶。她曾经痛恨见到他或与他说话，她绝不相信他会有好的品质，她也几乎不承认他有讨人喜爱的魅力。如今他是向她本人求爱，满腔热情、不计得失的克劳福德先生。他的感情显然变得正直可敬，他认为幸福完全基于彼此相爱的婚姻。他滔滔不绝地说着她的优点，一再描述他的深情，用尽能够证明的话语，再加上一个很有天赋的男人的语言、声调和激情，说他因为她的温柔善良而追求她。除此之外，他现在还是帮助威廉升职的克劳福德先生！

这是个变化！他的权利必然会产生影响！她也许曾在索瑟顿庭院，在曼斯菲尔德庄园的剧场里，为他品行败坏而义愤填膺地蔑视他。而他此时靠近她，有权要求不同的对待。她必须礼貌谦恭，她必须心怀怜悯。她必须感到荣幸，无论想到她自己还是她哥哥，她都必须有强烈的感激之情。整体的结果使她的态度充满怜悯、激动不安，拒绝的话语夹杂着太多感激与关心，所以在性格自负乐观的克劳福德看来，实际情况，或至少她的冷漠程度，很令人怀疑。他不像范尼以为的那样缺乏理智，在表明要坚持不懈、百折不挠、并未心灰意冷后，便结束了谈话。

他很不情愿地让她走了，但临别时他的神情一点都不绝望，与他的话语毫不相悖，她也无法希望他的想法不像言语那么荒唐。

现在她愤怒了。如此自私狭隘的坚持的确引起了一些怨恨。他再次缺乏对别人的体贴与尊重，这曾经让她感到震惊和厌恶。他又有点变成了曾经令她深恶痛绝的那个克劳福德先生。当涉及他本人的快乐时，显而易见他会无视他人、不通人性——哎呀！谁都知道，任何道德原则都无法填补缺乏责任感的心灵。假如她自己的感情完全自由——也许本该自由——他也绝不会使她动心。

范尼这样想着，带着真切的悲伤，坐在楼上表示宠溺的奢侈火炉旁沉思——惊讶于过去和未来。不知道还会发生什么，她焦虑惶恐，什么都想不清楚，只是相信自己在任何情况下都永远不可能爱上克劳福德先生，以及能坐在火炉旁思考真幸福。

托马斯爵士只能，或是主动决定等到第二天，看看两个年轻人之间发生了什么。他见到了克劳福德先生，听了他的讲述。他的第一感觉是失望，他曾期待更好的结果，他还以为像克劳福德这样的年轻人一个小时的请求，不可能对范尼这样脾气温柔的女孩带来这么小的变化。不过这位情人坚定的想法和乐观的执着立刻给了他安慰。见到当事人对成功充满信心，托马斯爵士自己也很快相信能够做到。

在他这边，他以礼相待、不吝夸赞、和蔼可亲，想方设法协助计划。克劳福德先生的坚定令人敬佩，范尼也得到表扬，他们的亲事依然是世界上最令人满意的事情。在曼斯菲尔德庄园，克劳福德先生永远受人欢迎。他只需凭自己的想法和感受来决定拜访的频次，现在、将来都是这样。他外甥女的全部家人和朋友对这件事只可能有一个想法，所有爱她的人一定会带来同一种影响。

所有鼓励的话都说到了，所有的鼓励都得到了感激而喜悦的接受，两位先生告别时成了最好的朋友。

如今这件事非常得体、充满希望，托马斯爵士满意地决定不再继续强求他的外甥女，也不公开进行干涉。他相信善意相待对她的性情最有好处。只能从一个方面加以请求。她家境的艰难是其中一点，因而他们毫无疑问会期待如此，这也许最能推动这件事。于是，本着这个原则，托马斯爵士一有机会对她说话，就带着温和的严肃口吻，打算说服她：“好了，范尼，我又见到了克劳福德先生，从他那儿得知你们的事情究竟怎样。他是个非常出色的年轻人，无论事情如何，你必须感到你已经激起了非同寻常的爱恋。当然，你还年轻，几乎不懂得爱情通常转瞬即逝、变幻无常、很不可靠，对于这种受到挫折却不屈不挠的精神不可能像我这么感动。对他而言完全出于感情，他根本没打算从中获益，也许他什么也得不到。可是，他做出了这么好的选择，他的忠诚令人敬佩。要是他选择的对象并非这样出类拔萃，我本来会责备他太过固执。”

“真的吗？先生，”范尼说，“我很难过克劳福德先生竟然还在——我知道这让我无比荣幸，我觉得自己不配得到如此殊荣，但我完全相信我已经告诉了他，我永远不可能——”

“我亲爱的，”托马斯爵士打断道，“不必说这样的话。我了解你的感情，你也知道我的希望和遗憾。不用再说或再做什么。从现在起我们之间绝不再谈这个话题。你无须害怕，也不必惊慌。你不要以为我会不顾你的心愿强迫你结婚。我只考虑你的幸福和富有，我别无他求，只要你能忍受克劳福德先生的劝说，这些也许并不违背他的想法。他自己在冒险。你是安全的。我只要求他每次来访你都得见他，就算这种事情没有发生你或许也得这样。你和我们其他人一起见他，以同样的方式，尽你所能，消除所有不愉快的回忆。他很快要离开北安普敦郡了，所以即使这种小牺牲也不可能经常发生。未来也许难以预料。好了，我亲爱的范尼，这个话题在我们之间结束了。”

他就要离开是唯一让范尼感到非常满意的事情。不过，她理智地感觉到姨父和蔼的表情和忍耐的态度。想到还有多少不为他所知的事实，她相信自己无权对他想促成的事情感到奇怪。他，曾经把一个女儿嫁给了拉什沃思先生。当然不能指望他对爱情心思细腻。她必须让自己负责，希望时间也许能让她比现在更容易负起责任。

她虽然只有十八岁，却无法相信克劳福德先生的爱恋会永不改变。她只能想着她自己坚持不懈的拒绝终将结束这一切。在她的心里，她也许会给这件事留多少时间，这是另一个问题。让一位年轻小姐准确评估她自身的优点，这并不公平。

虽然托马斯爵士打算沉默，他却发现只能和外甥女重提这个话题，让她对要将此事告诉姨妈们有所准备。只要有可能，他还是宁愿避免，之所以必须这么做，是因为克劳福德先生觉得此事完全无需保密。他根本不想隐瞒。这在牧师住宅尽人皆知，他喜欢和妹妹谈到未来，很高兴让众人见证他怎样一步步走向胜利。当托马斯爵士明白这一点后，他感到必须刻不容缓地让他的妻子和大姨子知道这件事。虽然，为范尼考虑，他几乎和范尼一样担心诺里斯太太得知后会怎样。他极不赞成她虽为好心，却不断犯错的热情。的确，事到如今，托马斯先生几乎把诺里斯太太归结为那样的人，尽管好心好意，却总是做着错误又很令人不快的事情。

然而，诺里斯太太让他放心了。他让她对他们的外甥女尽量宽容；她不仅答应，还的确做到了。她只是看上去更有恶意。她很生气，气愤至极，但她更气愤范尼竟然得到了这样的求婚，而不是因为她的拒绝。这对茱莉娅既是伤害又是冒犯，她才应该是克劳福德先生的选择。除此之外，她不喜欢范尼，因为她曾经怠慢过她，她为自己一直想打击的人受此抬举而满心怨恨。

托马斯爵士因为她对此事的审慎，给了她言过其实的称赞。范尼也许会因为她只让自己看出不悦，却没有听见不悦的话语而心生感激。

伯特伦夫人的想法有所不同。她曾经是个美人，这辈子都是个富有的美人，唯有美貌和财富才能激起她的敬意。得知范尼被一个有钱的男人求婚，因而大大提升了在她眼中的地位。这使她相信范尼**的确**很漂亮，她之前对此很怀疑。因为相信范尼将要结一门有利的亲事，让她在叫外甥女时也感到了几分荣耀。

"好了，范尼。"随后她们刚刚能独自在一起时，她就说道。她的确迫不及待地想和范尼单独在一起，当她说话时，显得特别神采奕奕："好了，范尼，今天早上我得到了特别的惊喜。我只能说**一次**，我告诉托马斯爵士我必须说**一次**，然后就不说了。我为你高兴，我亲爱的外甥女。"她得意洋洋地看着她，又说道："哼，我们真是漂亮的一家人！"

范尼脸红了，一开始不知道该说什么。后来，她想从她的弱点来攻击她，便立即答道：

"我亲爱的姨妈，**你**不会希望我改变做法，我相信。**你**不可能希望我结婚，因为你会想我的，不是吗？是的，我相信你会特别想我，不希望那样。"

"不，我亲爱的，当你得到这样的求婚，我绝对不会想你的。你要是嫁给克劳福德先生这样有财产的人，我没有你也能过得很好。你必须知道，范尼，每个年轻小姐都有责任接受这样一门无可挑剔的亲事。”

这几乎是范尼和她姨妈共同生活的八年半中，从姨妈那儿得到的唯一行为准则，也是唯一的建议——这使她沉默了。她感到争执绝无好处。要是她姨妈的想法和她不同，说她不懂也毫无用处。伯特伦夫人却喋喋不休。

“我要告诉你，范尼，”她说，“我肯定他在舞会时爱上了你，我肯定就在那天晚上惹出的事。你的确看上去非常漂亮。人人都这么说。托马斯爵士也这样说。你知道你有查普曼帮你打扮。我很高兴派了查普曼去你那儿。我要告诉托马斯爵士我相信是那天晚上做到的。”她沿着同样的愉快思路，很快又说道：“我要告诉你，范尼——这比我为玛丽亚做的还要多——我的哈巴狗下次生崽[①]，你能得到一只小狗。”

① 在第一卷第七章末尾，伯特伦夫人以“他（he）”指代哈巴狗。此处可能是奥斯汀的笔误，或是更加说明伯特伦夫人的迷糊。

第三章

埃德蒙回来后将听到许多大事。许多惊人的消息在等着他。最先发生的事情并非无关紧要——他骑马进入村庄时看见亨利·克劳福德和他妹妹一同在村里散步——他原以为——他本来打算着他们已经远走高飞。他把离开的时间延长到两个多星期，为了有意避开克劳福德小姐。他回到曼斯菲尔德，准备借着忧伤的回忆和温柔的联想来振作精神，这时他的美人儿却出现在他面前，挽着她哥哥的胳膊。他正受到欢迎，毫无疑问非常友好，来自于他刚刚还以为在七十英里以外的那个女人，或许更远，比这还远得多，他曾希望她远在天边。

她对他的欢迎方式远超他的期待，即使他原先盼望着见到她。他离开家完成了那样的使命，此时回来，他根本不指望看到满意的神情，听见简单愉悦的话语。这足以使他心花怒放，让他以最好的状态回到家里，能全心全意地感受着其他的惊喜。

威廉的升职，以及所有细节，他很快就知道得清清楚楚。他心里藏着那么令人舒心的事，更让他心情愉悦，整个吃饭时间他都为此心满意足，高兴不已。

吃完饭后，当他和父亲单独相处时，他听说了范尼的事情。接着过去两个星期发生在曼斯菲尔德的大事，以及目前的情况他都知道了。

范尼猜出他们在说什么。他们待在餐厅的时间比平时长了很多，她能肯定他们在谈论她。当他们最终要出来喝茶时，她会再次见到埃德蒙，她感到无比羞愧。他来到她面前，坐在她身边，拉着她的手，亲切地握着。那时她觉得，要不是因为大家都忙于喝茶，她肯定已经不可饶恕地过分流露了她的感情。

然而，埃德蒙并未打算以那样的行为，向她表达她所以为的绝对赞成和鼓励。他只想表示对与她相关的所有事情都很关心，告诉她他已经听说了令他不胜欢喜的事。实际上，他在这件事上完全站在父亲那边。对于她拒绝克劳福德，他不像父亲那么惊讶，因为他完全没料到她会喜欢他。他一直相信是相反的感情，只能认为她毫无准备，但托马斯爵士对这门亲事的满意程度还不及他。这对他来说样样都好，虽然为她在目前冷淡态度下的行为夸赞她，夸赞之辞热烈得连托马斯爵士都难以认同，他还是热切地希望、乐观地相信这门亲事终究可以成功，期待有了相互的爱恋，他们的性情会恰好使双方都感到幸福，这正是他在认真考虑的想法。克劳福德太仓促草率。他没给她产生爱恋的时间。他一开始就错了。可是他有那样的优点，她又有这样的性情，埃德蒙相信一切都会带来幸福的结局。与此同时，他见范尼实在尴尬，便小心翼翼地不再以任何话语、神情或举动刺激她。

第二天克劳福德来拜访，因为埃德蒙回家了，托马斯爵士感到自己更有理由邀请他留下来吃饭，这的确是必要的敬意。他理所当然地留下来，埃德蒙有足够的机会观察他怎样和范尼增进感情，从她的行为中，他能立即得到多大程度的鼓励。实在太少，少得非常、非常可怜（每个机会，每一个可能性，只来自于她的尴尬。如果不能从她的困惑中得到希望，在别的方面毫无希望），他几乎马上对他朋友的执着感到惊讶。范尼当然值得追求，他认为她值得付出所有耐心，值得为她费尽心机。但据他从她的眼中所见，他觉得自己不可能在得不到更多鼓励的情况下，去追求任何女人。他很希望克劳福德能看得更清楚，这是他从吃饭前、吃饭时和吃饭后对他朋友的观察中，得出的最愉快的结论。

晚上发生了一些他感觉更有希望的事情。当他和克劳福德进入客厅时，他的母亲和范尼正专心致志地做着针线活，仿佛没别的事值得在意。埃德蒙不禁注意到她们显而易见的沉默。

“我们并非一直这么安静，”他母亲说，“范尼在给我读书，只是听见你们过来才把书放下。”桌上当然有一本看似刚刚合上的书，一卷莎士比亚。“她经常为我读那些书，她正为我朗读那个人特别精彩的一段演讲。他叫什么名字，范尼？就在我们听见你们的脚步声时。”

克劳福德拿起那卷书。“让我有幸为夫人读完那段话吧，”他说，“我马上就能找到。”他小心地按照书卷的痕迹，果然找到了，或者只差一两页，近得足以让伯特伦夫人感到满意。他刚提到主教沃尔西[1]的名字，她就向他保证他有一段非常精彩的演讲。范尼没看他一眼，没提出帮忙，也没说一个字表示赞成或反对。她的心思全在针线活上。她似乎打定主意不对其他任何事感兴趣。可是她太有品位。她没法心不在焉五分钟，她只能听着，他的朗读是一流的，而好的朗读会让她极其喜悦。不过，她早就习

① 莎士比亚《亨利八世》（*Henry VIII*，1612）中的人物。

惯了好的朗读，她姨父读得很好——她的表哥表姐们都很好，埃德蒙特别好——但在克劳福德先生的朗读中，有着她从未遇见过的一种出色。国王、王后、白金汉公爵、沃尔西、克伦威尔，全都轮番上场。因为他很懂诀窍，善于跳跃猜测，总能随心所欲地找到最好的场景，或是每个角色最好的话语。无论庄严、傲慢、温柔或悔恨，无论要表达怎样的感情，他都能淋漓尽致地展现出来——真是引人入胜——他的表演最先让范尼知道戏剧可能带来的乐趣，而他的朗读让她再次看到他的表演。不，也许更让她愉快，因为这很出乎意料，也没有曾经看着他和伯特伦小姐在舞台上时总要忍受的不悦感。

埃德蒙观察着她注意力的变化，看着她怎样渐渐放慢针线活，感到好笑又满意，这一开始似乎吸引了她全部的注意力。他看着她怎样一动不动地坐着，活儿从她手中滑落。最后，似乎一整天都在躲避克劳福德的那双眼睛转过来注视着他。注视他好几分钟，紧盯着他，简而言之，直到引得克劳福德先生看着她，书被合上，魔力才被打破。接着她又缩回自己的世界，红着脸像平时一样做着针线活。但这足以让埃德蒙为他的朋友感到鼓舞，当他真心诚意地感谢克劳福德时，希望也能说出范尼的内心感受。

“那一定是你最喜欢的戏剧，”他说，“你读起来好像对此非常熟悉。”

“我相信从这一刻起会成为最爱，”克劳福德答道，“但我觉得从十五岁开始，我的手就从未拿过一卷莎士比亚——我只看过《亨利八世》那出戏——或是我从看过的人那儿听说了——我不确定是怎样。但人们总会不知不觉地熟悉莎士比亚。这是英国人灵魂的一部分。他的思想和魅力在国外广为流传，人们随处都能感受到，人们会本能地熟悉他——任何有头脑的人只要翻开他某个剧本的精彩片段，都会立刻沉浸在他的思绪中。”

“毫无疑问，人们对莎士比亚都有一定程度的熟悉，”埃德蒙说，“从小时候就开始了。他那些著名的段落人人都会引用。它们出现在我们打开的半数书卷中，而且我们都在谈论莎士比亚，使用他的比喻，以他的描绘进行描述，但这和你赋予它的意义完全不同。对他有零星了解倒是平常，能较为彻底地了解他，也许并不常见，但能把他的作品朗诵得这么好，绝非普通的才华。”

“先生，承蒙夸奖。”克劳福德答道，貌似严肃地鞠了一躬。

两位先生都瞥了范尼一眼，看看能否从她口中得到相应的称赞，但两人都觉得不可能。她已经用专心的倾听表示了称赞，那一定能使他们满意。

伯特伦夫人也表达了她的赞赏，同样热情洋溢。“这真像在看戏，”她说，“要是托马斯爵士在就好了。”

克劳福德特别欣喜。如果像伯特伦夫人那样智力贫乏、慵懒倦怠的人能有这样的感觉，她生气勃勃、头脑聪颖的外甥女的感受，可想而知会令人鼓舞。

“我相信你很有表演天分，克劳福德先生，”夫人随后又说，“我告诉你吧，我想你在诺福克的房子里迟早会有个剧场。我是说等你安顿下来后。我的确这么想。我想你会在你诺福克的家中搭建一个剧场。”

“真的吗？夫人，”他急忙叫道，“不，不，那永远不会。夫人完全错了。埃弗灵厄姆绝不会有剧场。哦！不。”他带着意味深长的笑容看着范尼，显然是指："那位小姐永远不会让埃弗灵厄姆有个剧场。"

埃德蒙全都看到了，也明白范尼决意不看，以此表明他反对的话语已经传递了所有的意思。能如此迅速地察觉恭维，轻而易举地理解暗示，他认为这更是一件好事情。

关于朗诵的话题得到了进一步讨论。只有两位年轻人在说话，他们站在火炉旁，谈论着学校对男孩的日常教育中，这种能力总被忽略，完全不受看重，自然而然带来的结果是——即便头脑明智、见多识广的成年人，如果忽然需要朗读，也会表现出难以想象的无知与粗俗。在他们看来，诸如结结巴巴或错误频频的次要原因，在于不能控制声音、把握抑扬顿挫、做好预见和判断，而所有这些都源于主要原因，因为缺乏早期的关注和培养。范尼再次听得津津有味。

"即使在我的职业中，"埃德蒙笑着说，"朗诵的艺术也极少被钻研！难得有人能做到嗓音清晰，表达得体！不过，我更是在说过去，而非现在——如今人们普遍愿意改进，但对于那些二十、三十或四十年前接受圣职的人，从他们的表现看来，大多数一定认为朗诵是朗诵，传教是传教。现在不一样了。这个问题更受认可。人们觉得清晰有力的话语也许能更好地传递确凿可信的真理。而且，人们普遍比以前更加重视，更富品位，更有判断力。在每次聚会中都有更多的人对此有所了解，能够做出判断，提出批评。"

埃德蒙接受圣职后已经主持过一次礼拜。听说这件事后，克劳福德提了许多和他的感受与表现有关的问题。所提的问题——

虽然有着朋友间的活泼与诙谐——却毫无埃德蒙深知会让范尼恼火的调侃轻浮之意，他十分愉快地一一作答。克劳福德接着问他怎样看待礼拜中一些特别段落的最佳朗诵方式，并说出他的想法，显得这是他曾经考虑过的问题，也很有见解，埃德蒙越发高兴起来。这个办法很合范尼的心意。所有那些殷勤、风趣和好意加在一起都不能这样打动她，或至少，如果没有这些情绪和感觉的帮助，对严肃问题的严肃对待，她不可能这么快被此打动。

“我们的祈祷书很美好，”克劳福德说，“即使漫不经心，懒散拖沓的朗诵风格也不能破坏；但它依然有些冗余和重复，需要好好朗诵才能不被注意。至少对我而言，我必须承认不能始终做到专心致志——（此处瞥了一眼范尼）二十次中我有十九次在想着这样的祷告该怎么念，渴望能自己念——你说话了吗？”他急切地走向范尼，柔声对她说。当她说“不”时，他又说道：“你确定没有说话吗？我看见你的嘴唇在动。我猜你也许想告诉我**应该**更加专心，不要**允许**自己走神。你没打算对我这样说吗？”

“没有，的确没有，你太清楚自己的责任了，用不着我——甚至想着——”

她停下来，感觉自己陷入了困惑，无论如何也不肯多说一个字，就算几分钟的恳求与等待都不行。于是他回到原来的位置接着说下去，仿佛没发生这样的温柔插曲。

“一篇讲得出色的布道文，甚至比朗诵得很好的祈祷文更加难得。好的布道文并不罕见。讲得好比写得好更困难，也就是说，要更好地研究写作的规则与技巧。一篇完美无缺的布道文，配上无懈可击的演讲，会令人满意至极。听了这样的布道，我总会无比赞赏、心生敬佩，很想自己也接受圣职，进行布道。牧师的雄辩，只要是真正的雄辩，都非常了不起，值得最高的赞颂与荣耀。一个牧师如果能凭借内容有限，长久以来被所有平庸之人说得陈旧老套的话题，打动和影响如此形形色色的听众；能说出任何新颖动人、引人入胜的想法，又既不令人反感，也不让听众昏昏欲睡，这个人的公众才能让人怎样崇敬都不为过。我愿意成为这样的人。”

埃德蒙大笑。

“我真的愿意。我此生只要听见出色的布道，都会有些羡慕。不过，我必须要伦敦的听众。我只能给受过教育的人布道，对那些能够评价我表现的人布道。我也认为自己不会喜欢经常布道，偶尔为之，也许春天讲上一两次，在人们焦急期盼六七个星期后，但不能始终布道，始终布道可不行。”

此时，只能听着的范尼不由自主地摇了摇头，克劳福德又立即来到她身旁，请她说出有何意义。埃德蒙见他拉了把椅子坐在她身边，知道这将是一场全面的进攻，她的神情语气将被反复盘问。他尽量悄悄缩进一个角落，转过身，拿起一张报纸，衷心希望那个亲爱的小范尼也许能在劝说下，好好解释为何摇头，让她热恋中的情人心满意足。他也急切尝试着以自己的低语遮住他们的每一个声音，读着“南威尔士最理想的产业”——“致父母与监护人”——聘“经验丰富的出色猎手”等各种广告。

与此同时，范尼为自己虽一言不发，却没能一动不动而感到恼火，满心苦楚地看着埃德蒙的安排，竭力以她端庄温柔的天性击退克劳福德先生，避开他的神情与询问。他却不怕打击，以同样的神情追问着。

“那个摇头是什么意思?”他说,“它想表达什么?不赞成,恐怕。但是什么呢?我说了什么让你不高兴的话吗?你觉得我言语不当?对这个话题轻慢不敬?如果是只要告诉我。我要是错了最好告诉我。我希望能被纠正。好了,好了,我求求你,把你的活计放下一会儿吧。那个摇头是什么意思?”

她重复了两遍“求求你,先生,别这样。求求你,克劳福德先生”,却毫无作用。她试着离开但无能为力——他依然用低沉热切的声音,继续在她身旁说着,催促她回答和之前一样的问题。她愈发焦虑不安,心情不快。

“你怎么能这样,先生?你真让我吃惊,我不懂你怎么能——”

“我让你吃惊了?”他说,“你不懂?我此时的请求让你有任何不明白之处吗?我会立即向你解释什么让我这样催促你,是什么让我对你的神情举止感兴趣,引起了我现在的好奇心。我不会让你困惑很久。”

即便是她,也忍不住露出一丝笑意,但她什么都没说。

“当我承认我不想始终履行牧师的职责时你摇了摇头。是的,就是那个词。始终:我不害怕这个词。我能对任何人拼出它,读出它,把它写下来。我认为这个词毫无可怕之处。你认为我应该这么想吗?”

“也许,先生,”范尼说,她不胜其烦,终于开口,“也许,先生,我觉得遗憾,你不能总和那时看起来一样有自知之明。”

克劳福德很高兴无论如何让她开口说话了,决意继续下去。可怜的范尼本想以此番严厉责备让他沉默,却悲哀地发现自己错了，只是从一个好奇心和一些词语转到了另一个话题。他总有内容求她解释。这个机会太过难得。他在她姨父的房间里见到她之后从未发生过，也许在他离开曼斯菲尔德之前不会再出现。伯特伦夫人就在桌子对面不过小事一桩，因为也许永远都能当她在半睡半醒，而埃德蒙的广告还是最有用处。

“好了，”克劳福德在一阵快速的提问和不情愿的回答后说道，“我比刚才更高兴了，因为我现在更清楚地知道你对我的看法。你觉得我变化无常，容易因为一时的兴致而改变，容易受到诱惑，容易忘却。有了这样的看法，毫无疑问，但我们将拭目以待，我不能努力用反对声使你相信我被误解，不是凭借对你说出我的感情很坚定。我的行为将为我说话，分别、距离和时间将为我说话——**它们**将会证明，虽然你值得任何人的爱恋，但我的确配得上你——你的美德远在我之上，**那**我都知道——你有一些我曾经认为没人能如此拥有的出色品质。你有一些天使的气质，超出了——不仅超出人们所见，因为谁都没见过类似的气质——而是超出了人们的想象。但我依然没有害怕。我不是要以同等的美德来赢取你。那绝无可能。只有最清楚也最崇拜你美德的人，最真心爱慕你的人，才有权得到回报。那一点上我有信心。凭借那样的权利我的确也将会配得上你的爱；一旦你再次相信我的爱恋如我所言，我对你太过了解，不会不满怀期待。是的，最亲爱的，最甜美的范尼——不——（见她不愉快地退缩）原谅我。也许我现在还没有权利，可我能以什么别的称呼来叫你呢？你以为在我的想象中还能有别的名字吗？不，正是‘范尼’让我朝思暮想。你已经让这个名字真正变得无比甜美，不可能用其他话语来形容你。”

范尼几乎无法继续坐在座位上，也无法克制自己至少别尝试离开，虽然她能预见这将引起怎样的公然反对，幸好此时听见了不断接近、令她释然的声音。这正是她等待已久，早就奇怪怎么迟迟不来的声音。

由巴德利率领，以茶板、茶壶和蛋糕碟组成的庄严队伍出现了，把她从痛苦的身心禁锢中解救出来。克劳福德先生只得离开。她自由了，她忙碌起来，她有了保护。

埃德蒙并不遗憾再次加入可能会说话倾听的那些人当中。不过虽然这次谈话在他看来似乎特别长，虽然他望着范尼却反而看见一丝恼火的红晕，他还是宁愿希望既然说了这么多，又听了这么久，说话者不会一无所获。

第四章

埃德蒙本来下定决心，应该完全由范尼选择是否在他们之间谈论她和克劳福德的关系。要是她不先提起，他绝不该触及。但共同沉默了一两天后，他在父亲的劝诱下改变了主意，想试试他的影响力或许能为他的朋友做些什么。

克劳福德先生离开的日期事实上已经确定，没几天了。托马斯爵士认为不妨在这个年轻人离开曼斯菲尔德前再努力一番，让他有足够的希望来支撑他所有的表白和永不变心的誓言。

托马斯爵士真切地渴望克劳福德在那方面有着完美的品质。他希望他是忠诚的典范，认为实现这一点最有效的办法是别对他考验过久。

埃德蒙并非不乐意在劝说下做这件事，他想知道范尼的感情。她一直习惯遇到困难就找他，他非常爱她，无法忍受现在失去她的信任。他希望能对她有所帮助，他想他一定能帮助她，她还能向谁敞开心扉呢？如果她不需要建议，她一定需要交流带来的安慰。范尼和他疏远，沉默矜持，是很不自然的状况。他必须打破这种状况，他能轻松地认为她也希望由他打破。

“我会和她谈谈，先生。我会利用第一个单独和她说话的机会。”这就是他思考的结果。一听托马斯爵士说她此时正在灌木林独自散步，他马上找到了她。

“我来和你一起散步，范尼，”他说，“行吗?”（让她挽住他的胳膊），“我们已经很久没这样舒舒服服地一起散步了。”

她用神情而非话语表示同意。她心情低落。

“可是范尼，”他很快又说，“为了舒服地散步，除了一起走在石子路上，还得有别的。你必须对我说话。我知道你有心事。我知道你在想什么。你不能以为我毫不知情。难道除了范尼本人外，我要从其他每个人那儿听到吗?”

范尼马上变得沮丧不安，答道：“要是你从每个人那儿听到，表哥，我也无话可说了。”

“也许并非关于事实，而是关于感情，范尼。只有你能告诉我。但我并不打算强迫你。如果你自己不想，我就不说。我原以为这会让你轻松些。”

“恐怕我们的想法太不相同，让我无法从谈论我的感情中得到任何轻松。”

“你认为我们想法不同吗？我完全不觉得。我敢说，要是比较我们的看法，我们会发现就像一直以来那么相似。说到正题，我认为克劳福德的求婚十分有利，值得接受，要是你能回报他的感情。我认为你所有的家人理所当然都希望你能接受。不过，假如你做不到，拒绝他正是你应该做的事情。我们在这儿会有分歧吗?”

“哦不！但我以为你在责备我。我以为你在反对我。这真是个安慰!”

“如果你想要安慰，范尼，本该早些得到。但你怎么可能以为我在反对你？你怎么可以认为我赞成没有爱情的婚姻呢？即使我对这些事总的来说不太在意，你怎么能以为当事关**你的**幸福，我会那样呢?”

“我姨父认为我错了，我知道他和你说话了。”

“到目前为止，范尼，我认为你完全正确。我也许会遗憾，我也许会惊讶——即使**那**也算不上，因为你没有时间让自己爱恋——但我认为你完全正确。这可能有疑问吗?如果有会让我们羞愧的。你不爱他，无论如何都不该接受他。”

范尼很多天都没这么舒心过了。

“直到现在你的行为都无可挑剔，想让你改变做法的人都非常错误。但问题并未就此结束。克劳福德的感情绝非寻常，他坚持不懈，希望能创造本不存在的爱情。我们知道，这一定需要时间。可是，”(带着深情的微笑)，“让他最后成功吧，范尼，让他最后成功。你已经证明你正直无私，证明你感恩善良，那么你就能成为女人的完美典范，我一直相信你生来如此。”

“哦!绝不，绝不，绝无可能!他永远不会在我这儿成功。”她说话时激动的样子让埃德蒙非常吃惊。她看见他的神情，听见他答道:“绝不!范尼，这么斩钉截铁!这不像你，不像你理智的样子。”想到自己的样子她脸红了。

“我是说，”她叫道，难过地纠正自己，“我**想**我永远不会，只要是可以预见的未来，我想我永远不会回报他的爱。”

“我必须希望有更好的结果。我很清楚，比克劳福德更清楚，想让你爱上他的男人(你已经注意到他的意图)，一定面临着艰巨的挑战，因为你所有以往的感情和习性都在严阵以待。在他赢得你的心之前，他必须将它从一切有形和无形的羁绊中解脱出来，它们在你多年的成长中形成，此时因为想到分离，就变得更加紧密。我知道因为担心不得不离开曼斯菲尔德，这会让你在一段时间内抵触他。我希望他没有被迫告诉你他想做什么。我希望他像我一样了解你，范尼。我们私下说说，我认为我们应该能赢得你。我的理论和他的实践结合起来不会失败。他本该按照我的计划行事。不过，我必须希望（我完全相信这一点），时间能通过他的忠诚爱恋，证明他配得上你，并给他回报。我不认为你没有爱他的**心愿**，出于感激的自然心愿。你一定有些那样的感情。你一定为你自己的冷漠感到遗憾。”

“我们完全不同，”范尼说，避免直接作答，“我们在所有习惯和方式上都截然不同，所以我认为我们根本不可能比较幸福地生活在一起，即使我**能**喜欢他。没有哪两个人会更加不同。我们没有一个共同爱好。我们会非常痛苦。”

“你错了，范尼。差别没那么大。你们很相像。你们**有**共同的爱好。你们有共同的精神和文学品位。你们都有温暖的心肠和善良的感情。而且范尼，那天晚上听他朗读，看见你倾听莎士比亚的人，谁会觉得你们不适合做伴侣呢？你自己忘了，你们的性格截然不同，我承认。你的性情容易沮丧，把困难想得比实际更大。他的快乐会抵消这一点。他看不到任何困难，他的愉悦和欢乐将是你永远的支撑。你们差异很大，范尼，这丝毫不影响你们一起幸福生活的可能性，别这么想。我自己就相信这更是一个好处。我完全赞成性格最好不一样，我是指在情绪的变化、言行举止、喜欢群居或独处，爱好说话或沉默，严肃或快乐这些方面。有一些对立，我完全相信，对幸福婚姻有好处。当然，我排除极端情况，而在所有这些方面都非常相近最有可能导致极端。温和而持久的对立，最能保障行为举止。”

范尼能很清楚地猜到他现在心里想什么。克劳福德小姐的影响力正在恢复。他从回家那刻起就一直高兴地谈论她。他对她的躲避基本结束。就在前两天，他还去牧师住宅吃了饭。

让他在幸福的思索中沉浸几分钟后，范尼觉得该谈她自己了，便回到克劳福德先生，说道：“我不仅因为**性格**而觉得他完全不适合我，虽然在**那个**方面，我认为差异实在太大，大得惊人。他的兴致总让我感到压迫，但他还有一点令我更加反对。我必须说，表哥，我不赞成他的人品。自从演戏时我就对他印象不好。后来又看到他的表现，在我看来，很不得体、冷酷无情——我也许现在能说，因为一切都已结束——对可怜的拉什沃思先生极不道德，似乎毫不在意他是怎样让他出丑，给他伤害，还向我的玛丽亚表姐献殷勤，这些——简而言之，在演戏期间，给我留下了无法消除的印象。”

“我亲爱的范尼，”埃德蒙答道，几乎没听她说完，“别让我们，我们当中的任何人，因为一起胡闹那阵子的表现受到评判。演戏的那段时间，是我不愿回忆的时间。玛丽亚错了，克劳福德错了，我们全都错了，但谁的错误都不及我。和我相比，其他人都无可指责。我是睁着眼睛做傻事。”

“作为旁观者，”范尼说，“也许我见的比你多。我的确认为拉什沃思先生有时很嫉妒。”

“很有可能。毫无疑问。整件事情实在太不得体。我每次想到玛丽亚能那样做都感到震惊。不过，如果她能担任那个角色，我们也不必为别的事感到惊讶。”

“在演戏之前，要是**茱莉娅**不觉得他在向她献殷勤，我就大错特错了。”

“茱莉娅！我曾听人说他爱上了茱莉娅，可我从未看出过。而且范尼，虽然我想公正对待我妹妹们的好品质，但我认为很有可能她们当中的一个或两个人，更想得到克劳福德的爱慕，也许更是在毫不谨慎，而非慎重考虑的情况下表达了那种渴望。我能记得她们显然喜欢和他做伴。有了那样的鼓励，像克劳福德这么活跃的人，也许有些考虑不周，或许被引入，这没什么异乎寻常之处，因为他显然没有自命不凡，他的心为你保留。我必须说，他对你的钟情极大提高了我对他的评价。这最能使他得到尊重，这显示出他对家庭的幸福和纯粹的爱恋有着正确的评价。这证明他没被叔叔宠坏。这证明他，简而言之，既完全符合我曾经对他的期待，也没有我所担心的缺点。”

“我相信他在严肃的问题上，不能做出应有的认真思考。”

“不如说，他对严肃的问题从不思考，我相信在很大程度上是这样。受到那样的教育，有那样的监护人，怎么可能是别的样子呢？在这些不利条件下，说实话，两人都是，他们竟然成为这样难道不令人惊喜吗？克劳福德的**感觉**，我承认，迄今为止对他起了过多的引导作用。幸运的是，那些感情总的来说是好的。你会补充其余部分，他特别幸运，能爱上这样的人——一个在原则上坚如磐石的女人，还有着适合推行这些原则的温柔性情。他在伴侣的选择上，实在无比幸运。他会让你幸福的，范尼。我知道他会让你幸福，但你会使他拥有一切。”

“我不愿承担那样的责任，”范尼叫道，带着畏缩的语气，

"如此责任重大的职位!"

"像平常一样，你还是觉得自己什么也做不好！以为一切都无法应对！好了，虽然我也许不能说服你改变感情，我相信你会被说服的。我承认我真心渴望你可以。我对克劳福德的幸福有着非同小可的兴趣。除你的幸福外，范尼，他最让我关心。你知道我对克劳福德的关心非同一般。"

范尼对此太清楚了，反而无话可说。他们一起默默无语，心不在焉地走了大约五十码。埃德蒙再次开口道：

"我对她昨天说起这件事的态度非常高兴，特别高兴，因为我没指望她能如此公正地看待各个方面。我知道她很喜欢你，但我还是担心她不能合理评价你对她哥哥的价值，怕她遗憾他没能找个有地位和财富的女人。我很担心那些世俗标准带来的偏见，她听得太多了。但事实大不相同。她说起你，范尼，完全以应有的态度。她和你姨父或我本人一样热切渴望这门亲事。我们对此谈了很久。我不该提起这个话题，虽然我急于知道她的感情，但我进屋还不到五分钟，她就开诚布公、无比甜蜜地说起这个话题，带着她一直拥有的热情坦率。格兰特太太还笑她急不可耐呢。"

"那么，格兰特太太也在屋里?"

"是的，当我进屋时我发现两姐妹单独在家。在我们开始后，就对你说个没完，直到克劳福德和格兰特博士回来。"

"我已经一个多星期没见到克劳福德小姐了。"

"是的，她为此难过，但承认这也许最好。不过，你会见到她，在她离开之前。她对你非常生气，范尼，你必须对此有所准备。她说自己非常生气，可你能想象她的生气。那是作为妹妹的遗憾和失望，她认为她哥哥有权得到想要的一切，一开始就该得到。她受了伤害，就像你会为威廉感到的那样，但她全心全意地爱你并尊重你。”

“我知道她会对我非常生气。”

“我最亲爱的范尼，”埃德蒙叫道，把她的胳膊挽得更紧，“别因为她的生气让你难过。说是生气，但并非感到生气。她的心里只有爱和善意，没有愤恨。我希望你能听见她对你的赞扬，我希望你能看到她的神情，当她说你**应该**成为亨利的妻子时。我还注意到她一直叫你‘范尼’，她以前从不这样，这听起来很有姐妹的深情。”

“那么格兰特太太，她说——她说话了吗——她是否一直在那儿?”

“是的，她完全赞同她妹妹。对你的拒绝感到的惊讶，范尼，似乎无穷无尽。你竟然会拒绝像亨利·克劳福德这样的人，她们无法理解。我尽量为你说话，但实话实说，正如她们所言，你必须尽快以相反的行动，证明你自己拥有理智，别的什么也无法让她们满意。但这是和你开玩笑。我说完了。别转过去。”

“我**本来**以为，”范尼镇定下来努力说道，“每个女人都应该感到一个男人不被接受，至少不被某个女人爱上的可能性，无论他总的来说多么令人喜爱。就算他是十全十美的人，我也觉得不该认定一个男人必须被他本人碰巧喜欢的每个女人接受。不过，即使假设如此，同意克劳福德先生具备他姐妹们认为的所有权利，我怎能准备好以他想要的任何感情回应他呢?他完全出乎我的意料。我之前一点都不知道他对我的举动有任何意思。我当然不该告诉自己去喜欢他，只因为他似乎对我有些无聊的兴趣。以我的境遇，要是对克劳福德先生有所期待，简直虚荣至极。他的姐妹们既然这样评价他，我相信一定会这么想，假如他没有任何打算的话。那么，我该怎么做——在他说他喜欢我时立刻爱上他？我怎么可能在他提出时，立即按照他的吩咐爱上他？她的姐妹们考虑他，也得考虑我。他越是俯就，我就越不该想着他。而且，而且——我们对女人天性的想法很不同，如果她们认为女人能飞快地接受一份感情，就像这些似乎暗示的那样。”

“我亲爱的，亲爱的范尼，现在我知道真相了。我知道事实是这样的，你有这种感情真可敬。我以前就知道你有这些品质。我之前觉得我能理解你。你现在的解释，和我冒昧替你向你朋友和格兰特太太做出的解释完全相同。她们两人都更满意了，虽然你热心的朋友还有点因为她对亨利的强烈喜爱不依不饶。我告诉她们你是所有人中最看重习惯，最不喜欢新鲜事物的那一个：正是克劳福德向你求爱的新情况对他不利。他的求爱特别新奇，又刚刚发生，这都很不利。我说你无法容忍不习惯的事情，为此还说了更多其他话语，让她们了解你的性格。克劳福德小姐说到她对哥哥的鼓励计划，让我们大笑不已。她打算劝他坚持不懈地爱你，期待有朝一日被你爱上，经过十年的幸福婚姻后，他的求爱能得到好意接受。”

范尼勉强露出敷衍的笑容。她觉得反感至极。她担心自己做错了，说得太多，显得过于谨慎，她原以为需要这么做。为了防止一件坏事，让自己面临着另一件坏事情。在这样的时候，以这样的话题，反复说到克劳福德小姐的活泼，令她更加痛苦。

埃德蒙从她脸上看出疲倦和沮丧，立刻决定不再继续讨论，甚至不再提克劳福德的名字，除非可能和**一定**让她高兴的事情有关。本着这个原则，他很快又说道："他们星期一离开。因此，你明天或星期天一定能见到你的朋友。他们星期一真的要走了！我几乎被劝说着在莱辛比待到那一天！我几乎答应了。这会造成多大的不同呀！在莱辛比多待的五六天也许会让我的一生受到影响。"

"你几乎待在那儿了？"

"是的。在百般热情的劝说下，我几乎答应了。要是我收到曼斯菲尔德的任何来信，告诉我你们都怎样，我相信我一定会留下。但我对这儿两个星期里发生的事情一无所知，感觉已经离开够久了。"

"你在那儿过得愉快吗？"

"是的，也就是说，如果不愉快，只怪我自己心情不好。他们都很开心。我怀疑他们觉得我不开心。我始终感到不安，直到重回曼斯菲尔德才得以解脱。"

"欧文小姐们，你喜欢她们，是吗？"

"是的，很喜欢。可爱、开心、不矫揉造作的女孩们。可是范尼，我一直和女孩们做伴，简直被宠坏了。开心、不矫揉造作的女孩们对习惯了理智女人的男人不合适。她们是截然不同的人。你和克劳福德小姐让我变得太挑剔。"

可是，范尼依然情绪低落，疲惫不堪。他从她的神情中看出来了，说什么也没有用。他没再尝试，以特许监护人的威严，立即领她进了屋。

第五章

埃德蒙现在相信自己完全了解范尼能说出的一切，或是能够揣摩她的感情，他觉得很满意。正如他所猜测，是因为克劳福德这边操之过急，必须给她时间首先知道这个想法，才能接受。她必须习惯于想着他爱上了她，对他感情的回报也许就不再遥远。

他把这个观点作为谈话的结果告诉了父亲，建议什么也不要对她多说，别再试着影响或说服她，而应该将一切留给克劳福德的殷勤，以及她本人思想的自然作用。

托马斯爵士答应就这么做。他能相信埃德蒙对范尼性情的描述很公正，他认为她有着全部的那些感觉，但他必须认为她**有**那些感觉非常不幸。因为托马斯爵士不像他的儿子那么愿意相信未来，他忍不住担心如果需要在时间和习惯上给她留太久的余地，也许等年轻人已经不想求爱时，她还是不肯真正接受。然而别无他法，只能默默接受，期待最好的结果。

“她的朋友”答应的来访，埃德蒙是这样称呼克劳福德小姐的，这对范尼是个可怕的威胁，她一直为此担惊受怕。作为一个姐妹，她满怀偏见又非常愤怒，对自己说出的话毫不顾忌，同时又得意洋洋、自信满满，她在各个方面都令人痛苦畏惧。她的不悦，她的洞悉，她的快乐全都使她害怕。因为相信她们见面时一定有别人在场，这是范尼在等待中的唯一安慰。她尽量少离开伯特伦夫人，远离东屋，不在灌木林独自散步，小心避免任何突然袭击。

她成功了。当克劳福德小姐真的到来时，她安全地待在早餐室，和她姨妈在一起。最初的痛苦结束后，克劳福德小姐神情话语中的特殊意味比预想的少了很多，范尼开始希望只需稍有焦虑地过上半个小时，不用忍受更多。但这一点上她期待过高，克劳福德小姐不是机会的奴隶。她下定决心要单独见范尼，不久后就低声对她说："我必须在某个地方和你说几分钟话。"这句话让范尼浑身震颤，每一条血管和每一根神经都感到不安。拒绝毫无可能。相反，她随时顺从的习惯让她几乎立即起身，领着克劳福德小姐走出屋子。她这样做时感到很难过，却无可奈何。

她们刚进入大厅，克劳福德小姐的表情就变得无拘无束。她立刻带着狡黠又深情的责备冲范尼摇了摇头，又拉住她的手，似乎忍不住马上开始，但她什么也没说，除了"你这讨厌的女孩！我该怎么责备你呢"，接下来还算慎重地把其余的话留到她们安全地独自待着时再说。范尼自然而然上了楼，领着她的客人进了如今一直很舒适的屋子。但她开门时感到心痛不已，感觉面临着在这间屋子里从未有过的苦恼。然而这几乎要扑面而来的麻烦至少因为克劳福德小姐忽然改变主意而推迟出现，因为她发现自己再次进了东屋，这对她的内心产生了强烈的影响。

"哈！"她马上兴奋地叫道，"我又在这儿了吗？东屋！我以前只进过这间屋子一次！"她停下来环顾四周，似乎要唤醒所有的记忆，又说道，"只有一次。你记得吗？我来排练。你表哥也来了，我们排练了一回。你是我们的观众和提词人。愉快的排练。我永远都忘不了。我们在这儿，就在屋子的这个位置。你表哥在这儿，我在这儿，这儿是椅子。哦！这样的事情为何一去不复返?”

令她同伴高兴的是，她不需要答复。她完全自我陶醉着。她沉浸在美好的回忆中。

“我们排练的那一幕太棒了！主题是那么——那么——我该说什么呢？他要为我描述婚姻，并劝我结婚。我觉得我现在就看见了他，他努力像安哈尔特那么庄严镇定，说了长长的两段话。‘当两颗相印的心灵在婚礼上结合，婚姻即可称为幸福生活。[①]’他说那些话时的神情和声音，我想无论多久也无法磨灭给我留下的印象。奇怪，真奇怪，我们竟然要表演那样一幕！我要是能唤回我生命中的任何一个星期，应该就是那个星期——演戏的那个星期。不管你怎么说，范尼，应该是**那个**星期，因为我从未在其他任何时候感受过那么强烈的快乐。他倔强的性格竟然屈服了！哦！真是妙不可言。可是哎呀，就是那个晚上摧毁了一切。正是那个晚上带来了你最不受欢迎的姨父。可怜的托马斯爵士，谁会高兴见到你呢？不过，范尼，别以为我现在会如此不敬地说起托马斯爵士，虽然我的确恨了他好几个星期。现在，我能公正对待他了。他正是这样一个家庭的主人应有的样子。不，我怀着清醒的忧伤，相信我现在爱你们所有人。”说完这些，她有些温柔羞涩，范尼从未在她身上见到过，此时只觉得她太美了，而她转过身去镇定下来。“但一切都结束了，就让我们舒舒服服地坐在这

① 出自《情人的誓言》，剧中艾米莉亚和安哈尔特在讨论婚姻的话题。

儿。至于责备你，范尼，虽然我来就是打算做这件事，但事到如今我不忍心这样做了。”她满怀深情地拥抱范尼，“温柔的好范尼！当我想到这是最后一次见到你，不知多久才能重逢，我觉得除了爱你我什么也做不了。”

范尼很感动。她完全没料到这些，而她的感情几乎无法承受“最后”这个词的忧伤。她哭得仿佛对克劳福德小姐爱得极深，而克劳福德小姐见她这样更是心软，爱怜地抱着她说：“我讨厌离开你。等我离开就再也见不到有你一半可爱的人了。谁说我们不能成为姐妹？我知道我们可以。我觉得我们生来就会联系在一起；那些眼泪使我相信你也有同感，亲爱的范尼。”

范尼振作起来，只部分答道：“但你只是从一群朋友去另一群朋友那儿。你去看一个很特别的朋友。”

“是的，的确如此。弗雷泽太太是我多年的好友。可我一点也不想去她那儿。我只能想着我要离开的朋友，我最好的姐姐，你本人，还有伯特伦一家。你们都比世界上其他的人更有**心肠**。你们都让我感觉能够信任并吐露秘密，在普通交往中根本做不到。我希望我之前和弗雷泽太太约好复活节后再去她那儿，那时拜访会好得多，但我现在不能把她搁在一边。我看了她之后必须去看望她的妹妹，斯托诺韦夫人，因为**她**才是两人中我特别的朋友，但我这三年来没太在意**她**。”

说完这些两个女孩沉默地坐了好几分钟，都在想着心事。范尼思考着世界上不同类型的友谊，玛丽想些不那么哲学的话题。**她**先开口了。

“我多么清楚地记得我决心上楼找你，走出来摸索着进了东屋，完全不知身在何处！我能清晰地记起我一路上在想什么，我往里看，见到你在这儿，坐在这张桌子旁做针线活，还有你表哥打开门，看见我在这儿时惊讶的表情！的确，你姨父就是在那天晚上回来的！从未有过那样的事情。”

又是一阵心不在焉。等清醒后，她这样攻击她的同伴。

“哎，范尼，你在出神呢。我希望，是在想一直想着你的人。哦！要是我能带你到我们城里的社交圈待上几天，你也许就能明白那儿的人怎么看待你对亨利的魅力！哦！不计其数的嫉妒与心痛，听说你的行为而感到好奇和难以置信！悄悄对你说，亨利真是古代传奇中的英雄，乐意背上枷锁。你应该去伦敦了解如何看待你的征服。要是你能看到他怎样被人追求，我是怎样因为他而得到追求该多好！现在，我很清楚我对弗雷泽太太不如以前一半受欢迎，因为他对你的状况。等她得知事实，她很有可能希望我重回北安普敦郡，因为弗雷泽先生有个女儿，是第一个妻子生的，她疯狂地想让她结婚，希望亨利娶她。哦！她是怎样想方设法要得到他呀。瞧你天真无邪，安安静静地坐在这儿，你完全不知道你会造成怎样的**轰动**，人们将多么好奇地想见到你，还有我只得回答的无数问题！可怜的玛格丽特·弗雷泽会永远缠着我问你眼睛和牙齿的样子，你的发型、你的鞋子是谁做的。我希望玛格丽特结婚了，为了我可怜的朋友，因为我认为弗雷泽一家几乎和其他大多数结了婚的人一样不幸福。但那是简妮特当时最理想的亲事。我们都很高兴。她只能接受他，因为他有钱，而她一无所有。可后来发现他是个脾气暴躁、**要求苛刻**的人，希望一个年轻女人，一个二十五岁、年轻漂亮的女人和他一样沉闷。我的朋友没有管好他，她似乎不知道怎样尽量做好。他有些易怒，不往坏里说，确实很没教养。在他们家里我会带着敬意想起曼斯菲尔德庄园的夫妻状况。即使格兰特博士也确实表现出对我姐姐的彻底信任，对她想法的一些尊重，让人觉得他们**有些**爱情，但我在弗雷泽一家完全看不到。我要永远待在曼斯菲尔德，范尼。我自己的姐姐作为妻子，托马斯·伯特伦爵士作为丈夫，是我完美的标准。可怜的简妮特不幸上当了，但她没做任何不得体的事。她没有轻率地贸然结婚；她没有缺乏远见。她花了三天时间考虑他的求婚，在那三天里问了和她有关，值得听取意见的每个人的想法，还特意请教了我已故的姨妈，她见多识广，因此她的想法总的来说让所有熟悉的年轻人非常看重，而她坚决赞成弗雷泽先生。似乎什么都无法保证婚姻的幸福。我对我的朋友芙罗拉没多少可说，她抛弃了皇家禁卫骑兵队[1]的一个很好的年轻人，只为得到那可怕的斯托诺韦勋爵。范尼，他的头脑和拉什沃思先生差不多，但难看得多，而且是个恶棍。那时我**的确**怀疑她是否正确，因为他甚至没有绅士的风度，现在我能肯定她错了。顺便说一句，芙罗拉·罗斯进入社交圈的第一个冬天对亨利爱得发狂。但我要是想告诉你我认识的女人中所有爱上他的人，我说都说不完。你，只有你，无动于衷的范尼，才能对他那样毫不在意。可你真如你说的那样无动于衷吗？不，不，我看你不是。”

当时范尼的脸的确红得厉害，也许会让本有疑心的人对她产生强烈的怀疑。

---

① 里面的士兵通常来自贵族家庭或是财产丰厚。

“可爱的人儿！我不会取笑你。一切将顺其自然。可是，亲爱的范尼，你必须承认你不像你表哥认为的那样，对那个问题毫无准备。那不可能，你一定对这个问题有些考虑，有点猜测会是怎样。你一定看出他大献殷勤地取悦你。他在舞会上没有对你一心一意吗？还有舞会前的那串项链！哦！你如他所愿收下了。你一定对此心知肚明。我记得清清楚楚。”

“那么，你是指你哥哥事先知道那串项链？哦！克劳福德小姐，**那**不公平。”

“知道！全都是他做的，他本人的想法。我很惭愧地说我从未想到过，但我很高兴按照他的建议行事，为了你们两个人。”

“我不会说，”范尼答道，“我当时对此没有一点担心，因为你的某些神情使我害怕——但并非一开始——我一开始毫不怀疑——真的，我的确如此。这千真万确。要是我能知道一些，什么也不能诱使我接受那串项链。至于你哥哥的行为，我当然明白有些偏爱，我已经知道了一段时间，也许有两三个星期。然后我认为这毫无意义，我只觉得这是他的风格，既没想到也不希望他会认真考虑我。克劳福德小姐，我不是没注意到他和这个家庭中的某些成员在夏天和秋天时的行为。我没有说，但我并非没看见。我只能看着克劳福德先生以毫无意义的殷勤自得其乐。”

“啊！我无法否认。他有时是个讨厌的调情者，很不在乎会给年轻小姐们的感情带来多少伤害。我常常为此责备他，但这是他唯一的缺点；还有这一点，没几个年轻小姐的感情值得在乎。而且，范尼，得到一位被众人垂涎的人是多么荣耀，能够偿还他对所有女人欠下的债！哦！我相信女人的天性不会拒绝这样的胜利。”

范尼摇摇头。“我无法对玩弄任何女人感情的男人有好感，她们承受的痛苦一定比在旁观者眼中多得多。”

“我不为他辩护。我把他完全交给你摆布，等他把你娶到埃弗灵厄姆，我不在乎你怎么训斥他。但我要说的是，他的缺点，喜欢让女孩有些爱上他这一点，对一个妻子的幸福而言，不及他自己爱上别人一半危险，而他从未沉迷于那件事。我真心诚意地相信，他从未像对你这样爱上别的任何女人，他全心全意地爱着你，几乎会永远爱你。如果任何男人曾经永远爱着一个女人，我想亨利也能这样对你。”

范尼忍不住淡淡一笑，却无话可说。

“我想不出亨利有过更快乐的时候，”玛丽很快又说道，“什么都不及他帮你哥哥成功升职后那么快乐。”

此时她显然把范尼的感情推进了一步。

“哦！是的。他实在太好了。”

“我知道他一定尽了全力，因为我认识他得说动的那些人。上将讨厌麻烦，不屑求人帮忙。而且那么多年轻人有着同样的想法，要是交情不深或努力不够，很容易被搁在一边。威廉该有多高兴啊！我希望我们能见到他。”

可怜的范尼陷入了沮丧至极的心情。想到帮威廉做的事情，总能最有效地干扰她对克劳福德先生的每一个决定。她坐在那儿沉思着，直到先是得意洋洋地看着她，接着在想其他事情的玛丽忽然唤起她的注意，说道：“我宁愿一整天坐在这儿和你说话，但我们绝不能忘记楼下的女士们。再见了，我亲爱的、我温柔的、我出色的范尼，因为虽然我们名义上会在早餐室告别，我必须在这儿向你辞行。我要离开你了，但真心渴望着快乐的重逢，相信等我们再次相见，那时的情形也许能让我们彼此敞开心扉，没有任何矜持或拘谨。”

伴随这些话语而来的，是一个非常、非常亲切的拥抱和有些激动的神情。

“我很快会在城里见到你表哥，他说很快会过去。托马斯爵士，我敢说，春天也会来。还有你的大表哥、拉什沃思夫妇、茱莉娅，我相信能经常见到他们，除你以外的所有人。我有两个请求，范尼，一是你的来信。你必须写信给我。另外，你要经常看望格兰特太太，为我的离开给她一些补偿。”

至少第一个请求，范尼宁愿没被提出，但她不可能拒绝写信，她甚至无法不看似乐意地欣然答应。此刻显而易见的深情难以抗拒。她的性情特别看重温柔的对待，她至今为止难得体会，更为克劳福德小姐感动不已。同时，范尼感谢她，让她们两人面对面交流的痛苦比她预想的少了很多。

结束了。没有责备，没有盘问，她逃脱了。她的秘密依然属于她自己。在那种情况下，她觉得自己几乎什么都能接受。

晚上还有一场告别。亨利·克劳福德来和他们坐了一会儿。她的兴致一开始就不是很高，她有一阵子对他感到心软，因为他似乎真的有些伤心，他一反常态，几乎什么话都没说。他显然心情低落，范尼只能为他难过，虽然希望在他成为另一个女人的丈夫前，她能永远不再见到他。

到了分别的时刻，他想拉她的手，他无法接受拒绝。然而，他什么都没说，或是她什么都没听见。等他离开屋子后，她为这种象征性的友谊已经结束感到更加高兴。

第二天克劳福德兄妹走了。

第六章

克劳福德先生走了，托马斯爵士的下一个目标是让他得到想念。他满怀希望，觉得他外甥女会因为失去那时的殷勤，发现生活出现了空白，或者，会想象一些坏事情。她已经以最令人得意的方式品尝到自己的重要性，他真心希望失去这些，再次变得无足轻重，能够唤醒她心中有益的悔恨。他带着这个想法观察着她，但他几乎看不出任何迹象。他几乎不知道她的情绪有没有任何不同。她总是温柔顺从，因此他无法辨别她的感情。他不理解她，他觉得自己不理解，于是他让埃德蒙告诉他目前的情况对她有什么影响，她比以前更高兴还是不那么高兴。

埃德蒙没有察觉任何遗憾，觉得他父亲认为最初的三四天会带来变化，有些不合情理。

最让埃德蒙感到惊讶的是，从克劳福德的妹妹，对她而言那么重要的朋友和同伴，应该更能看出她的遗憾。他奇怪范尼会难得说起她，很少主动说起她对这次离别的想法。

哎呀！正是这个妹妹，这位朋友和同伴，成了扰乱范尼安适的祸根——如果她能相信玛丽的未来命运与曼斯菲尔德无关，正如她坚信那位哥哥的命运将会如此；要是她能希望玛丽回到这儿的日子像她期待的那样遥遥无期，她本来能够真正感到轻松。可她越是回忆和观察，就越发相信一切都比以前更朝着克劳福德小姐和埃德蒙结婚的方向发展——在他这方意愿强烈，在她那边更不含糊。他的反对，他诚实的顾虑，似乎全被消除——谁也不知是怎样做到的。她的野心引起的怀疑和犹豫同样被克服——同样没有明显的理由。这只能归结于不断加深的爱恋。他的好感和她不好的感觉都屈服于爱情，而这样的爱情一定能将他们结合在一起。他准备一旦结束和桑顿·莱西有关的某件事就去城里，也许就在两个星期内。他说过要去，他喜欢说这件事。一旦又和她在一起，范尼无法怀疑剩下的事情——他必然会求婚，她一定会接受。可还是存在一些不好的感觉，使这件事的前景让她特别伤心，不含偏见——她相信，与自己无关。

就在她们的上一次谈话中，克劳福德小姐尽管有些温柔的感情，许多亲切的表现，她还是那个克劳福德小姐。依然表现出迷失和困惑的心灵，却对此毫无察觉；陷入黑暗，却误以为身处光明。她也许爱着，但她别的任何感情都配不上埃德蒙。范尼相信他们之间几乎不存在第二种共同的感情。她认为克劳福德小姐能在未来提升几乎毫无希望，这一点也许能被古代圣贤原谅。她想到如果埃德蒙在这段爱恋时期都难以消除她的偏见、纠正她的想法，即使在年复一年的婚姻中，他的价值也终将被浪费在她身上。

经验也许能让人对这般境遇中的年轻人抱有更大希望。公正而言，或许克劳福德小姐也有着女人的普遍天性，能将她爱恋尊重的男人的想法，接受为自己的想法——可既然范尼有着那样的信念[①]，她为此深感痛苦，只要说起克劳福德小姐都会难过。

---

① 原文为“persuasions”，有“信念、劝说”之意。

与此同时，托马斯爵士继续着自己的希望和自己的观察。他依然觉得以他对人性的了解，他有权期待见到失去影响力和重要性对他外甥女情绪的影响，见到那位情人曾经的殷勤使她渴望重获殷勤。很快他就能解释为何尚未清清楚楚、明明白白地看到这一切，因为将有另一位来访者，托马斯爵士承认他的到来足以支撑他正在观察的情绪——威廉已经得到十天的假期，他会来到北安普敦郡，目前正在路上。他是最快乐的少尉，因为他刚得到提升，准备来展示他的快乐并描述他的制服。

他来了。他本该也能高兴地在那儿展示他的制服，可是一项残酷的规定禁止制服在不服役期间出现。因此这套制服还是留在了朴茨茅斯，埃德蒙猜想在范尼有机会见到它之前，衣服本身的崭新状态和穿着者所有的新鲜感一定都被消磨殆尽。它将沦落为耻辱的象征，因为当了一两年少尉后，看着别人在他之前升为少校[1]时，还有什么能比一件少尉制服更不好看，更没价值呢？埃德蒙这样说着，直到他父亲向他透露了一个计划，让范尼有机会在另一种情况下看到皇家轻巡洋舰画眉号少尉光彩照人的样子。

这个计划是，她将陪同她哥哥回到朴茨茅斯，和她的家人过一小段时间。托马斯爵士在一次郑重思考中已经想到，作为一个恰当可取的措施。但在他完全决定前，他询问了儿子的想法。埃德蒙多方考虑，只觉得非常正确。这件事本身就很好，也找不出更好的时机，他毫不怀疑会令范尼特别高兴。这足以使托马斯爵士下定决心，一句斩钉截铁的“那就这样”让事情暂告一个段

① 原文为“commanders”，是稍高一等的军衔。

落。托马斯爵士回来有些得意，认为除了他对儿子说的话，这件事的好处远不止于此。他打发她离开的主要目的和她应该再次见到父母没什么关系，和令她高兴的想法毫无关联。他当然希望她乐意回去，他也同样希望她在结束探亲前能够真心想家。他希望稍稍脱离曼斯菲尔德庄园的优雅奢华能让她的头脑进入一种清醒状态，使她愿意更公正地评价那个更加长久、同样舒适的家拥有的价值——那个发出邀请的家。

这是对他外甥女理解力的医疗计划，他现在必须将此视为疾病。在舒适富足的家中住了八九年，有些扰乱了她比较和判断的能力。她父亲的房子很有可能教她认识到丰厚收入的价值。他相信她将成为更明智、更幸福的女人，一辈子如此，因为他所设计的实验。

如果范尼真的习惯于狂喜，当她最初弄清打算后一定会喜得发狂。她的姨父先是提出让她拜访父母、兄弟和妹妹们，而她几乎半生的时间都与他们分离了。他提出让她回到童年之地住两个月，由威廉作为她此行的保护人和同伴，这一定能让她始终见到威廉，直到他出海前的那一刻。倘若她曾不胜喜悦过，一定就在那时，因为她很喜悦，但她的快乐是安静、深沉、心潮澎湃的那种。虽然她从不健谈，但她在情绪最激动时总是更愿意沉默。此时她只能感谢并接受。后来，当她习惯了这突然而至的愉悦画面后，她能更多地对威廉和埃德蒙说出她的感受，但依然会有言语无法表达的温柔情感。她童年时的所有快乐，被迫与他们分开后承受的痛苦，所有的回忆扑面而来，带着全新的力量，似乎再次回家能够治愈她在离别后的每一次痛苦。处在这样一群人中间，被那么多人爱着，感受到从未有过的爱意；不用害怕，无拘无束地感受真情；觉得自己和周围的人彼此平等；完全不会听人提起克劳福德兄妹，不再因为他们而得到任何看似责备的眼神！这是她满怀深情、不断期待的情景，只有一半为人所知。

还有埃德蒙，能离开**他**两个月（也许她愿意离开三个月），一定对她有好处。身处远方，不受他那神情或友爱的困扰，不因了解他的内心而始终感到恼火，不用设法避免听他吐露秘密，她应该能劝说自己进入更合适的心境。她应该能够想象他去了伦敦，在那儿安排着一切，却不感到难过。在曼斯菲尔德也许难以承受的事情，将在朴茨茅斯变成微不足道的坏事。

唯一的不足是担心她的伯特伦姨妈没有她能否过得舒适。她对别人都毫无用处，但在**那儿**或许很受想念，她不忍多想。在那个方面的安排，的确是托马斯爵士最难做到的一点，也只有**他**可能做得到。

但他是曼斯菲尔德庄园的主人。当他真的下定决心做任何事，他总能做到。这次通过对这个问题的长谈，一再解释范尼有责任时常看望她的家人，他的确说服了他的妻子让她走。然而与其觉得她被说服，不如说是服从，因为伯特伦夫人几乎毫不赞成托马斯爵士认为范尼应该走，所以必须走的想法。她在自己安静的梳妆室里，不偏不倚地沉浸在自己的想法中，不受他令人困惑的话语影响，她无法承认有任何必要让范尼接近离开那么久的一对父母，而她对自己又那么有用——至于不要想她，诺里斯太太的谈话正想说明这一点，但她坚决不承认会有此事。

托马斯爵士想要唤起她的理智、良心和尊严。他将此称作牺牲，要求她凭借善良和自制力做到这一点。但诺里斯太太想以范尼无关紧要这一点来说服她（她随时准备为她放弃自己所有的时间），简而言之不会真正被人需要或让人想念。

“也许会那样，姐姐，”伯特伦夫人只是答道，“我敢说你很正确，但我相信我会很想念她。”

下一步是和朴茨茅斯联系。范尼写信说想回家，她母亲的回复虽然简短，却非常亲切，寥寥几行朴素的话语自然而然地表达了一个母亲能够再次见到孩子的喜悦，坚定了女儿对和她团聚的所有幸福之念，让她相信如今能在这个曾经肯定不太喜欢她的“妈妈”身上看到一个温暖慈爱的朋友，但她能很容易地认为关于过去，是因为她自己的错误或幻想。她也许因为生性胆怯而无助不安，因此疏离了母爱，或是不可理喻地想要在这么多孩子中得到更多的爱。现在，她更加懂得怎样有益于人，怎样忍耐，当她母亲不再为一个满是孩子的家庭中无休无止的要求忙得不可开交时，会有闲暇和意愿舒适地生活，母女间应该能很快感受到应有的深情。

对这个计划威廉几乎和他妹妹一样快乐。能让她待到他出海前的最后一刻，这使他无比喜悦，也许在他第一次出海回来后还能见到她！而且，他特别想让妹妹在画眉号出港前见到她[①]（画眉号当然是现役中最漂亮的一艘轻巡洋舰）。造船厂也有了几处改进，他很想领她看看。

他无所顾忌地又说道，她回家一段时间会对每个人都大有

---

① 原文为“she”，奥斯汀通常以“她”指代战舰。

好处。

“我不知道为何如此，”他说，“但我们似乎想在父亲的家中得到你的一些好习惯和秩序感。屋里总是乱糟糟的。我相信你能把事情变得更好。你会告诉母亲一切都应该怎样，你会对苏珊很有帮助，你还能教教贝茜，让男孩们爱你并且在乎你。一切将会多么正确，多么舒适！”

普莱斯太太的回信到达后，在曼斯菲尔德只能再住短短几天了。那几天有部分时间，年轻的旅行者为他们的旅行而担惊受怕。当谈到怎样出行时，诺里斯太太发现无论她多想为她妹夫省钱都无济于事，虽然她满怀希望，并不断暗示用更便宜的方式送范尼过去，他们依然会乘坐驿车。当她看见托马斯爵士果真为此给威廉银行支票时，她忽然想到马车里还有坐第三个人的位置，便立即强烈希望和他们一起去，去看看她可怜又亲爱的普莱斯妹妹。她宣布了她的想法。她必须说她很想和年轻人一起去，这对她而言该有多好。她已经二十多年没见过她可怜又亲爱的普莱斯妹妹了，有她这个更加年长的人帮他们打理，一路上对年轻人也有好处。她忍不住想到她可怜又亲爱的普莱斯妹妹会觉得她不趁这样一个机会过去，真是无情。

威廉和范尼对这个想法惊恐万分。

他们愉快旅行的所有安适将被摧毁殆尽。他们满脸悲哀地彼此相望。他们的焦虑持续了一两个小时。无人插手去鼓励或劝阻，诺里斯太太只得独自考虑。事情的结果让她的外甥和外甥女无比欣喜，因为她想到曼斯菲尔德庄园此时无论如何少不了她。她对托马斯爵士和伯特伦夫人过于重要，无法让自己甚至离开他们一个星期，因此当然必须为了对他们的作用，牺牲其他一切快乐。

实际上，因为她想到了，虽然去朴茨茅斯不用花一分钱，但她返程时几乎不可能不出自己的路费。所以她可怜又亲爱的普莱斯妹妹只能为她错过这样一个机会感到无比失望，也许再过二十年她们才能相见。

埃德蒙的计划也受到这趟朴茨茅斯之旅，以及范尼离开的影响。他也像他姨妈那样要为曼斯菲尔德庄园做出牺牲。他本来打算就在这段时间去伦敦，但他不能在对父母的安适至关重要的其他所有人都离开时，离开他的父亲母亲。他在心里斗争了一番，却没有为此吹嘘，把他的行程推迟了一两个星期，他期待这趟行程能永远保证他的幸福生活。

他告诉了范尼。她已经知道那么多，必须知道一切。这带来了他们对克劳福德小姐的另一次倾心交谈。范尼感到这将是他们之间最后一次自由自在地提起克劳福德小姐的名字，越发觉得伤感。后来她又被他暗示了一次。伯特伦夫人晚上正告诉她的外甥女要尽快写信，经常写信，保证自己也会好好写信。埃德蒙在适当的时候又悄声说道："**我**会给你写信，范尼，等我有了任何值得写信的事情，任何我想你愿意听到的消息，那样你就不用很快从别人那儿听说了。"如果她听见时还在怀疑他的意思，当她抬头看着他时，他容光焕发的样子应该明确无疑。

为了这封信，她必须努力使自己变得坚强。埃德蒙的来信竟会让她惊惶失措！她开始感觉到，在这个充满变数的世界里，她还没能经历时间和环境的发展在思想与感情上造成的所有变化。

她还没有悉数了解人心的变幻莫测。

可怜的范尼！虽然她的确心甘情愿、迫不及待地想要离开，在曼斯菲尔德庄园的最后一个夜晚却必定还是痛苦。她的心因为离别而无比悲伤。她为屋里的每一个房间流泪，更为里面每一个亲爱的人流泪。她拥抱她的姨妈，因为她会想念她；她泣不成声地亲吻她姨父的手，因为她使他不高兴了；至于埃德蒙，在和他告别的最后一刻，她无法说话，无法看着他，也无法思考，直到结束后，她才明白他给了她作为兄长的深情告别。

所有这些都在一夜之间成为过去，因为旅行一大早就要开始。当数量减少的一小群人在早餐时遇见，他们说威廉和范尼已经过了一个驿站。

第七章

旅行的新鲜感，和威廉在一起的快乐，很快对范尼的情绪产生了自然而然的影响，这时曼斯菲尔德庄园已经被远远抛在身后。第一段旅程结束，他们即将离开托马斯爵士的马车，她也能开开心心地向老马车夫告别，捎回合适的问候。

兄妹间愉快的话说也说不完。每件事都给兴高采烈的威廉带来新的快乐，他在高调的话题间不断说笑逗趣。所有的话题，如果不是以赞美画眉号开始，也会以赞美画眉号结束，猜测她将承担怎样的任务，计划干一些了不起的大事，（假如中尉不再妨碍，威廉对中尉毫不留情）将使他本人尽快升职，或是猜测奖金[①]的数额，他会慷慨地分给家人，只留下能购买一座舒适小屋的钱，他和范尼将在那儿共同度过整个中年和晚年。

范尼目前关心的事情，只要涉及克劳福德先生，绝不出现在他们的谈话中。威廉知道发生了什么，他从心里感到痛惜，他的妹妹竟然会对在他看来人品一流的男人如此冷漠。不过他正处于满心爱恋的年纪，因此无力责备。得知她对这件事的想法，他不愿以最小的暗示让她难过。

她有理由认为自己还没被克劳福德先生忘记。在他们离开曼

---

① 当时海军挣钱的最快方式是通过掠夺敌军的船舰分得高额奖金。

斯菲尔德的三个星期里，她不断收到他妹妹的来信，每封信里都有他本人写的几行字，和他的话语一样热情坚定。这种书信往来让范尼感到不悦又畏惧。克劳福德小姐的写信风格，虽然活泼深情，但本身是件坏事。她会因此被迫读出那位哥哥写的话语，因为她要是不给埃德蒙朗读信里的大部分内容他就不肯罢休。接着她只得听他赞赏她的语言和她的感情。实际上，每封信里都有那么多内容，又是暗示，又是回忆，没完没了地说着曼斯菲尔德，范尼只能认为这是有意让他听见。她发觉自己不得已起了那样的作用，被迫进入那种通信关系，不仅带来她不爱的男人对她的情意，还让她无可奈何地把她所爱的男人推向相反的感情，真是残酷又屈辱。这一点上，她此时的离开一定能有好处。当她不再和埃德蒙处于同一个屋檐下时，她相信克劳福德小姐绝对没有那么强烈的动力克服写信的麻烦，在朴茨茅斯她们的通信最终会减少为零。

在一千个念头中有了这些想法，范尼平安愉快地继续着她的旅行，虽是泥泞的二月，前进的速度已经很快。他们进入了牛津，但她只能在路过时迅速瞥一眼埃德蒙的学院，没有停歇地到达纽伯里，在那儿舒舒服服地吃了一顿午餐兼晚餐，结束了一天的快乐与疲倦。

第二天上午他们又一早出发。旅途没有波澜、没有拖延，他们顺利前行。进入朴茨茅斯时天还有些亮色，范尼能环顾四周，对那些新建筑感到惊讶。他们通过吊桥，进入城镇。天色渐渐变暗，在威廉响亮嗓门的指引下，马车从主大街颠簸着驶入了狭窄的街道，停在普莱斯先生居住的小屋门前。

范尼焦虑不安，激动不已，充满希望又无比担心。他们刚停下，一个似乎在门前等待他们的邋遢女仆走上前来，更想报告消息而不是给他们任何帮助，她马上说道："画眉号出港了，先生，一位军官已经过来了。"她被一个高高的十一岁漂亮男孩打断了。他冲出屋子，推开女仆，在威廉本人打开马车门时叫道："你来得正好。我们这半个小时一直在找你。画眉号今天早上出港了。我看见她了。真是太漂亮了。他们认为她这一两天将得到命令。坎贝尔先生四点时来找过你。他有一艘画眉号的小船，会在六点钟过去，希望你能及时和他一起走。"

在威廉帮范尼走下马车时瞪她一两眼，这是她的弟弟主动给她的全部关注。不过当她亲吻弟弟时，他毫不反对，但依然专心致志地详细描述着画眉号出港的更多细节。他很有权利对此感兴趣，因为他这次即将在画眉号上开启他的水兵生涯。

转眼间范尼进入屋子狭窄的过道，投入母亲的怀抱。母亲带着真心慈爱的神情在那儿等她，她的容貌让范尼更加喜欢，因为她见到了伯特伦姨妈的样子。有两个妹妹，苏珊是个健康漂亮的十四岁女孩，贝茜在家中最小，大约五岁，两人都以自己的方式高兴地见到她，却都没能合乎礼仪地接待她。但范尼不想要礼仪。只要她们爱她，她就满意了。

接着她被带进客厅，因为实在太小，让她最初以为这只是进入更大屋子的过道间，她站了一会儿等待被领着往前走，可当她看见没有别的门，屋里有住人的痕迹时，她回过神来，责备自己，生怕她的想法被人怀疑。但她的母亲没待多久，什么都不会怀疑。她回到大门去迎接威廉。"哦！我亲爱的威廉，我真高兴见到你。可你听说了画眉号的事情吗？她已经出港了，三天前我们想也没想过，我不知道该拿山姆的东西怎么办，无论如何也无法按时准备好，因为画眉号也许明天就有任务。这真出乎我的意料。现在你也必须去斯皮特黑德了。坎贝尔来过这儿，很为你担心，现在我们该做什么？我本想和你们舒舒服服地过一个晚上，现在一下子发生这么多事情。”

她的儿子愉快地回答着，告诉她一切都会有最好的解决，对他自己很快就要离开的麻烦满不在乎。

“说真的，我宁愿画眉号还待在港口，那样我也许就能和你舒舒服服地坐上几个小时了。但因为岸上有一艘船，我最好马上走，这也没有办法。画眉号停在斯皮特黑德的什么地方？靠近卡诺普斯号吗？可是不要紧，范尼正在客厅里，我们为何待在过道？来吧，母亲，你几乎还没看看你亲爱的范尼呢。”

他们两人都进来了，普莱斯太太再次慈爱地亲吻了她的女儿，稍微夸了几句她长大了，便自然而然地想起了旅人的劳顿和需求。

“可怜的孩子们！你们一定累坏了。现在，你们想吃点什么？我差点觉得你们永远都到不了了。我和贝茜这半个小时都在等着你们。你们什么时候吃东西的？你们现在想吃点什么？我不清楚你们在旅行后是想吃点肉，还是只想喝点茶，否则我会做些准备。可现在我担心在坎贝尔过来前没时间做牛排了，附近没有肉铺。街上没有肉铺很不方便。我们以前住的地方比这儿好。也许你们想尽快喝点茶。”

两人都声称他们只想喝茶。“那么，贝茜，我亲爱的，跑到厨房去看看丽贝卡有没有烧水，叫她尽快把茶具端上来。我希望我们能把铃铛修好——但贝茜是很灵巧的小听差。”

贝茜敏捷地走了，骄傲地向她漂亮的新姐姐显示本领。

“天啊!”焦急的母亲又说道，“我们的火炉太糟糕了，我敢说你们两人一定又冷又饿。把你们的椅子拉近些，我亲爱的。我不知道丽贝卡在干什么。我肯定在半小时前叫她拿些煤过来的。苏珊，**你**应该照料这个火炉。”

“我在楼上，妈妈，在搬东西，”苏珊说道，语气毫不畏惧，理直气壮，让范尼吃了一惊，“你知道你刚刚才安排让我的范尼姐姐和我住那间屋子，我无法让丽贝卡帮我一点忙。”

谈话因为各种喧闹声没能继续下去。先是车夫来讨要车费，接着山姆和丽贝卡因为怎么搬他姐姐的箱子发生争吵，他想完全按照自己的方式搬。最后，普莱斯先生本人走进来，先是听见他高大的嗓门，他骂骂咧咧地踢开过道里他儿子的衣袋和他女儿的帽盒，大叫着要根蜡烛。然而，没人给他蜡烛，接着他进了屋。

范尼犹豫不决地起身迎接他，但发觉他在黑暗中看不清她，也想不到是她，便又坐了下来。他友好地握了握儿子的手，立刻以急切的声音说道：“哈！欢迎回来，我的儿子。很高兴见到你。你听到消息没？画眉号今天早上出港了。真突然，你看！老天爷，你正好赶上！医生已经来找你了，他有一艘小船，准备六点前出发去斯皮特黑德，所以你最好和他一起去。我已经去特纳[①]那边放了你的东西，都能送到。要是你明天得到命令我不会

① 一个海军供应商。简·奥斯汀曾通过他给哥哥弗兰克送过东西。

奇怪，可你们要是往西走，这样的风没法开船。沃尔什上尉认为你们当然要往西开，和大象号一起。老天爷，我希望你们可以！可是老斯科利刚才说过，他觉得你们会先被派到特塞尔。行了，行了，我们准备好了，不管发生什么。老天爷，你今天早上没在这儿看画眉号出港真可惜，太好看了！给我一千英镑我都不肯走。老斯科利吃早饭时跑过来，说她已经解了缆绳正要出港，我跳起来，两步就跑到了平台上。如果真有完美的战舰，那就是她；她就停在斯皮特黑德那儿，哪个英国人都会以为她有二十八门炮。我今天下午在平台上看了她两个钟头。她紧靠着恩底弥翁号，在她和克里奥帕特拉号中间，就在老船坞的东面。”

“哈！”威廉叫道，“**那**正是我自己想停的位置。那是斯皮特黑德最好的泊位。不过这是我妹妹，先生，这是范尼，”他转身领她上前，“太黑了，你没看见她。”

普莱斯先生承认他差点忘记她了，此时迎接了女儿。他给她一个热情的拥抱，说她已经长成了妇人，也许不久就会找个丈夫，似乎马上又要忘记她了。

范尼缩回她的座位上，为他说出的话和他的浑身酒气感到难过。他只和他儿子说话，只说画眉号。虽然威廉的确对那个话题很感兴趣，但他不止一次想让他父亲想起范尼，想起她已经离家很久，还有这漫长的旅行。

又坐了一会儿后，蜡烛来了。因为茶还是没有上，从贝茜对厨房的汇报看来，很长时间都不能指望有别的东西。威廉决定去换衣服，马上为他的离开做些必要准备，也许后面就能舒舒服服地喝茶了。

他离开屋子后，两个脸色红润、衣服破烂、脏兮兮的八九岁男孩冲了进来。他们是汤姆和查尔斯，刚刚放学，急着回家看他们的姐姐，告诉家人画眉号已经出港了。查尔斯在范尼离开后出生，但她过去常常帮着照看汤姆，现在又见到他感到特别高兴。她非常温柔地亲吻了两个孩子，但她想把汤姆留在身边，试着从他脸上看出她曾经喜爱的那个婴儿的模样，告诉他小时候自己有多喜欢他。可是汤姆一点都不想要这样的待遇，他回家不是为了站在这儿听人说话，而是要四处奔跑，大喊大叫。两个男孩很快从她身边冲出去，重重关上客厅的门，震得她头痛。

此时所有在家的人她都见到了，除了她和苏珊中间的两个弟弟，一个在伦敦的事务所当职员，另一个在东印度公司的一艘商船上当候补少尉。但她虽然已经**见到**家中所有成员，她还没有**听见**他们能发出的所有噪音。接下来的一刻钟带来了更多的声音。威廉很快从二楼的楼梯口大声叫他的母亲和丽贝卡。他找不到之前放在那儿的东西，很是沮丧。一把钥匙不见了，他责怪贝茜动了他的新帽子，而他的制服背心有些细微却重要的改动，本来答应了他，却被彻底忘记了。

普莱斯太太、丽贝卡和贝茜全都上楼为自己辩解，全都在说话，但丽贝卡声音最响，她们会尽量把事情赶着做完。威廉想让贝茜下去，让她别在那儿碍事，却做不到，因为屋里几乎所有门都开着，整个过程在客厅里都听得清清楚楚，除非被山姆、汤姆和查尔斯楼上楼下互相追逐，滚来滚去，又叫又喊的更大声音淹没。

范尼几乎感到震惊。房子太小，墙壁太薄，一切似乎就在身边，加上旅途的劳累，近来所有的焦虑不安，她几乎无法承受。客厅**里面**一切都很安静，因为苏珊已经和别人一起离开了，很快只剩下她本人和她父亲。他拿出一份报纸，照例是从邻居那儿借来的，便专心看了起来，似乎想不到她的存在。唯一的一根蜡烛放在他本人和报纸中间，完全不顾及她会有什么不方便。但她无事可做，很高兴当她坐在那儿困惑、失望、伤心地沉思时，蜡烛照不到她疼痛的脑袋上。

她到家了。可是，哎呀！这不是那样的家，她没得到那样的欢迎，就像——她克制了自己，这是不讲道理。她有什么权利得到家人的重视呢？她根本没有，这么久都不见踪影！威廉的事情肯定最受关心——一直如此——他完全有这个权利。可是几乎不说她也不问她，几乎不问候曼斯菲尔德！曼斯菲尔德被人遗忘让她感到痛苦，那些做了许多的朋友，那些无比亲爱的朋友们！可是在这儿，一个话题吞噬了其他的一切。也许一定会这样。画眉号的目的地现在一定最令人感兴趣。一两天后可能会看出不同。只有**她**应受责备。但她认为在曼斯菲尔德不会这样。不，在她姨父的家里会考虑到时间和季节，对话题的控制，言语得体，关心每一个人，在这儿却并非如此。

她这样想了将近半个小时，只被她父亲突然的叫喊声打断了一次，完全不是为了让她平静下来。当时过道里的脚步声和喊叫声实在太响，他高声叫道："该死的小畜生！他们在喊什么！啊，汤姆的声音比谁都响！那个男孩适合当水手长。喂，说你呢，山姆，闭上你那讨厌的嘴，不然我来揍你。"

这个威胁显然不被理会。虽然五分钟内三个男孩一起冲进屋里坐下来，范尼认为这只说明他们此时真的累坏了，从他们通红的脸蛋和气喘吁吁的样子就能看出，尤其当他们在父亲的眼皮底下时，还能互相踢着小腿，不时惊叫一声。

下次开门带来了一些更受欢迎的东西，上了茶具，她几乎已经对晚上见到它不抱希望。是苏珊和一个小女仆，女孩寒酸的样子令范尼大吃一惊，发觉她之前看到的还是上等仆人。她们拿来了这餐饭需要的所有东西。苏珊把水壶放在火上时瞟了一眼姐姐，似乎既有些得意地显示她的活泼和能干，又有些担心做这样的事情会降低她的身份。"她去了厨房，"她又说，"去催促莎莉，帮忙做吐司，把面包片涂上黄油，否则她也不知道他们什么时候能喝上茶，她相信她的姐姐旅行后一定想吃点东西。"

范尼很感激。她只得承认很想喝点茶，苏珊马上就办，似乎很高兴完全由她帮忙。除了一点点不必要的忙乱，几次不自量力地想让弟弟们更守规矩，她总的来说做得不错。范尼的身体和情绪都得到了恢复，这些及时的善意让她的头脑和心灵很快感觉好受多了。苏珊的样子开朗理智，她很像威廉，范尼希望能发现她有他的性情，也能对自己同样友善。

在这种更加宁静的状态下威廉又进来了，身后不远处跟着他的母亲和贝茜。他身穿少尉的全套制服，神情举止显得更高大、更威严，也更优雅。他满脸幸福的笑容，直接走向范尼。她从座位起身，默默无语，满心赞赏地看着他，接着搂住他的脖子嘤嘤啜泣，释放她五味杂陈的痛苦与快乐。

她急于不要显得不高兴，很快恢复了镇定。她擦干眼泪，能够端详并欣赏制服上所有引人注目的地方，振作精神听他愉快地期待在出海前每天都有时间上岸，甚至能带她去斯皮特黑德看战舰。

下一阵喧闹带来了坎贝尔先生——画眉号上的医生。他是个彬彬有礼的年轻人，过来叫他的朋友。大家设法为他找到一把椅子，煮茶的女孩匆忙为他洗了一套杯碟。接下来的一刻钟两位男士热切交谈着，声音此起彼伏，喧闹声一阵接着一阵，最后男人和男孩都行动起来，出发的时间到了。一切准备就绪，威廉告别家人，他们全都走了，因为那三个男孩不顾母亲的请求，一定要送他们的哥哥和坎贝尔先生去萨利港。普莱斯先生同时离开，去还他邻居的报纸。

现在总算能指望安静一些了。丽贝卡在要求下拿走了茶具，普莱斯太太在屋里转了半天想找一只衣袖，结果贝茜从厨房的一个抽屉里找了出来。一小群女人大致平静下来，母亲再次为不可能及时帮山姆收拾好东西而叹息，最后总算有时间想到她的大女儿和她那边的亲友了。

开始了一些询问，但最早的一个问题——“伯特伦姐姐怎样管理她的仆人?”“她是否和她本人一样为找个像样的仆人而焦头烂额?”——很快让她不再想着北安普敦郡，只考虑自己家务事的烦恼，朴茨茅斯所有仆人令人震惊的性格，她相信其中她自己的两个最坏，让她无暇顾及其他。当她细数丽贝卡的缺点时伯特伦一家被忘得干干净净，苏珊也有很多不满，小贝茜抱怨更多，她似乎真的一无是处，范尼忍不住适当猜测母亲打算等她干满这一年就让她走。

“干满一年!”普莱斯太太叫道,“我肯定在她没干满一年时就想解雇她,因为那得等到十一月。仆人们已经到了这种地步,我亲爱的,在朴茨茅斯,要是能留他们待半年以上都是奇迹。我已经不指望安稳下来,要是我让丽贝卡走,我也只能找得更差。但我不认为自己是个难伺候的女主人,我相信在这儿很轻松,因为总能找个女孩帮忙,而且我自己总会干掉一半的活。”

范尼沉默了,但并非因为相信有些麻烦真的无可救药。此时她坐在这儿看着贝茜,不免特别想起了另一个妹妹,一个很漂亮的小女孩,在她去北安普敦郡时比贝茜小不了多少,几年后她就死了。那个孩子非常可爱。范尼早些年对她的喜爱超过了苏珊。等她的死讯最终到达曼斯菲尔德后,让她有一小段时间伤心不已。看着贝茜让她又想起小玛丽的样子,但她绝对不愿提起她,让她母亲难过。当她怀着这些念头想着她时,不远处的贝茜拿出什么东西让她看,同时又不想让苏珊看见。

“你拿的是什么,亲爱的,”范尼说,“过来给我看看。”

这是一把小银刀。苏珊跳起来说是她的,想把它拿走,可是这孩子跑到母亲那儿寻求保护,苏珊只能气愤不已地责备着,显然想让范尼站在她这边。“她不能得到她**自己的**小刀真难过,这是她自己的小刀,是玛丽小妹妹临死前给她的,她早就应该自己保存。可是妈妈不给她,总让贝茜拿着,最后不是让贝茜弄坏,就得被她抢走,尽管妈妈已经**答应**她不让贝茜拿在手里。”

范尼非常吃惊。对责任、名誉和温柔的所有感觉都因为她妹妹的话和母亲的回答受到了伤害。

“好了，苏珊，”普莱斯太太以抱怨的口气说，“好了，你干嘛这么生气？你总是为了那把刀争吵。我希望你别那么爱吵架。可怜的小贝茜，苏珊对你多凶啊！可我让你去抽屉那儿时，我亲爱的，你不该把它拿出来。你知道我对你说了别碰它，因为苏珊总为此发脾气。我下次一定要把它藏起来，贝茜。可怜的玛丽把它交给我保存时，绝对没想到这会让你俩争抢不休，她两个小时后就死了。可怜的小东西！她说的话只能勉强听见，说得特别好：‘把我的小刀给苏珊妹妹，妈妈，等我死了被埋掉后。’可怜的好孩子！她那么喜欢它，范尼，总把它放在床上，就在自己身边，整个生病期间都是这样。这是她好心的教母给的礼物，老马克斯韦尔上将夫人，离她死去只有六个星期。可怜又可爱的小宝贝！不过，她就不会再受苦了。我的好贝茜，”（抚弄着她），“你不幸没有那么好的教母。诺里斯姨妈住得太远，想不到你们这些小人儿。”

范尼的确没从诺里斯姨妈那儿带来任何东西，只传话说她希望她的教女是个好女孩，愿意看书。有一段时间在曼斯菲尔德庄园的客厅里有过一阵低声咕哝，说要送她一本祈祷书，可接着就没了下文。不过，诺里斯太太因此回家拿出了她丈夫的两本旧祈祷书，但打开后，慷慨的热情就消失了。一本的字体太小，不适合孩子的眼睛；另一本太厚重，不方便携带。

范尼疲倦至极，感激地接受了第一声上床睡觉的邀请。贝茜还在因为姐姐来了，她只能晚睡一个小时而哭闹，她已经走了。楼下再次陷入吵闹混乱，男孩们要吃奶酪吐司，她父亲叫着要他的兑水朗姆酒，丽贝卡一直不见踪影。

她和苏珊一起住的那间狭小简陋的屋子里没什么能提起她的兴致。楼上楼下的房间都太小，过道和楼梯特别狭窄，这都超乎她的想象。她很快就因此想起她自己在曼斯菲尔德庄园的小阁楼，在**那幢**房子里，被视为小得让谁都不会感到舒适。

第八章

在范尼给姨妈写了第一封信后，如果托马斯爵士能看出他外甥女的全部心情，他不会感到失望。虽然一夜睡得很好，早晨天气晴朗，想到很快又能见到威廉，而且汤姆和查尔斯去了学校，山姆忙着自己的事情，她的父亲照例在外闲逛，屋里也比较安静，使她能够愉快地谈论回家的话题，但她心里清楚地知道，还有许多不快被压在了心里。要是他能看出她在第一个星期后一半的感受，他就会认为克劳福德先生肯定能得到她，并为自己的睿智感到高兴。

在这个星期结束前，一切都令人失望。首先，威廉走了。画眉号得到命令，风向改变了，他们到达朴茨茅斯的第四天他就出海了。在那几天里她只见了他两面，简短仓促，在他上岸办事的时候。没有自由的交谈，不能在堤岸上散步，没去成船坞，没见到画眉号——他们之前计划和指望的事情全都落空。在那方面的一切都令她失望，除了威廉的感情。他离家时最后想到的是她。他再次回到门口说："照顾好范尼，母亲。她很温柔，不习惯我们其他人的粗鲁。我要你照顾好范尼。"

威廉走了。他让她留下的家，范尼无法对自己否认，几乎在每个方面都和她的期待截然相反。这是个吵闹、无序、无礼的地方。没人能够行为得体，什么事都做不妥当。她无法如她期望的那样尊重她的父母。对于她的父亲，她本来就不乐观，然而他对家庭的忽略、恶劣的习惯、粗鲁的态度，糟糕得让她始料未及。他不缺乏能力，但他对工作以外的事情全然不感兴趣，什么都不知道。他只阅读报纸和海军名册；他只谈论船坞、造船厂、斯皮特黑德和锚地；他骂人又喝酒，他肮脏又粗鲁。从他之前对她本人的态度中，她完全想不出有一丝温柔。他只留下了粗鲁吵闹的大致印象。现在他几乎注意不到她，只会拿她开粗俗的玩笑。

她对母亲更加失望，**那儿**她本来很有期待，却几乎一无所获。每一个被她看重的美好想法都摔得粉碎。普莱斯太太并非无情。可是，她的女儿没有得到她的疼爱与信任，变得越来越亲热，也从未得到过比第一天到来时更亲切的对待。天性很快得到了满足，普莱斯太太的感情没有别的源泉。她的心灵和她的时间已经很满，她既没闲暇也没感情给予范尼。她的女儿们从来都对她不太重要。她喜欢她的儿子们，特别是威廉，但贝茜是她喜欢过的第一个女孩。对于她，她会无比娇惯。威廉是她的骄傲，贝茜是她的宝贝，约翰、理查德、山姆、汤姆和查尔斯占有着剩下的全部母爱，时而让她担心，时而令她高兴。这些分享了她的心灵。她的时间主要给了她的房子和她的仆人。她的日子过得缓慢又混乱；忙忙碌碌却一事无成，总是拖拖拉拉又为此悲哀，却不改变她的方式；想要节约，却既不想办法又不能坚持；对她的仆人不满意，却没有能力调教她们，无论帮助、斥责还是纵容她们，都完全得不到她们的尊重。

在她的两个姐姐中，普莱斯太太和伯特伦夫人的相似度比和诺里斯太太大得多。她管理家务是因为必须要做，却丝毫没有诺里斯太太的意愿，也完全没有她的主动。她的天性随和懒惰，像伯特伦夫人。假如在境遇上同样富足，能够无所事事，比起她轻率婚姻带来的辛苦操劳、自我克制的生活，会更符合她的能力。她也许能好好做个像伯特伦夫人那样有身份的女人，而诺里斯太太却能靠着微薄的收入成为更体面的九个孩子的母亲。

范尼不会不明白大多数情形。她也许会言语谨慎，但她必须也的确感到她的母亲待人偏心、缺乏公正，是个拖沓懒散之人。她既不教育也不约束她的孩子，她的家始终是一副管理混乱、极不舒适的样子。她没有才能，不会说话，对她本人没有感情，完全不想更多了解她，丝毫不渴望她的友情，也无意同她做伴以减轻她的那些感觉。

范尼很想发挥作用，不要显得在自己的家里高高在上，或是在任何方面不能够或不情愿以她外来的教育，帮助提升家庭的舒适，因此她立即着手帮山姆干活。她起早贪黑，坚持不懈，紧赶慢赶，做了很多活计。当这个男孩最终出海时，他的大部分衣服都缝制好了。她很高兴自己能起到作用，但无法想象如果没有她，他们该怎么办。

山姆虽然吵闹专横，当他离开时她却真心感到难过，因为他聪明懂事，很乐意去镇上帮任何忙。尽管他拒不接受苏珊的责备，这些责备——虽然本身合理却不合时宜，言语激动却不起效果，他却开始受到范尼的热心帮助和温柔劝导的影响。她发现他的离开让她失去了三个小男孩中最好的那个：汤姆和查尔斯比他小了好几岁，远不能理解她或是懂道理，所以不能很快和她做朋友，也无法不那么淘气。他们的姐姐很快放弃尝试在**他们**身上做最小的改变，在她有时间精力时，他们却对什么话都无动于衷。每天下午他们都会在家中四处打闹，她早早学会了为星期六半天假期的到来而唉声叹气。

贝茜也是个被宠坏的孩子，被教育得将字母视为她最大的敌人，任凭她随心所欲地同仆人玩耍，又鼓励她报告她们做的任何坏事情，她几乎就要失去爱与帮助的能力。她对苏珊的脾气十分困惑。她一直和母亲闹矛盾，总是轻率地与汤姆和查尔斯拌嘴，对贝茜发脾气，这些都至少让范尼非常沮丧。她虽然承认这些愤怒绝非毫无理由，但苏珊能够如此发作，让她担心这样的性情远非和蔼，也会让她自己不得安宁。

就是这个家，要把曼斯菲尔德置于她的脑后，教她带着克制的感情想起她的埃德蒙表哥。相反，她什么都想不了，除了曼斯菲尔德，它可爱的居住者们，以及它愉快的生活方式。她现在的一切和它彻底相反。那些优雅、得体、有序、和谐——也许，更重要的是，曼斯菲尔德的安宁与平静，让她每天的每时每刻都会想念，因为**这儿**无处不在的相反气息。

生活在持续的吵闹声中，对范尼这样敏感紧张的身体和性情，是无论增添多少分优雅平和都无法完全弥补的不幸。这是所有当中最大的痛苦。在曼斯菲尔德，从来听不见争吵的声音，提高的语调，突然的发作，或是一丝暴力。一切都愉悦有序地平稳前行，每个人都有应有的重要性，每个人的感情都被顾及。就算有时缺乏温柔，理智与教养也能加以弥补。至于诺里斯姨妈有时带来的小小气恼，和她现在的家中没完没了的喧闹相比，它们短暂，它们微不足道，它们犹如大海中的一滴水。在这儿每个人都很吵闹，每个声音都很响亮（也许，除了她母亲的声音，很像伯特伦夫人温柔平淡的语调，只被消磨得烦躁不安）——不管要什么都会高声叫喊，仆人从厨房中为自己大声辩解。门一直砰砰作响，楼梯从来没有消停，弄什么都会嘎哒作响，谁都不能好好坐着，谁在说话都无人肯听。

似乎一个星期还没结束，当范尼想着这两座房子时，她忍不住将约翰逊博士有关婚姻和独身生活的名言[1]套用于它们之上，说道：虽然曼斯菲尔德庄园也许有些痛苦，朴茨茅斯却不可能有任何快乐。

---

① 指英国作家塞缪尔·约翰逊（Samuel Johnson，1709—1784）在《拉赛拉斯王子漫游记》（*The History of Rasselas, Prince of Abissinia*，1759）中的“婚姻或许有很多痛苦，而单身却没有任何快乐”。

第九章

范尼不期待现在像刚开始那样频繁收到克劳福德小姐的来信，这很正确。玛丽下一封信的间隔时间比上一封长得多，但她以为这样的间隔会让自己如释重负，却并不对，这又是一个奇妙的心理变化！当她的确收到信时真的很开心。如今她从优雅的社会流放出来，远离一切习惯关心的事物，一封属于她心灵之地的来信，充满深情、不乏优雅，完完全全可以接受。她以忙于交际作为没能更早给她写信的借口，“虽然我提起笔来，”她继续写道，“我的信却不值得你阅读。信的末尾少了简短的求爱之辞，没有来自世界上最忠诚的亨·克那三四行深情话语，因为亨利在诺福克。十天前他有事去了埃弗灵厄姆，或者他假装有事，只为在你旅行期间也去旅行。但他在那儿，顺便说一下，他的离开足以解释他妹妹对写信的任何疏忽，因为再也没有‘好了，玛丽，你什么时候给范尼写信？你不是该给范尼写信了吗？’这些话来督促我。终于，在多次尝试后，我见到了你的表姐们，‘亲爱的茱莉娅和最亲爱的拉什沃思太太’。她们在家中接待了我，我们很高兴再次见面。我们**似乎很**高兴见到彼此，但我真的认为不算高兴。我们说了许多话，我应该告诉你提起你的名字时拉什沃思太太的表情吗？我以前不觉得她缺乏自制力，但她昨天的自制力显然不够。总的来说，茱莉娅在两个人中看上去更好，至少在提起你的时候。从我说出‘范尼’的那一刻起，她们的表情就没能恢复，也没能以姐姐应有的样子说起她。不过拉什沃思太太好看的日子就要到了，我们收到了她28日第一场晚会的请帖。那时她会很漂亮，因为她将展示温波尔街最好的一幢大宅。我两年前去过那儿，当时是拉塞尔夫人的家，我觉得几乎比我在伦敦看到的任何房子更漂亮，她那时一定会觉得——用一句粗俗的话——她做了一笔合算的交易。亨利可没钱为她买那样的房子。我希望她能想到这一点，尽她所能，为当个宫殿里的女王感到满意，虽然国王最好别抛头露面。因为我绝对无意取笑她，我永远不会再把你的名字**强加**于她。她会慢慢清醒过来。根据我所有的耳闻与猜测，维尔登海姆男爵还在向茱莉娅献殷勤，但我不知他是否得到任何真正的鼓励。她应该做得更好。一个可怜的爵位不值一提，我也无法想象这件事有任何可能性，即使不在乎他爱大叫大喊，这个可怜的男爵毫无财产。表面的吹嘘怎能与实际的地位相比！要是他的财产比得上他的叫喊①该多好！你的埃德蒙表哥行动缓慢，恐怕，因为教区事务，被耽搁下来。也许桑顿·莱西有个老妇人想加入教会。我不愿猜想自己因为一个**年轻**女人被他忽视。再见！我亲爱的好范尼，这是来自伦敦的一封长信。给我写一封漂亮的回信，等亨利回来后，让他的眼睛感到欢喜吧——给我细细讲述所有漂亮的年轻少尉们，你为了他而对他们不屑一顾。”

这封信有很多内容供她思索，主要是不愉快的思索。可是，

---

① 原文为“if his rents were but equal to his rants!”

虽然这让她深感不安，却把她和远离之地联系起来，告诉她一些人和事，她从未像现在这样感到如此好奇，这样的来信她乐意每个星期都能收到。只有和伯特伦姨妈的通信才会让她更加关心。

至于在朴茨茅斯，想要任何同伴稍稍弥补她在家中的孤独，她父亲母亲的熟人谁也不能让她感到一丝满意，没有任何人让她想克服自己的羞涩与矜持，赢得他们的好感。男人在她看来都很粗俗，女人都很轻佻，个个都缺乏教养。当她被介绍给新老熟人时，同样丝毫不让别人满意。起初考虑到她来自男爵家，怀着一些敬意接触她的年轻小姐们，很快因为所谓的“自大”而感到恼火。因为，既然她不弹钢琴也没穿精美的皮衣，她们经过进一步观察，相信她根本没有高傲的权利。

从家里的种种不快中，范尼得到的第一个实际安慰，第一个她的理智完全赞成，也有可能持续下去的安慰，是对苏珊的进一步了解，并希望能对她有所帮助。苏珊总是对她本人很好，但她总体行为表现出的倔强性格曾让范尼惊恐担忧，至少两个星期后，她才开始理解那个和她本人截然不同的性情。苏珊看出家里有很多错误，想加以纠正。一个十四岁的女孩，只凭自己孤立无援的理智，会在改变的方式上出现错误，这并不奇怪。范尼很快更愿欣赏她天生的智慧，这使她小小年纪就能明白是非，而不是严厉指责这些智慧导致的错误行为。苏珊只是以同样的事实，追求范尼本人的理智认可的同样制度，以她自己更软弱顺从的性格，她会不敢坚持。苏珊想要发挥作用，而她只能走到一旁哭泣。她能看出苏珊起了作用。虽然事情已经很糟，但没有那些干涉会更加糟糕，她母亲和贝茜的一些恼人至极的放纵与粗俗行为都受到了约束。

在每次和她母亲的争吵中，苏珊都更有道理，也从未得到一点温柔的母爱来让她罢休。始终给她造成麻烦的盲目喜爱，她从未感受过。过去和现在从未有过令她感激的喜爱之情，能让她更好地承受对别人的过度爱意。

所有这些逐渐变得明了，逐渐让苏珊成为她姐姐既同情又尊重的对象。不过她的行为有错，有时非常错误——她的方法常常选择不当，不合时宜，她的神情和言语常常不可原谅，范尼始终都这样想，但她开始希望这些能被纠正。她发现，苏珊尊敬她，想要获得她的好感。虽然作为权威是范尼从未有过的经历，她也从未想过自己能指挥或引导任何人，但她的确下定决心偶尔提醒苏珊，努力让她更公正地认识到每个人应有的做法，对她本人而言怎样最明智，这些是范尼自己得到的有利教育给她的影响。

她的影响力，或至少对此的有意使用，始于对苏珊的善意表现。经过一阵犹豫不决后，她终于鼓起勇气做些什么。她早就想到，也许一点点钱，就能永远解决小银刀的恼人问题。如今她一直想着，她自己拥有的那些钱，她姨父在分别前给她的十英镑，让她能够如她所愿地慷慨待人。但她太不习惯施恩于人，除非对于非常穷苦的人。她从未解决过麻烦，或向她的同辈表示善意，特别担心在家中显得像个高高在上的大小姐，因此她花了一段时间才下定决心，认为送出这样的礼物不会令人不快。然而，她最终做出了决定。她为贝茜买了一把小银刀，被欢天喜地地接受了，崭新的小刀让它在任何方面都比另一把更受喜爱。苏珊总算完全拥有了她自己的那一把，贝茜大方地宣称如今她自己有了一把漂亮很多的小刀，她永远不会再想要那把了。那位同样满意的母亲似乎毫无责备之言，范尼之前几乎担心这完全不可能。这件事彻底得到回报，完全消除了一个家庭不和的根源，也因此让苏珊对她打开心扉，给了她更多可以爱与关心的事情。苏珊显露了她的敏感。她很高兴拥有了至少在过去两年中一直争夺的财产，但她担心她的姐姐会不赞成，会责备她故意这样争抢，让姐姐只能以购买小刀换得家中的安宁。

苏珊性格坦率。她承认了她的担忧，责备自己的争执过于激动。从那一刻起，范尼理解了她可爱的性情，知道苏珊多么想得到她的好感，听从她的道理，她再次感到亲情带来的幸福，希望能对如此需要帮助的心灵起到作用，那颗心也完全值得帮助。她给出建议，非常合理的建议，让理智的人无法拒绝。她的建议温柔体贴，不会惹恼那不完美的脾性，她很高兴时常看到良好的效果。虽然范尼看到苏珊迅速主动的服从与忍耐，也带着敏锐的同情心，看出对苏珊这样的女孩，她身边的一切必然时刻折磨着她的心灵，范尼却并未期待过多。她对这件事最大的惊讶很快变成——并非苏珊竟然反对她的理智，变得无礼或不耐烦——而是她竟然能拥有那么多的知识，那么好的观点。在无人关心、充满错误的环境中长大，她竟然能形成如此合理正确的想法，她可没有埃德蒙表哥来指引她的思想，明确她的原则。

这样开始的亲密交往对两人都有实实在在的好处。她们一起坐在楼梯上，避开屋里的许多干扰。范尼得到了安宁，而苏珊学会认为安安静静地做活并非坏事。她们的身边没有火炉，但那种贫乏即使范尼也很熟悉，因为让她想起东屋而减轻了她的痛苦。

这是唯一的相似之处。在空间、光线、家具、气派上，两处住所没有任何相似之处。想起她所有的书本与盒子，以及那儿的各种舒适，她时常发出深深的叹息。渐渐女孩们开始在楼上度过上午的大部分时间，起初只是做着针线活说着话，但过了几天，对说起的那些书的回忆变得非常迫切，令人心痒，让范尼觉得无法不尝试着找些书来。她父亲的房子里一本都没有，然而她的巨额财富让她变得大胆——一些钱去了流动图书馆[①]。她变成了订阅人——她为能**亲自**做些事感到惊讶，为她做的每一件事情感到惊讶，她变成了借书者，能挑选书籍的人！还能因为她的选择而看见别人的提升！但就是这样。苏珊以前什么都没读过，而范尼渴望让她分享自己最初的快乐，培养她对传记与诗词的品位，这也是她本人的喜爱。

而且，她希望通过这件事，掩藏她对曼斯菲尔德的一些回忆，如果她只是手指在忙碌，这些很容易占据她的心灵。特别是在这段时间，她希望这能让她的思想别追随着埃德蒙去伦敦。从她姨妈的上一封信中，她明确得知他已经走了。她毫不怀疑接下来会发生什么。埃德蒙答应告诉她，这件事悬在她的心里。邮差在邻居家的敲门声已经开始每天让她惊恐，要是阅读能把这个念头只从她的脑中赶出半小时，那也是一种收获。

---

① 指私人成立的流动图书馆，借阅者需要缴纳费用。

第十章

自从埃德蒙可能进城后，一个星期过去了，范尼没收到他的一封信。从他的沉默中可以得出三个结论，她的想法在此之间摇摆不定，每一个都时而被看作最有可能。也许他的行程再次推延，或者他尚未得到单独见克劳福德小姐的机会，不然就是他幸福得无心写信！

范尼至今已离开曼斯菲尔德将近四个星期了。她始终想着这一点，天天数着日子。一天早上，正当她和苏珊打算像平时那样上楼时，一阵敲门声让她们停了下来。丽贝卡敏捷地跑去开门，这一直是她最感兴趣的事情，两人发觉无法避开客人了。

是位先生的声音，范尼的脸色刚要变得苍白，这时克劳福德先生走进了屋子。

像她这样理智的人，但凡需要总可以做到。她发现自己还能告诉母亲他的名字，让她想起这个名字，说那是“威廉的朋友”，虽然她之前不敢相信自己能在那个时候能说出一个字。想到他只作为威廉的朋友被认识，这是个安慰。不过，介绍他后大家都坐了下来，想到这次来访可能的目的令她万分惊恐，她以为自己快要晕过去了。

当她努力保持清醒时，一开始像往常那样兴致勃勃地向她走来的客人，聪明又善意地不再看她，让她有时间恢复。他把注意力完全放在她母亲身上，和她交谈，彬彬有礼地听她说话，同时带着一些友好——至少一些兴趣——让他的举止完美无缺。

普莱斯太太的举止也在最佳状态。看到儿子的这样一个朋友让她激动，因为想在他面前表现得体而有所克制，她满心感激——充满母爱的真心感激——这不可能令人不快。普莱斯先生出去了，她为此非常遗憾。范尼刚有些恢复，觉得她不可能为此遗憾，因为除了许多让她不安的其他原因，还有一个重要原因是为他来找到她的这个家感到羞愧。她也许能为这样的软弱责备自己，但不可能通过责备使这种感觉消失。她满心羞愧，她本来可能对她的父亲感到最为羞愧。

他们谈论着威廉，这个话题普莱斯太太怎么都说不厌，克劳福德先生的热情赞扬简直如她所愿。她觉得自己这辈子从未见过这么讨人喜欢的人，只是惊讶地发现，像他这样了不起的可爱之人，竟然来到朴茨茅斯既不为拜访海军上将或是高级军官，也不打算去岛上或看看造船厂。她想不出任何通常能显示重要性或财富地位，让他来到朴茨茅斯的原因。他昨天很晚到达这里，要待一两天，就住在克朗[①]旅店，来了之后偶尔遇见一个海军军官和两位熟人，但这都不是他过来的目的。

等他说完这些后，认为他会看着范尼和她说话，并非不合情理。她勉强能够承受他的目光，听他说在离开伦敦前的那个晚上和他妹妹待了半个小时；说玛丽送上最热情的问候，但一直没时间写信；说他觉得即使只见到玛丽半个小时也很幸运，因为他从

① 原文为“Crown”，也出现在《爱玛》等其他小说中。

诺福克回来后到出发之前，在伦敦待了不到二十四小时；说她埃德蒙表哥去了城里，之前去的，他知道他已经待了几天；说他本人没见到埃德蒙，但他很好，曼斯菲尔德一切都好，他昨天和弗雷泽一家一起吃饭。

范尼冷静地听着，即使在最后提到的情形时。不，对她疲惫不堪的大脑来说，一些确定性似乎是个安慰。她心里想到这句话："那么现在一切都确定下来了。"只以微微的脸红透露了一些情感。

他们又稍稍谈论了曼斯菲尔德，显然她对这个话题最感兴趣，克劳福德先生开始暗示尽早出去散个步："这是个可爱的上午，一年中的这个季节好天气常常会变坏，最好让每个人不要耽误他们的锻炼。"这样的暗示没带来任何反应，他很快又明确建议普莱斯太太和她的女儿们不要浪费时间，赶紧出去散步。现在她们开始明白了。普莱斯太太似乎除了星期天，很少会出门。她承认，有个这样的大家庭，她几乎找不到时间去散步。"那么，她能不能说服她的女儿们好好利用这样的天气，让他有幸陪她们一起去?"普莱斯太太满心感激，完全同意。"她的女儿们总是困在家里，朴茨茅斯是个糟糕的地方，她们不常出门，她知道她们在镇上有些事情，她们一定很愿意去。"结果是，虽然这很奇怪——奇怪，尴尬，令人沮丧——范尼却发现短短十分钟后，她本人与苏珊和克劳福德先生一起往街上走去。

很快就越发痛苦，愈加困惑。因为他们刚走上大街就遇见了她的父亲，虽然是星期六，他的样子并没有好看些。他停下来，虽然样子很不体面，范尼却只能把他介绍给克劳福德先生。她毫不怀疑克劳福德先生会有多震惊。他一定感到既羞愧又厌恶。他一定会很快放弃她，不再有丝毫和她结婚的念头。虽然她非常想治愈他的感情，但这种治愈方式几乎和这件事本身一样糟糕。我相信在联合王国几乎没有这样的年轻小姐，她不愿忍受被一个聪明可爱的男人追求的痛苦，宁愿让一个粗俗不堪的至亲来赶走他。

克劳福德先生也许没有一丝将他未来的岳父视为着装典范的念头。不过（范尼立即大为释然地发现）她的父亲变得很不相同，在这个备受尊敬的陌生人面前，变成了和家中的他在行为举止上截然不同的普莱斯先生。他现在的举止虽不文雅，但还说得过去：感激，热情，有男子气概。他的话像是出自一位慈爱的父亲，一个理智的人之口。他的大嗓门在户外听起来很不错，而且没听见一句赌咒发誓的话。这就是他对彬彬有礼的克劳福德先生本能的恭维，无论带来怎样的结果，范尼立刻感到无比安慰。

两位先生客套的结果，是普莱斯先生提出带克劳福德先生去参观造船厂。克劳福德先生很想接受这番好意，虽然他已经去过很多次造船厂，希望能和范尼多待很久，他还是满心感激地表示接受，只要两位普莱斯小姐不怕劳累。不知怎的，他们可能认为或猜想她们一点都不怕，或是至少按此行动，于是他们要一起去造船厂了。要不是因为克劳福德先生，普莱斯先生本想直接去那儿，完全不考虑他的女儿们去镇上有事。不过，他还是特意允许她们尽快去了商店再参观。这没有耽搁他们太久，因为范尼无法忍受让人不耐烦或被人等待。当他们站在门口，刚开始讨论海军的最新制度，或试着弄清有三层大炮的在役军舰数量时，他们的同伴们已经准备出发了。

接着他们打算立即出发去造船厂，这次散步本来会（在克劳福德先生看来）以奇怪的方式进行，假如由普莱斯先生全程掌控。克劳福德先生发现，如果那样的话，两个女孩只能跟在后面，努力跟上他们，而他们两人会大步流星地往前走。他偶尔能做些改变，虽然完全不能如他所愿。他当然不愿离开她们。一旦到了路口或遇到人群，普莱斯先生只会大叫着："快点，女孩们——快点，范——快点，苏——照顾好自己——要当心!"克劳福德先生则会特别关照她们。

刚到造船厂，克劳福德就想和范尼开心地说说话，这时很快来了一位普莱斯先生的老朋友，他照例每天来看看事情进展如何，当然会是比克劳福德先生更好的同伴。过了一会儿两位军官似乎很高兴一起走，讨论着让他们不厌其烦的类似话题，而年轻人坐在院子里的一些木料上，或在他们参观的几艘船上找个座位。范尼自然很想休息。克劳福德当然不希望她更加疲惫或是更想坐下，他却很想让她妹妹走开。在苏珊这个年纪的伶俐女孩是最糟糕的第三者——完全不同于伯特伦夫人——耳聪目明，又不能在她面前谈正事。他只好让自己对两个人都和和气气，让苏珊也感到高兴，时而设法给更清楚明白的范尼递个眼神或给个暗示。他主要在说诺福克：他去了那儿一段时间，他目前的计划使那儿的一切变得更加重要。这样的人无论去了哪儿，见到了谁，都能找到些说笑的话题。他的旅行和他遇到的人都派上了用场，苏珊感到新鲜有趣。对于范尼，除了说说偶尔遇到的那些有趣之人外，他还谈了些别的事情；为使她满意，说了究竟为何在一年中的这个特别时节去诺福克。这是趟正经事，关于一个租约的续签，把一个（他认为）勤奋大家庭的利益置于了风险之中。他怀疑他的代理人从中作梗——想减少他应得的部分——决定亲自走一趟，彻底弄清这件事能带来的好处。他去了，带来的好处比他预想的更多，起到的作用超出了他最初计划的内容，现在能为此祝贺自己，感觉通过履行一项职责，给自己的心里留下了一份愉快的回忆。他让一些从未见过的佃农认识了他。他开始熟悉一些村民，虽然他们在自己的地产上生活，他却从来不知道他们。这是特意说给范尼听的。听他说话如此得体真让人高兴，他现在的表现是他应有的样子。作为穷人和被压迫者的朋友！什么都比不上这一点更令她感激。她正想给他一个赞赏的神情，却因为他又说了些露骨的话被吓了回来。他说他希望很快在埃弗灵厄姆的每一项实用或慈善的计划中，得到一个助手、一个朋友或向导，一个能让埃弗灵厄姆和与之相关的一切变得无比宝贵的人。

她转过身，希望他没有说出这些话。她愿意承认他也许拥有更多她不习惯承认的优点。她开始感觉到他最终会变成好人的可能性，但他现在和未来都一定完全不适合她，不应该想着她。

他发觉对埃弗灵厄姆已经说得够多了，可以谈谈别的，便转向曼斯菲尔德。他不可能选得更好，那个话题几乎立即得到她的关心和注意。能听到或说起曼斯菲尔德对她而言是真正的享受。她已经和知道这个地方的所有人分开太久，当他提起时，感觉真是来自朋友的声音，让她满心喜悦地赞叹它的美丽与舒适。当他向住在里面的人真诚致意时，她也能以热烈的称颂满足内心的想法，说她的姨父优雅善良，说她姨妈的性情最为甜美。

他自己也很喜欢曼斯菲尔德。他这样说着，他期待能在那儿度过很多、很多的时间，一直在那儿，或者在附近。他特别期望今年在那儿度过非常愉快的夏天和秋天，他相信如此，比去年的夏天和秋天好得多。一样生机勃勃，一样丰富多彩，一样热热闹闹，但将是无法言喻的更好情形。

“曼斯菲尔德、索瑟顿、桑顿·莱西，”他继续说道，“那些房子里会有怎样的同伴呀！也许到米迦勒节时，还能增加一个地方，在每个如此可爱的场所附近建一座小小的狩猎屋。有关任何在桑顿·莱西一同居住的想法，埃德蒙曾好心提议过，我希望我能预见两条反对的理由，两条对那个计划充分、绝妙、无可抗拒的反对理由。”

这使范尼陷入了双重的沉默。然而这段时间过去后，她却遗憾没能强迫自己承认他说的一半理由，让他多说说和他妹妹与埃德蒙有关的事情。这是她必须学着谈论的问题，她不敢谈论这件事的懦弱很快会变得无可原谅。

当普莱斯先生和他朋友已经看过想见或有时间见到的一切后，其他人也打算回去了。在走回去的路上，克劳福德先生设法得到一分钟的时间，悄悄告诉范尼他来朴茨茅斯的唯一目的是见她。他来这儿一两天是为了她，而且只为她，因为他无法忍受更长的离别。她很难过，真心难过，但除此之外，以及两三件她希望他没有说出的事情，她觉得自从认识他以来，他总的来说变好了很多。从他到曼斯菲尔德以来，他已经文雅得多，友善得多，也更在乎别人的感受。她从未见过他如此令人喜爱——如此**几乎**令人喜爱。他对她父亲的态度无可指摘，他对苏珊的关注有一种特别善意得体的感觉。他确实变好了。她希望第二天已经结束，她希望他只来一天，但这不像她开始以为的那么糟糕。谈论曼斯菲尔德太令人高兴了！

在他们分开前，她必须为另一件乐事感谢他，这绝非小事。她的父亲邀请他赏光和他们一起吃羊肉，范尼刚感到一丝惊恐，他就宣布有事不能去。他当天和第二天都约了别人吃饭。他在克朗旅店遇见了一些熟人，无法推托。不过，他希望明天能有幸再来拜访，等等如此。范尼为能避免如此可怕的坏事感到无比喜悦！

让他和这家人一起吃饭，看到他们所有的缺点，真是可怕至极！丽贝卡做的饭菜和她上餐的样子，贝茜在餐桌上毫无规矩，随心所欲地把所有东西拉来拉去，范尼本人至今都接受不了，难得好好吃顿饭。**她**只是因为生性敏感而挑剔，而**他**却从小就适应了奢华与美食。

第十一章

普莱斯一家第二天正要出发去教堂时，克劳福德先生又来了。他来了——不为来做客——而是想和他们在一起。他们邀请他去驻军教堂，这正合他心意，他们一同往那儿走着。

这家人此时看上去很体面。上天给了他们不菲的美貌，每个星期天他们都收拾得干干净净，穿上最好的衣服。星期天总能给范尼带来这样的慰藉，这个星期天她比以往任何时候感受更深。她可怜的母亲现在看上去的确不那么配不上伯特伦夫人妹妹的身份，而是看着很像样。这常常使她特别伤心——当想起两人之间的对比时，想到自然的差异虽然微不足道，境遇却能带来天壤之别。她母亲和伯特伦夫人一样漂亮，比她年轻几岁，看上去却苍老憔悴得多，如此艰辛、如此邋遢、如此卑微。可是星期天把她变成了十分体面，看起来相当愉悦的普莱斯太太，带着一群漂亮的孩子，从每周的忙碌中感到一丝轻松，只在看见男孩们危险地奔跑，或是丽贝卡帽子上插着一朵花[1]走过去时，才会感到不安。

在教堂里他们只得分开，但克劳福德先生小心地没和女士们分离。离开教堂后他依然和他们在一起，在堤岸上散步时成了家庭的一员。

---

① 在帽子上插花超出了当时仆人的装束标准。

普莱斯太太一年中每个阳光明媚的星期天都在堤岸上散步，总在晨祷结束后就去，一直待到晚饭时。这是她的公共场所：她在那儿见到熟人，听一些消息，谈谈朴茨茅斯仆人的坏处，振作精神迎接随之而来的六天。

他们现在正往那儿走去。克劳福德先生很高兴能特别照料两位普莱斯小姐；他们到那儿不久后——不知怎的——说不清怎么回事——范尼几乎不敢相信——可他正走在她们中间，两边各挽住一只胳膊，她不知该怎样阻止或如何结束这种情形。这让她一时感到不太舒服，不过天气和风景还是让她很愉快。

天气难得这么好。这是真正的三月，然而空气和煦，微风轻拂，阳光明媚，偶尔被云彩遮挡片刻，像是四月的样子。在这样的天空下一切都无比美丽，云朵的阴影在斯皮特黑德的船只和远处的岛屿上相互追逐，配上大海变幻莫测的颜色。此时正在涨潮，海水欢快地跳跃着，拍打在堤岸上，发出美妙的声音，共同为范尼带来了一幅迷人的风景，让她渐渐几乎不在意她的处境。不，要是她没能挽着他的胳膊，她很快就会知道自己需要它，因为她没有力气这样漫步两个小时，通常是在她一个星期不做运动之后。范妮已经开始感觉到不能经常运动的影响。自从来到朴茨茅斯后，她的身体已经不如从前。若不是因为克劳福德先生和美丽的天气，她可能很快已经筋疲力尽。

可爱的天气和景致，他与她感同身受。他们常常怀着同样的心情和品位停下来，靠着墙壁待上几分钟，边看边欣赏。考虑到他不是埃德蒙，范尼只得承认他愿意感受大自然的魅力，善于表达他的赞赏。她时常沉浸于一些温柔的遐想中，他也能因此不被察觉地望着她的脸庞。他看到的结果是，虽然她看上去依然那么迷人，她的脸色却不如从前那么红润——她**说**她很好，不愿有别的猜测。但总的来说，他相信她如今的住所不可能舒适，因此不可能对她有益。他急于让她回到曼斯菲尔德，在那儿她会更快乐，他能见到她，也会快乐得多。

“你来这儿一个月了，是吗？”他说。

“不，还没到一个月。从我离开曼斯菲尔德起，到明天才四个星期。”

“你真是准确诚实的计算者。我会说那是一个月。”

“我是星期二晚上才到的。”

“你要待在这儿两个月，是吗？”

“是的，我姨夫说两个月。我想不会更短。”

“那你怎么回去呢？谁来接你？”

“我不知道。我到现在还没从姨妈那儿听到任何消息。也许我会待得更久。也许不方便在正好两个月时接我回去。”

稍作思考后，克劳福德先生答道：“我了解曼斯菲尔德，我了解它的方式，我了解它对**你**的亏待。我知道你有可能被遗忘过久，让你的舒适为家中任何人想象中的方便让路。我担心你会被一周又一周地留在这儿，如果托马斯爵士不能做好安排自己来接你，或是派你姨妈的女仆来接你，还要不对他下个季度的安排造成丝毫的影响。这样不行。两个月太久了，我认为六个星期已经足够。我在考虑你姐姐的健康，”他对苏珊说，“我认为困在朴茨茅斯对她不好。她需要经常透气和锻炼。当你和我一样了解她时，我相信你会同意她是这样，绝不该把她和乡村的新鲜空气与自由隔绝这么久。因此，（再次转向范尼），如果你发现自己身体变得不好，你返回曼斯菲尔德出现任何困难——无需等待两个月的结束——**那**绝不该被当作重要事情，但凡你觉得自己不如以前强壮舒适，只要让我妹妹知道，只需给她最小的暗示，我和她就会马上过来，把你带回曼斯菲尔德。你知道这件事做起来有多么轻松愉快。你知道这件事会带来的所有感受。”

范尼谢了他，但试着一笑而过。

“我是说真的，”他答道，“你应该知道，我希望你不要残忍地隐瞒任何不适的征兆。真的，你**不**可以，你也没有权利这么做。你只要在给玛丽的信中明确说出‘我身体很好’——我知道你说话写信都不会撒谎——只有这样我才能认为你很好。”

范尼再次感谢他，可是她太感动和难过，不可能说出多少话，甚至不知道该说什么——这发生在他们即将结束散步时。他陪他们到最后，把他们送到了家门口，等知道他们要吃饭时，便假装别处有人等他。

“我希望你没有这么累，”他说，等其他人都进屋后依然留住范尼，“我希望我走后你身体更强壮些。我能在城里为你做些什么吗？我有点想很快再去诺福克。我对麦迪逊不满意，我相信他只要有可能还会打算纠缠我，让他自己的某个表亲进入某个磨坊，我本来打算让别人去做，我必须和他谈清楚。我必须让他明白我不会在埃弗灵厄姆的南边被他欺骗，北边也不行，我将是我自己地产的主人。我之前和他说得不够清楚——这样一个人给一片产业造成的破坏，无论对他雇主的名誉还是穷人的利益，都无法想象。我很想直接去诺福克，把一切都做好规矩，让以后无法偏离——麦迪逊是个聪明人，我不想换掉他——只要他不想取代我——被一个没有债主权利来欺骗我的人欺骗还算简单——让他把一个冷酷无情、牢骚满腹的人塞给我当佃户，而不是我几乎已经答应的老实人，那就不止是简单了。难道不是不止简单吗？我该不该去？你建议我去吗？”

“我建议！你很清楚什么是正确的。”

“好。当你给我你的看法时，我总能知道什么是正确。你的判断是我的行为准则。”

“哦，不！别这么说。我们每个人的内心都有更好的判断，只要我们认真倾听，这比任何人的想法更好。再见，我希望你明天旅途愉快。”

“我在城里没有什么能为你做的吗？”

“没有，我非常感谢你。”

“你不要给谁捎个口信吗？”

“向你妹妹问好，如果你愿意。等你见到我表哥——我的埃德蒙表哥，我希望你能好心对他说——我想我很快就能收到他的来信。”

“当然。如果他懒惰或疏忽了，我自己会帮他解释——”

他不能再多说，因为范尼不愿再待下去了。他握住她的手，看着她，然后走了。他去和其他熟人尽量消磨掉随后的三个小时，直到最好的旅店做出的丰盛大餐等待他们的享用，而她立即进屋吃她的简单晚饭。

他们的日常饮食有着天壤之别。要是他能猜想除了锻炼，她在她父亲的房子里还要忍受多少贫乏，他会惊讶她的脸色没有比他看到的样子差得多。她几乎吃不下丽贝卡的布丁和丽贝卡的肉末土豆泥，所有这些端上桌时，都配上不大干净的盘子和没太洗过的刀叉。她常常被迫将最舒心的一餐留到晚上，打发弟弟们去买些小饼干和小面包。她在曼斯菲尔德长大，让她适应朴茨茅斯的艰苦已经太迟了。虽然托马斯爵士如果什么都知道，也许会认为他的外甥女正处于心灵和身体的饥饿中，极有可能对克劳福德先生的美好陪伴与丰厚财产的价值形成公正很多的看法，但他或许已经担心能否继续推行他的实验，以免她在治疗中死去。

范尼这一天剩下的时间都闷闷不乐。虽然几乎能相信不会再见到克劳福德先生，她还是忍不住心情低落。这是和一个有着朋友性质的人离别。虽然，一方面来说，她很高兴让他走，她现在却似乎被所有人抛弃，这是和曼斯菲尔德的再次分离。她只要想着他回到城里，经常见到玛丽和埃德蒙，都会几乎感到嫉妒，让她恨自己会有这样的感觉。

她身边发生的一切丝毫没有减轻她的沮丧。她父亲的一两个朋友，只要父亲不和他们出去，都会在这儿从六点待到九点半，吵闹声、喝酒声接连不断。她沮丧不已。她依然认为克劳福德先生有了惊人的改变，这在此时最能给她的心里带来一丝安慰。她没有考虑是在怎样完全不同的圈子里见到了他，或者这样的反差也许起了多少作用，她相信他的文雅和对别人的关心，比以前好得令人惊奇。如果在小事上这样，难道大事上不也会如此吗？那么关心她的健康与安适，像他所说的那样关怀备至，真的似乎，难道不能公正地认为，对于这门让她痛苦的亲事，他无需坚持很久了吗？

第十二章

看来克劳福德先生第二天走了，去了伦敦，因为在普莱斯先生家再也没见过他。两天后，他妹妹的这封来信为范尼证实了这一点，她因为另一个原因打开了信，怀着迫不及待的好奇心读了起来——

> 我必须告诉你，我最亲爱的范尼，亨利去朴茨茅斯看你了。他上个星期六在造船厂和你愉快地散了步，第二天在堤岸上的散步，他对我讲述得更多。当时温暖的天气，闪耀的大海，你甜美的神情和话语共同构成了一幅最美好的和谐景致，即使回想起来也能让人意乱情迷。这些，在我看来，将是我这封信的实质内容。他让我写信，但我不知道还有什么别的可说，除了听到的这次朴茨茅斯之旅，两场散步，他见了你的家人，尤其是你那位漂亮的妹妹，一个可爱的十五岁女孩，她加入了堤岸上的散步，我猜想，上了她的第一堂爱情课。我没时间写很多，但就算有时间也不好多写，因为这只是一封谈正事的信，写信的目的是为传递一些必要信息，不可耽搁，以免造成不良后果。我亲爱的，最亲爱的范尼，假如我有你在身边，我会怎样和你说话呀！你会听得疲倦不已，为我提议提得更加疲惫。但不可能在纸上写出我无数心

事的百分之一，因此我将彻底放弃，让你随意猜想吧。我没有消息可告诉你。你有你的人际交往，这毫无疑问。要是把我整天见到的人和参加的晚会名称都说出来烦你，那就太糟糕了。我应该为你讲述你表姐的第一次晚会，但我太懒了，如今已成过往旧事。只用说，一切都尽善尽美，让她的任何亲友都会看得心满意足，她本人的服饰和风度最能给她争光。我的朋友，弗雷泽太太，发疯地渴望这样一幢房子，这不会让我难过。复活节后我要去看斯托诺韦夫人，她似乎兴致很高，非常幸福。我猜斯勋爵在自己的家里脾气很好，和蔼可亲，我的确不像以前觉得他那么难看了——至少，更难看的人多得很。他要是在你埃德蒙表哥身边就不行了。对于这个最后提到的主人公，我该说什么呢？如果我完全避开他的名字，将会令人生疑。那么，我要说，我们已经见了他两三次，我这儿的朋友们都非常喜欢他绅士般的相貌。弗雷泽太太（绝不缺乏眼力）宣称她在城里只认识三个在相貌、身高和风度上这么好的人。我必须承认，他那天在这儿吃饭时，谁都无法和他相比——我们一共有十六个人。幸运的是，如今的穿着没有区分，不会泄露秘密，可是——可是——可是……

爱你的

我几乎忘了（这是埃德蒙的错，他让我心神不宁）亨利和我本人必须要说的一件非常重要的事情，我是说关于带你回北安普敦郡的事。我亲爱的小宝贝，不要待在朴茨茅斯失

> 去你的美貌。那些可恶的海风会摧毁美丽和健康。我可怜的婶婶只要在离海十英里的地方总会感到不适，上将当然从不相信，但我知道是这样。我愿为你和亨利效劳，得到消息一个小时就会出发。我想这样安排，我们可以稍微绕点路，顺便让你看看埃弗灵厄姆，也许你不介意路过伦敦，到汉诺威广场的圣乔治教堂里面看看。只要别在那时让你的埃德蒙表哥出现在我面前，我不想被诱惑。多长的一封信啊！再说一句。我发现，亨利有点想再去一趟诺福克，要办某件**你**赞成的事情。但这在下个星期中间之前绝无可能，也就是说，他在 14 日之前无论如何也不能走，因为**我们**那天晚上要举办晚会。在那种场合下，像亨利这种人的价值，是你无法想象的。你必须相信我所说的无法估量。他会见到拉什沃思夫妇，我承认我并不为此遗憾——他有点好奇，这是我的看法——虽然他不会承认这一点。

这是被急切浏览、审慎阅读的一封信，很多内容令人费解，让一切比之前更不明了。从中唯一能明确的是，尚未发生任何决定性的事情。埃德蒙还没有开口。克劳福德小姐究竟怎么想——她打算怎么做，或许会无视或违背她的意图行事——他对她的重要性是否还和上次分别时一样——如果降低了，是否会继续降低，或自行恢复，这些问题引起了无尽的猜测，在那天和接下来的许多天都让她左思右想，却得不出任何结论。最常返回的念头是，克劳福德小姐虽然的确在回归伦敦的习惯后变得冷静和摇摆，但最终还是会证明自己对他爱得太深，无法放弃。她会尝试超出她心灵的允许范围，变得更有野心。她会犹豫，她会取笑，她会权衡，她会想要很多，但她最终会接受。这是范尼最常有的期待。城里的一座房子——**那**，在她看来，一定不可能。可是谁也不知道克劳福德小姐不想要些什么。她表哥的前景变得越来越糟。那个会说起他，只提到他相貌的女人！多么不值得的感情！要从弗雷泽太太的赞赏中得到支持！**她**可是和他亲密交往半年了！范尼为她感到羞愧。信中只和克劳福德先生与她本人有关的那些部分，相比而言对她影响很小。克劳福德先生会在 14 日之前或之后去诺福克当然不是她所关心的事情，虽然，从各方面考虑，她认为他**会**毫不耽搁地过去。克劳福德小姐竟然设法让他和拉什沃思太太见面，这是她最为恶劣的做法，冷酷无情，大错特错，但她希望**他**不会被如此卑劣的好奇心驱使。他承认没有那样的诱惑，他的妹妹应该相信他拥有比她本人更好的感情。

收到这封信后，她比之前更急于从城里收到另一封来信。她好几天都因为这件事，因为已经发生和即将发生的事情而彻底心烦意乱，以至和苏珊的日常阅读交谈都大受影响。她不能如她希望的那样集中精力。如果克劳福德先生记得她给表哥捎的口信，她认为很可能，**极有**可能，他无论如何都会给她写信。这最符合他平时的善意。她努力摆脱这个想法，因为三四天里依然没有来信，她才逐渐忘记这件事。在此之前，她一直坐立不安，忧心忡忡。

最后，她终于有些平静下来。必须接受悬念，绝不能因此使她筋疲力尽，把她变得无用。时间起了作用，她自己的努力作用更大，她继续关心着苏珊，也唤起了对她的付出同样的兴趣。

苏珊已经变得非常喜欢她。虽然她没有范尼从小对书本的那种强烈爱好，她的性情使她不那么喜欢安静的事情，或是为了学习而学习，她却非常渴望不要**显得**无知。因为她头脑聪颖，这让她成为一个特别专心、很有悟性、懂得感恩的学生。范尼是她的导师。范尼的解释和评价是对每一篇文章或每一章历史最重要的补充。范尼和她说的过去事件比戈德史密斯[1]书上的内容更让她念念不忘。她赞赏姐姐，对她风格的喜爱超过了任何作者书写的内容。她缺乏了早期阅读的习惯。

然而，她们的谈话并非一直关于历史或道德这样高尚的问题。其他话题也能占据一些时间。在那些不太重要的话题中，她们谈得最多，也谈论最久的是曼斯菲尔德庄园，对曼斯菲尔德庄园里面的人，那儿的礼仪、娱乐和生活方式的描述。苏珊对文雅和上流的生活有着天生的喜爱，愿意倾听，范尼必然会沉浸于对如此心爱的话题细致的描述。她希望这样做没有错，虽然在一段时间后，苏珊对她姨父的房子里提起或发生过的一切感到羡慕不已，热切渴望能去北安普敦郡，这几乎像是在责备她激发了一种无法得到满足的感情。

可怜的苏珊变得和她姐姐一样无法适应家中的生活。当范尼完全明白这一点后，她开始觉得当她本人从朴茨茅斯解脱的那一天到来时，想到要抛开苏珊，会让她的幸福感大打折扣。想到这样一位在各个方面都能变得更好的女孩竟然被留在这样的人手

---

① 指十八世纪著名英国剧作家奥利弗·戈德史密斯（Oliver Goldsmith，1728—1774）。

中，使她越发感到难过。要是她能有个家邀请她过去，该是一件多好的事啊！假如她可以回报克劳福德先生的感情，他很可能不会反对这样的做法，这将是在所有因素中最能提高她本人安适的事情。她认为他的脾气真的很好，可以想象他会非常愉快地接受那样的安排。

第十三章

两个月中的七个星期几乎已经过去，这时一封期盼已久的信，埃德蒙的来信，到达了范尼的手中。她打开时看出信的长度，准备看到写信人对幸福之情的详细描述，以及对成为自己命中女人的那个幸运儿无限的爱意和慷慨的赞美。这是信的内容——

曼斯菲尔德庄园

我亲爱的范尼：

原谅我之前没有给你写信。克劳福德告诉我你希望收到我的信，但我发觉无法从伦敦写信，相信你能理解我的沉默。要是我能写几句欢快的话语，就不会写不出信来，可我无力写出那样的内容。我以比离开时更不确定的状态回到了曼斯菲尔德。我的希望更加渺茫。你也许早就知道这一点，克劳福德小姐那么喜欢你，自然会告诉你她本人的感受，足以让你对我的感觉做出合理猜测，但我不会因此而不亲自和你交流。我们对你的信任并不冲突——我绝不提问——想到我们有共同的朋友是个安慰，无论我们之间存在怎样不愉快的差异，我们一致爱着你——告诉你现在的情况对我而言是个安慰，还有我目前的打算，如果我还能打算的话——我是星期六回来的。我在伦敦住了三个星期，（就伦敦而言）经常见到她。可想而知，我得到了弗雷泽一家的各种关心。我敢说我很不理智，满心希望能以曼斯菲尔德的方式进行交往。但问题不是难以见面，而是她的态度。假如在我的确见到她时她并无不同，我也绝不该抱怨，但她从一开始就变了，对我第一次的接待与我的期望大不相同，我几乎决定立即离开伦敦——我无需细述。你知道她性格的弱点，也许能够想象当时折磨我的态度和话语。她兴致勃勃，周围的那些人都在以他们自己的坏思想影响着她过于活跃的心灵。我不喜欢弗雷泽太太。她是个冷酷无情、爱慕虚荣的女人，完全为了利益而结婚。尽管她显然在婚姻中不幸福，却不把她的失败归结于错误的判断，或脾性，或年龄的差异，而认为是她终究不如她的许多熟人有钱，尤其是她的妹妹斯托诺韦夫人。她坚决支持一切有利可图、野心勃勃的事情，只对非常有利、野心十足的情况给予支持。我认为她与那两个姐妹的亲密是我和她生活中的最大不幸。她们已经误导她很多年了。要是她能和她们分开该多好！有时我并不为此绝望，因为喜爱之情似乎主要在她们那边。她们很喜欢她，但我相信她爱她们不及爱你。当我想到她对你的深切爱恋，真的，她作为妹妹的所有审慎正直的行为，她似乎是个截然不同的人，能做一切高贵的事情，让我想责备自己对一个活跃的性情过于苛责。我无法放弃她，范尼。她是这个世界上我唯一能视为妻子的女人。如果我不相信她对我有些喜爱，我当然不该这么说，但我的确相信如此。我相信她并非没有明确的爱恋。我绝不嫉妒任何人。我嫉妒的是整个时髦世界带来的影响。我害怕的是财富带来的习惯。她的想法没有超出她本人的财产或许能带来的生活，但它超出了我们共同的财富能够保障的生活。不过，即使这儿也有些安慰。我更能承受因为不够富有，而非因为我的职业而失去她的想法。那只能证明她的爱情不够让她做出牺牲，事实上，我几乎无权这样要求。如果我被拒绝，我想，**那**将是诚实的动机。她的偏见，我相信，不如她们那么强烈。你读到的正是我此时的想法，我亲爱的范尼，也许它有时自相矛盾，但这并未让它不那么忠实于我的内心。一旦开始，我很高兴告诉你我全部的感受。我不能放弃她。因为我们已经相爱，我想，放弃玛丽·克劳福德也将是放弃让我最爱的一些人，让我本人和在遇到其他任何困难的情况下，都能去寻求安慰的家庭与朋友们分离。我必须将失去玛丽视为同时失去克劳福德和范尼。如果这一点能够肯定，我希望自己能知道如何承受真正的拒绝，以及如何努力削弱她对我内心的控制——在几年的时间里——但我正在胡言乱语——如果我被拒绝，我必须承受。在我被拒绝前，我永远无法停止对她的争取。这是事实。唯一的问题是**怎样做**？什么是最有可能的方式？我有时想着复活节后再去一趟伦敦，有时决定什么也不做，直到她返回曼斯菲尔德。即使现在，她还高兴地说起六月来曼斯菲尔德，但六月很遥远，我相信我会写信给她。我几乎决定通过信件向她解释。能早日确定是重要目标。我目前的状态极其令人讨厌。考虑到各个方面，我想写信绝对是最好的解释办法。我能写出很多无法言述的话，也能在她决定答复前有时间思考，我对思考的结果不如对仓促的冲动那么害怕，我想是的。我最大的危险应该在于她咨询弗雷泽太太，而我路途遥远，对自己的事情无能为力。一封信让所有人明白咨询的坏处，当头脑稍稍不能做出完美决定时，建议者也许，在一个不幸的时刻，会将它引入将来可能后悔的境遇。我必须对此事稍加考虑。这封长信满是我自己的担忧，甚至足以让一个范尼的友谊不胜其烦。我最后一次见到克劳福德是在弗雷泽太太的晚会上。我对目睹和耳闻的有关他的一切越来越满意。没有一丝动摇的阴影。他完全知道自己的想法，按照他的决定行动，这是无法估量的品质。我只要看见他和我长妹身处同一间屋子时都会想起你曾经对我说的话，我承认他们没有作为朋友见面。在她那方有明显的冷淡。他们几乎不说话。我看到他惊讶地退缩，我很遗憾拉什沃思太太竟然为曾经对伯特伦小姐所谓的怠慢感到怨恨。你会希望听我说说玛丽亚作为妻子是否愉悦。完全看不出不快乐。我希望他们一起过得很好。我在温波尔街吃了两顿饭，本来可以去得更多，但和拉什沃思作为兄弟实在难堪。茱莉娅似乎特别喜欢伦敦。我在那儿没多少乐趣，但在这儿更少。我们这群人没有活力。我们很需要你。我对你的思念无以言表。我母亲想送上她最深的爱，希望很快能收到你的信。她几乎每个小时都说起你，我很遗憾地发现她也许还有很多个星期都会没有你。我父亲打算自己接你回来，但要到复活节之后才可以，等他去城里办事的时候。我希望你在朴茨茅斯很开心，但这绝不能成为每年的拜访。我希望你在家，那样我也许能听听你对桑顿·莱西的看法。在我知道那儿会有个女主人之前，我没心思做大规模修缮。我想我一定会写信。格兰特夫妇几乎决定要去巴斯，他们星期一离开曼斯菲尔德。我对此很高兴。我感觉不好，不想和任何人打交道，但你姨妈觉得曼斯菲尔德的这样一件大事情竟然由我而不是由她写出，真的很不幸。永远爱你，我最亲爱的范尼。

“我永远不想——不，我肯定绝不想再收到这样一封信，”范尼读完后暗自宣称，“除了带来失望和伤心还有什么呢？等到复活节！我该如何忍受？我可怜的姨妈每个小时都说起我！”

范尼尽她所能克制这些想法，但她几乎立即想到托马斯爵士非常无情，无论对她姨妈还是对她自己。至于这封信的主要话题，没有任何内容能平息她的怒火。她近乎气恼地对埃德蒙感到不悦和愤怒。“这样的拖延没有好处，”她说，“这为何没有解决？他很盲目，没有什么能使他睁开眼睛，什么都不能，当事实在他面前徒劳地存在这么久后。他会娶她，变得贫穷又痛苦。上帝保佑她的影响不要让他失去尊重！”她又看了看信，“‘那么喜欢我！’真是胡言乱语。她除了自己和她哥哥谁也不爱。她的朋友误导她很多年！她很有可能误导了**她们**！也许，她们全都在彼此腐蚀，但如果她们对她比她对她们更加喜爱，她更不容易受到伤害，除非是因为她们的奉承。‘这个世界上他唯一能视为妻子的女人。’我完全相信。这是影响他一生的爱恋。无论接受还是拒绝，他的心永远属于她——‘我必须将失去玛丽视为同时失去克劳福德和范尼。’埃德蒙，你不了解**我**。如果你不与他们相联，几家人永远不会联结在一起！哦！写信，写信吧。马上结束这件事。让这个悬念结束。和好，承诺，受苦去吧。”

不过，这样的情绪太近乎怨恨，不会长久地引导范尼的自言自语。她很快就更加心软和悲伤。他的热情关怀，他的善意话语，他的推心置腹，让她深受感动。他只是对每个人都太好了——这样一封信，简而言之，她愿意放弃一切得到它，怎么珍惜也不为过。这就是结果。

任何痴迷写信，又没多少话可说的人——至少在女性世界有很大一部分这样的人，都一定会同情伯特伦夫人的不幸。拥有如此重要的曼斯菲尔德新闻，格兰特夫妇肯定要去巴斯，此时她却无法利用。这些人会承认，她一定无比难过地看着这则消息落入她不知感恩的儿子手里，在一封长信的末尾三言两语匆匆带过，而不是让她在自己的信中写上将近一整页。因为伯特伦夫人虽然信写得很好，她刚结婚后无事可做，托马斯爵士又在国会，她便养成写信的习惯，形成了自己的一套值得赞赏、平淡琐碎、洋洋洒洒的风格，因此一件很小的事情对她而言已经足够；但什么事都没有她就写不出来，她必须能写点什么，即便是写给她的外甥女。她很快就被剥夺了格兰特博士的痛风症状和格兰特太太早上的拜访带来的全部好处，再被夺去最后一条能用来写信的消息，对她而言真是残酷。

然而，一份丰厚的补偿正为她准备着。伯特伦夫人的幸运时刻到来了。收到埃德蒙来信的几天之后，范尼得到她姨妈的一封来信，是这样开头的——

我亲爱的范尼：

我提起笔告诉你一些特别惊人的消息，我毫不怀疑会让你非常担心。

这比不得不提笔为她详细叙述格兰特一家计划中的旅行好多了，因为以目前的消息性质，能保证她很多天都有话可写。竟然是她的大儿子病情危重，他们是从几个小时前收到的加急信件中得知的。

汤姆和一群年轻人从伦敦去了纽马克特[1]。他从马背上摔下后没有在意，又大肆酗酒，因此而发烧。等这群人散场后他无法动弹，被独自留在其中一个年轻人的房子里，由疾病和孤独相伴，只有仆人照料他。他没能如他当时所愿，很快恢复，去追随他的朋友们，他的病情却大大加重了。等他意识到自己病情危重后，很快和医生一致决定写封信送到曼斯菲尔德。

“这令人痛苦的消息，你也许能够想到，”夫人在讲述了事情后写道，“让我们极度不安，我们无法不为这可怜的病人深感惊恐与担忧，托马斯爵士担心他的情况十分危急。埃德蒙立即好心提议去照顾他的哥哥，但我要愉快地补充一点，托马斯爵士不会在这个痛苦的情形中把我抛下，这实在让我无法承受。我们会在我们的小圈子里非常想念埃德蒙，但我相信并希望，他会发现这可怜的病人的情况不如想象中

① 原文为“Newmarket”，是剑桥附近有名的赛马场。

那么令人惊恐，他不久后就能被带回曼斯菲尔德。托马斯爵士说应该这样做，从各方面考虑都最好这样。我自认为这个可怜人能够承受搬移，不会有实质的麻烦或伤害。因为我毫不怀疑你对我们的感情，我亲爱的范尼，在这段痛苦的时候，我会很快再给你写信。”

范尼在此情形下的感受的确比她姨妈的写信风格激动和真实得多。她真心同情他们所有人。汤姆病得很重，埃德蒙去照顾他，曼斯菲尔德只剩下可怜的几个人，这些忧虑阻断了其他一切担忧，甚至其他的一切。她仅有的一点自私，让她想知道埃德蒙在事情发生前，是否已经给克劳福德小姐写了信，但盘踞在她心中的想法，全都是纯真的感情和无私的忧虑。她的姨妈没有忽略她，一封接一封地写着信。他们不断收到埃德蒙的报告，这些报告也会频繁地传递给范尼，以同样冗长的风格，同样混杂着信任、希望和担忧，这些感情随性而至，胡乱地相互滋生。这叫故作惊恐。伯特伦夫人没有看见的痛苦几乎无法激发她的想象力，她十分舒适地写着焦虑、担忧和可怜的病人，直到汤姆果真被送回曼斯菲尔德，让她本人的眼睛看见他改变了的容貌。接着她之前准备好给范尼写的信以完全不同的风格结束，言语中有着真正的感情和惊恐。她那时写的是她的真心话：“他刚来，我亲爱的范尼，被送到楼上了。看到他我无比惊恐，让我不知该做什么。我肯定他病得很重。可怜的汤姆！我真为他伤心，而且很害怕，托马斯爵士也一样。要是你能在这儿安慰我，我该有多高兴。但托马斯爵士希望他明天能变好，说我们必须考虑到他的旅途。”

此时在母亲心中激起的真正忧虑没有很快结束。汤姆太急于回到曼斯菲尔德，感受他在健康时难得想起的家庭与家人带来的舒适，这也许诱使他被过早送回，因为他再次发烧，有一个星期比之前的情形更可怕。他们全都惊恐万分。伯特伦夫人每天写信告诉她外甥女自己的恐惧，范尼现在可以说是靠信件活着，她所有的时间都在承受当天的痛苦和迎接第二天的痛苦中度过。她对大表哥没有任何特别的感情，她善良的心地使她觉得她不能没有他。想到他的一生（显然）多么毫无用处、放纵不羁时，她出于单纯的道义对他更加牵挂[①]。

在这件事上苏珊是她唯一的同伴和听众，和在更平常的情况下一样。苏珊总是乐意倾听，善解人意。其他任何人都不可能对一百多英里以外的一个家庭中像生病这种遥远的祸事感兴趣，即使普莱斯太太也无动于衷。如果她看见她女儿的手里拿着一封信，除了问一两个简短的问题，她有时会冷静地说道："我可怜的伯特伦姐姐一定遇到了大麻烦。"

分离太久，境遇又截然不同，血缘的纽带已经不值一提。曾经和她们的脾气一样淡漠的感情，如今不过徒有虚名。普莱斯太太为伯特伦夫人所做的，和伯特伦夫人愿意为她做的一样多。也许三四个小普莱斯被大海卷走，除了范尼和威廉，无论哪个或是全都卷走，伯特伦夫人也会毫不在意。或许从诺里斯太太口中说出，会成了她可怜又亲爱的普莱斯妹妹的一件大幸事和一份好福气，让孩子们得到了极好的照料[②]。

---

① 范尼担心汤姆要是死了，可能会下地狱。

② 指得到上帝的照料。

第十四章

大约在汤姆回到曼斯菲尔德一个星期后，他眼前的危险结束了。医生说他暂时安全，让他的母亲完全放下心来。她现在已经习惯看到他痛苦的样子、无助的状态，只听到最好的消息，从来不对听见的内容多加考虑，完全没有忧虑的性情或理解暗示的天资，一点点药物作用就让伯特伦夫人成了世界上最幸福的人。烧退了，发烧是他的病痛，他当然会很快好起来。伯特伦夫人想不到别的可能，范尼分享着她姨妈的安心，直到她从埃德蒙那儿收到几行字，特意让她对他哥哥的情况有更清楚的了解，让她明白他和他父亲从医生那儿得到的消息，一些严重的肺热症状，这似乎在退烧后就侵袭了身体。他们认为最好别让伯特伦夫人为此担惊受怕，希望这些担忧最终毫无依据，但没理由不让范尼知道实情。他们很担心他的肺。

来自埃德蒙的几行文字使她更清晰明了地看出病人和病房的状况，比伯特伦夫人所有的长篇大论加起来更有用。也许屋子里没有一个人经过自己的观察后，能把情形说得比她更好，没有谁会不比她对她的儿子更有用。她除了悄悄进去看他一眼什么都不会做，而当汤姆能够说话，或能听人说话读书时，埃德蒙是他想要的陪伴。他姨妈因为她的担忧令他心烦，托马斯爵士不知该如何降低交谈声或是他的嗓门，以免刺激生病的人。埃德蒙样样都做得到。范尼当然至少相信他能这样，也必然发现当他成为一位受难兄弟的照料者、支持者和鼓励者时，她对他比以往更加尊重。她如今得知，不仅要缓解最近的病痛导致的虚弱，还要让备受影响的神经和极度低落的情绪得到平复和提升，她自己的想象又加上一点，肯定有一个需要适当引导的心灵。

家中无人生过肺痨，她更愿为她的表哥感到希望而非担忧——除了当她想起克劳福德小姐时——然而克劳福德小姐让她感觉是个幸运之子，以她的自私和虚荣，能让埃德蒙成为独子将是好运。

即使在病房里这个幸运的玛丽也没被遗忘。埃德蒙的信里有这样的附言。“关于我上次的话题，因为汤姆生病而离开时我确实已经开始写信，但我现在改变了主意，不敢信任那些朋友的影响力。等汤姆好转后，我会过去。”

这就是曼斯菲尔德的情况，就这样继续着，几乎没有任何变化，直到复活节。埃德蒙偶尔在她母亲的信上增添的一行字足以让范尼得知消息。汤姆的好转慢得惊人。

复活节到了。今年特别晚，当范尼刚听说不到这一天她就没机会离开朴茨茅斯时她就满心悲伤地这样想。这天到来了，但她至今完全没听说让她回去的消息，甚至完全没有去伦敦的消息，那会发生在她回去之前。她的姨妈常说想她，但从决定一切的姨父那儿没有得到任何消息或通知。她猜想他还不能离开他的儿子，但这对她是个残忍而可怕的耽搁。四月就要结束，很快要将近三个月，而不是两个月了。她远离了他们所有人，她的日子几乎处于苦修的状态，这些情况她因为太爱他们，希望他们能够完全明白——谁能说出他们何时会有闲暇想到她或是来接她呢?

她满心焦虑、迫不及待、无比渴望和他们在一起，这让她时刻想着库珀在《学童》中的一两行诗句，不停念叨“她多么强烈地渴望着她的家[1]”。这是对渴望之心最真实的描述，她认为没有哪个小学童内心的感受能比她更迫切。

当她将要来朴茨茅斯时，她愿意将此称为她的家，喜欢说她要回家了。这个词当时对她非常亲切，现在依然如此，但它必须用于曼斯菲尔德。**那儿**现在是家。朴茨茅斯是朴茨茅斯，曼斯菲尔德是家。这些很久以来都在她尽情的沉思默想中如此排列着，最让她感到安慰的是发现她姨妈用着同样的语言——“我只能说我为你在这段痛苦的日子离开家感到非常难过，对我的神经是很大的折磨——我相信也希望，并衷心祝愿你永远不会再离开家这么久。”这些是最让她高兴的话语。不过，这依然是她独享的喜悦——她对父母的体贴让她小心地不去透露对姨父房子的这般喜爱。一直是:“等我回到北安普敦郡，或等我回到曼斯菲尔德，我会做这个或那个。”很长时间都是这样，可最后她太过渴望，让她抛开了谨慎，她发现自己不知不觉地说到等她回家后该做什么。她责备自己，红着脸，担心地看着她的父亲母亲。她无需不安。没有一丝不悦的样子，甚至根本没听见她的话。他们对曼斯菲尔德完全没有一丝嫉妒。她想去那儿或是去了那儿，随她的便。

对范尼来说，失去春天的所有快乐令人难过。她在此之前不

---

① 选自威廉·库珀的《学童》(*Tirocinium: or, A Review of Schools*, 1785)。

知道在镇上度过三月和四月，她**只得**失去什么。她以前不知道植物的发芽和生长让她多么愉快——观察季节的变化，虽然它变幻莫测，却不可能不令人喜爱。从她姨妈花园里最温暖之处率先绽放的花朵开始，看着它与日俱增的美丽，到她姨父种植园中叶片的舒展，还有他绚烂的树林，她的身心从中得到了多少活力。失去这样的快乐绝非小事。失去这些快乐，因为她身处狭小喧闹的环境中，以禁锢的环境、污浊的空气和难闻的味道取代自由、清新、芬芳与青翠，更是糟糕得多，但即使这些憾事，比起相信自己被最好的朋友思念，渴望能帮助需要她的人，还是微不足道！

如果她在家中，她也许能帮助屋里的每一个人。她觉得自己一定能对所有人都起到作用。她一定能减轻所有人心里或手中的一些麻烦。不仅帮她的伯特伦姨妈振作精神，让她不再孤单，更要让她避开一个坐立不安、多管闲事的同伴，她总是为了提高自己的重要性而夸大危险。她在那儿本该是件总体上的好事情。她喜欢想象自己会怎么给她的姨妈读书，怎样和她说话，试着既让她感到现在的幸福，也让她的头脑对未来的可能性有所准备。她能让她上上下下少走多少级台阶呀，她能为她捎多少个口信。

汤姆的妹妹们在这样的时候还能乐于待在伦敦，这令她吃惊。这场疾病经历了不同程度的危险，如今已持续了几个星期。**她们**也许能随时回到曼斯菲尔德，旅行对**她们**毫无困难，她无法理解两人怎么还待在外面。就算拉什沃思太太能想出任何脱不开身的事情，茱莉娅当然能随时离开伦敦。从她姨妈的一封信看来，茱莉娅提出如果需要她就回来，但到此为止，显然她宁愿待在原来的地方。

范尼宁愿认为伦敦的影响和所有高尚的感情格格不入。她从克劳福德小姐身上看到了证明，还有她的表姐们。她对埃德蒙的感情一直可敬，是她性格中最可敬的一部分，她对她本人的感情至少无可指摘。两种感情都去哪儿了？范尼已经很久没有收到她的任何来信，她有理由不看重这段曾经多次谈论的友情——她已经几个星期没得到克劳福德小姐或是城里其他亲友的任何消息，除非来自曼斯菲尔德。她开始认为在她见到克劳福德先生前，她也许永远无法得知他是否又去了诺福克，也许这个春天都不会收到他妹妹的来信了。这时她收到以下这封信，唤起了她的旧情感，也引发了一些新感觉：

> 原谅我，我亲爱的范尼，因为我长久的沉默，尽快做到，显得你似乎能立即原谅我。这是我适度的请求与期待，因为你太好了，所以我相信能得到超乎应有的对待——我现在写信请求立即答复。我想知道曼斯菲尔德庄园现在的情况，而你，毫无疑问，完全能够给出。一个人要是不对他们的痛苦感到同情简直没有良心。据我听到的消息，可怜的伯特伦先生很难最终恢复。一开始我没太在意他的病情。我把他看成那种一点小病就让人大惊小怪，自己也大惊小怪的人，主要关心那些必须照顾他的人们。可现在他的确每况愈下已成断言，他的病情特别令人惊恐，家中至少有些人，已经意识到这一点。如果是这样，我肯定你也在那些人当中，那些有判断力的人，因此请你让我知道我的消息有多正确。我无需说如果听到任何错误我会有多高兴，但这消息已经无

人不知，我承认让我忍不住颤抖。让这样一个出色的年轻人在青春岁月早早死去真令人伤心。可怜的托马斯爵士会特别痛苦。我真的为这件事激动不安。范尼，范尼，我看到你笑了，一脸狡黠，不过，我敢发誓，我这辈子从未贿赂过医生。可怜的年轻人！要是他死了，这个世界上会少了**两个**可怜的年轻人[①]。我能毫不畏惧，理直气壮地对任何人说，财富和地位落入了一个最配得上拥有的人手中。去年圣诞节那是件仓促的傻事，但那几天的麻烦也许能被部分消除。涂漆和镀金能遮掩许多污渍。不过是失去他名字后面的先生而已。有了像我这样的真爱，范尼，更多问题也能被忽视。从原班邮车给我写信，想想我的焦虑，别怠慢此事。告诉我真正的事实，因为你是从源头得知。现在，不必费心为我的感情或是你自己的感情而羞愧。相信我，它们不仅自然而然，还是仁慈之心，合乎道德。请你平心而论，“埃德蒙爵士”能否用全部的伯特伦财产做更多的好事，超过任何可能的“爵士”。要是格兰特夫妇在家我就不用麻烦你了，可你现在是我唯一能打听实情的人，他的妹妹们我无法联系。拉太太和艾尔默斯一家在特威克南（你一定知道）过复活节，还没回来。茱莉娅和贝德福德广场附近的亲戚在一起，但我忘了他们的名字和街道。不过，就算我能马上询问其中一位，我还是宁愿找你，我很吃惊她们竟然一直不肯停止寻欢作乐，以至于无视事实。我想拉太太的复活节假期不会持续太久，

① 原文为“there will be two poor young men less in the world”，指如果可怜的汤姆死了，埃德蒙将不再贫穷。

毫无疑问她这个假期很尽兴。艾尔默斯一家人很不错，她的丈夫不在，让她能尽情享乐。她催促他尽孝心，去巴斯接他的母亲，这令我赞赏，可是她怎么能和那个寡妇在一间屋子里和睦相处呢？亨利不在跟前，因此我对他无话可说。你不认为埃德蒙很久以前就应该再来城里了吗，要不是因为这场病？你永远的，玛丽。

我正开始叠信，亨利就进来了，但他没带来任何阻碍我寄信的消息。拉太太知道汤姆身体衰退，他今天早上见到了她，她今天要回温波尔街，老太太来了。你可别胡思乱想，感到不安，因为他在里士满待了几天。他每年春天都这样。放心，除了你他谁都不在乎。此刻他特别想见到你，只在想着用什么方式做到，以他的快乐让你高兴起来。作为证明，他又重复了他在朴茨茅斯说过的我们送你回家的话，而且更加急切，我全心全意地赞成他。亲爱的范尼，马上写信，告诉我们过来。这会对我们都有好处。我和他能去牧师住宅，你知道，不给我们曼斯菲尔德的朋友增添任何麻烦。能再次见到所有人真让人高兴，稍多一点同伴也会对他们很有好处。至于你自己，你一定感到那儿非常需要你，当你有办法回来时，无法从良心上（你很有良心）想待在外面。我没有时间和耐心写出亨利一半的话，你尽可相信每一个字句的灵魂是坚定不移的爱情。

范尼对这封信的大部分内容感到厌恶，极不情愿把信的作者和她的埃德蒙表哥带到一起，也许会使她（她感觉）不能公正地判断最后的提议该不该接受。对她本人而言，这充满诱惑。想到她自己，也许三天之内，就能回到曼斯菲尔德，这是无比幸福的画面，但将如此的幸福归功于这两个人是个实实在在的缺点。她看出他们此时的想法和行为很应受到谴责：妹妹的感觉、哥哥的行为、**她**冷酷的野心、**他**鲁莽的自负。他还在和拉什沃思太太交往，也许依然会调情！她深感屈辱。她曾以为他变好了。不过，幸运的是，她不用在对立的意愿和是非的怀疑之间权衡摇摆，她无需决定是否应该让埃德蒙和玛丽分开。她只用考虑一个原则，就解决了所有问题，她害怕她的姨父，她不敢对他自作主张，这使她立即明白她该做什么。她必须彻底拒绝这个建议。要是他想，他会来接她；即使提出早点回去，也是几乎没有正当理由的非分之想。她感谢克劳福德小姐，但明确拒绝了她——“她姨父，她知道，打算来接她。因为她表哥病了这么多星期，他也没想到需要她，她必须认为她此时回去不受欢迎，认为她会被视作累赘。”

她此时对他表哥情况的说明完全依据她本人的想法，这让她觉得会给收信人乐观的头脑带来她想要的一切。似乎，在某种财富的前提下，埃德蒙会为当上牧师得到原谅。她猜想，这会克服所有的偏见，也让他即刻感到庆幸。她刚刚学会不在乎地位，只想着财富。

第十五章

因为范尼毫不怀疑她的答复会带去真正的失望，以她对克劳福德小姐脾气的了解，她料想着会被再次催促。虽然一个星期都没收到第二封来信，她还是有着同样的感觉，直到信真的来了。

刚收到信，她马上发现信很短，相信这是一封仓促而成的谈事务的信。信的目的毫无疑问，她两秒钟就想到可能只是通知她他们当天就来朴茨茅斯，这让她焦虑不安地疑惑着在那种情况下她该怎么办。但如果前两秒钟困难重重，第三秒会将其驱散。打开信之前，她想到克劳福德先生和小姐或许已经征求她姨父的意见并得到他的许可，便放下心来。这是信的内容：

> 我刚听到一个极尽诽谤、用心险恶的谣言，我写这封信，亲爱的范尼，是想警告你，万一传到乡下，你绝对不要相信。相信我，有些误会，一两天就能澄清。无论如何，亨利无可指摘，他虽然一时**轻率**[①]，但他对谁都不在乎，除了你。请你只字别提——什么都别听，什么都别猜，什么都别透露，直到我再次写信。我相信这都会被遮掩下来，只能证

① 原文为法语“etourderie”，显示玛丽对此事的严重性不太在意。

明拉什沃思的愚蠢。如果他们走了，我敢担保他们只是去了曼斯菲尔德庄园，茱莉娅和他们在一起。可你为何不让我们来接你呢？我希望你不会为此后悔。

你永远的

范尼目瞪口呆。她没听到诽谤、险恶的谣言，无法理解这封奇怪的来信大部分的意思。她只能察觉这一定和温波尔街与克劳福德先生有关，只是猜测着刚刚在那儿发生的某件十分轻率的事情，这在克劳福德小姐看来会引人注意，她如果听见会感到嫉妒。克劳福德小姐无需为她惊慌。她只为与此相关的人和曼斯菲尔德感到难过，如果消息竟然能传那么远，但她希望不会。要是拉什沃思夫妇自己去了曼斯菲尔德，似乎克劳福德小姐的信是这个意思，在此之前不大可能有任何不愉快的事情，或至少不会引人注意。

至于克劳福德先生，她希望这也许能让他了解自己的性情，使他相信他不能专心爱恋世界上的任何一个女人，令他感到羞愧，不再执意追求她。

这真是奇怪！她刚刚开始认为他真心爱她，以为他对她的感情有些不同寻常——他的妹妹还在说他对谁都不在乎。可是一定有些对她表姐的刻意殷勤，一定有很不慎重的表现，因为给她写信的人并非小题大做的类型。

她焦虑不安，必须持续到再次收到克劳福德小姐的来信时。不可能把这封信抛在脑后，她也无法对任何人说起，以此缓解焦虑。克劳福德小姐无需这么激动地要她保密，她可以相信范尼知道对自己的表姐该怎么做。

第二天来了，却没有收到第二封来信。范尼很失望。她一整个早上还是想不了别的事情。当她父亲下午和往常一样带着当天的报纸回家时，她完全不指望以这样的途径得到解释，暂时忘了这个话题。

她沉思着其他事情。她想起在这间屋子里的第一个晚上，想起父亲和他的报纸。现在无需蜡烛。太阳还要在地平线上待一个半小时。她发觉她真的在那儿住了三个月。强烈的阳光照进客厅，没让她高兴，反而使她更忧郁，因为镇上的阳光和乡下的阳光在她看来完全不同。在这儿，阳光只在照射，令人窒息、让人无力地照射，只为把本可沉睡的污渍灰尘显现出来。镇上的阳光既不健康也不欢快。她坐在令人压抑的灼人光线下，在一片飞舞的尘埃中，她的眼睛只能在墙壁间游走，看见她父亲的脑袋，还有被她弟弟们弄得坑坑洼洼的桌子，上面是从未洗干净过的茶具，杯盘上留下一条条污渍，牛奶上飘着一层淡蓝色的灰尘，牛奶和黄油自从在丽贝卡的手里做好开始，每分钟都变得更加油腻。她的父亲读着报纸，茶还在准备中，她母亲像平时一样哀叹着破烂的地毯，希望丽贝卡能补一补。范尼最初被父亲叫她的声音唤醒，是在他对某段话哼唧琢磨一番之后。“你城里那个了不起的表姐姓什么，范？”

她想了想说道：“拉什沃思，先生。”

“他们没住在温波尔街上吗？”

“在的，先生。”

“那就有他们好看了，仅此而已！那儿，”（把报纸递给她），

“这些上等亲戚对你很有好处。我不知道托马斯爵士对这些事怎么想，像他这样的达官绅士，也许对他女儿的喜爱不会少一分。可是老天爷！她要是我的女儿，我就拿鞭子把她抽个够。对那些男女鞭打一通就是防止这些事的最好办法。”

范尼默念着“本报无比关切地不得已向世人宣告温波尔街拉先生家庭的一桩婚姻**闹剧**。美丽的拉太太，她的名字不久前刚列入婚姻名册，有望成为时尚社交界光彩夺目的女王。她和大名鼎鼎的风流人物，亦为拉先生密友与伙伴的克先生离开丈夫家门，即使本报编辑也不知他们去往何处”。

“这是个错误，先生，”范尼马上说道，“这一定是个错误——这不可能是真的——这一定指某个别的人。”

她说这话是因为本能地想推延耻辱。她说话时的坚定源于绝望，因为她言不由衷，无法相信自己。她读时感到震惊又确信。事实扑面而来，她怎么还能说话，她怎会甚至还能呼吸，事后让她自己都觉得惊讶。

普莱斯先生对这个报道很不在意，没让她回答多少问题。“也许全都是谎言，”他承认，“可如今那么多的漂亮女人都那样见鬼去了，对谁都不能打包票。”

“是啊，我希望不是真的，”普莱斯太太悲哀地说，“实在太令人震惊了！要是我和丽贝卡再说一遍那个毯子，我相信我已经说了至少十几遍，不是吗，贝茜？也就十分钟的活计。”

像范尼这样的心灵，当她确信有这桩丑闻后，开始感到必然会随之而来的痛苦，她的惊恐几乎无法言述。起初，是一种茫然，但每秒钟都在加快她对这桩可怕丑闻的理解。她无法怀疑，她不敢怀有一丝希望，认为这段话是错的。克劳福德小姐的信，她读了无数遍，已经熟记于心，和它惊人的一致。她急于为她哥哥辩解，希望事情能被**遮掩**，她显而易见的激动不安，全都说明一件很大的坏事。如果世界上存在这种品行的女人，能把此番头等罪过当成小事，试着掩盖，希望不受惩罚，她能相信克劳福德小姐就是这个女人！现在她能看出自己关于**谁**走了的错误，或是**据说**走了。不是拉什沃思先生和太太，是拉什沃思太太和克劳福德先生。

范尼觉得好像以前从未受过惊吓。她不得安宁。晚上没有一刻不痛苦，夜晚彻底无眠。她只是从厌恶的感觉变成惊恐的颤抖，从狂热不安到阵阵寒战。这件事太令人震惊，有时甚至她的内心都在反抗，认为绝无可能——当她觉得不会这样时。一个女人六个月前刚结婚；一个男人声称他专心爱着，甚至**满心爱恋**另一个人——另一个人是她的近亲——整个家族，两个家庭因为他们而亲上加亲；全都是朋友，全都亲亲密密地在一起！这是太令人惊恐、让人困惑的罪恶，盘根错节的祸事，人类的天性如果不处于彻底的野蛮状态，简直做不出！然而她的理智告诉她是这样。**他**不安定的感情，因为他的虚荣心左右摇摆；**玛丽亚**的明确爱恋，双方都没有足够的原则，使之成为可能。克劳福德小姐的来信表明这是事实。

结果会是什么？谁能不受到伤害？谁的想法可能不受到影响？谁的平静能不被永远打破？克劳福德小姐、她本人、埃德蒙。不过涉及这样的领域也许很危险。她克制自己，试着克制自己，只考虑这简单而毋庸置疑的家庭不幸，如果这真是一桩明确的罪责并公布于众，必然会席卷所有的人。母亲的痛苦，父亲的——那儿她停了下来。茱莉娅、汤姆、埃德蒙——那儿是更长的停顿。这两个人将承受最可怕的打击。托马斯爵士的父爱和他高度的荣誉感与道德观，埃德蒙正直的原则，从不猜疑的脾性和他的真情实感，让她觉得他们在这样的耻辱下不可能好好生活并保持理智。似乎在她看来，从这个世界本身而言，对拉什沃思太太所有亲人的最大幸福，是瞬间毁灭。

第二天，接下来的一天，没有发生任何事以缓解她的恐惧。来了两班邮车，没带来任何驳斥的消息，无论公开还是私人的。克劳福德小姐没有第二封信来解释清楚第一封信；没有来自曼斯菲尔德的消息，虽然从时间上她应该再次收到姨妈的来信了。这是个坏兆头。的确，她几乎没有一丝希望来安慰她的心灵，变得迟钝、憔悴、战战兢兢——没有一个心地并非不善良的母亲，除了普莱斯太太，会在第三天确实响起一阵揪心的敲门声，一封信又放在范尼手里时，对此视而不见。这封信盖着伦敦的邮戳，来自埃德蒙。

亲爱的范尼：

你知道我们目前的不幸。愿上帝保佑你承受**你的**部分！我们已经来这儿两天，但无能为力。他们毫无踪迹。你也许还没听说最近的打击——茱莉娅的私奔。她和耶茨去了苏格兰[①]。她在我们进入伦敦前几个小时离开了。在其他任何时

① 在苏格兰可以快速得到结婚许可。

> 候这都会是个可怕的打击。现在似乎无足轻重，不过还是雪上加霜。我的父亲没被击垮。这已是万幸。他还能思考和行动。我按照他的意思写信，要你回家。他为了母亲急于让你回来。我会在你收到这封信的第二天早上来到朴茨茅斯，希望看见你准备好出发去曼斯菲尔德。我父亲希望你邀请苏珊和你一起住几个月。由你安排，你来决定。我相信你能在这样的时刻感受他的此番善意！公正理解他的意思，无论我会怎样令之困惑。你能想象我目前的一些状态。降临于我们的灾难没有尽头。见信后我将很快到来。你永远的。

范尼从未比现在更想要杯美酒。这样一封信带来的兴奋感她从未体会过。明天！明天离开朴茨茅斯！她处于，她感觉自己处于喜不自胜的极大危险中，而很多人都在承受着痛苦。这件祸事给她带来这么大的好处！她担心自己会变得对此麻木不仁。这么快就要离开，这么好心地来接她，如此舒适的旅行，还能带上苏珊，太多的幸福使她心花怒放，有一段时间似乎远离了每一个痛苦，让她无法好好分担即使她最担忧的人感受的痛苦。茱莉娅的私奔对她的影响相对较小，她好奇又震惊，但这不会占据她的思想，不能让她沉湎于此。此时对她本人的召唤令她激动不安，迫不及待，满心欢喜。她只能提醒自己想着它，承认那很可怕，令人悲伤，否则她会想不起来。

要缓解悲伤，什么都比不上做事，主动做些必须要做的事情。只要做事，即使忧伤的事情，也能驱散忧伤，而她做的事充满希望。她有太多事情要做，即使拉什沃思太太的可怕事件（如今已成定局)，也不能像之前那样影响她。她没时间痛苦。二十四小时之内她就能走了，必须对她的父亲母亲说，让苏珊准备好，一切都准备就绪。一件事接着一件事，这一天几乎不够长。她告知了愉快的消息，之前提到的不幸几乎没有冲淡她的喜悦。她父亲母亲高兴地答应让苏珊和她一起走，两人的离开似乎让大家都很满意。苏珊本人欣喜若狂，这一切都让范尼精神振奋。

伯特伦一家的痛苦在这个家里几乎无人在意。普莱斯太太说了她可怜的姐姐几分钟——可是该怎么找个能装苏珊衣服的东西，因为丽贝卡拿走了所有的箱子还弄坏了，这是她一直想着的问题。至于苏珊，她出乎意料地满足了最大的心愿，对那些做了错事或满心忧伤的人一无所知。要是她能忍住不从头到尾都欢天喜地，已经是对十四岁人品的最高要求了。

因为没有任何事情真正由普莱斯太太决定，或是靠丽贝卡帮忙，一切都合理按时地完成了，女孩们为第二天准备就绪。不可能让她们好好睡一觉迎接明天的旅行。正向她们驶来的表哥几乎不停地来到她们激动不安的心里——一个喜不自胜，另一个是五味杂陈、无法言喻的忧愁。

早上八点，埃德蒙进了屋。女孩们从上面听到他进来，范尼走下楼。想到马上要见到他，知道他必然承受的痛苦，唤起了她一开始所有的感情。他就在她身旁，满心痛苦。她进入客厅时几乎晕了过去[1]。他独自一人，立即迎上。她发现自己被抱在他的怀里，只听见这些话："我的范尼，我唯一的妹妹，我此时的唯

① 哥特小说的女主角通常多愁善感，体弱多病，容易晕厥。

一安慰！”她什么都说不出来，好几分钟他也无法多说。

他转身镇定下来，当他再次开口时，虽然他的声音仍在颤抖，他的态度表明他想自我克制，决心避免更多的暗示。“你吃早餐了吗？你什么时候能准备好？苏珊去吗？”是接连提出的问题。他只想尽快出发。想到曼斯菲尔德，时间很宝贵；他内心的状态让他只能从行动中得到安慰。于是他决定让马车半小时后来到门前。范尼保证她们能吃完早餐，半小时内准备好。他已经吃过，不肯留下和他们吃饭。他要去堤岸走走，和马车一起过来。他又走了，甚至很高兴离开范尼。

他脸色很不好，显然心情激动，他正竭力克制。她知道一定如此，这让她非常难过。

马车来了，与此同时他再次进屋，刚好能和这家人待几分钟，可以目睹——然而他什么都没看见——没看见和女儿们分别时的平静态度，他恰好阻止了她们坐在早餐桌前。凭着不寻常的努力，当马车来到门前时，早餐确实已经完全准备好了。范尼在她父亲家的最后一顿饭和第一顿饭如出一辙，打发她离开和迎接她进门时一样周到。

当她经过朴茨茅斯的关卡时怎样满心欢喜和感激，苏珊是怎样笑容满面，也许很容易想象。不过，范尼坐在前面，被她的帽子遮住，那些笑容没人看得见。

旅途很可能沉默无语。埃德蒙的深深叹息时常传到范尼的耳中。假如他和她单独在一起，他一定会敞开心扉，无论下定了怎样的决心，可苏珊的在场让他只能克制自己。他想说些无关紧要的话题，却总是说不出几句话。

范尼始终关切地望着他，有时和他对视一眼，令他深情一笑，让她感到安慰。然而第一天的旅行结束，那些让他忧心忡忡的话题，她却没听见一个字。第二天带来稍多一些内容。就在他们要出发去牛津时，当时苏珊正站在一扇窗前，热切地观察着一大家人从旅店离开的样子，另外两位站在火炉旁。埃德蒙为范尼容貌的变化深觉不安，因为不知道她父亲家里日常的艰苦，把变化过度归咎于，甚至**全部**归结到近来的事件。他拉着她的手，以低沉却意味深长的语气说："难怪——你一定感到——你一定很痛苦。一个曾经爱你的男人，怎么可能抛弃你！然而**你的**——你的爱慕刚开始，比起……范尼，想想**我**吧！"

他们旅行的第一段路程用了一整天，到牛津时他们几乎筋疲力尽，但第二程结束得早得多。他们在平常的晚餐时间前很久就进入了曼斯菲尔德近郊，当他们接近这心爱的地方时，两位姐妹的心情有点沉重。范尼开始害怕在这样的奇耻大辱后，见到她的姨妈们和汤姆。苏珊有些担忧，她所有的行为举止，她新近学到的这儿全部的礼仪，都要经受考验。她满心想着有教养和没教养，过去的粗俗和新学的文雅。她不停思索着银叉、餐巾和涮指杯。范尼处处留意乡下自从二月以来的变化，不过当他们进入庄园时，她的感受最深，最觉愉悦。三个月了，整整三个月，从她离开起，由冬天进入了夏天。她的眼睛饱览着草坪和种植园里的新绿；树木虽尚未葱郁，却长势喜人，让人明白更美的风景指日可待。望着这些眼前的景致，心里更是浮想联翩。然而，她只能自得其乐。埃德蒙无法分享。她看着他，但他往后靠着，陷入比任何时候更深的忧郁，闭着眼睛，仿佛愉悦的风景压迫着他，他必须把可爱的家庭景象关在外面。

这使她再度感到忧伤。想到那儿必然遭受的痛苦，甚至让这座位置优越、现代宽敞的大宅，也蒙上了一层忧伤。

在痛苦的家人中，有一个人正迫不及待地盼望着她，让她始料未及。范尼刚走过神情严肃的仆人身旁，伯特伦夫人就从客厅走出来迎接她，脚步一点都不倦怠。她搂住她的脖子说："亲爱的范尼！现在我就舒服了。"

第十六章

这是痛苦的一群人，三个人各自认为自己最痛苦。不过，最喜爱玛丽亚的诺里斯太太才是真正最痛苦的人。玛丽亚是她的宠儿，最亲爱的孩子。这桩婚事由她一手促成，她习惯为此沾沾自喜、夸夸其谈，这个结局几乎把她打垮了。

她变了个人，沉默不语、恍恍惚惚，对发生的一切都漠不关心。她只和她妹妹与外甥留在家中，整座房子都由她照料，这样的好处她却完全置之不理。她已经无法指挥或发号施令，甚至无法想象自己能起作用。当遭受真正的痛苦时，她从前的主动变成了麻木，无论伯特伦夫人还是汤姆都没从她那儿得到丝毫的支持，她也从不尝试给他们帮助。她什么都没帮他们做，正如他们也从未帮助过彼此。他们全都一样孤独、无助、凄凄惨惨，现在其他人的到来只让她成了最痛苦的人。她的同伴们感到释然，但对她全无好处。埃德蒙受他哥哥的欢迎程度正如范尼对于她的姨妈。可是诺里斯太太根本没从任何人那儿得到安慰，反而在她盲目的愤怒中，对看到某个人感到更加恼怒，将她视为这件事的祸首。如果范尼接受了克劳福德先生，这件事情绝不会出现。

苏珊也让她不满。诺里斯太太没兴致不断以厌恶的神情关注她，但她感觉她是一个密探、一个闯入者、一个贫穷的外甥女，令人讨厌至极。从她另一个姨妈那儿，苏珊得到了安静的善意对待。伯特伦夫人无法给她很多时间，或对她说许多话，但她觉得苏珊是范尼的妹妹，有权待在曼斯菲尔德，乐意亲吻她并喜爱她。苏珊无比满意，因为她来时就完全清楚只可能从诺里斯姨妈那儿得到恶意。她得到了许多快乐，也深感无比幸运，逃脱了许多实际的烦恼，就算别人对她的冷漠比现在多得多，她也能够承受。

如今她大部分时间都独自度过，尽可能熟悉房屋和庭院，这样的日子过得十分快活。本来也许能陪她的人们都被关在家里，或全心全意地照料着完全依赖他们的人，在这样的时候努力得到一些安适。埃德蒙试着把他的感情埋藏于对他哥哥的竭力安慰中，范尼一心照料伯特伦姨妈，以更大的热情承担着曾经的每一项任务，觉得对这个似乎那么需要她的人，她怎么做都不够。

和范尼谈论这件可怕的事情，边说边叹息，是伯特伦夫人的全部安慰。耐着性子听她说话，再给她善意同情的话语，这是能够为她做的一切。想以别的方式安慰她根本不可能。这件事无法安慰。伯特伦夫人想得不深，但她在托马斯爵士的引导下，对所有重要方面都有着公正的看法。因此，她从所有的弥天大罪中看出发生了什么，自己不尝试，也不让范尼建议她不重视那些罪行和丑名。

她的感情并不强烈，她的思想也不坚决。过了一段时间，范尼发现并非不可能把她的想法引到别的话题，唤回她对平常事情的兴趣。但伯特伦夫人无论何时**真的**专注于此事时，她只能从一个方面看待问题，包括她失去了一个女儿，以及永远洗刷不掉的耻辱。

范尼从她那儿得知已经透露出来的所有详情。她姨妈不是很有条理的讲述者，但借助于和托马斯爵士往来的几封信件，她本人已经知道的消息，再合理联系起来，她很快就明白了这件事中她想了解的所有情况。

拉什沃思太太复活节时去了特威克南，同她刚熟悉的一个家庭在一起。一个活跃开朗的家庭，也许在道德与审慎上也是如此[1]，因为克劳福德先生总是经常去**他们**家里。范尼已经知道他们住在同一个街区。拉什沃思先生此时去了巴斯，和他母亲住几天，再把她带回城里。玛丽亚就和这些朋友肆无忌惮地在一起，甚至茱莉娅也不在身边。茱莉娅两三个星期前离开了温波尔街，去看托马斯爵士的某个朋友，她的离开如今在她父母看来是为了方便和耶茨先生的交往。拉什沃思母子刚回到温波尔街不久，托马斯爵士收到一位非常特别的伦敦老朋友的来信，他耳闻目睹的很多事情让他对那个方面感到惊恐，写信建议托马斯爵士本人来伦敦，以他对女儿的影响力结束那种亲密交往，这已经使她招来一些令人不悦的评论，也显然让拉什沃思先生感到不安。

托马斯爵士准备按照来信行事，还没和曼斯菲尔德的任何人交流信中的内容，这时又来了另一封信，是同一位朋友寄来的快信，向他透露这些年轻人当时身处的几乎令人绝望的境地。拉什沃思太太已经离开她丈夫的家，拉什沃思先生对**他**（哈丁先生）的提议极其愤怒苦恼，哈丁先生担心**至少**有些明目张胆的轻率举止。拉什沃思太太的上等女仆受到惊人的恐吓。他正尽他所能平

[1] 暗指在道德与审慎方面不太有原则。

息一切，期待拉什沃思太太的回归，但温波尔街上拉什沃思先生的母亲却和他背道而驰，因此最坏的结果恐怕会出现。

这件可怕的事情不可能不让家人知道。托马斯爵士出发了，埃德蒙要和他一起去，留下的人也在痛苦中，只比收到伦敦的下一封信时感觉好一点。那时事情已经无可救药地公布于众。拉什沃思太太，那位母亲的仆人有权暴露实情，她有女主人撑腰，不肯沉默。两位女士刚到一起就有了不合。老太太对她儿媳妇的愤恨也许一半来自对她本人的不尊重，另一半出于对她儿子的同情。

无论怎样，她让人奈何不得。但假如她不那么固执，对儿子少一点影响力——儿子总受母亲引导，被她控制，在她面前不敢说话——即便如此，这件事依然毫无希望。拉什沃思太太没再出现，有足够的理由认为她和克劳福德先生一起躲在某处。克劳福德先生已经离开他叔叔的家去旅行了，就在她出走的那一天。

然而托马斯爵士还是在城里待了几天，希望能找到她，尽快制止她再犯大错，虽然在人品方面她已经名声扫地。

他目前的状况范尼不忍多想。他只有一个孩子此时不是他痛苦的根源。汤姆因为妹妹的行为受到惊吓，病情大大加重，康复变得更加无望，甚至连伯特伦夫人都被他的变化吓坏，定期写信告诉丈夫她的惊恐。茱莉娅的私奔，他刚到伦敦时的又一个打击，虽然当时的感觉有些迟钝，她知道一定令他心痛。她看出是这样。他的信表明他为此多么痛惜。在任何情况下这都不是受人欢迎的亲事。可是如此偷偷摸摸的结合，选择在这样一段时间进行，让茱莉娅的感情变得不可理喻，使她的选择变得愚蠢至极。

他称之为坏事，以最坏的方式，在最坏的时间发生。虽然茱莉娅的愚蠢比玛丽亚的罪行更可原谅，他只能将她出走的这一步视为开端，很可能最终变成和她姐姐一样的结局。这就是他对她落入的境地所持的看法。

范尼深切同情他。他只能从埃德蒙身上得到安慰。其他每个孩子一定都在撕扯着他的心。她相信，他对她本人的不悦，出于和诺里斯太太不同的原因，现在能够消除了。**她**应该被公正对待。克劳福德先生应该已经完全证明她对他的拒绝是正确的，但这一点，虽然对她本人无比重要，却难以安慰托马斯爵士。她姨父的不悦对她而言很可怕，可是她的正确或她的感激与依恋对他又算什么呢？他的支撑只能靠埃德蒙一个人。

然而，她以为埃德蒙此时没给他的父亲带来痛苦却是错误。这比其他孩子引起的痛苦轻得多，可是托马斯爵士想到他的幸福和他的妹妹与朋友关联很深。他必然会因此和他深情追求，很有成功希望的女人断绝关系，而她除了那个可恶的哥哥，在各方面本该成为很好的亲事。他知道他们在城里时，除了别的一切，埃德蒙一定也在为自己感到痛苦。托马斯爵士看见或猜出了他的感情，有理由认为他已经和克劳福德小姐进行了**一次**谈话，埃德蒙因此只是变得更加难过。基于对这件事和别的事情同等的考虑，他急于让他离开城里，叫他带范尼回家照顾姨妈，既为了别人的安适，也是为了他。范尼不明白她姨父私下的想法，托马斯爵士不明白克劳福德小姐的真实性格。假如他能偷听到她和他儿子的谈话，他就不会想让她属于埃德蒙，即使她的两万英镑能变成四万英镑。

埃德蒙一定会永远与克劳福德小姐分开，这一点范尼毫不怀疑。可是，在她知道他有同样的想法前，她本人还是信心不足。她认为是这样，但希望能确认。他以前有时对她说话毫无保留，让她受不了。要是他现在能和她这样说话，对她将是最大的安慰。但她发觉**那**还做不到。她难得见到他——从未单独见过——他也许在躲避单独和她在一起。这意味着什么呢？他一心想着自己对这场家庭灾难特别而痛苦的感受，可是**那**令人心痛不已，简直无法交流。这一定是他的状态。他屈服了，但他的痛苦让他说不出话来。要过很长、很长时间，克劳福德小姐的名字才会被他再次提起，否则她就不能指望继续曾经推心置腹的交流。

这**是**很长。他们星期四到达曼斯菲尔德，直到星期天晚上埃德蒙才开始和她谈起这个话题。星期天晚上他和她坐在一起——一个下雨的星期天晚上——这样的时刻对所有人来说，如果身边有一位朋友，心灵必将敞开，一切都会说出来——屋里没有别人，除了他母亲，她听完一场深情的布道，已经哭着睡着了——不可能不说话。于是，伴随着寻常的开始，几乎想不起最初说了什么，接着是通常的声明，问她能否听他说几分钟话，他会很简短，当然绝不再以同样的方式消耗她的善意——她不必害怕重提——这将是绝对禁止的话题——接着他娓娓道来对他本人而言最为重要的境况和感情，他十分相信听话者的深切同情。

范尼怎样倾听，带着怎样的好奇与关切，感到怎样的痛苦和喜悦，怎样注意到他声音中的激动，她是怎样小心地看着任何物品，就是不看他，这不难想象。开头就令人吃惊。他见到了克劳福德小姐。他应邀去见她。他收到了斯托诺韦夫人的便笺，请求他去看她。想到这将是最后一次，最后一场朋友间的会面，想着她一定深切感受着克劳福德的妹妹必然感到的羞耻与痛苦，他怀着这样的心情去看她。他满怀柔情、诚心诚意，有一阵子让范尼担心这不可能是最后一次。但他继续讲述时，这些担心消失了。她见到了他，他想说话，语气严肃——当然很严肃——甚至有些不安，但在他还没能说出一句能听懂的话时，她以他承认令他吃惊的方式开始了这个话题。"'我听说你在城里，'她说，'我想见你。让我们谈谈这件伤心事。什么能比得上我们两位亲人的愚蠢呢？'我无言以对，但我相信我的神情作了回答。她感觉受了责备。有时人们的感觉多敏锐啊！接着她以严肃的神情和语气又说道：'我无意为亨利辩解，把责任推给你妹妹。'于是她开始了——可是她接下来的话，范尼，很不适合——几乎不适合重复给你听。我记不起她所有的话。就算我能记起也不愿详细说给你听。主要是对两人的**愚蠢**特别愤怒。她责备她哥哥的愚蠢，因为他被他从不在乎的女人利用，做出了必然会让他失去心爱女人的事情。但更大的愚蠢在于——可怜的玛丽亚，她牺牲了如此的境遇，陷入这样的麻烦，只因她以为被一个早就表现出冷漠的男人真心爱着。猜猜我一定会怎么想。听着这个女人——除了愚蠢，我不想再做别的定义！如此主动，如此轻松，如此冷静地说着！毫不勉强，毫不惊慌，毫无女人的——我能否说，没有一丝厌恶之情？这是那个世界的影响。因为，范尼，我们从哪儿能找到一个有如此天赋的女人呢？她被宠坏了，宠坏了！"

稍加思索后，他接着以一种绝望的平静语气说道："我会把一切告诉你，然后就结束了。她只将此视为愚蠢，只因暴露而成为愚蠢。缺乏寻常的谨慎和小心——他在她住在特威克南的整段时间都去了里士满——她让自己被仆人控制——简而言之，是被发现了——哦，范尼！她责备的是被发现了，而非犯了错。是因为不慎才让事情走到极端，让他哥哥只得放弃所有更美好的安排，为了和她逃走。”

他停下来。“那么，”范尼说（相信自己需要说话），“你能说什么？”

“什么也没说，说什么她也听不懂。我像个被打晕的人。她继续说着，开始说起你——是的，然后她开始说起你，遗憾，她也该遗憾，失去这样一个——那儿她说得很理智。但她一直对你很公正。‘他抛开了，’她说，‘他再也见不到的那种女人。她本可以使他安定下来，她本来能让他永远幸福——我最亲爱的范尼，我希望当回顾这件事的可能性——如今却永远不再可能时，我带给你的快乐多于痛苦。’你不想让我沉默吗？如果是，只要给我一个眼神，一个字，我就不说了。”

没有眼神，也没有言语。

“感谢上帝，”他说，“我们都感到奇怪，但这似乎是上帝仁慈的安排，没做错事的心灵不应该受苦。她以热烈的赞扬和深切的感情说到你。但是，即使在这儿，也有些杂质，一丝罪恶。她会在中间惊叫道：‘她为何不接受他？都是她的错。傻女孩！我永远不会原谅她。要是她理所当然地接受了他，他们也许现在就要结婚了，亨利会兴高采烈、忙于安排，不会想着别的目标。他不会费尽心思与拉什沃思太太和好。本来一切都会以寻常的调情结束，当每年在索瑟顿和埃弗灵厄姆见面时。’你能相信这种可能吗？但魔咒被打破。我的眼睛睁开了。”

“残忍！”范尼说，“真残忍。这个时候还在寻求开心，说着轻佻的话，而且是对你！真是残忍。”

“残忍，你会这么说？我们在这点上有些不同。不，她的性情并不残忍。我不认为她想伤害我的感情。罪恶藏得更深，是她完全的无知，从未想到有这样的感情。因为她性情扭曲，自然让她以此种方式对待这个问题。她这样说话只是她习惯听别人这么说，她以为所有人都会这么说。她的错误不在于脾性。她不会主动给任何人造成不必要的痛苦，虽然我可能在自欺欺人，但我只能认为对于我，对于我的感情，她会——她的错误在于原则，范尼，她迟钝的敏锐度和腐化受损的心灵。也许这样对我最好，因为让我没什么可遗憾。然而，并非如此。我宁愿忍受失去她的所有与日俱增的痛苦，也不愿像现在这样想着她。我是这样对她说的。”

“真的吗？”

“是的，当我离开时我这样对她说了。”

“你们在一起待了多久？”

“二十五分钟。嗯，她接着说现在要做的事情是让他们结婚。她说起这一点，范尼，声音比我能做到的更坚定。”他不得不再次停顿后才继续，“‘我们必须说服亨利和她结婚，’她说，‘考虑到名誉，他必须永远离开范尼，我对此并非不抱希望。他必须放弃范尼。我想即使**他**现在也不能希望娶这样的女孩，因此我认为不会有无法逾越的困难。我的影响并不小，应该都往那个方向使。一旦他们结婚，得到她家庭的适当资助，既然他们都是体面人，她也许能在一定程度上恢复她的社会地位。我们知道，有些圈子永远不会接受她，但有了丰盛的宴会，成群的伙伴，总有那些乐意和她交往的人。毫无疑问，如今比过去对那些问题更宽容更坦率。我的建议是，让你的父亲保持沉默。别让他以自己的干涉伤害自己的事。劝他对事情顺其自然。要是因为他的任何多管闲事，诱使她离开亨利的保护，他娶她的可能性将比她留在他身边小得多。我知道该怎么影响他。让托马斯爵士相信他的名誉和同情心，事情也许有好的结局。可他要是带走他的女儿，就会毁了主要的支撑。'"

重复了这些话后，埃德蒙特别激动。范尼默默地望着他，满怀柔情，关切不已，几乎后悔说起这个话题。他过了很久才能再次说话。最后，"好了，范尼，"他说，"我很快就会结束。我已经告诉你她说过所有话的内容。我刚能开口就回答道，我以那样的心情进入那间屋子，完全没想到能发生任何让我更痛苦的事，然而她说的几乎每一句话都造成了更深的伤害。虽然在我们交往的过程中，我常常感觉我们有时对一些问题想法的不同，但我从来想不到差异那么大，正如她刚刚证明的那样。她以那种方式对待她哥哥和我妹妹犯下的可怕罪行（谁是主要引诱者我不想多说），但她说起罪行本身时的态度，给出的责备没有一句是正确的，对恶劣的后果只认为要错误地承担，再以无视体面、肆无忌惮的方式加以忍受。最后，最重要的是，建议我们依从、妥协、默认，把罪恶继续下去，指望他们结婚。当我想到她哥哥，我认为这样的婚姻应该阻止而非追求——所有这些都让我痛苦地相信我以前从不了解她，至于她的心灵，来自于我想象中的那个人，而非克劳福德小姐，过去好几个月我都对这颗心念念不忘。也许，这样对我最好，要牺牲一段友情——感情——无论如何，从现在开始必须失去的希望，我会因此少一些遗憾。可是，我必须承认也愿意承认，如果我能让她恢复她曾经在我眼中的样子，我愿意无限增加分别的痛苦，为了还能怀着柔情和尊重。这是我说的话，以及说话的目的。可是，你也许能想象，我当时说的不如现在重复时这么镇定有条理。她很惊讶——特别惊讶——不止是惊讶。我看她变了脸色。她满脸通红。我猜想我看到了复杂的感情——激烈却短暂的挣扎——一半想承认事实，一半感到羞愧——然而习惯，习惯获胜了。她要是能笑会笑出声来。她回答时勉强笑道：'很不错的演讲，说真的。是你上次讲道的一部分吗？以这样的速度，你很快就能把曼斯菲尔德和桑顿·莱西的每个人都改造过来。当我下次听说你时，你也许成了卫理公会某个大教区的一位著名牧师，或是派往国外的传教士。'她努力说得漫不经心，但她做不出那么漫不经心的样子。我只答道，我衷心祝愿她一切都好，并热切期待她能尽快学着公正考虑问题，不要欠缺每个人都能得到的最有价值的知识——对我们自己和责任的认识，从痛苦中得到的教训——就马上离开了屋子。我没走几步，范尼，就听见门在身后打开了。'伯特伦先生。'她说。我转过头。'伯特伦先生。'她说，带着一丝微笑，但这笑容和刚才的谈话很不相符，一种粗俗戏谑的笑容，似乎要引诱并征服我，至少在我看来是那样。我拒绝了，因为当时的冲动而拒绝，继续往前走。自从那时起——有时——有那么一瞬间——我会遗憾我没有回去，但我知道我做得对，这就是我们交往的结束。这是怎样的交往啊！我受到了多大的欺骗！被哥哥和妹妹同样欺骗了！谢谢你的耐心，范尼。这真令人释然，现在我们说完了。”

范尼非常相信他的话，有五分钟认为他们已经说完了。可是，接着又全都开始了，或是类似的话题，只有伯特伦夫人的完全清醒才能真正结束这样的谈话。在此之前，他们继续谈论着克劳福德小姐，她是怎样令他倾心，她的性情多么愉悦，要是她能早些落到好人的手中，将会多么出色。范尼现在能畅所欲言了，感觉更应该让他知道她的真实性格，向他暗示他哥哥的身体状况也许让她希望能完全和解。这不是个令人愉快的暗示。他本能地拒绝一番。若是把她的爱恋看得更加无私，当然会让人高兴得多，但他的虚荣心不能长久地对抗理智。他只得相信汤姆的病情对她产生了影响，只保留了这个聊以自慰的想法，考虑到相反的习性带来的众多冲突，她对他的爱恋当然已经超出预料，并且因为他而做得更好。范尼的想法完全相同，他们还一致同意这样的失望必然在他心里产生持续的影响和不可磨灭的印象。时间无疑能逐渐减轻他的痛苦，但这样的事情他永远无法彻底忘却。至于能否遇见另一个女人——这毫无可能，提起只会令人愤怒。范尼的友谊是他全部的依靠。

第十七章

就让别人的笔来尽情描述罪恶和痛苦吧。我要尽快抛开这种讨厌的话题，迫不及待地让每个本身没犯大错的人回到尚可接受的舒适状态，结束剩下的一切。

我的范尼，我满意地得知，无论发生了什么，她的确在这个时候很快乐。尽管她为身边的人感到痛苦，或是以为她为他们而痛苦，她一定是个快乐的人。总有些原因让她快乐。她被接回曼斯菲尔德庄园，她很有用，她受人喜爱，她安全地逃离了克劳福德先生。当托马斯爵士回来后，虽然他那时闷闷不乐，但她有十足的理由证明他完全赞许她，对她更加看重。这一切必然让她快乐，但无论缺少了哪一点她还是会快乐，因为埃德蒙不再被克劳福德小姐欺骗。

的确，埃德蒙本人远远算不上快乐。他因为失望和后悔而痛苦，为过去而悲伤，期盼着永远不可能的事情。她知道是这样，感到伤心，但这种伤心完全基于满意之上，极易令人安心，与每一种最由衷的感觉和谐一致，因此几乎没有人会不乐意用他们最大的欢喜交换这种伤心。

托马斯爵士，可怜的托马斯爵士，一位父亲，他知道自己作为父亲在行为上的错误，痛苦的时间最久。他觉得他不该允许这桩婚事。他对女儿的感情有足够的了解，应该为同意此事受到惩罚。他这样做是为了一时的利益牺牲原则，受控于自私和世故的想法。这些反思需要一些时间来缓和，但时间几乎能做到一切。虽然他从拉什沃思太太造成的痛苦中几乎得不到安慰，他却意外地从其他孩子身上找到了更多安慰。茱莉娅的婚事不像他开始以为的那样无可救药。她承认了错误，希望被原谅。耶茨先生很想真正被这个家庭接纳，愿意尊重他并受他指引。他的意志不算很坚定，但他有希望变得不那么轻浮，他至少算得上稳重顾家。无论如何，他的财产比以前担心的更多，他的债务比以前担心的更少，这个发现令人安慰。他喜欢请教托马斯爵士，视他为最值得接待的朋友，这也令人安慰。汤姆也令人安慰，他逐渐恢复健康，却没有恢复曾经轻率自私的习惯。他因为生病而永远变好了。他经历了痛苦，学会了思考，这是他以前未曾想过的好处。温波尔街的可悲事件令他自责，他认为自己因为他那无可原谅的剧场中危险的亲密举动成了从犯。他在二十六岁的年纪，不缺乏理智与好同伴，这件事对他的触动带来了持久的好影响。他成了应该成为的人，对父亲有用，稳重安静，不只为自己而活。

这是真正的安慰！托马斯爵士刚能信赖这些愉悦之源，埃德蒙也因为在**他**之前唯一让父亲感到痛苦的事情上有了好转，令父亲更加安心——他情绪的好转。他和范尼整个夏天的夜晚都一起散步，坐在树下，他说了很多话，终于接受了过去，能够重新愉快起来。

这些情况和希望逐渐减轻了托马斯爵士的痛苦，让他不去想失去了什么，并在某种程度上与自己达成了和解。然而他相信自己在女儿们的教育上犯了错误，这样的痛苦永远不会完全消失。

他太晚才明白对任何年轻人来说，像玛丽亚和茱莉娅这样一直在家感到的截然相反的对待，对性格的培养多么不利。她们姨妈过度的放纵和奉承始终与他本人的严厉形成对比。他看出自己的判断多不合理，期待以他本人相反的做法抵消诺里斯太太的错误。他清晰地看出，他让她们在他面前压抑情绪，使他无法得知她们的真实性情，再打发她们在另一个人面前尽情放纵，这个人只能通过盲目的感情和过度的赞扬赢得她们的喜爱，这样的做法只会错上加错。

这些是令人痛心的错误管教。然而，虽然很糟糕，他逐渐感到这并非他教育计划中最可怕的错误。一定是**内心**缺少了什么，否则时间应该能消除许多不良影响。他担心缺乏了原则，有效的原则。她们从未得到适当的教育，让她们凭借责任感控制她们的意愿和脾气，而仅是那种责任感就已足够。她们得到了理论上的宗教教育，但从未被要求用于日常生活。在优雅和才华上表现出众——她们对年轻的既定目标——却对原则方面毫无影响，没对头脑产生任何道德效果。他想要她们好，可他只关心理解力和礼仪，而非性情。至于必要的自知之明和谦虚谨慎，他担心她们从来没从任何能帮助她们的人那儿听说过。

他为现在都觉得毫无可能的错误深感心痛。他很伤心，他急于让女儿接受昂贵的教育，花费了许多钱财和心血，却使女儿们长大后不懂得她们的首要责任，他也不了解她们的性格与脾气。

尤其是拉什沃思太太很高的心性和强烈的感情，他只能从悲哀的结果中得以知晓。她说什么也不肯离开克劳福德先生。她想和他结婚，他们在一起待到她被迫相信这样的希望只是泡影，直到由此信念产生的失望和痛苦把她变得脾气暴躁，她对他几乎感到仇恨，让他们有一段时间成为彼此的惩罚，最终带来主动的分离。

她和他住在一起时，被他责备成毁了他和范尼所有幸福的人，离开时最大的安慰是她**的确**拆散了他们。还有什么能比此番境遇下这样的心灵更加痛苦呢？

拉什沃思先生毫不费力地得到离婚[①]，结束了在那种情况下签订的婚约，让人不要指望好运能带来多好的结局。她鄙视他，爱着另一个人，他很清楚是这样。因为愚蠢而放弃自尊，因为自私的感情而失望，这无法让人同情。他因他的行为受到惩罚，他妻子因为更大的罪责得到更重的惩罚。**他**将从婚姻中解脱出来，满心屈辱，闷闷不乐，直到别的某个漂亮女孩能吸引他再次进入婚姻。他也许会进入第二场婚姻，希望是个更好的尝试——就算被欺骗，至少心情和运气都能好一些。而**她**必须怀着无比强烈的感情远离尘世，蒙受耻辱，永远不再有希望和勇气的春天。

在哪儿安顿她成了最悲哀最重大的讨论话题。诺里斯太太似乎因为她外甥女的罪过而更爱她，本想接她到自己家里，得到所有人的一致同意。托马斯爵士听都不想听。诺里斯太太对范尼越发愤怒，因为把**她**在那儿的居住当成了动机。她费尽心思把他的顾虑归结在**她**身上，然而托马斯爵士郑重其事地向她保证，就算没有这位提到的年轻小姐，就算他这儿没有任何年轻人，无论是男是女，会由于和拉什沃思太太的相处或她的性格受到危害，他

① 在奥斯汀时代，离婚异常困难，只有极少数上层贵族可以做到。拉什沃思先生的财富和丑闻的公布于众，让他迅速得到了离婚许可。

也绝不能给附近一带招来这么大的侮辱，指望别人理会她。作为女儿——他希望是个忏悔的女儿——她应该受他保护，保证她的舒适生活，尽量鼓励她好好做人，他们的亲缘关系允许他这么做；但超出**那点**他无能为力。玛丽亚已经自毁名声，他不会徒劳地恢复无法恢复的东西，姑息恶行，或试图减少耻辱，绝不会以任何方式帮着把自家耻辱带进另一个男人的家中。

最后，诺里斯太太决定离开曼斯菲尔德，全心全意照顾她不幸的玛丽亚，住在别处为她们建造的房子里——偏远荒凉。她们在那儿远离人群，一个毫无感情，另一个不明事理，可以合理想象她们的脾气成为了彼此的惩罚。

诺里斯太太从曼斯菲尔德搬离，这给托马斯爵士的生活增添了最大的舒适。自从他从安提瓜回来的那一天，他对她的评价就不断下降。从那段时间起他们共同做的每一件事情，日常的交流，无论办事还是闲聊，她始终在失去他的好感，让他相信如果不是时间大大损害了她，就是他过于高估她的理智，以前对她的行为太过宽容。他感觉她时刻都是个罪恶，更糟糕的是，似乎除了死，没有停止的希望；她似乎成了他生命的一部分，必须永远承受。因此，能从她那儿解脱出来是极大的幸福。要不是她走后留下了痛苦的回忆，他几乎会喜欢上这件祸事，因为它带来了这样的好处。

在曼斯菲尔德没人为她遗憾。她从来不能让任何人喜欢她，即使她最爱的那些人。自从拉什沃思太太私奔后，她的脾气变得非常易怒，让她无论在哪儿都是个折磨。甚至连范尼也没为她的诺里斯姨妈掉过眼泪，即使在她永远离开时。

茱莉娅能得到比玛丽亚更好的下场，部分是因为在性情和境遇上一些好的差异，但更重要的是因为她没那么受那位姨妈宠爱，少了些奉承，也少了些娇宠。她的美貌和才华只排在第二位。她一直习惯于认为自己比玛丽亚差一些。她的脾气自然在两人中更随和，虽然她感情冲动，但更可控制，她得到的教育也没有让她自高自大到受其伤害。

她更能接受对亨利·克劳福德的失望。在为第一次怠慢感到的痛苦结束后，她很快就能尽量不再想着他。当他们又在城里结识后，拉什沃思先生的家成了克劳福德先生的目标，她能从中退出，选择在那段时间拜访别的朋友，以免自己再被深深吸引。这就是她去往亲戚家的动机。耶茨先生的方便与此毫无关系。她有过一段时间允许他献殷勤，但几乎没想过会接受他。要不是她姐姐的行为那样爆发出来，她为那件事而愈发害怕她的父亲和她的家——想着对她本人的明确后果将是更加严厉，更多束缚——使她匆忙决定冒着一切风险避开眼前的恐惧，否则耶茨先生可能永远无法成功。她私奔只因为自私的惊恐，没有更坏的想法。似乎在她看来那是唯一能做的事。玛丽亚的罪过诱导了茱莉娅的愚蠢。

亨利·克劳福德毁于早早得到财产和家中的坏榜样，有些过久地沉浸于冷酷的虚荣心带来的扭曲情感。一次他偶然得到他不配拥有的开始，引导他走上了幸福的道路。要是他能满足于征服一个可爱女人的感情，如果他在克服了不情愿之后得到足够的喜悦，让自己赢得范尼·普莱斯的尊重和柔情，这很可能带给他所有的成功与幸福。他的感情已经起了效果。她对他的影响已经让他有些影响她。要是他配得上更多，毫无疑问能得到更多，尤其当那桩婚事发生后，这会给他帮助，让她平息最初的爱恋，使他们常常在一起。如果他能坚持不懈、诚实正直，范尼本来会成为对他的回报——心甘情愿对他的回报——在埃德蒙和玛丽结婚适当的一段时间后。

假如他按照原来的打算，他知道自己应该那样，从朴茨茅斯回来后去了埃弗灵厄姆，他也许已经决定了自己幸福的命运。可是他被要求留下来参加弗雷泽太太的晚会，他的留下是奉承的结果，而且他会在那儿遇见拉什沃思太太。好奇和虚荣都起了作用，眼前的欢愉带来的诱惑对一个不习惯为正确事情做出牺牲的头脑过于强烈。他决定推迟诺福克之旅，决定以写信达到目的，或者这个目的并不重要——便留了下来。他见到拉什沃思太太，她对他的态度非常冷漠，本应令他厌恶，让他们之间永远这样冷漠下去，但他感到屈辱；他无法忍受被一个女人抛弃，而她的笑容曾经完全由他掌控。他必须全力以赴，征服这种因为骄傲而流露出的厌恶。这是因为范尼而感到的愤怒，他必须战胜它，让拉什沃思太太重新像玛丽亚·伯特伦那样对待他。

本着这样的精神，他开始了进攻，通过兴致勃勃地不断追求，很快又建立了一种熟悉的交往——一种殷勤——一种挑逗，这是他本想达到的界限。然而当他克服那种审慎时——那始于本可拯救他们两人的愤怒，他却让她这一方产生了他未曾料想的强烈感情——她爱他，并公开宣称喜欢他的殷勤，让他无处可退。他被自己的虚荣心纠缠，没有一丝爱恋，在心里没对她的表妹有丝毫不忠，不让范尼和伯特伦一家知道发生的事情成了他的首要目标。他更想为自己的名誉保密，而不是为了拉什沃思太太——当他从里士满回来时，他本来会乐意永远不再见到拉什沃思太太——接下来所有的事情都是她轻率的结果。他最后和她走了，因为他情不自禁，即使那时也在为范尼而后悔，等私通造成的所有混乱结束后，更是为了她而无尽后悔。短短几个月时间，因为反差的作用，已经教会他更加看重她甜美的性情、单纯的头脑和完美的原则。

那种惩罚，对耻辱的公开惩罚，应该以合理的方式，因为他的罪行令他接受。我们知道，这并非当今社会给予美德的障碍之一。在这个世界上，惩罚也许不尽如人意，但暂且不期待未来更公正的惩罚，我们也许能合理猜测像亨利·克劳福德先生这样理智的人，会给自己带来不小的烦恼和悔恨。烦恼必然时常源于自责，悔恨是因为痛苦，他这样报答别人的好客，伤害了家庭的安宁，失去了他最好、最值得尊重并受他喜爱的朋友，也因此失去了他曾经理智并热烈地爱着的女人。

过去的事情伤害并疏远了两家人，让伯特伦一家和格兰特一家继续做近邻本该让人十分苦恼，但后者故意把他们的离开延长了几个月，出于必要性或是可行性，幸运地以他们的永远搬离作为结束。格兰特博士通过一个他几乎不抱希望的关系，设法在威斯敏斯特[1]得到一份职位，让他有机会离开曼斯菲尔德，也有了住在伦敦的借口。增加的收入能支付变化带来的费用，无论走的人还是留的人都觉得大可接受。

---

[1] 和第 208 页格兰特太太的话语“让格兰特博士掌管威斯敏斯特或圣保罗教堂吧”形成了有趣的呼应。

格兰特太太生性爱人也受人喜爱，离开她已经习惯的景致和人们，一定会有些遗憾。然而同样愉悦的性情必然在任何地方、任何人当中让她得到许多快乐，她也能再给玛丽提供一个家。玛丽受够了她自己的朋友们，在过去的半年里受够了虚荣、野心、爱情和失望，需要她姐姐内心真正的善意和她生活中适当的宁静——她们住在一起。当格兰特博士因为一个星期吃了三顿慈善大餐，得了中风死去后，她们还是住在一起。玛丽虽然下定决心不再爱上一个小儿子，却在觊觎她的美貌和她的两万英镑，在那些风流潇洒的国会议员或游手好闲的继承人中间寻找着。然而能满足她在曼斯菲尔德培养的品位，性情举止让她有希望得到她在曼斯菲尔德学会评判的家庭幸福，或是能将埃德蒙·伯特伦抛在她脑后的人，她久久也找不到。

埃德蒙在这方面的优势比她大得多。他不必等待或期盼一个值得的目标，填补她留下的感情空白。他刚刚结束对玛丽·克劳福德的遗憾，告诉范尼他再遇到这样一个女人是多么不可能，就很快想到一种完全不同的女人不也可以？或许还好得多。难道范尼本人不也以她的笑容和她的行为变得对他同样可爱、同样重要，就像曾经的玛丽·克劳福德小姐吗？尝试让她相信，她对他热烈的、妹妹般的感情足以成为婚姻的基础，难道不会很有可能、很有希望吗？

此处我有意留出时间，这样每个人也许能随心所欲地决定自己的想法。记住要治愈无法克服的感情，转移永不改变的爱恋，不同的人一定需要不同的时间。我只恳求每个人相信那正好发生在自然而然应该发生的时候，没有提前一个星期。埃德蒙的确不再爱恋克劳福德小姐，变得急于和范尼结婚，正如范尼所愿。

他对她如此喜爱，真的，他很久以来都是这样，这种喜爱基于最讨人喜欢的天真和无助，因为她不断增加的各种优点变得愈发喜爱，还有什么能比这样的变化更加自然呢？爱她、引导她、保护她，他自从她十岁以来一直这么做，她的思想很大程度上在他的关心下形成，她的安适取决于他的善意，引起了他亲密又特殊的兴趣。他因为对她的重要性比曼斯菲尔德的任何人更受她珍视，现在只要增加一点，他应该学会更喜爱温柔的浅色眼睛，而不是闪亮的黑眼睛。他一直和她在一起，推心置腹地交谈，他的感情正处于最近的失望带来的有利状态，那些温柔的浅色眼睛用不了多久就能占据首要位置。

一旦出发，感觉自己走在幸福的道路上，就绝无审慎来阻止他或让他放慢步伐。毫无疑问她值得爱慕，毫不担心品位冲突，无需从不同的性情中汲取幸福生活的新希望。她的思想、性情、观点和习惯无需半点遮掩，此时无需自欺欺人，也无需依靠未来的改进。即使在最近的迷恋中，他也承认范尼的思想更胜一筹。那么，他现在必然会怎么想呢？她当然对他而言只是太好了，但既然谁也不介意拥有对他们而言太好的事情，他坚定热切地追逐着这般幸福，也不可能久久得不到她的鼓励。虽然她胆怯、焦虑、怀疑，像她这么温柔的心灵，也依然不可能不在某些时候对成功怀有最强烈的希望，虽然她还要等待一段时间再告诉他整个让人喜悦、令人惊奇的事实。得知自己长久以来被这样一颗心爱着，他的幸福一定深得让用在她或是他本人身上的任何语言怎么强烈都不为过。但在别处还有无法言喻的幸福。一个女人得到她几乎不让自己怀有一丝希望的男人向她的求爱，让我们谁也不要自作主张地描述这样的感觉吧。

他们本人的意愿已经明确，随后再无别的困难，没有贫穷或父母的干涉。这门亲事甚至连托马斯爵士也希望能早日预料。他厌倦了在野心与利益上的结合，越来越珍惜优秀的品质和性情，急于让他余下的所有家庭幸福得到最安全的保障，他真心满意地想着两个年轻朋友从彼此经历的失望中自然而然地找到安慰，这非常有可能。埃德蒙的请求得到他愉快的应允，范尼即将成为女儿，让他真心感到有了更大收获，和这个可怜的小女孩的到来最初激起的想法形成了天壤之别，正如时间永远会给人们的计划与决定造成影响，让他们本人得到领悟，也让他们的邻居得到乐趣。

范尼的确是他想要的女儿。他仁慈的善举为他本人带来了主要的安适。他的慷慨得到了丰厚的回报，他总体而言对她的好意让他应该得到这样的回报。他也许让她的童年生活变得更快乐，但或许是错误的判断使他看似严厉，让他没能早日得到她的爱。如今，他们真正彼此了解，他们之间的感情变得非常强烈。他无比关切地把她舒适地安顿在桑顿·莱西，几乎每天的目标都是去那儿看她，或是把她从那儿带出来。

因为她长久以来都是伯特伦夫人的私有宝贝，不可能让她心甘情愿地离开她。儿子或外甥女的幸福绝不能让她希望这桩婚事。但还是可能与她分开，因为还有苏珊替代她的位置——苏珊成了常驻外甥女——很高兴如此！她同样适合做这件事，因为她头脑敏捷、乐于助人，正如范尼性情甜美、心怀感激。苏珊绝不能走。她首先是范尼的安慰，然后成了助手，最后取代了她。她在曼斯菲尔德住下，很可能会同样永久居留。她更加无畏的性格和快乐的天性使她在那儿的一切变得很轻松——她能很快弄清需要打交道的人有怎样的性情，没有天生的胆怯抑制随后的心愿，很快被所有人喜欢，对所有人都有用。范尼离开后，她自然而然接替了对她姨妈时刻的舒适产生的影响，也许，逐渐变成了两人中更受喜爱的一个——她的作用，范尼的出色，威廉一直以来良好的品行和提高的声誉，家中其他成员总的来说健康顺利，一切都相互促进，不辜负托马斯爵士的鼓励和帮助。他持续不断地从他为所有人做的一切中看出令他高兴的理由，承认幼年的艰辛和原则带来的好处，知道人生来就是为了奋斗和忍耐。

拥有这么多真正的美德和真心的爱恋，不缺财富和朋友，这对结了婚的表兄妹似乎一定享受着尘世间最大的快乐。他们都热爱家庭，喜欢乡村的娱乐，他们的家充满深情和安适。为使这幅画面变得完美，格兰特博士的死让他们得到了曼斯菲尔德的牧师俸禄，正好发生在他们结婚一段时间，开始希望收入增加，感觉他们离父母的距离很不方便时。

因为那件事他们搬回了曼斯菲尔德。那儿的牧师住宅，当属于之前的两位主人时，范尼每次靠近都会痛苦地感到畏缩或惊恐，但很快就变得让她真心喜爱，和曼斯菲尔德庄园长久以来目之所及或管辖范围内的每件物品一样，在她眼中变得完美无缺。